U0485460

天涯芳草

郑千里◎著

中国華僑出版社
·北京·

图书在版编目（CIP）数据

天涯芳草 / 郑千里著. -- 北京 : 中国华侨出版社,
2025. 4. -- ISBN 978-7-5113-9411-8

Ⅰ. I267.1

中国国家版本馆CIP数据核字第2025M0B556号

天涯芳草

TIANYA FANGCAO

著　　者：郑千里

出 版 人：杨伯勋

策划编辑：王亚敏

责任编辑：姜薇薇　刘晓静

封面设计：姜宜彪

经　　销：新华书店

开　　本：710 毫米 × 1000 毫米　1/16 开　印张：24　字数：330 千字

印　　刷：北京鑫益晖印刷有限公司

版　　次：2025 年 4 月第 1 版

印　　次：2025 年 4 月第 1 次印刷

书　　号：ISBN 978-7-5113-9411-8

定　　价：68.00 元

中国华侨出版社　北京市朝阳区西坝河东里77号楼底商5号　邮编：100028

编 辑 部：（010）64443056-8012　发　行：（010）64443051

如发现印装质量问题，影响阅读，请与印刷厂联系调换。

目　录

CONTENTS

国内篇

01　乡愁莆仙

02 长风闽南

03 旷达塞北

04 殷切湖北

05 妩媚福州

06 雄浑北京

07 风情天津

08 诗意广东

09 道义山西

10 天南地北

国外篇

神游泰国

国内篇

01

乡愁莆仙

文心雕龙亦雕猴

（2011 年 1 月 1 日）

《文心雕龙》洋洋大观，是中国第一部系统性的文艺理论巨著，也是一部阐述文学理论的权威性著作，该书的作者为南北朝时期的刘勰。

至今还是文学爱好者的我，知晓世界上有《文心雕龙》这本书，大约是在我十五岁时，首先就觉得这本书的书名很有趣，但当时我连作者名字中“勰”的读音都不知道，只记住了其左偏旁是三个“力”，右偏旁是“思”。

2020 年的最后一天，我慕名来到仙游县度尾镇的南潮宫，以及离南潮宫不远的锦凤坛（又名杨泗宫）。

我之所以来此处仙游和历练，是因博古通今的仙游县政协原主席何锦池的一通介绍，我禁不住怀古和乡愁的诱惑，猴急地要来度尾镇探寻先贤留下的足迹。

孤陋寡闻的我过去只知道，度尾镇在明朝时有位著名的户部尚书郑纪，一百多年前还诞生了著名的画家李耕，尚且不知度尾镇人杰地灵，还有如此之多的著名古迹和历史风物。

我满怀期待地来到南潮宫。南潮宫内有蟠龙石柱、方形石雕柱、石雕扁柱、石楹联等石雕古迹，无不精美绝伦，均出自砺山村的郭怀大师之手。

郭怀大师系度尾镇砺山村顶厝门人，他生于 1748 年，卒于 1835 年，石匠出身的他从十八岁起就行走天下，悟性极高的他博采众长，在长期的雕龙实践中，开创了“蟠龙石柱”这一绝技。

郭怀人到盛年时，应其父和度尾镇的宗亲召唤，返乡参加南潮宫的重修工程，他带领徒弟历经二十七年终于完工。

在南潮宫的前后厅，四根石柱上栩栩如生的蟠龙，雕刻的技艺细腻绝妙，便是出自郭怀师徒之手。

郭怀雕凿的石柱蟠龙，威武中不失率真，如仪仗队伴随我们步入天庭玉阙，让我们的步履也变得矫健齐整。

阳光透过南潮宫大门的间隙，斑驳地照射在蟠龙石柱上，蟠龙显得更有立体感，也更有沧桑感，那光线似乎穿越千余年的光阴，让我想到了《文心雕龙》。

现在南潮宫的建筑物大都保留原状。前殿走廊的一对龙柱采用绿豆青岩石，精雕细琢的巨龙若腾云驾雾，似在呼风唤雨中遨游苍穹，让人心生憧憬。

联想到《文心雕龙》作者刘勰的名字，“勰”的左偏旁是三个“力”，我开始意识流：难怪郭怀的石雕创作举重若轻，在精细中见力道，文学和艺术往往相通，郭怀在冥冥之中受到刘勰的真传了吧？

“勰”的右偏旁是“思”，刘勰是一位善于独立思考、很有思想深度的大家。

中国既有屈原这样极具思想深度的文学家、李白这样风流倜傥狂放不羁的诗人、白居易这样有忧国忧民情怀的诗人、辛弃疾这样有爱国抱负的文韬武略词人，也有刘勰这样清醒的文学理论批评家。

作为中国有史以来最精湛的文学批评专著，后世的文人普遍认同：《文心雕龙》“体大而虑周”，全书的重点有两个：第一，是反对不切实际的浮靡华丽文风；第二，是主张言必有物的“摛文必在纬军国”，反对哼哼唧唧的无病呻吟。

刘勰不仅立论极为严谨，而且极为广泛。譬如刘勰说：“夫神思方运，万涂竞萌，规矩虚位，刻镂无形。登山则情满于山，观海则意溢于海，我才之多少，将与风云而并驱矣。”刘勰认为，文学作品既要生动再现客体的物貌，又要自然抒发主体的情与理、志与气。

作为早年的文学青年，如今的文学老年和艺术的敬慕者，我认为：文学作品如是，艺术作品亦如是。

郭怀的石柱和石磡等雕刻，雕龙的作品设计新颖，散发出一种强大的精神力量。

郭怀及其徒弟所雕之龙，并非让善良的人们畏惧龙的张牙舞爪，而是能与善良的人们亲近的龙、能让普通老百姓看了也“龙颜大悦”的龙。

抚摸南潮宫里栩栩生动的蟠龙石柱，也让艺术悟性不高的我思绪跨越千年，能领略到郭怀的大师风范，领悟到民间大师的理想追求和精神寄托。

仙游县出自郭怀师徒之手且存世的石雕精品，目前可见于度尾镇的剑山杨泗宫和中岳锦溪宫、仙游县的全国重点文保单位——文庙及东门石坊等多处。

坐北朝南的南潮宫，原为宋代的书院，明代改为宫宇，清乾隆九年（1744年）重建，到嘉庆九年（1804年）完工，由门厅、主殿、两旁廊庑和厢房组成，占地面积800多平方米。

南潮宫门旁竖立的石雕楹联，曰“庙对砺山观虎变，灵昭潮水庆龙兴”，为清嘉庆年间（1796—1820）兴化进士、翰林院编修郭尚先撰写。

郭怀把木雕、玉雕技法融为一体，截然不同于北方石雕粗犷豪放的风格，而是开创精细灵巧的表现手法，才有了中国石雕“南派”风格的源远流长。

像郭怀石雕等雕刻艺术一样，不同时代文学的发展变化，必然也要受到时代进步及社会政治生活的影响。正如刘勰在《时序》里所言：“文变染乎世情，兴废系乎时序。”把文学理论提升到一个全新的高度。

《文心雕龙》关于文学批评的论述，颇多精到的见解。其中《知音》篇提出了文学批评的态度问题、批评家的主观修养问题、批评应该注意的一些问题。

刘勰强调文学批评不能失之偏颇。因为作家的才能禀性不仅“修短殊用”“难以求备”，而且，文学创作无论内容还是形式，都是丰富多样的，批评家不应“各执一隅之解，欲拟万端之变”，否则就会“东向而望，不见西墙”。

刘勰提出非常出名的论断：“操千曲而后晓声，观千剑而后识器。”他认为，任何批评中的真知灼见，只能建立在其广博的学识和阅历基础之上。

在阐述文学风格论的基础上，刘勰还特别推举“风骨”。郭怀与刘勰相距一千多年，作为民间艺人的郭怀，可能没有读过刘勰的《文心雕龙》，但郭怀和刘勰心有灵犀，都有着自己的“风骨”。

“风骨”这一词汇，本是南朝品评人物精神面貌的专用术语。文学理论批评中的“风骨”一词，正是从这里引申出来的。“风”，是要求文学作品要有较强的思想艺术感染力，亦即“风以动之”的“风”。“骨”，则是追求艺术表现力的刚健清新。刘勰的“风骨”理论，既是针对南朝浮靡的文风而发，也是对传统文学理论的高度总结概括。

我细读刘勰的《文心雕龙》，亦对刘勰的“风骨”之说和对他本人的“风骨”敬佩不已。

如今的一些文学作品，之所以昙花一现，如过眼烟云，归根结底，就是作者要么只会一味追风，没有自己的独立见解，要么柔弱无骨，只有浓郁的脂粉气，没有带着荷尔蒙的阳刚气。

南潮宫里的石柱和石础，还注重尺寸的比例精到，镂刻着姿态各异的仙人和神女、老翁和孩童及神话故事中的麒麟和白鹿、狮虎和凤凰、骏马和孔雀……既丰富多彩又惟妙惟肖，无疑是一座中国雕刻工艺的大观园。

南潮宫里是否有石雕的猴子？该不是石猴也如峨眉山的猴子一样顽皮，藏匿到南潮宫里的哪根梁柱上面，故意让老眼昏花的我瞧不见？

我虽然写了一些文章，出版过七八本书籍，但里面没有啸聚山林的虎气，更没有呼风唤雨的龙气，有的只是几分泼猴般的猴气。

我虽然有“文心”，但不足以“雕龙”。好在我的文心没有脂粉之气，我和刘勰、郭怀一样都厌恶脂粉之气。

仙游接地气

（2017 年 6 月 4 日）

北京常被称为京城，甚至亦庄亦谐地称之为“帝都”。

我定居北京已三十余年，纯属宿命使然的职业原因，一年四季的春夏秋冬，在全国各地到处流窜是寻常之事。

特别是早年我在全国各地流窜时，经常有人会带着三分打趣、三分羡慕、三分搭讪、一分莫名其妙的嫉恨说：“你是来自京城天子脚下的嘛！什么大世面没有见过？”对以上说法我通常是笑而不答，任其自然，顺其自然。

当然，也会有人带着三分批评、三分挖苦、三分告诫、一分首长般的语重心长说：“在北京习惯了住高高在上的高楼大厦，你可要多到我们基层走一走，接接地气呀！”

对这种莫名其妙的说法我通常会回应，做这样的辩解：“你怎么知道我在北京住的是高楼大厦？难道只要在北京定居和工作，住的就一定都是高楼大厦？”

即便在20世纪80年代的北京，其实也谈不上有太多的高楼大厦。

权且鉴别和定义一下所谓的“高楼大厦”。即便作为共和国首都的北京，按照城市建设部门的硬性规定，当时也没有太多按规定必须装有电梯、在七层楼以上的“高楼大厦”。

当时我已从航天远洋测量船“远望一号”——一个最为基层不过的单位，调到了北京，任新华社解放军分社的记者。

我所居住的军队总部机关的院落，无论是毗邻北京师范大学的小西天，还是毗邻黄寺的五路通，都是蜗居在平房或者筒子楼的底层，不仅非同寻常地“接地气”，甚至比蜗牛还要“接地气”。

五路通筒子楼底层的那一间陋室，我曾在一篇散文里“诗意”地形容它，简直称得上是“三面临水一面靠山”。

它难得享有普照人间的阳光，显得非常阴冷潮湿，甚至有蜗牛伴随着我也在此蛰伏，称它“蜗居”不是夸大其词，乃是实至名归。

20世纪80年代末，官居营职军官的我已转业到地方，也由此开始住进了楼房，但住“高楼大厦”还是痴心妄想的单相思。

我转业之后曾经居住过的几个地方，都是在五层楼房的第三层。

只有五层楼之高的民居民宅，当然不配安装电梯。至今我居住过的几处楼房都没有电梯，都不属于城市建设部门已有严格界定的“高楼大厦”。

我尚不到耄耋之年，也未疾病缠身，从“高高在上”的五层楼房的第三层走下来，到地面上“接地气”确实很容易。

针对京外一些友人的评说，认为我已习惯了在北京住高楼大厦、高高在上，我觉得这纯粹是一个伪命题，更是一个道道地地偷换了概念的谬论。

我虽然居京已三十多年，但从未住过高楼大厦，何谈“习惯了在北京住高楼大厦”？

我在北京倒是非常向往有朝一日能住进高楼大厦，但就冲北京如今这样的高房价和高房租，我还能住得起北京昂贵的高楼大厦吗？我还配得上住进北京睥睨尘埃和草芥的高楼大厦吗？

简而言之，迄今为止，北京的高楼大厦一直与我无缘。

如果我有足够的闲暇，而且当时的心情也很不错，就会对建议我“多到基层走一走”的友人反诘：“你怎么知道我不愿意走基层？我做新闻三十多年一直都在‘走基层’，特别是最近十几年来，我‘走基层’已走遍中国科学院的所有研究所！”

如果友人所在单位隶属于中国科学院系统，我还会进一步反诘：“近十几年来，我起码已走了几十个野外台站，这许多野外台站难道不是最为基层的‘基层’？”

我的故乡是福建省仙游县。仙游县虽然有“七山一水二分田”之称，但并没有中国科学院所辖的与山、水、田有关联的任何野外台站。但是对于首都北京而言，显然仙游县也只能算是“基层”。

“仙游”这一诗意浪漫的名字，据先人们世代口口相传，乃汉武帝时期有安徽庐江的何氏九兄弟远道而来，选择一座半山腰的湖边安身立命，先期炼仙丹以济苍生，而后功德圆满，跨鲤鱼而升仙。

风景绝佳的“九鲤湖”因此得名，后来家乡“仙游”也因何氏九兄弟跨鲤升仙而得名。

我十六岁就离开了故乡仙游，到外地读书和工作，此前并没有去过山区的九鲤湖。

当年，即便是在我出生和长大的仙游县城，也鲜见有什么楼房，更谈不上有什么高楼大厦。在仙游县城但凡是两三层的砖瓦楼房，就会被广大群众十分羡慕地称为“大楼”。

如今在仙游县城，满目皆是拔地而起的高楼大厦，甚至也有几十层高耸的、完全能够“摩天”的摩天大楼。

仙游县城如今高楼大厦的入云摩天，让我不由想起县城早年的一条小巷，大号为“摩天巷”。

长约百米的“摩天巷”，因为巷子里头异常狭窄，若是两人要同时通过这巷子，只能极为勉强地错身擦肩而过。

我这次到故乡仙游县城，住进了“高楼大厦”。

高楼大厦显然都很高大上。既为“高大上”的高楼大厦，就必然既有鸟瞰人世间一切俗物的高度，又有容纳大千世界万般气象的大度。

既然住进“高楼大厦”，就有了像是在寺庙里烧香拜佛，已经抽到了上上签的感觉，品咂到了已然完全置身于上层建筑，一览众山小的妙不可言，俨然也有了“人上人”的愉悦和满足、荣光与自豪。

不过我还是想一如既往，永久持续地接地气。我想在北京接地气，在仙游接地气，在神州各地都能够接地气。

又是一年雁塔题名时

（2017 年 6 月 10 日）

在 2010 年以前，我一直都固执而又自私地认为，福建省仙游县的县城虽然不算很小，但县城内的街道拥堵狭窄，县城可供群众游览休闲的景点与公园也较少，与仙游作为千年古县、人口大县的身份极其不相称。

难怪仙游百姓在本县旅游或者休闲，只能翻来覆去拍兰溪大桥，赏九鲤明珠，游燕池文庙，看东门石坊，或者走进烈士陵园。实在是优质旅游资源捉襟见肘，没有其他更能拿得出手的风光景致。

2010 年我偶然发掘到仙游雁塔的典故，似乎多少明白了一点仙游积弱的内在原因。

仙游雁塔坐落在哪里？其实雁塔就近在咫尺，我青年时代到仙游县探望父母时，与我父母住在一起的城关燕池铺体育场东座、当时称为“新职工宿舍”的最边上。

只是从来就没有人指点迷津，向我提起过雁塔的身世，2010 年因为机缘巧合，我才在网络上搜索到雁塔的“豪门出身”。

我无比惊讶和兴奋地发现，在仙游城内居然卧虎藏龙。

就在我青年时代的眼皮底下，就在燕池铺这么一个小地方，被人称为“雁塔”的一座古塔，居然有这么显赫的出身。

据资料记载，雁塔是明代尚书郑纪于万历年间（1573—1620）倡导兴建，本想用于科举考试的张榜，寓意雁塔题名，故称为“雁塔”。

雁塔是石构楼阁式，六角七层的实心，边长为 0.7 米，通高是 12.6 米。叠涩出檐，为葫芦形，无过多的雕刻，仅在塔东北面二层上，镌刻有“雁塔”两个字。1980 年 9 月，雁塔被列为县级文物保护单位。

即使雁塔的来历比较显赫，血统和身世比较高贵，但直到 2010 年仍不被仙游人关注，以致杂草藤蔓缠身，塔边的空地逼仄局促。

仙游的别称是“鲤城”，如果仙游县城如泉州的鲤城区那样，有开元寺等诸多著名的景点倒也罢了，恰恰相反，2010 年前仙游县城内的景点和景致很有限，竟然还能把雁塔冷落一旁，真是有点不可思议，匪夷所思。

我相信仙游县人民政府特别是文化部门也懂得雁塔的文化分量，但苦于掌控的经费和资源有限，不能十分周全地加以保护利用，只好立一块石碑敷衍塞责。

联想到仙游县东门石坊的遭遇，仙游县的雁塔沦落到如此境地，其实也不足为奇。

毕竟东门石坊与“仙作”沾边，有一定的建筑艺术价值，但仍不免委身于民房之侧，仅仅以一道铁栏围障，偶尔还要供周边的居民晾晒衣物。

明代雁塔题名的一度辉煌，似乎已成历史的过眼云烟，仙游莘莘学子由于种种原因，一时已无法追赶上先贤的风气引领。

作为古建筑的雁塔本身，明代建筑师没有对它刻意雕龙凿凤，似乎也就没有太高的艺术欣赏价值，谈不上“高大上”。

雁塔徒具文化的象征意义，在物欲横流的时代无人问津，似乎无可厚非。

话虽如此，但我当时仍然有些愤愤不平。

仙游毕竟是千年文化古县，历史上被人们称为“海滨邹鲁”，有许多文化传承的大手笔可挥洒，有文化强县的大文章可开篇。

类似仙游县城雁塔这样的宝物，许多人竟然都像我这样眼拙。或许有人慧眼识珠，可惜人微言轻，政府没有弘扬和保护的后续动作。

仙游的先贤曾经说过：“三湖水复涨，仙溪多卿相。”不料想自宋代而后，仙游“三湖”屡浚屡塞，在民国初期便已淤积成水田，直到现今也已难觅旧日之状。

如果能够恢复“三湖”旧貌，即便不指望仙溪能多出“卿相”，至少能给人们一些心理上的暗示与抚慰，改善城区的友好人居环境，提升县城的人文景观水准。

遗憾的是，仙游的经济实力毕竟有限，负担不起恢复“三湖”旧貌的重任。因此，不说“三湖”也罢。

但说雁塔。自雁塔建成以至清末，仙游的科举及第逐渐黯然失色，满打满算也就有三四十个进士举人。

横向比较清代文化尚不发达的地方郡县，令他人羡慕嫉妒恨，但与自己做纵向之比较，科举及第已经日渐式微。

也就是说，自明代万历年间雁塔兴建之后不久，仙游的科举考试成绩非但不彰不显，反而日趋落寞落魄。

如今时代不同，科举不再，但国家甄别人才和选拔人才的机制，仍在行之有效地运行，不断改善的高考制度也大行其道。

按理说，而今国力蒸蒸日上，仙游的经济实力也在逐渐增强，学风应可恢复旧观，谁料直到 2010 年，竟然也没有太多的起色。

古人云：“十年树木，百年树人。”今人说：“百年大计，教育为本。”看到如今雁塔落寞而凄凉的现状，仙游已然失色和褪色的学风，大体也就可以深层次解读出来。

以上将近两千言的痛切文字，基本是我在2000年4月间草就，因爱之越深痛之越切，可视为我对故乡仙游的诚恳真挚批评。

但我当时权衡再三，还是没有正式发表。

又是一年高考时，又是一年将“雁塔题名”时，但愿我这篇拙文，能够发挥出一点点秉公直言的正能量作用，对促进故乡教育水平提升有一点点建设性的作用。

我之所以推崇仙游雁塔，不是祭拜已经消亡的古代科举制度，而是欣赏全社会对人才的高度器重和有力标榜。

如绶带的绶溪公园

（2017年6月15日）

我第一次知晓绶溪和绶溪公园之名，是两年前在朋友圈中，挚友正中所发的一组照片和他写的诗歌。

兰溪几乎贯穿莆田市全境，是母亲般哺育沿岸人民的溪流，生于兹长于兹的我当然知道。

但绶溪究竟在哪里，正中为何会以绶溪为题而写诗，却让我一时颇为纳闷：早年正中从福建远赴新疆昌吉挂职，公务之余有不少优秀诗作问世，难道他笔下的绶溪竟是在新疆不成？

正中等文友回答了我的问询：绶溪贯穿莆田市的荔城区和城厢区，是兰溪的四大支流之一。

由莆田市人民政府倾力打造的绶溪公园，则是一个惠及百姓休闲娱乐的工程，它于2011年7月开始动工，沿着绶溪水系岸边而建，是一个大型综合性水上公园。

绶溪公园位于莆田市区荔城大道的东侧、延寿溪的西侧、泗华桥的北侧。

莆田市人民政府造福当地民生，对绶溪公园的财政总投入已达5亿元，绝对堪称是大手笔。

我借助网络上的海量信息，检索查阅了一些有关绶溪的资料，顿时感到羞愧难当。

作为仙游县的一位土著，我尽管对木兰溪念念不忘，即便异地他乡也萦绕在心，但疏于时光和笔墨，从未写过一篇与兰溪有关的诗文，必须检讨自责。

作为莆田市的一位土著，我不仅从未写过兰溪的支流绶溪，甚至连绶溪的名字都未曾耳闻，可见我完全与井底之蛙无异，眼光和视野是多么的短浅局促！

尤其当我知晓绶溪不仅秀丽多娇，绶溪水系婀娜多姿，而且绶溪千年流淌经过的延寿村，还有着极其深厚的历史文化底蕴，更是让我羞愧难当。

延寿村距莆田市中心约五千米，不仅是历史相当悠久的文化古村落，也是唐朝状元徐寅的故里。

延寿村所在的延寿溪，就在兰溪的交汇之处。宋建炎二年（1128年）时，兴化府当地人氏李富振臂一呼，在溪南的延寿村发动当地百姓，捐资兴建了延寿桥。

这一青石板桥全长93.5米，宽度为2.6米，高度为8.5米，跨径达7.5米。南宋龙图直学士陈宓题书“延寿桥”，石碣一方至今竖立在延寿桥畔。

延寿溪发源于仙游县的九鲤湖，流经常太县的莒溪，穿越“碧濑飞泉”——亦称莆田二十四景之一的“八濑飞泉”、现今的东圳水库，再流入泗华陂，而流过延寿陂的遗址也就到了延寿桥。

因《兴化府志》称延寿溪流经至此，“十里无湍激声，一碧如绶带”，故此处又被称为绶溪或者寿溪。

唐代长官吴兴曾在此开发修建延寿陂，不仅开辟了大小渠道60多条用于农田水利灌溉，还置涵洞60多处泄洪，外筑海堤御潮，使北洋的万顷田地受益。又在延寿桥外开辟了两条排洪的大渠道，引导溪水经陡门入海。

延寿溪和延寿陂及白杜自然村，不仅农耕经济发育成长很早，乡村文化也十分昌明发达。延寿溪畔好读书、喜读书、读书好，早在历史上就已赢得了“壶公山下千钟粟，延寿桥头万卷书”的美誉。

宋代状元徐铎重学兴学，在延寿溪畔建起了万卷“藏书楼”，白杜方家世代为官，也在此建设有“万卷楼”藏书，吸引四方学子都到此求学求读。

据介绍，绶溪公园以“清溪与绿岛、古桥与丹荔、田园与乡村”为科学规划的主题，旨在体现生态和休闲、人与自然的和谐共处。

绶溪公园由绶溪钓艇景观区、民俗文化区、滨水活力景观区、山地文化区、休闲果园区、生态益智区、游乐休闲区、荔岛景观区等八个景观主题功能区组成。

位于莆田二十四景之一“绶溪钓艇”景区内，绶溪公园总面积达233公顷，可谓是景区精品之中的精品。

因为要赶从福州回北京的航班，我头顶着酷暑中午的炎炎烈日，用大约半个小时的时间，游玩了约四分之一的绶溪公园，虽然意犹未尽，但也只能带着遗憾打道回府。

在世界上的很多国家中，英雄的勋章和奖章皆配有绶带，但逢一些重大而热烈喜庆的礼仪活动，迎宾小姐也会在胸前披挂绶带。

去年这次匆匆游玩绶溪公园，在我并不具有诗意细胞的混沌脑海里，已不由得浮现出一段打油诗歌：

清新而又美丽的绶溪公园呀，你无疑就是纤巧媳妇精心裁剪出的一段绶溪，是一袭东方浪漫色调的锦缎旗袍！

千年不息地绵延流淌的绶溪呀，你就是素雅而又不失端庄和荣耀的一条绶带，永远披挂在兴化莆仙英雄儿女的胸前！

此番我又来故乡的莆田学院讲学，当然也要忙里偷闲，再游绶溪和绶溪公园。

我的堂弟在莆田市政协工作，这次由他陪伴和导引，我俩在毛毛细雨中同游绶溪公园，也是再好不过的一个选择。

堂弟将汽车开到莆田市博物馆边上，我俩沿着绶溪亦即绶溪公园，向东一路徜徉。

绶溪的风景美不胜收，让我目不暇接，估摸半个小时后，我俩不期然就走到了一处“曲径通幽处”。

这是一座典雅朴素的建筑物，其门楣上挂有一块牌匾，匾上写着“绶溪公园群众文化活动中心”。

可能由于正在下雨的原因，文化活动中心没有几位群众和游客，倒也显得非常幽静和清净。

我走进去一探究竟，认真观摩文化活动中心。在入口大厅处的服务台，一位服务员热情地向我俩打招呼，并逐一回答了我的咨询。

大厅洁白的墙壁上，挂有对绶溪和绶溪公园以及莆田二十四景介绍的图片和文字。大厅的两边，有科技和文化的展览室，甚至还有一个小型图书馆。

绶溪公园这扑面而来的浓郁书卷气息，让我情不自禁地被它所感染和包容，被它所渗透和同化。

估摸过了一个半小时，我俩漫步来到了延寿桥。延寿桥坐落在在城厢区城郊乡延寿村的延寿溪上。

延寿溪上的这座延寿桥，建于宋高宗建炎元年（1127 年），全部是石头结构，造型古朴稳重，虽然谈不上雄伟和壮观，但它饱经岁月的沧桑，已然完全震撼了饱经沧桑的我。

近 900 年来，延寿桥历尽沧海桑田而不改原貌，现在是莆田市的市级文物保护单位。

我不禁遥想当年“绶溪钓艇”胜景，绶溪上钓艇穿梭如织。延寿桥下十里平溪，两岸成林的荔枝红透、成荫的龙眼欲坠，佳树秀木倒映溪中影影绰绰。

若能携三五诗友或挚友，泛舟垂钓于绶溪中，自然其乐无穷，其趣也无穷！此时大唐盛世的梅妃安在？此刻秀内慧中的少女采萍安在？

此时此刻和此情此景，即便吾辈自诩苏东坡，亦不知今夕已是何夕！

美丽多姿的绶溪公园！你能否暂且借用于我，权当胸前飘拂的一条绶带？一线牵的魅惑绶溪！你能否也让我在故乡莆田市当一回英雄，当一回怜香惜玉的英雄？

女孩吴婧当功不唐捐

（2017年6月16日）

我一早吃过自助餐，冒着莆田市区的蒙蒙细雨，到莆仙大剧院周边徘徊流连，在文教书城屋檐下，看见一位避雨的美丽女孩。

之所以冒雨来到莆仙大剧院，是因我每次到莆田学院讲学，都在海源国际大酒店住宿。莆仙大剧院距海源大酒店很近，大约只有300米距离，但我每次都是匆匆而过，从未驻足欣赏拍照过其美颜，更从未有机会入内观摩过莆仙戏剧。

此番我专门来到莆仙大剧院，一是相对有了点空闲，想领略一下莆仙大剧院建筑的风采与神韵，让没有多少文化墨水的自己长点知识，特别是要领略福建莆仙版“国家大剧院”的建筑风格。

二是因为前天受尔东先生之热诚相邀，与刚卸任不久的莆田市张副市长一席畅谈，方知作为分管科教文卫的副市长，莆仙大剧院是在其任期内圆满顺利地建成的，成为莆田市一个新地标和文化符号，我就更想用自己的眼睛和身心来感受一下。

就这样，我与这位在避雨的女孩不期而遇。

我听张副市长介绍过文教书城，它属于莆仙大剧院的配套设施。

莆仙大剧院要展现和彰显文化，动态的舞台演出是一种文化，其静态的默默伫立同样是一种文化，而与莆仙大剧院和莆仙地方戏剧相映生辉、相得益彰的，是应该有一座颇具规模的文教书城。

在这座配套的文教书城里，既可以方便观众和读者在此购书，也可以方便观众和读者在此读书。

就这样，我看到文教书城的屋檐下，这一位清纯秀丽的女孩。

这位女孩身上没有带雨伞，显然这时是在屋檐下避雨，避南方雨季经常会突如其来的骤雨。

女孩手上有两本书，她担心飘洒的雨点将书籍淋湿，于是将书籍紧紧地搂抱在自己怀里。

女孩明亮的大眼睛不时抬起，向飘洒着雨点的天空中看去，显然是在考量天空何时才能够放晴。

我刚好也想进去，看看书城究竟有多大规模，能否买到我所中意的书籍，特别是与莆仙文化有关的书籍，但这时我才注意到，因为时间还不到8点半，所以书城大门还没打开，暂时还不能入内。

于是我对女孩搭讪：你也是来文教书城的?

女孩很有礼貌地点了点头。

我接着问询女孩：文教书城要从这个门才能进去?

女孩接着点了点头，回答说：是呀，但过会儿到点才能开门。

我用手机看了一下时间，因为还有一些急事要办，我不能在此多等待，只好撑着雨伞迅速离开莆仙大剧院，离开了文教书城。

我才走出三五米，由于我职业的惯性使然，虽然去年已经退休了，但也一时难改惯性，难改喜欢打破砂锅问到底、探究真相真情的职业习惯，又折回身来继续和女孩搭讪。

我问女孩：你到书城来是要买书还是看书?

对我重新折回身来问她，女孩显然感到有点奇怪，但还是友善地回答说：我来书城看书，这里环境安静，看书不会受到干扰和打搅。

我点点头继续问她：今年的高考已经结束，你不会是还要参加其他考试才来这里读书的吧?

女孩回答说：没有啊。我们学校前两天已经放假了，我到书城可以安安静静地读书。

我锲而不舍地死缠烂打：你是哪个中学的学生？

女孩回答：我是莆田四中的。

“哦，四中是个不错的中学。”我接着盘问，“你能告诉我，你叫什么名字吗？”

“为什么要问我的名字呢？”女孩扑闪着一双美丽的大眼睛，聪明地反问我。

我知道自己有点冒昧，解释说：“因为我是一位老师呀，从北京到莆田学院讲课，既然你这么喜欢读书、热爱读书，我不由得就想和你聊聊天。”

女孩释然地点点头说：“哦，我叫吴婧。”

我怕记错姓名的同音字，又问她：“就是安静的那个‘静’吗？”

安静而斯文的女孩回答：“不是的。我名字是带‘女’字旁的‘婧’字。”

我继续问她：“我能用手机为你拍几张照片吗？”

吴婧充满信任地朝我笑笑，让我得寸进尺地拍了几张照片，我这才满意地向她挥手再见，迅速抽身离去。

但少女吴婧清纯而美丽的笑容，就此已印刻在我脑海里。

那是一位读书孜孜不倦的美少女的笑容，一位好学上进的美少女的笑容。我能想象得出她安安静静读书特别是在文教书城安安静静读书的美好模样。

据说胡适给人题字，喜欢写“为者常成，行者常至”“种瓜得瓜，种豆得豆”，但胡适最喜欢题写的字则是“功不唐捐”。

“唐捐”是佛经里的一个词，其包含的意思是泡汤了、白费了。

“功不唐捐”是说一个人只要认真读书、努力做事，在他和她可能看不见和想不到的有朝一日，终究会生根发芽、开花结果。

“功不唐捐”这一句佛家语，不是我自己学佛学来的，而是我从不是佛家的南京工业大学黄维院士那里学来的。

黄维院士与我交往多年，作为南京工业大学的校长，他在2012级新生开学典礼上的致辞，提到了“功不唐捐”这句佛家语，并做了生动的诠释，以此寄语刚考上大学的莘莘学子：

天道酬勤，功不唐捐。每个人总应该有一些自信心，相信努力没有白费，相信努力总归会有回报。

在 2012 年那一年，黄维院士将他在南京工业大学新生开学典礼上的致辞以电子邮件抄送与我，我由此记住了“功不唐捐”这一佛家语。

因与女孩吴婧在文教书城偶遇，我立即就想起了“功不唐捐”，想起了黄维院士迎接新生的致辞。

我遥祝女孩吴婧“功不唐捐”，像莆田四中她的学长林海宁一样，能如愿以偿考上北京大学！也遥祝今年参加高考的莘莘学子，希冀你们都能够“功不唐捐”！

梦的音符在你左右

（2017 年 6 月 23 日）

挥一挥衣袖，不带走一片云彩，再见康桥的，是浪漫诗人徐志摩；起舞弄笙箫，留下青春音符，再见兰溪的，是莆田学院 2015 级音乐学的“音升班”。

2015 级音乐学“音升班”，迎来自己韶华如金的毕业季，我接受音乐学院院长林荣华教授的邀请，参加了他们的毕业汇报演出。

2015 级音乐学“音升班”毕业的学子，来自福建省的各个专科院校，有音乐、茶艺、药学和英语等专业，共有 37 位同学。

他们精彩纷呈的故事，从两年前收到录取通知书开始。从那时开始，他们就开始了音乐之梦的追寻。

舞台灯光绚丽四射，伴随他们青春激情的活力四射；舞台水雾仙境缥缈，伴随他们韶华洋溢的仙境魅人。

汇报演出的第一幕，从吴晓君、池宇、何智莹、黄心禾的男女生四重唱，以及何鑫、李帆等同学情景表演的《追寻》开始。

无论水鼓舞《中国龙》，还是舞蹈《今天我们开始》，他们正如自己原创歌曲《做自己》中所唱的那样，做了一回从此走向理想的音乐之梦、不戴矫饰面具的生活中真正的自己。

恰同学少年，风华正茂，他们来到木兰溪畔、壶公山下集结，飘荡着彩色音符的美丽校园。

钢琴独奏的《蓝色狂想曲》，放飞他们与湄洲岛上空一样的蓝色狂想；器乐合奏的《加勒比海盗》，跃动加勒比海盗的艺术精灵。

这时场景开始变换，天幕上有海鸥在盘旋。这是湄洲湾的海鸥，还是鼓浪屿的海鸥？抑或是闽江口琅岐岛的海鸥？

浪花和海鸥永远在思慕和互动，女声独唱的《浪花》，也别具一格地创新互动。

张馨雅和林格等伴舞，与吴晓君的独唱相映生辉，犹如绿叶扶红花。

紧接着，观众随着悠扬的民乐合奏，既来到美丽的贝加尔湖畔旅游，也观赏到了吉野山上绽放的千本樱。

又一年凤凰花开。过去的每一天，他们都把辛勤的汗水挥洒，挥洒在音乐学院的舞蹈室、练歌厅和钢琴房。

毕业会演他们道出心声：珍惜木兰溪畔相遇和相知的时光，既有这般亲密的同窗同学之谊，就暂且不管曾经的伤痛和未来的分离……

民族舞蹈《且吟春雨》，吴倩和黄越等多位同学联袂，在雨打芭蕉中且吟春雨;《钢琴八手联弹》整齐划一，弹奏毕业的寄语和心声；女生小组唱《梦田》，梦中犹在辛勤耕耘自己的心田。

时光荏苒，岁月如梭。荏苒的是时光，如梭的是岁月。今后的岁月之梭，将继续编织着青春的光荣梦想，编织着理想的现实锦缎。

毕业季是离别的季节，也是浪漫脱俗的季节、卿卿我我的季节、壮怀激烈的季节、神采飞扬的季节。

阿卡贝拉可追溯至中世纪的教会音乐，教会音乐完全只以人声清唱，并不使用乐器。李明妍和黄龙生等的阿卡贝拉清唱，无论是《时间都去哪了》，还是《平凡之路》，此时无声（乐器）胜有声（乐器）。

舞蹈《我的未来不是梦》，让观摩汇报演出的我如梦如幻，如痴如醉，不知今夕是何夕。

倒数第二个节目，节目单上印的是“神秘环节”。

神秘环节的高潮终于到来了：全体同学或跳跃或快步，从体育馆的演出舞台纷纷走下来，向亲爱的老师们敬献鲜花。

请聆听他们原创的“班歌”吧：

暖色调的梦在身旁，黑白琴键里留着对未来的想象。
记得曾经的彷彷和徨徨，还留着我们那些受过的伤。
年少的轻狂，是属于我们的信仰。
张开手，梦在你左右，从曾经到以后，它陪着我漂流，
向前走，下一个路口，执着的理由，在你我的心头留。

全体同学动情合唱，在掌声中谢幕，在鲜花中谢幕，在霓光中谢幕。

正像莘莘学子“班歌”里唱响的那样，“张开手，梦在你左右”，我真挚祝愿莘莘学子，祝愿所有毕业季的同学们，“梦的音符在你的左右”！

吮　源

（2017 年 7 月 26 日）

当了 30 多年的科技新闻工作者，照理我应该偏重理性，但我骨子里还是偏于感性。

最近让我深受触动的，是看到笔名戴云山的乡贤写的一篇文章，题为《故乡有座神仙游过的山》。该篇文章的导语是：

高高的山上，有几座像藏族的寨子，当地人都叫它“布达拉”。山上流下

的泉水，叮当作响，是 105 千米木兰溪母亲的“第一滴奶”。

山脚下的村子已有 500 年历史，村中一座“厚德宫”，“以至仁为德”传承至今。中国佛教协会会长学诚大法师为之题写“仁山”。

文中的仙游县就是我的家乡。我在仙游县出生并在仙游县成长，一直到 16 岁离开家乡去外地学习和工作，可以说是喝着木兰溪的奶水长大的。

但文中提及的木兰溪发源地“仙游山”，我却从来未曾到过，我决计在北京退休之年要去仙游山，吸吸“母亲”新鲜的“第一滴奶”。

仙游山所在的仙游县西苑乡，位于福建省莆田市的西北部山区，下辖 9 个行政村，总人口 1.4 万。我这次要到达的目的地是其中的仙东村，最新统计的常住人口为 782 人。

西苑乡是仙游县的主要林区，山地面积 156 多万亩，素有“绿色金库”之称，森林覆盖率达 90% 以上，也是中国绿化造林首批“百佳乡镇”之一。

受其高山崇岭的地形影响，西苑乡的气候有明显的高山特点，年平均气温为 15—17℃，雨量极充沛，年平均降雨量达 2200 毫米，最高达 2300.7 毫米，居莆田市之冠，由此亦可见“母亲河”木兰溪奶水的充盈。

西苑乡境内主要河流除了木兰溪，还有九溪和湄溪等，但以木兰溪的水系最为发达。

木兰溪发源于西苑乡仙西村的长岐山，最高海拔 883.8 米，木兰溪是福建省的八大水系之一，闽中地区最大的一条河流。

我儿童时代虽然居住在仙游县城，但早年也没有享受到自来水，所有做饭和饮用的水，都要靠水桶一桶桶地从井里头打上来，再存储到家里的水缸里面，以供日常生活之需。

即便后来县城里有了自来水，也都是来自木兰溪的水，所以说木兰溪是莆田市的一个“水缸”，绝非夸张和虚妄之词。

人们常说长江源头是中华民族的“水缸”，早在 20 多年之前，就有民间环保组织发起过“保护长江源”的行动，我作为一位新闻工作者投身这个行动之中，也曾参加过在西宁举行的出征仪式，但并未真正到达过长江源头的沱沱河。

世界第三大河长江全长 6380 千米，它的源头是位于青海省南部唐古拉山脉的主峰格拉丹东大冰峰。藏语里的“格拉丹东”，也就是“高高尖尖的山峰”的意思。

通过 20 多年前这一“保护长江源”活动，后来由杨欣等环保志愿者共同倡议发起，还在沱沱河上游建立起了长江源的纪念碑，在可可西里建立了防盗猎者索南达杰的纪念碑。

可以说，青年时代以后的我，一直饮用的都是长江这个“水缸”，而在我的青春发育的少年时代，直接饮用的则是木兰溪这个“水缸”。

要保护好莆田市的“水缸”，对于木兰溪的源头又该如何积极地保护？前几年人民网的记者也曾不辞辛苦，探寻过作为莆田“母亲河”的木兰溪源头。

由志愿者戴玉锁和郑建平驾驶越野车，仙东村的村委会主任纪明雄在仙游县城接应并带路，我们一行 5 人从仙游县的度尾镇上仙游山。

仙游山位于德化县、永春县和度尾镇的交界地，其最高海拔为 1552 米，虽然距离仙游县城只有 53 千米，但因为山路崎岖，且最近山上正在修一段路，没有越野车很难上山。

通常每天早上 7 点，有从仙游山开往仙游县城的班车，中午 12 点有从仙游县城返回仙游山的一趟班车。

从度尾镇快要进入仙游山，在路口可见一个通往苦竹村的显著标识，带路的仙东村村委会主任纪明雄说：度尾镇的这个苦竹村已经更名，现在的名字是“仙竹村”。

由原先的“苦竹村”更名雅致的“仙竹村”，看来其初衷或许是为了沾上一点仙气。进入仙竹村，路两旁整片的竹林青翠欲滴。

仙游山内仙东、仙西、仙山三个村成三足鼎立之势，我们首先进入的是其中的仙山村。

因为山上这几天修路，我们的越野车只好绕了一点路，其中有两千米多是崎岖不平的碎石路，越野车不时也会被碎石别住，这对驾车的志愿者郑建平而言，无疑也是一次难得的人生体验。

纪明雄因最近痛风腿脚有点不太利索，但熟悉地形山路的他还是下了车，指挥着越野车一路亢奋前行，顺利到达了仙东村的村部。

仙游山四季气候宜人，冬天无严寒，夏日无酷暑，无霜期长达350天，显然是一处非常理想的避暑胜地。

木兰溪源头在西苑乡全长6千米，流域总面积达119.8平方千米，不仅适合开发江河源头的探险项目，而且适合发展生态旅游和健康养生的民宿。

作为生态旅游开发建设的项目，莆田市乃至福建省的有志有识之士，能否将清澈如洗的眼光投放到仙游山，投放到木兰溪的源头？

第一次来到木兰溪的源头，我肯定不是来探源。在我的前面，在很多年以前，已有眼光清澈如洗的旅人前来探源。

虽然我偏于感性，但科技新闻职业的多年训练和养成，使我毕竟也有点理性。

第一次来木兰溪的源头，我充其量只是前来吮源，贪婪吸吮木兰溪母亲新鲜的“第一滴奶”。

在仙游山读山

（2017年7月27日）

我从小在福建省仙游县的城关长大，城关只是平原，我在16岁离开仙游县之前，不仅没有到过仙游的山区，对中国山区一丁半点的肤浅了解，也只局限于当时所能读到的一些书籍。

2010年夏天，由时任中国科学院成都山地研究所所长邓伟提供后援，我开始撰写有关中国山区问题的系列长篇通讯。

访问国务院原农村发展研究中心顾问石山等30多位专家学者，让我走进中国东西部的许多山区，了解中国山区普遍存在的问题，打开脑袋为之豁然洞开的通道。

若是从空中俯瞰中国大地，其地势就像阶梯一样，自西向东逐渐下降。

受到印度板块与欧亚板块的撞击，青藏高原在不断隆起，平均海拔在4000米以上，构成了中国地形的第一阶梯。

第二阶梯由内蒙古高原、黄土高原、云贵高原和塔里木盆地、准噶尔盆地、四川盆地组成，这里平均海拔为1000 ~ 2000米。

跨过第二阶梯东缘的大兴安岭，以及太行山、巫山和雪峰山，向东直达太平洋沿岸是第三阶梯，此时阶梯的地势降到1000米以下，平原的边缘镶嵌着低山和丘陵。

得益于不断行走的新闻生涯，这三个阶梯的崇山峻岭，我都曾在飞机上俯瞰领略过。

我也曾赴武夷山做过几天调研，但同样没能深入仙游县的山区访问。

虽然在新闻生涯的不断行走中，我曾攀登过数不清的大山和名山，但家乡仙游的大山我从来都未曾涉足，确实是平生莫大的遗憾。

此前我只知道，仙游县许多的山都属于戴云山山脉；前些天我看到一篇笔名为戴云山的文章，才知道仙游县得名于“仙游山”。

“仙游山”传说是神仙的游历处，故此得名。那么仙游县呢？公元699年仙游置县时原名清源县，43年之后因郡县同名，才更名为仙游县。当时更改县名的府郡大人，是否考虑到县以山名，还是另有所凭，则已无据可考。

“万千的愁肠，却绕不出对一座山的思念”，也正是戴云山的这一篇文章，诱惑我此番来到了仙游山。

由西苑乡仙东村文化协管员李明育充当向导，我终于攀登上了仙游山仁山寨的山峰。

仁山寨的最高峰海拔953米，李明育介绍说：仁山寨这里不仅山青而且水秀，仁山寨山峰的海拔高度，也可以代表整个仙游山的高度。

寻访仙游山和仁山寨，我不仅迷恋于山的风景，更多的是仰慕山的高度、仰慕山的威仪。

福建省作协原党组书记陈章武温文儒雅，我一直将他视若兄长，尊敬有加，他曾出版散文集《一个人和九十九座山》，收录有他对众多名山游历和感悟的名篇。

陈章武在文章中写道：“对我们人类来说，山绝不仅仅是可供审美的风景。每一座山都是一部百科全书，一部卷帙浩瀚的百科全书。”

陈章武的评说非常到位：“与某一座山的某一次邂逅，仅仅只是瞻仰了它的封面，浏览了它的目录，信手翻阅到它某一卷、某一页中的某几行文字而已，怎么可能对全书博大精深的内容有全面而透彻的理解呢！”

宋代大文豪苏东坡游历中华名山，留下名篇无数，也曾由衷地感怀：“看山一日，读山数载。”

如今我不辞劳苦攀缘仙游山和仁山寨，就是来“读山”的。

我知道“读山”需要耐心。

因为千山万峰太过厚重，要读懂山的巍峨和山的奇奥，读懂山的沧桑和山的庄严，我们即便一生皓首苦读也难穷尽。

我知道“读山”需要睿智。巍峨而又沉稳朴实的山，只是矗立在那里千年默默无语，要读出山的怪石嶙峋，一粒粒松子从鸟喙里掉落缝隙，从中探究并破解松树赢得阳光雨露的奥秘。

我知道“读山”需要积以时日。要读出洪荒时代层层岩石的积淀，茫茫沧海如何变为桑田，不可能凭感情的冲动就一蹴而就。

我知道“读山”需要唯物史观。历史上的农民起义军领袖登高一呼，正义化身为擎天一柱，借助于山谷中吹拂的阵阵清风，或许可以在不断对冷兵器的擦拭中清晰破解。

陈国阶是中国科学院成都山地研究所的研究员，他早年在《对中国山区发展战略的若干思考》一文中，就曾非常形象地比喻过：中国山区地形上是隆起区，经济则属于低谷区，且基本上海拔越高，经济的谷底就越深。

“读山”委实不太容易。

中国是一个山地大国。“读山”我们应该读出：以珠穆朗玛峰为标志的世界第三极，骄傲地屹立在青藏高原之上，由此也就可以说，世界山地在中国。无论是山的高度，还是山的广度和复杂度，在地球系统中都可谓是首屈一指。

中国是一个山区大国。“读山”我们应该读出：中国正在全面建成小康社会，实现精准的扶贫攻坚，山区是最大的难点区。山区长期作为战略资源的输出区域，未来的资源支撑作用和环境调节功能的不可替代性，决定了山区战略地位的历史性和长期性。

中国是一个农业大国。“读山”我们应该读出：山区的农业发展一直停留在低水平层次，是国家现代化进程中的障碍区，但也是拉动内需最具新鲜活力的空间，经济增长的潜力巨大。

中国是一个正在和平崛起的大国。“读山”我们也应该读出：在实现民族复兴的“中国梦”进程中，我国广大山区肩负着战略资源储备、生态安全屏障、国防安全保障、民族和谐发展等重大战略责任。中国的山和山区是这样，仙游县的山和山区又是怎样呢?

我来到仙游和仙游山，就是想来此“读山”。

我不断地鼓励自己，要把祖国山的鸿篇尽可能读好。

古语说“三十岁读开宗”，尽管没有哪所大学会给我发“读山”的文凭，我已过花甲之年还是要努力地“读山”。

浩气养成天地小

（2018 年 5 月 11 日）

作为一位福建省莆田市的土著，我虽然没有为自己的家乡写过几篇诗文，但对“文献名邦”兴化府（莆田市在历史上的称谓）的历史文化，我本以为自己或多或少还是有点了解：譬如被誉为“海上女神”和“天妃”的林默娘，再譬如被誉为宋朝“半个朝廷”的蔡襄、蔡京和蔡卞等。

最近福州大学的林朝阳教授告诉我：在宋代，莆田有一位被誉为“南夫子”的儒学大师林光朝，不仅当朝的宰相陈俊卿、状元黄公度都是他的铁杆“粉丝”，连朱熹都深受他理学思想的影响，我不由为自己的孤陋寡闻大吃一惊。

林光朝出生于1114年，比朱熹大16岁。林光朝博览百家经史，学问非常渊博，他从26岁起，便先后在“红泉东井”“松隐精舍”“蒲弄书堂”（均在如今的莆田市）等处讲学授业，一时间，四面八方的学士纷至沓来。

1160年11月，朱熹慕名到莆田黄石聆听林光朝讲学，他欣悉“群仙书社”培育出了诸多俊彦，特意前往造访，并在栖宿的壶山书院，赋《群仙书社记》长诗：“莆阳山水冠四方，气毓水南龟屿庄。储才挺秀不易得，今昔往往皆流芳……莆人说此小瀛洲，群仙跨鹤来徜徉，壶山巍峨兰水沧，先生之风同其长。”

1161年春天，朱熹在莆田跟随林光朝学习期间，曾有一诗《曾点》——曾点是何许人也？他是孔子30多岁第一次授徒时所收的弟子：“春服初成丽景迟，步随流水玩晴漪。微吟缓节归来晚，一任轻风拂面吹。”

朱熹的《论林艾轩作文解经》里，亦有这样的记载：在兴化南寺（亦即今天莆田市的广化寺），某（朱熹）云：“如何见得？”艾轩（林光朝）云：“曾点不是要与冠者童子真个去浴沂风雩，只是见那人有冠者……曾点见得这意思，此谓物各付物。艾轩甚秘其说，密言于先生也。”

据《朱子语类》卷一百三十二载，朱熹随林光朝学习，有这么一段顿悟后的心情感受：“某（朱熹）少年过莆田，见林谦之（林光朝），方次云说一种道理，说得精神，极好听，为之踊跃鼓动！退而思之，忘寝与食者数时。好之，念念而不忘。”

在1131—1162年，不求仕途闻达的林光朝立足莆田家乡，一手创办起“红泉义学”开讲授徒，其教学的主旨是“不专于辞章为进取计，盖以身为律，以道德为权舆”，专门前来听林光朝授业讲者，经常有数百人之多。

故此，南宋时期的莆田籍名相、诗人陈俊卿在其所著《艾轩祠堂记》中，称赞莆田此地虽偏居东南一隅，但儒风之兴盛，委实与林光朝的讲学密不可分：“自绍兴以来四五十年，士知洛学（指程颢、程颐兄弟建立的理学体系）而以行义修饬兴于乡里者，艾轩林先生始作成之也。”

只是这位被称为“南夫子”“艾轩林先生”的林光朝平生著书不算多，他只把自己领会感悟的“圣贤精细之意”口授于学生，使学生能够心心相通地理解。

林光朝虽然桃李满天下，但仍十分注重精进学问。若是按现代颇为流行的话说，林光朝本人善于“学科交叉”，与比自己年长10岁的莆田籍史学家、著有《通志》的郑樵过从甚密。

郑樵藏书丰富，林光朝经常向他借书，并且与之讨论学问。郑樵在史学上的不凡建树，无形中对林光朝的思想也产生了一定的积极影响。

林光朝曾说过：“道之全体，存乎太虚，六经既发明之，后世注解固已支离，若复增加，道愈远矣。”林光朝创立“体用为本”的思想，在教学方面，他一向反对只搞训诂和从事经院烦琐哲学的研究。

林光朝强调发挥学生的主观能动性，强调实践才是根本，主张按自然的法则去解释现实中的社会，同时主张学无止境的求学精神，推动闽中理学的发展。

林光朝除在朝廷任职外，也曾在广西和广东等地做过官，但无论在哪一个职位上，他都能做到两袖清风。

1178年林光朝病逝，谥号文节，其后人收集并整理林光朝的著述，编有《艾轩集》九卷。陈俊卿在《哭林艾轩》诗中云：“百担有书行李重，千金无产橐中贫。”

朱熹在《答艾轩公书》中说，“熹久欲有请于门下而未敢以进”，这在很大程度上也体现了理学大师朱熹对林光朝这位“南夫子”的真挚敬意。

从迄今为止发现的各类史料中，人们亦不难分析得出，林光朝与红泉学派兴起于二程、朱陆之间，在传播理学上，起着承先启后的桥梁作用。

明代编修的《兴化府志》，在林光朝的传记后设置了一篇《论曰》：“予编次郡之人物，故以儒林为首。而先之以郑露（唐代莆田学者）者，所以著莆人之倡儒学始于此也。次之以方仪（宋代莆田学者）者，所以著莆人之建学立教始于此也。又次之以林光朝者，所以著莆人之倡道学始于此，且以示儒者之准的也。”

出于对林光朝这一位乡贤的敬仰与尊崇，笔者注意到：在当地历史悠久的琼林书院里，一直虔诚供奉着“南夫子”林光朝塑像，如今的香火愈加鼎盛，林光朝的为学与为人，一直为当地的人们口耳相传。

一木之茂发千条，一水之流源万脉。钩沉史学应明鉴，梳理文脉可醒脑。在林光朝的家乡莆田市秀屿区东峤镇珠江村，笔者在短暂访问的两天时间里，也深为当地民众对林光朝的衷心爱戴和骄傲所感染。

至于林光朝曾经在900多年前的宋代担任过什么官职，是否在福建“九牧林”等林氏家族中出任过什么职位，显然已经不太重要，这也正如林光朝本人言行一致，他在《上何著作晋之》中以诗言志——“浩气养成天地小，宦情都付羽毛轻”。

九华气度山

（2019年1月17日）

经戴玉锁先生的游说和鼓励，他驾车并充当向导，我登上莆田市的九华山。

莆田市九华山在荔城区西北10千米处，位于西天尾镇和常太镇的交界处，其海拔为741米，比起著名的安徽九华山，十王峰的海拔为1342米，莆田市的九华山明显低了601米。

但莆田市九华山有自己的气度，它与南面的壶公山遥遥相望，同为兴化平原之侧的名山。

相传，汉代有陈、胡两位道人来自北方，在莆田择胜地佳景色而栖。姓陈的道人上了九华山，姓胡的道人上了壶公山，后来两人皆得道成仙，故九华山就有了“陈岩”“陈岩山”“仙公尾”诸种称呼。

亦因莆田市九华山翠峰如簇，形如九朵莲花，故有“九华叠翠”之称，系莆田二十四景之一。

因落日余晖映照山峰，莆田市的九华山亦称作“霞山”；因其山形如同一个搁笔的笔架，莆田市的九华山有时也被人称为“笔架山”。

莆田市九华山或是以神名，或是以形名，或是以光名，或是以色名，都显得扑朔迷离，有着梦幻般的色彩。

由山麓步行到峰巅，须攀登800级台阶。老汉我既然尚且能饭，岂能服老？即在这里弃车拾级而上。

我们登上山腰后的片刻工夫，就可见到一块摩崖石刻，上书“上天梯”三个红色大字，相传系明代进士周瑛（1430—1518）所书。

这么轻而易举，就有一部“天梯”在等候着游客，莆田市的九华山，似乎也和来这里进香的施主们一样，太过于虔诚、乐善好施了。

临近峰顶有一道山门，山门的横额有“天衢云路”石刻，相传为宋天圣年间（1023—1032）进士方峻所书。

门旁石刻有楹联，门内亦有“虫文摩宿雨，鸟道出寒烟。见客询何梦，逢樵恐是仙”的联句。

“仙公洞”在云端殿之后，洞额上面刻有“燕子洞”三个字，并有一联：“巷陌乌衣谢，楼台栋宇空。”边上是“紫竹院”，亦有一联：“南海头陀寻旧海，西天尾处见新天。”

仙公洞是一处祈梦之地。据兴化县志记载：唐会昌年间（841—846年），河南嵩山少林寺的高徒千灵辞师云游，其六祖惠能大师曾赐偈曰：“逢苦即住，遇竹且居。”

僧人千灵行至莆田的九华山北侧，到了这里的苦竹山，才顿悟大师偈语之意。闻苦竹山有山魈作怪，遂与山魈顽强打斗。千灵饮铁以示法力，山魈大惊失色，一路败逃到九华山巅，化为一只燕子钻入山洞，被千灵以一艄石船为兵器，将山魈倒扣镇在了山洞中。

何氏九仙从安徽来，也是想到莆田的九华山隐居，后来至仙游县的九鲤湖羽化成仙。

莆阳是历史上莆田市的别称。莆阳百姓为了永保一方平安，又奉祀何氏九仙于山洞中，镇压山洞中的山魈，故该洞亦称“燕子洞”和“仙公洞”。

仙公洞后有一石穴，穴深二尺许，有三口泉眼。据莆田县志记载：此处

“大雨不溢，大旱不涸，水清而甜，相传为汉代的陈仙淘金井”。

但据地理和地质学家考证，莆田市的九华山原来是太古火山的遗迹。上有粘蚝石、船篙石等沧海桑田的佐证。

无论是其名气还是其峻峭，莆田的九华山似乎都不可与安徽九华山相提并论，但莆田的九华山并非乏善可陈。

莆田市九华山在新生代第三纪，亦即距今约6500万~180万年，在这里的地壳上升前，它只是作为大海中的一些岛屿和礁石，在亿万年的地壳上升后，才渐渐隆起成为海拔700多米的山峰。

粘蚝石和船篙石的遗存，就在莆田九华山的山顶，成为一种相当罕见的地理和地质现象。

莆田市的九华山顶，还有一块奇异的石头，其石面如刀削斧凿，上面隐然刻有象形的陌生文字，这或许是古人类最初、最原始的文字，期待着今人石破天惊的破译。

南宋进士方翥著有《题九华山》一诗，就像一首纯真质朴、探求科学普及的诗歌，涉及“仙篆石”和“粘蚝石”的奇绝之处。

《仙篆石》云:“何人登眺睨绝顶，一树一石探幽奇。虫文鸟篆不可识，如读岣嵝神禹碑。”

《粘蚝石》云:“累累蚝山著石面，此非所有能无疑？细看大石深孔窍，舟人撑篙迹犹遗。乃知此山千载前，汹涌尚作海渺弥。蛟龙鱼鳖占窟宅，不省造化能密移。”

毫无疑问，安徽的九华山之所以有今之盛名，历代文人墨客的吟咏立下了汗马功劳。自晋唐起，众多以诗词见长的文人游历安徽九华山，存有诗词歌赋多达500多篇。

除了最有名的李白《至陵阳山登天柱石酬韩侍御见招隐黄山》，还有王安石的《和平甫舟中望九华山二首》、刘禹锡的《九华山歌》、文天祥的《过池州》、苏辙的《过九华山》、陈岩的《斧柯岭》、王阳明的《九华山赋》等。

一个个文豪都是如雷贯耳的名字，一篇篇诗作都是响遏行云的华章，九华山能不闻名于天下？

“文章太守，挥毫万字，一饮千钟。”莆田市九华山虽然没有安徽九华山的盛名，但在当代的莆田市，倒也的确出过两位“文章太守”。

譬如吴建华，他在 1992—1998 年曾任莆田市市长。出版有散文集《山房夜梦》《壶山夜语》、杂文集《屏山夜话》、古诗词评论集《诗山夜跋》等。

譬如梁建勇，他在 2011—2013 年曾任莆田市市长（2010—2011 年为代市长），出版有《寻找雪峰》等两三本诗集。

如果由这两位“文章太守”担纲，组织一些重量级的当代作家来莆田市采风，写写莆田市的九华山如何？

“乃知此山千载前，汹涌尚作海渺弥”。莆田市九华山，莆田市气度山。作家们无须多沾染笔墨，写莆田市九华山的海拔 741 米高度，或者刻意拔高莆田市九华山的高度，只不过需要作家们多费一点心思“读山”，写出莆田市九华山的气度即可。

文章天下事　仙游故宅情

（2019 年 12 月 7 日）

本人不才，爬了一辈子格子，写了一辈子文章，出版的书籍虽已有七本，但除了“小升初”是仙游县的状元，如今已然是日薄西山，在几乎气息奄奄中苟延残喘。

近日我穷途末路逃亡至桑梓，得知平凡夫子在莆田安康，笃凡地采菊南篱下悠然见东山，于是冒昧骚扰七旬刘兄，方知经他经过多番努力，已出版了其祖上刘章天的《慕风岩诗集》，带着典雅的古色古香，在 2017 年印了数百册。

以文章为天下事的刘章天，系仙游县郊尾镇湖宅村人，他在 1871 年得中进士之后，因为官清廉一路得到擢升，在光绪己卯年亦即 1879 年，官拜清廷的礼部尚书，是年告假回桑梓的途中因路途遥远劳顿得病，即在省城福州谢家瑞粮道公馆就医，不幸病情加剧逝世，享年五十七寿，葬于仙游县枫亭镇溪北村的飞凤朝天穴。

刘章天是清代著名良臣、诗人和书法大家，是实现“立德、立功、立言”三不朽至高境界的楷模。“政声人去后”，在近一个半世纪以来，其事迹被世人广为传颂，其精神影响了几代人。

刘章天存世的主要作品就是《慕凤岩诗集》。我从“平凡夫子”那里得到《慕凤岩诗集》后爱不释手，并且爱屋及乌，于是有些蛮横地对平凡夫子说：我一定要去郊尾镇湖宅村，看一看百多年前的“刘部长”故居，请为穷途末路的我赶快备马备轿！

平凡夫子山高水长，是我49年前就认识的挚友，也是我在漳州市一家军工厂的工友，我一直尊重他如亲兄长一般，他在莆田市多有政绩，曾官拜“七品局长”。

微信昵称“平凡夫子”的刘兄，对我几近蛮横的要求报以一如既往的宽宏大量，他在“呵呵呵呵”之后，果然为我“备马备轿”。亲自陪我从莆田市区，来到刘章天的故居，亦是刘局长的故居游玩。

看到刘氏这处100多年的旧宅，我不由得崇敬，不由得怀旧，不由得憧憬。

我为何崇敬？

刘章天得中进士后履任，呈《略陈百姓疾苦疏》《敬陈预防科举流弊疏》等“五事疏”，直陈民间的悲苦疾困，大胆地抨击时弊不端，振臂疾呼改革，促进社会进步，官声名震朝野。

我为何怀旧？

大概1971年或1972年春节前夕，我和平凡夫子从漳州的一家军工厂出发，各自回仙游县城和仙游郊尾镇探望父母双亲。

春节过后，我骑自行车一个小时左右，从仙游县城来到郊尾镇湖宅村拜访“平凡夫子”，曾在前清名臣“刘部长”的故居住宿过一晚上，平凡夫子不嫌弃我的脚臭袜臭乃至于“嘴臭”，和我秉烛促膝长谈并同床共眠。

我为何痴迷?

在刘章天的故居，现存其亲撰所书的楹联，虽然经过100多年的风侵雨蚀，“报国曾陈五事疏，传家只有六经书”，我经过刘局长平凡夫子稍加指点，亦可不太勉强就能辨认出龙蛇字迹。

刘章天心系民间疾苦，居官不忘草根布衣，以“清公俭”三个字作为座右铭，一生清正廉明，尽心尽责，为官造福一方，也为家乡仙游县办了诸多好事。

譬如他在仙游县创办私塾学校，培育当地人才；他带头架桥修路，发动垦山种果；他倡导植树造林，组织挖井开渠；他未雨绸缪带领民众筑陂抗旱；他发动乡邻集资修葺寺院，保护文物古迹等，政声赫赫远播。

我为何憧憬?

光绪二年亦即1876年，刘章天利用他的号召力和影响力，多方筹集资金，在京城宣武西砖塔胡同新建“仙溪会馆”，使仙溪会馆成为“联乡情，笃友谊”的一处平台，成为仙游乡亲漂泊的停靠站和交流点。

我憧憬自己穷途末路回到北京后，能在西砖塔胡同找到当年的仙溪会馆，哪怕是仙溪会馆的遗址。

我憧憬，如今仙游县在京的富商巨贾能够慷慨解囊搞公益，在仙溪会馆的遗址或旧址搞一两处清静房间，作为仙游籍人士在京喝茶聊天的所在，日薄西山的我亦可苟延残喘，有一个在北京可以吹大牛的落脚之处。

刘章天虽身为高官，却朗如日月，清如水镜，甘居陋室终生没有盖府第，并在《瓶室》一诗中，把自己的蜗居戏称为“瓶室”，曰“瓶室清如水”。

刘章天在《拓瓶室成》一诗中，更是这样直抒胸臆：“饥驱奔走无息肩，家居容膝安所便。编茅结屋三两椽，妻孥聚处堂之边。家徒壁立常安眠，开窗望极云顶巅。”

从刘章天诗歌的字里行间管中窥豹，可看出他出仕后仍然拮据窘迫，其清廉和安贫守道的节操由此亦可略见一斑。

我仔细品读再三，觉得刘章天博学多才，传世著作《慕风岩诗集》，诗歌虽然朴实无华但字字珠玑，从中可以窥见他不刻意雕琢、不浮华粉饰的真性情。

难怪清末的大咖余樾勲言之凿凿，这样高度评价刘章天："诸体皆工，五言尤峻洁，气格近孟襄阳。"难怪工部尚书徐树铭欣然着墨，为刘章天的诗集作序，点赞刘章天："足不越里闾比党而常若志九州四海之大，身不越蓬户瓦牖而常若有天地民物之忧。此岂非山川奇气有以钟毓而然哉？"

刘章天的诗作《舟泊上海》很有代表性，被徐世昌编入清代名诗集《晚晴簃诗汇》。《舟泊上海》诗云："怅无斗酒与双柑，客里莺声二月三。带得春潮随我去，杏花一色看江南。"

刘章天的书法正楷行草皆精，尤其擅长楷书。朝廷众臣赞他："书法奇才，一代称雄。"

记者出身的我已经闻知：在仙游县的名山魁山，现留存有刘章天的"亦钓台""慕风岩""上有飞瀑""望斗台"等摩崖题刻。在泉州市回澜书院留有他的"回澜"石刻。在仙游一中校园内留有他的"傅少师读书处"石刻。

毕业于仙游一中的我，不禁汗颜得无地自容：我在仙游一中见过"傅少师读书处"的石刻，但眼拙的我愚钝，居然不知这是刘章天的手迹。

据悉，在仙游县的天竺寺，亦留存有刘章天撰书的楹联："宝地朗开天一洞，紫云高荫竹千寻""悬象天高垂宝盖，无心竹翠蔼慈云"石刻。

"平凡夫子"赠我的《慕风岩诗集》，收录了其祖上刘章天的一些书法作品，从某种程度上弥补了我的孤陋寡闻，我才晓得一些庐山的真面目。

从刘章天精妙凝重的笔触中，大致可窥见他的书法风格和高雅韵味。他每个字的结体工整稳健，古朴隽永见雄浑大气，峭拔刚挺中露清丽婉约，方正严谨中透灵动之神。

刘章天熟读历代经史典籍，更深知家教的重要性，他总是殷切教诲后代子孙，要"读书、积德、耐劳、惜福"，并把这 8 个字立为刘氏家训。

刘章天优良淳朴的家风，亦为世人津津称道。"莆田御史第一人"江春霖，以及莆田的最后一位举人、莆田清末"四大才子"之一的清官吴台，均仰慕刘章天的官德和家风，乐与刘家联姻，在莆仙大地多年一直传为美谈。

刘章天的品行深受万民景仰。仙游县郊尾镇十里八乡的老百姓重情重义，在闻悉刘章天不幸患病仙逝后，自发为他在仙游县桑梓请风水先生选址，在魁山寺的右侧建了一座“报功祠”，以便世代祀拜刘章天的德才。

稍微遗憾的是，“平凡夫子”一向行事低调，这次也以到魁山寺的交通不太方便为托词，婉拒了我欲到魁山寺拜谒的请求，不再给我备马备轿，穷途末路的我无计可施，只好知趣地悻悻作罢。

仙游县郊尾镇湖宅村过垅 143 号，既是刘章天也是“平凡夫子”的故居，也是我曾住宿过的“路居”，我再次沾一下前朝的“刘部长”、今朝的刘局长的仙气，由衷道一声：文章天下事，仙游故宅情！

兰石飞天反弹琵琶

（2019 年 12 月 31 日）

我既五音不全，又完全不懂得乐器乐谱乐理，实乃人生六十过五虚度的一大憾事。

在我国诸多民族乐器中，我最喜欢的是琵琶。不仅因为琵琶是拨弦类的乐器，是弹拨乐器的首座，更因为在演奏琵琶时竖着抱它，就像演奏者抱着一个乖巧听话的婴孩，画面看上去如亲子相拥，甜蜜温馨。

左手按弦，右手五指弹奏，琵琶既可独奏、伴奏，又可以进行重奏与合奏。有谁见过笛子或二胡可以重奏、合奏的？

我曾去过敦煌两次。第二次去敦煌大约是在 2001 年，那次我大饱眼福，有幸看了些普通游客所看不到的“特窟”。普通游客若要看特窟，一个特窟少则花费一两百元，多则花费两三百元。我看了大约 10 个特窟，其中之一就有“仙女反弹琵琶”。

在敦煌的神奇壁画中，琵琶出现了600多次，飞天仙女手持琵琶，边弹边舞的绘画有数十幅，有的是在特窟里，有的是在普通窟。

怀抱琵琶竖弹、挥臂横弹琵琶、昂首斜弹琵琶、倾身倒弹琵琶、背后反弹琵琶……

仙女弹琵琶壁画在敦煌的艺术表现、我国古代画家的艺术表现，淋漓尽致如丝路花雨仙女表演时的香汗淋漓。

特别是丝路花雨飘洒，九天仙女背后反弹琵琶，其表演艺术的难度非常高。敦煌的第112特窟中，绘有一个反弹琵琶的天国绝色女舞伎。

在反弹琵琶的舞蹈中，这位舞伎绾束高髻，赤裸的上身虽然情色却不色情，她身披璎珞，颈挂配饰，将琵琶置于脑后，丰腴的双臂在斜上方反握琵琶而弹，左胯重心向后提起，右脚向上跷起，两眼微微下垂，神态泰然自若，充满天仙般的无限魅力，或者和杨贵妃一般的魅力。

但我不由得担心：当飞天仙女的右脚落下，重心立即就会前倾，一连串奔放欢快的舞蹈动作，将快速地顷刻爆发。飞天仙女一旦在把握控制时重心不稳，是否会就此跌倒在凡尘间？

敦煌莫高窟反弹琵琶的伎乐天，都是佛祖和菩萨的侍从，她们的主要职能就是"娱佛"。在敦煌壁画中有大量的伎乐天形象，她们大多为半裸束裙，披巾戴冠，其神态悠然，体形丰满，具有唐代仕女画的鲜明特点。

我之所以今生投胎于仙游，说一千道一万，也是为"娱佛"这第一要务——朋友圈的诸君就是我心中的"佛"，为了让诸君能够快活无边，我经常会不惜代价、不遗余力地自贱自荐，乃至于自黑。

在神奇的东方国度，应该是先有水果"枇杷"，而后才有乐器"琵琶"，因为"琵琶"的外观形状，非常类似于水果"枇杷"，所以产生于我国古代的这种乐器，最终才得名"琵琶"。

我国盛产优质枇杷，以杭州市的余杭区、苏州的东山西山，以及福建省莆田市为最，亦是我国闻名遐迩的三大枇杷产地。其中，仙游县书峰乡的兰石村，其多年种植生产的"解放钟"等枇杷，一直为喜食枇杷者所钟爱。

书峰乡的第一大行政村兰石村，因其历史上"瀑冲石，水之蓝"而得名

“兰石”，全村面积16.8平方千米，毗邻“中国古典家具之都”仙游县榜头镇，距离福诏高速出口仅有5千米。

兰石村不仅空气清新如花果山，而且景色优美胜桃花源。由于兰石村此前尚未得到应有的适度开发，瀑布还是那个瀑布，溪流还是那条溪流，青山还是那座青山，但兰石村锁在深闺人未识，平常鲜有外人来参观和旅游，确实是一个挠心的遗憾。

兰石村想得到应有的可持续发展，就必须仰仗“走出去、引进来”的理念和政策，作为乡村振兴的强有力支撑点。当年春节刚过，作为其中的第一张王牌，就是要因地制宜，利用兰石村的5000亩枇杷树，在枇杷上做足和做好洋洋洒洒的文章。

枇杷成熟后味道甜美，其丰富的营养成分里，含有各种果糖、葡萄糖、人体不可或缺的微量元素，以及维生素A、B、C等。枇杷中蕴藏的胡萝卜素含量，在我国各种水果中名列第三位。

枇杷的丰美果实，具有润肺止咳生津的神奇功效。枇杷除了可以鲜吃，亦可以将枇杷肉制成糖水罐头，或者以枇杷酿酒。枇杷无论是其叶子，还是果实和果核，都含有扁桃苷。

独具药用价值的枇杷叶子，亦是中药的一种，将枇杷的叶子晒干后入药，具有清肺胃热，降气化痰的显著功效，譬如与其他药材一起制成的药物，就有“川贝枇杷膏”。

2018年4月底，兰石村举办了以“老宅印象”“我的乡村记忆”为题，以乡愁和乡思为抓手的大型摄影展等活动。

围绕“情系兰石，舞动乡愁”的主旨，举行大型下乡文艺惠民演出、环绕山区欢乐跑，搭建特色美食一条街，不仅吸引各地游客超过2万人次，更让外界知晓了兰石村的天生丽质。

“枝头红日退霜华，矮树低墙密护遮。黄菊已残秋后朵，枇杷又放隔墙花。”在南宋诗人周紫芝的笔下，那枇杷花开的美丽风光和独特景致，让800多年之后的人们都难以忘怀，犹在不时地吟咏，并在文章中援引。

金秋是枇杷花盛开的时节。枇杷花的颜色如梅花一样，都属于淡雅中略微带有浅黄的白色。来到兰石村的游客远远望去，白色与浅黄色相互映衬的枇杷花，比严冬里傲雪绽放的梅花，多了一些人间的烟火气，也多了一分书香闺秀的大家子气。

枇杷花清淡的香味弥漫山林，村姑们用枇杷花轻点自己微启的朱唇，像梳妆待嫁的新娘那样楚楚动人，在兰石村青山绿水的映衬下，别有一番优雅娴静的青春韵味。

搭救大叔狂想曲

（2020 年 1 月 4 日）

中文博大精深，而且词汇也在生生灭灭，不断地被淘汰，不断地被创造。而在各个不同的历史时期，即便是同样一个词，其原有的内涵也会与时俱进地发生变化，有时词义的内涵会大相径庭。

譬如说，现在说到“小姐”务必要谨慎；说到“同志”务必要看场合；一说到“隔壁老王”，可能让人会心地抿嘴一笑；说到“大叔”，“大叔”的脸可能就会突然阴云密布，脸上的肌肉可能就会僵硬，顿时像压了一个沉重的磨盘。

我由著名编剧郑怀兴引荐，在仙游县鲤声剧团看莆仙戏《搭渡》的彩排。我的脑神经没有搭错，“搭渡”这个词和《搭渡》这出莆仙戏，我在 1978 年春节就曾听父亲提起，也是父亲带我去剧院看的这出戏。

《搭渡》是编剧郑怀兴的处女作，也是他的成名作。1977 的春天，郑怀兴在莆田师范专科学校（仙游班）读书，时年 29 岁的他的内心深处，已涌动改革开放的木兰溪春潮。

郑怀兴小荷才露尖尖角，但已有七岁的大女儿宜琳、两岁的二女儿宜庸，家里经济的拮据、生活的窘迫可想而知。但“春江水暖鸭先知”，他感受到文艺的春风正在吹拂神州，创作莆仙戏的激情喷涌而出。

在仙游县文化馆暂借的陋室，厚积薄发的郑怀兴文思泉涌，用短短半个月的时间，就创作出莆仙小戏《搭渡》。

《搭渡》大致剧情是：一贯好占小便宜、对人性的善良充满怀疑的“大叔”，在轰赶“偷吃”船上刺瓜的小猪时，心生邪念偷走小猪，以弥补自己刺瓜被猪“偷吃”的损失。

为人一向热心正直，闪烁人性光辉的“二嫂”，帮助李大娘寻找丢失的小猪，从乡下沿途寻找到木兰溪边，却捡到“大叔”在“偷猪”过程中丢失的钱包。

“二嫂”心想，钱包失主一定比丢小猪更心急如焚，就沿着木兰溪岸追赶“大叔”的渡船，欲搭渡进城，寻找钱包的失主，却发现“大叔”乃贪心之辈。

“二嫂”发现“大叔”舱底所藏的，正是李大娘家丢失的小猪，同时发现钱包失主也是“大叔”。

“二嫂”以其矛攻其盾，人性未泯的“大叔”幡然醒悟。“二嫂”好言央求“大叔”搭渡，是出于本能的善良举动，无形中搭救了“大叔”，让“大叔”获得新的生活，没有在木兰溪翻滚飞溅的水流中“湿身”，没有被浪潮打翻落水“失身”。

今天彩排的《搭渡》，是将郑怀兴原创的莆仙剧目，改编成了现代小品，仙游县鲤声剧团推陈出新，嫁接其他文艺表演形式，一次大胆的创新尝试，也由此可见郑怀兴原创的《搭渡》底蕴丰厚，在41年后的今天，艺术生命力旺盛如初。

郑怀兴对我回忆：《搭渡》一写出剧本，还不到两个月，即搬上莆仙戏的舞台初演，纪念毛泽东在延安文艺座谈会上的讲话发表35周年，仙游县组织农村各个民间剧团会演，榜头人民公社的民间剧团演出。

郑怀兴元旦刚从北京回仙游，他编剧的莆仙戏成名作《新亭泪》，就被北京评剧院移植为评剧，在北京演出大获成功，受到观众和粉丝的如潮好评。

郑怀兴一边讲述《新亭泪》在京演出盛况，一边陷入对历史的沉思：在《搭渡》中扮演“二嫂”的是郑文霞，虽然她当时才20岁，而且不是科班出身，但非常具有艺术表演天赋；演“大叔”的则是郑必雄。

我和郑怀兴聊起《搭渡》的历久弥新，郑怀兴却接过话题谦虚地说：时任仙游县文化局副局长的张家树，以及仙游县文化馆的干部张森元等人，对他当时稳当地起步，走莆仙戏的创作道路帮助很大。

正如郑怀兴所言，1980年他从莆田师专政教专业毕业，被分配到仙游县编剧小组工作。他为何能甘于寂寞，在没有几个编制的小单位里一干几十年，干到2008年退休仍笔耕不止？

因为编剧职业是郑怀兴多年来梦寐以求的理想，领导也理解他对事业的追求，玉成好事，让他“自主写戏乐无穷”。

编剧是郑怀兴毕生最感兴趣的工作，他一生都安身立命于斯。写戏首先自得其乐，但“独乐乐不如众乐乐”，他创作的剧本陆续搬上舞台，受到广大观众欢迎，更是无比的快乐。

我不由像郑怀兴那样陷入了沉思。冬日的暖阳透过他家中宽大书房的窗帘，洒在地板上显得斑斑驳驳，一如斑斑驳驳的历史碎片。我沉思自己执拗如一的如下观点：

世界上大约有1000万种动物、植物和微生物，目前尚与我们人类一起存活在地球上，科学家已给其中的140万种定了名，由此可见世上生物极具多样性。

因为生物的多样性，人类才能生活得更加具有质量，更加富有情趣。我国政府在20世纪90年代就已正式发声，公布并实施了《中国生物多样性保护行动计划》。

人类自身也是“生物”，不能“厚此薄彼”，疏忽对人本身“个性”多样的保护，亦即保护“人物”本身的多样性。

世界很精彩，人的个性纷繁，也像大千世界的物种，应该允许并保护其异同：或刚烈，或纤柔；或直率，或婉约；或鲁莽，或缜密……尽可能任由个性发展。

就像尽可能由着每个人自由度量，保留自己头发的或长或短，或稀疏或厚密。男人若是自己喜欢，也可长发披肩及腰；女人若是自己乐意，也可理成锃亮的秃瓢；艺术家若新潮要酷，也可留起长辫子，就像大名鼎鼎的海归大学问家辜鸿铭。

个性鲜明的姑娘非要特立独行，将自己的脑袋理成闪闪发亮的秃瓢，或许有人会误把她当成“大叔”，难道有何大逆不道、伤风败俗？“女汉子”大胆走自己的路，让人家叽叽喳喳地叫“大叔”去吧！

面对蜜蜂的嘤嘤嗡嗡，我继续做这样的狂想：对人的个性的尊重和保护，就是对人创造性的尊重和保护，以及对基本的人权、基本生存欲望的尊重和保护。

即便貌似温良恭俭让的郑怀兴，谁敢断然一口咬定，在他貌似鬓发整齐的头上，就没有一丁点“叛逆”的棱角？

我肆无忌惮地狂想：正是那些刚烈者的疾恶如仇，喊出了“宁为玉碎，不为瓦全”，喊出了中华民族挺直脊梁和腰杆的心声；也正是那些直率者的口无遮拦，敢于直面熙攘尘世的人生，指出“皇帝的新衣”实乃一丝不挂。

我无须检讨自己，唾阉人以飞沫，是否会让斯文扫地——我本来就不是一位斯文人，而是一介鲁莽的武夫；我无须反省自己，以上观点是否偏激，是否会招引飞来的横祸。

我更无须唯唯诺诺，战战兢兢，看那些习惯于嚼舌头的长舌妇的种种脸色行事，对付飞短流长的长舌妇，最为简便也最为有效的办法，就是要像鲁迅先生所说的那样，轻蔑得连眼珠子都不向长舌妇转过去。

我经常口无遮拦，我虽然大大咧咧，但也敢于爽快地承认，作为福建人却居住北京这么多年，自己早已是一位“大爷”，一位天马行空的北京大爷，一位习惯当甩手掌柜的北京大爷。

我经常“童言无忌”，但我起码敢于不打自招：自己就是一位“大叔”，一位郑怀兴《搭渡》剧本里的“大叔”，一门心思期待“二嫂”前来搭救的“大叔”。

停车坐爱枫亭晚

（2020 年 1 月 10 日）

“枫亭”是个很浪漫的名字，容易让人沉醉，联想起唐代大诗人杜牧的《山行》：远上寒山石径斜，白云生处有人家。停车坐爱枫林晚，霜叶红于二月花。

“枫亭”是个很有诗意的名字，容易让人感触沉吟，怀想起唐代名家张继的《枫桥夜泊》：月落乌啼霜满天，江枫渔火对愁眠。姑苏城外寒山寺，夜半钟声到客船。

“枫亭”是个容易让老汉我捻须无数，怀旧念旧忆旧叙旧的名字。

“枫亭”，是个勾起我思乡之情的名字。我美丽动人的家乡福建省仙游县，是个有山也有水、有平原也有海的古县。仙游唯一有海的乡镇也是“枫亭”。

“枫亭”镇位于闽东南沿海中部，莆田市城厢区、仙游县、泉州市泉港区三地的交界处，是跻身福建首批八个地名文化遗产的“千年古镇”。

“枫亭”这个极富有诗意的名字，来自西汉何氏九仙在此“结枫为亭”，以及结枫为亭留下美丽的传说：汉元狩年间（公元前 122 年—公元前 117 年），何氏九仙得道升天前曾投宿此地，深秋漫山的枫叶红遍，叠嶂的层林尽染，此景此行此感，九位神仙遂美名此地为“枫亭”。

我打小在仙游县城生活，早年就知道在县城里吃到的所有海产品，诸如海蛎和海蟹、带鱼、鲑鱼和海蛏等，各种知名或不知名的美味鱼虾类，都是来自 25 千米以外海边的枫亭镇。

及至我在北京退休后的最近，才听编写枫亭志的乡贤介绍：古代的枫亭，是仙游县下辖的连江里；而早在隋唐在莆田设县的同时，八闽沿海初建南北驿道，在莆田境内 100 千米，只设“迎仙”和“枫亭”两个“馆”。

在北宋和南宋年间，亦即 960—1279 年，在人杰地灵的仙游县枫亭，出生于平民家庭的许多人由读书而入仕，官居庙堂高位，对中国的历史产生了重大影响。

其中，端明殿学士三司使蔡襄，位居朝廷则尽忠于社稷，位居地方官则惠于百姓。蔡襄对宋代谏察制度和新儒学的发展，都有着相当重大的影响。

蔡襄任职福州时，大胆革除陈规陋俗；任职泉州时，鼎力修建起万安桥。蔡襄倡导当今人们所说的绿化和生态，民众在福州至漳州 350 千米的道边种植松树。

蔡襄一生勤政廉政，为广大民众做好事，有口皆碑。如今在枫亭镇不但修建有蔡襄祠堂和陵园，而且在交通要道口处，最为显著和抢眼的地标，就是一座蔡襄目光炯炯的站立雕像。

而宋朝的宰相太师鲁国公蔡京、枢密院使蔡卞则与王安石新法、新学的发展与继承，有着相当密切的关系。

研究蔡京和蔡卞这两位高官的生平，研究这两位枫亭籍显赫高官在北宋后期政治、经济中起到的举足轻重作用，已成为当代宋史学者们的重要课题。

以东南沿海一隅之枫亭，在两宋年间，通过科举考试而荣登进士者多达百人。仅《宋史》中有传记的杰出人物，就多达 20 位，枫亭之人才济济，实属全国罕见。

同属枫亭籍人士的蔡襄、蔡京和蔡卞这三位宋朝高官，他们精湛的书法艺术，在其生前即已被朝野上下公认，他们自成流派的书法，各领时代的先河与风骚，分别是北宋中期和后期中国书法发展的顶峰，如今已被人们通称为“三蔡书法”。

在枫亭极为灿烂的历史上，除了“三蔡书法”空前绝后，是否诞生过全国公认的绘画名家，孤陋寡闻的我暂时不得而知，但此番我只“枫桥夜泊”一个晚上，却误打误撞，有幸撞进枫亭的书画朋友圈里，结识了枫亭的多位书画达人。

我浪迹天涯千里万里，这 50 年来往往每隔上几年，便会中途经过枫亭，然后到达仙游县城。

我有时从仙游县城出发，中途经过枫亭，然后向北到达莆田市区或福州，或者向南到达泉州以及厦门，但在浪漫而富有诗意的枫亭、海鲜丰富可供饕餮的枫亭、充满怀旧忆旧之念想的枫亭，我从未住宿过一个晚上。

感谢唐国地先生周全安排，他从枫亭镇开车出发，把我从仙游县城接到了枫亭镇。唐国地亲自把盏沏茶，陪我在墨尚文化家居工作室里品茗。唐国地开办的这个工作室，不仅温馨典雅而且闹中取静。

稍事休息后，唐国地带我到枫慈溪畔游玩。枫慈溪畔风光宜人，我一眼瞧见就心花怒放，顿时心生爱意和爱念，让唐国地当即停车，停在枫亭镇政府院子的前面。

枫慈溪岸边“枫桥夜泊”的漂亮红字，使我醒目更醒脑，让老汉我不由想起了 2004 年的春天。

在江南莺飞草长的一个春天，我和光明日报社的薛兄、人民日报社的杨兄、新华通讯社的俞兄，在天黑时想借机摸进苏州的寒山寺，但未能如愿看见“到客船”，阴谋阳谋未遂。

往事历历在目，我油然产生“枫桥夜泊”——在枫亭镇的“枫桥”住宿一晚的念头。唐国地善解人意地当即提出：“何不就在枫亭住一个晚上，明天我再送你回仙游县城？”此言一出，正中我的下怀。

我得以“停车坐爱枫亭晚”，经唐国地的引荐，见到了枫亭籍画家、蔡襄书画院副院长林强。林强博采闽中画派之长，2002 年就参加过中日书画交流展，其精湛的作品被中国历史博物馆（2003 年更名为中国国家博物馆）、中国民族文化宫等收藏，后来他的一幅代表性画作成为中国邮票的图案。

后来我还到枫亭镇的德艺轩书画室参观，并由此结识了陈震等多位枫亭籍的书画家。

陈震是 1986 年出生的枫亭农家子弟，小时候家庭贫寒，溪南小学刚毕业就只好辍学，跟随当地的画师蔡其渊学艺，为枫亭镇及周边的一些寺庙作画。

2002 年之后，经莆田市著名画家周秀廷的指导与点拨，虚心求学且艺术悟性和天赋极高的陈震，刻苦钻研中国山水画创作，技艺从此大有长进。

2007 年，80 岁的周秀廷先生仙逝，陈震一边靠努力打工挣钱维持生计，一边继续自己对绘画事业的追求。几年前，陈震开办了一家自己绘画，同时教少年儿童习画的工作室，在枫亭镇乃至仙游县的书画界，陈震开始逐渐有了些许名气。

承蒙唐国地热心张罗，陈震给予我的心随缘分和忘年抬爱，费心费时整 90 分钟，在一把折扇上为我现场创作，完成了一幅题为《青山寻幽》的山水画。

林旭之先生是枫亭 83 岁老翁，谦和温良的他，对我更是厚爱有加。在陈震赠送我的折扇背面，林旭之先生为我现场题诗并落款，曰“胸中无尽丘壑，笔底万里江山”。

据悉，目前活跃在莆田市乃至福建省的书画家，枫亭籍的人士已然形成了一个团结向上、奋发有为的整齐方阵。除了当天我“枫桥夜泊”，已结识成好友的林强和唐国地以及陈震等，还有黄祥武、黄新贤、陈燕雄、陈燕翔等。

我离开枫亭，通过与陈震等书画家联系，知道丹青颂盛世，翰墨贺新春，在己亥年春节将要来临之际，枫亭籍书画家正纷纷携带自己的佳作，为枫亭群众义务写春联和作画。

停车坐爱枫亭晚，让我受教受益匪浅，我该如何报答枫亭书画界的朋友？

我想是否可以选择一个合适的时机，邀请歌唱家毛宁大驾光临，来莆田市瞻仰湄洲岛的妈祖女神，来仙游县钟山镇游玩何氏九仙曾经修道的九鲤湖，来枫亭镇游玩塔斗山的“国保”万寿塔？

如 1993 年秋天南京的“涛声依旧”，我至少要诚邀毛宁“停车坐爱枫亭晚”，恳请毛宁在枫亭夜泊一晚，与我和枫亭的书画界朋友异口同声，动情地同唱一曲《涛声依旧》。

好色仙游书峰

（2020 年 12 月 21 日）

想要看电视，要选择好电视显现出来的颜色。我在厦门大学读无线电专业，读到第三年，开始学习彩色电视的发射和接收原理，就不可避免地要学习光谱，了解色彩的基本概念，知晓电子显像管的“红绿蓝”三基色。

何为色彩？色彩是通过我们的眼睛、大脑，以及根据我们的生活经验，对世界万物产生的一种对光的视觉效应。

人们对颜色的感觉，亦即对“色”的感觉，不仅仅是由光的物理性质所决定的，比如人类对颜色的感觉，往往会受到自己周围物体颜色的影响。

譬如有人认为不学无术的我，对可能价值连城的古代钱币毫不敏感；虽然也有比七品县太爷还高的“官衔”，我却对权力的诱惑极度不敏感，但对大千世界五彩斑斓的“色”，我却特别敏感、特别在意，而且年纪越大越是如此。

深秋的莆田市，种种色彩更加美丽有韵味，就像端庄成熟的少妇一样，即便不加任何粉饰和打扮，也以自己的风姿绰约而迷人。

于是我受到色彩的诱惑和勾引，也受到色彩的召唤和遣使，在这过去的很多天里，甚至连省城福州和美丽的厦门，也暂时未曾想过要去走走看看。

我来到仙游县的书峰乡，在书峰乡党委书记张春志等的陪同下，参观了书峰乡美丽乡村的建设新貌，不禁为书峰乡的多姿多彩所折服倾倒。

书峰乡地理位置优越，距离仙游县城仅 14 千米，各村旅游资源丰富。前两年，我曾经两次到书峰乡的兰石村游玩过，对兰石村的“樟抱榕”奇观尤为难忘，千年樟树怀抱着榕树，树干古朴，枝杈遒劲，色彩雄浑。

已在书峰乡任党委书记四年多的张春志，对书峰乡的乡情当然了如指掌，他一边陪伴我行走一边告诉我：经过近些年来全乡干群的共同努力打造，书峰乡已按照“一村一品”的科学规划，形成了“名贵兰石”“传奇百松”“休闲锦峰”“经典四黄”“风情鲤岭”等生态旅游新格局。

书峰乡的生态是有色的，而且多彩多色，不仅仅是当地盛产的枇杷在丰收时节呈现的金黄色。

毫无疑问，人类是智慧的，人类是爱好色彩的。在物质生活和精神生活发展的过程中，色彩对人类始终焕发着神奇的魅力。

世界是客观的也是主观的。人类不仅发现、观察、创造和欣赏着绚丽缤纷的色彩，还在日久天长的时代变迁中，不断挖掘自己的智慧，深化对世界斑斓色彩的认知，不断应用自己的谋略，和大千世界的斑斓色彩调情。

当天，书峰乡的丘陵天气很温暖，阳光很柔和。各村呈现出的赤橙黄绿青蓝紫，谁持彩练当空舞？

书峰乡不仅有雄奇雌怪的“樟抱榕”，还有榕俊槐秀的“榕抱槐”。敢说自己早已阅尽人间四季景色？不！我已完全被眼前的书峰景色所倾倒。

张春志带我来到四黄村，参观这里的一处博物馆，这处博物馆亦是青黛（蓝靛）的青少年研学制作基地。

前不久，央视《丝路霓裳》栏目组的一组人马，慕名来到仙游县的书峰乡，拍摄青黛（蓝靛）的制作过程——因为央视要拍摄全国各地各种颜色起源的系列片，而青色和青黛就出自书峰乡的四黄村。

青黛俗称“马蓝”，属于多年生的草本植物，通常在每年的夏秋季节收割。

仙游县利用青黛之色的历史悠久，早在800多年前的宋代，就开始就有先人种植马蓝和蓼蓝等，将它作为布匹等的染料，其中尤其以书峰乡四黄村的马蓝品质最好，其含蓝的成分高，是云贵青黛含蓝成分的两倍以上。

张春志书记告诉我，现在书峰乡四黄村种植面积多达600多亩，已成为这个村的特色产业。

我来到四黄村的青黛（蓝靛）青少年研学班时，许多学生正在现场体验青黛扎染艺术，利用青黛染出“青花瓷”般的作品，体验课也刚刚结束。

青黛扎染是把布用线扎成想要的图案，再选用青黛作为染浆，对布料进行上色。布料的色泽会根据其染色的时间、手法，呈现出最自然的状态，是仙游县民间传统而独特的染色工艺，也是一种值得继承和弘扬的非遗文化。

在体验活动过程中，老师手把手地教学生，学习青黛的扎染步骤，通过展布和扎布、浸布和染布以及拆布等工序，使得已经自己动手的学生，能够逐渐完成青黛扎染的步骤，通过对布料进行晾晒后，将一件件精美的艺术成品渐渐展现在眼前。

排队依次离去的这100多位初中学生，显然在当天的实践中因为生动有趣、受益多多而兴高采烈。我望着他们远去的身影，也深为他们的蓬勃朝气所感染，就像回到了自己的校园时光。

在厦门大学就读时，彩电专业的相关基础课程告诉我：不同文化背景和生活阅历的人们，即便对一种同样的颜色，其实在主观上的感受不尽相同，对于颜色的认识有时相当主观。

对于色彩的认知和研究，早在1000多年前中外的先驱者们就已有所关注，但自17世纪的科学家牛顿出现，对色彩给予真正的科学原理揭示后，色彩才成为一门独立的学科。

色彩，是一种涉及光、物与视觉的综合现象。

所谓的“光”，就其物理属性而言是一种电磁波，其中的一部分可以为人的视觉器官——眼睛所接受，并做出相应的反应，通常被称为可见光。

因此，色彩是可见光的作用所导致的、作用于人的视觉现象。可见光刺激眼睛后会引起视觉反应，使人们感觉到色彩和知觉空间环境。

可见光在我们已经认知的世界里，就像水和空气一样普通，但凡视觉正常的人都可感觉到它。但可见光又显得神秘莫测和千变万化，这也就是可见光和色彩的魅力之所在。

光产生于光源，有光才会有色。迄今为止，我们已经认知的，波长最为单纯、颜色最为鲜艳的光源应是激光。

对于光和激光，以及和光有着直接联系的颜色的不懈研究，也成就了我国一些著名的科学家，如南开大学原校长母国光院士、北京大学原校长龚旗煌院士

只要看到颜色或者色彩，作为万物灵长的我们，经常就会自然而然地产生相关的思维甚至一系列的联想。

譬如看到鲜艳的红色，就容易联想到冉冉升起的旭日、天安门迎风飘扬的红旗。

譬如看到一抹蔚蓝色，就容易联想到蔚蓝的大海和天空，联想到在一星期的辛勤劳作之后，需要心灵的抚慰和宁静……

对于色彩和颜色的种种联想，通常可分为具象的联想和抽象的联想。

对于色彩和颜色的联想，必然会受到人们年龄、性别和性格、文化背景和职业特点、民族和宗教信仰、生存和生活环境、时代烙印和生活经历等各方面

因素的影响，甚至会受到当时气候条件和自我情绪的影响。

譬如当天的我，对于书峰乡的色彩和颜色，和一年前、两年前只到书峰乡的兰石村游玩时，就明显地因为心境有所不同，从而联想到的事情也有所不同：不仅喜欢涂鸦的我好色，更为好色的则是仙游书峰。

2000 多年前的战国时期，楚国文学家宋玉曾有辞赋《登徒子好色赋》。“好色”（hao se），这里的“好”（hao），在汉语拼音里，究竟应该念第三声，还是念第四声呢？

意识流在平安夜

（2020 年 12 月 25 日）

傍晚，有一只母羊生下 3 只小羊。平安夜，张凤珠让丈夫郑珍发拿来一杆秤，称出小羊的重量是四斤六两，并为小羊取名“喜洋洋”。

小羊很平安，但母羊稍微欠安，因为刚当母亲，硕大的奶头胀鼓鼓的，却无法给小羊喂奶，母羊显得焦躁不安。

郑珍发夫妻俩为母羊打了消炎针，也为 3 只小羊喂了米汤，母羊很快就安静多了，洋溢着母性的光辉。

张凤珠系着一条好看图案的围裙，45 岁的她不仅眉眼生动，此时脸上也洋溢着母性的光辉。

我开始意识流。流到宋代诗人王观的浙东，《卜算子·送鲍浩然之浙东》：“水是眼波横，山是眉峰聚。欲问行人去那边？眉眼盈盈处。”

我文学的意识流从浙东流到郑庄溪，流到莆田市华亭镇，流到三紫山的挥公山庄。

平安夜我在挥公山庄度过。在这宁静的挥公山，可以眺望华亭镇若明若暗的满城灯火，挥公山庄的庄主郑珍发问我：你过去在北京过平安夜吗？

我回答：我从来都不过洋人的节日，包括平安夜和圣诞节。但我祝愿普天下所有的好人，日子虽然过得平平淡淡，却像你这样的好人一样一生平安！

郑珍发夫妻俩告诉我，他们的孩子已经23周岁，名字叫郑鹏鸿，在洛阳的军校当一级士官。

郑珍发夫妻俩收拾碗筷，打扫厨房卫生，我独自一人对着电脑意识流。想起20年前播出的电视剧《贫嘴张大民的幸福生活》。

该剧由著名小说家刘恒担纲编剧，观察琐碎的生活细节、渺小的人生困境，以浓厚的生活气息和淡淡的喜剧效果，用“显微镜”去透视切实的人生内涵，展现心地善良的城市平民张大民及其一家人追求平凡的幸福生活的过程。

贫嘴张大民是北京的普通市民，由梁冠华饰演再合适不过。张大民是一位在北京暖水瓶厂工作、经济条件较差的好人；郑珍发是莆田市的普通群众，只不过他不会像作为“老北京”的张大民那样，经常会耍耍贫嘴。

郑珍发是莆田市荔城区北高镇人，他1989年从莆田市北高中学初中毕业，学历虽然不高，但是凭他的心灵手巧和为人友善，先是在当地的印刷厂当学徒工，每月工资只有68元。

但好人自有好报。郑珍发很快就得到老板的器重赏识，第二年就成为印刷厂的“机长”，工资很快有大幅的提高，达到每月1000多元。

印刷厂的工友们都是友善纯朴的莆田人，自然也对勤奋好学的郑珍发刮目相待。在此期间，郑珍发情窦之花盛开，和比他小三岁的女工张凤珠谈恋爱。

郑珍发和张凤珠的恋爱史平淡无奇，若与贫嘴张大民和他的妻子李云芳的恋爱史比较，显然显得有点清汤寡水。

譬如，李云芳个子一米六八，比张大民还略高；李云芳曾有过被负心汉蹬过的不幸遭遇，但总算和善良的张大民步入美满的婚姻殿堂。总而言之，张大民和李云芳更“有戏”。

我为啥平安夜要在挥公山庄度过？为啥会异想天开，琢磨着要写郑珍发和张凤珠？

今年我几次来到挥公山庄，增加了对郑珍发夫妻的了解，知道他俩从恋爱到婚后举案齐眉、共同创业的一些琐事。

1996 年郑珍发结婚，1999 年，已在印刷业小有名气的郑珍发，被聘到福州的一家印刷厂当机长，工资涨到每月 7000 元，2005 年又被厦门的一家印刷厂作为人才挖走，不仅先给他 2 万多元的聘金，月工资也由 7500 元一路提高，后来涨到万余元。

我继续漫无边际地意识流：如果是在 1993 年，北京贫嘴的张大民陷入一地鸡毛，正为推销厂里的积压产品，无奈挨家挨户地卖保温瓶之时，莆田的印刷厂工人郑珍发对此毫不知晓，正和同车间的村姑张凤珠热恋。

2003 年的郑珍发生活比文旦柚甜蜜，不仅孩子准备上小学，也已有了一定的经济实力，靠自己和妻子的劳动积蓄，在莆田市城厢区花 18 万元，买了一套属于自己的四室两厅的房子。

郑珍发夫妻俩在厦门的客厅里，一边吃着台湾的咖喱果和福建的特产龙眼，一边给小名叫“嘟嘟”的儿子讲故事，教音乐天分很好的儿子唱儿歌，一边切换遥控器频道的幸福按钮，看《贫嘴张大民的幸福生活》的剧情不断推进，对梁冠华和朱媛媛的出色演技不时评判和点赞。

张凤珠生孩子时比预产期早十多天，所以没有去产科医院。张凤珠当时感觉自己腰部疼胀，然后让郑珍发赶紧叫来了村里的接生婆。

爷爷和奶奶高兴得嘴巴都合不拢，用平时称长寿面的秤子，以及做豆腐的过滤布称孙子的重量，六斤八两。小家伙的耳朵大、鼻子高，更像母亲，眼睛有点像丹凤眼，打小眉眼就更像母亲张凤珠。爷爷为孙子取名郑鹏鸿。

平安夜郑珍发夫妻俩一宿甜美无梦。在张凤珠一早就在厨房做饭的当儿，郑珍发告诉我：如今儿子和他母亲的联系更多。郑鹏鸿腊月初五生日，今年腊月初二要乘飞机回莆田，要提早给爷爷庆贺七十大寿，春节前要回部队。

23 岁的郑鹏鸿目前也在热恋中，平安夜他给父母亲发来照片，那是他女友给他寄来的圣诞礼物巧克力。郑珍发深为儿子高兴。

郑珍发坦诚地对我说：自己一路打拼虽然有点起色，但继续在厦门岛内搞印刷业，未来可能会受到一定的制约，且父母亲也需要自己回莆田尽享天伦之乐，浅尝辄止，见好就收。

郑珍发回归莆田，既当“福建百年达家饰公司”的老板，也发挥自己的专长，为妻子张凤珠的家族企业百年达公司效力。

最让郑珍发引以为傲的，是2018年秋天，他参加了在上海举行的、由人力资源和社会保障部等组织的全国印刷技能大赛，作为莆田市唯一的参赛代表，他获得了大赛的优秀奖。

去年夏天郑珍发携妻子，与几位熟悉的朋友自驾同游宁德市屏南县白水洋鸳鸯溪。

AAAAA级的鸳鸯溪（宜洋）景区，被人们誉为“爱侣圣地”“鸳鸯故乡”，在白水洋的下游，因每年有数千对鸳鸯从北方到此过冬，故称鸳鸯溪。夏天的鸳鸯溪很少能见到鸳鸯，但郑珍发和张凤珠远离闹市的喧嚣，感觉自己幸福得就像鸳鸯。

游客们都在鸳鸯溪戏水，躺在河床中的一个漕坑里。张凤珠也赤脚涉溪戏水，躺在了这漕坑里。她平躺的身子在水流的冲击下，差点被清澈的溪水冲走。

朋友们见到此状没有当护花使者，大笑着善意地起哄：“郑珍发看不住老婆，老婆要跑去找别的鸳鸯了。”

郑珍发赶紧拉住张凤珠，就势搂住张凤珠柔软的腰肢。张凤珠眉眼盈盈似笑似羞，脸颊绯红似娇似嗔。

“眉眼盈盈处。才始送春归，又送君归去。若到江南赶上春，千万和春住。”听郑珍发讲述他和张凤珠的蜜月，蜜月接着蜜月的“蜜年”，我的意识流也从莆田的木兰溪，流淌到了屏南县的鸳鸯溪。

在刻有“爱在鸳鸯溪”的石头旁，未经朋友们善意的起哄，就留下郑珍发和张凤珠肩挨肩甜蜜蜜的合影。

张凤珠和郑珍发寥寥数语商量，一如既往地麻利，预订好离鸳鸯溪不远的一处住房，貌似古城堡的农家乐。

他俩自己也料想不到，虽然在这里只住了两天，却为10个月后放弃轻车熟路的印刷业，在莆田市华亭镇另辟蹊径，经营挥公山庄埋下了伏笔：为啥现在自驾旅游的人越来越多？为啥现在各种农庄的人越来越多？为啥我俩就不能转行从事旅游业？

2019年春节前几天，郑珍发和几位朋友来到挥公山庄，从侧门进入长廊泡茶聊天，朋友说：这里是莆田市张氏慈善基金会的驻地，但张氏慈善基金会的人都有自己的营生，放着现成的楼房和周边优美的环境，不搞生态旅游岂不可惜？

郑珍发受到深深的触动，下山后和妻子张凤珠一商量，在屏南县白水洋鸳鸯溪、在鸳鸯溪农家乐住宿时的一幕幕，根本不知“意识流”为何物的他俩却意识流了：为何我俩就不能承包挥公山庄，让山庄面貌焕然一新，搞特色旅游餐饮服务业？

作为莆田市张氏的后代和郑珍发的贤内助，张凤珠对丈夫的想法全力支持，当晚就将想法进行了可操作性的细化，要到了莆田市张氏慈善基金会会长的手机号码，并登门拜访会长商谈具体事宜。

郑珍发和张凤珠从2020年4月开始，搬到修葺一新的挥公山庄居住，虽然那年疫情影响很大，但挥公山庄因他俩为人正直、经营有方，已显露出蒸蒸日上的端倪。

究竟啥是意识流？意识流是指来自外界或内部无意识中的某些信息、某些情感和欲望，以连续运动的方式进出意识的过程。

早在19世纪，美国实用主义哲学创始人、心理学家威廉·詹姆斯认为，人类的思维活动是一股切不开、斩不断的“流水”。

1979年，茹志鹃在《人民文学》杂志发表《剪辑错了的故事》，被视为新中国第一篇意识流风格小说。

王蒙在1979—1980年紧随其后，在不到两年的时间里，相继发表了《布礼》等系列中短篇小说，对西方意识流手法进行了尝试与创新。王蒙的这些小说在我家里都有，绝对看过不止三遍。

从1985年开始，莫言的出现，将中国意识流文学推向了一个高峰。他相继发表的《球状闪电》《爆炸》《红高粱》等一系列具有强烈意识流风格的小说，在全国文坛引爆，引起巨大的轰动。

莫言也在北京的黄寺大院引起轰动，球状闪电闪亮在青年湖，照亮一位穿呢子军装的青年半吊子作家，照亮半吊子作家家乡的大霏山，照亮他如灌木杂乱覆盖着的脑门。

红高粱地里看不见九儿姑娘的丰乳肥臀。但《红高粱》成为中国文坛的里程碑之作，小说时空错乱的顺序，亦是借用意识流的表现方法。

平安夜在北京，巧姑娘眉眼盈盈，将书桌上的闹钟定在凌晨 4 点。凌晨 4 点玲珑的闹钟嘀嘀响了，声声清脆，声声自远，似乎天籁。

收藏觉园静好岁月

（2021 年 1 月 4 日）

莆田市涵江区是著名的侨乡。一个偶然的机会，我知道戴礼舜的名字，他是涵江的一位著名收藏家，在 20 世纪 90 年代中期购买了一位老华侨的别墅，该别墅因为戴礼舜的接手，如今在莆田市相当有名气。

我一番打听过后，慕名到戴礼舜先生在涵江的别墅拜访。戴礼舜是莆田市已故著名画家周秀廷的高足，周八中则是周秀廷的长子，由周八中陪同来拜访戴礼舜再合适不过。

戴礼舜生性豁达开朗，在长达 30 年的职业收藏经历中，他遍访海内外的收藏家，可谓阅卷阅人无数。因为戴礼舜先生的重义守信，他也结识了众多收藏界的朋友，并在收藏界具有相当的知名度。

我见到戴礼舜先生的第一印象，是刚过花甲之年的他不仅笑容可掬，且满头皆是白发，加上一身宽松合体的汉式服装，正可谓是“仙风道骨”。

戴礼舜一边沏茶，一边将他多年的收藏经历，包括当初如何购置这处华侨的别墅，向我们一行 4 人娓娓道来。

戴礼舜在混沌未开的孩提时代，和父母亲住在莆田市区古谯楼附近。7 岁时他曾跟着开“赛洛阳”文具店的父亲，路过这座别墅，不仅窥见门内的照壁，也看到院内的房屋埕场果树。

面对这座葱茏树木遮映、大门幽幽半闭的别墅，似乎在冥冥之中，戴礼舜听到了别墅韵味悠长的心音。

戴礼舜睁大明眸默默注视，有种难以言说的亲近感和认同感，他不由得放轻脚步，似乎担心打搅这座华侨别墅的梦境。

戴礼舜还在就读小学之时，就已初显露出迥异于小伙伴的聪颖天资，后来他师从著名画家周秀廷，得到恩师的精心点拨和不倦教诲，也使他艺术心灵开窍，如敦煌的莫高窟在穿过洞壁的暖阳照射下，闪耀出迷人的辉光。

厦门鼓浪屿的海风吹拂，让青年戴礼舜的艺术细胞得到充分发育和滋润；在这里就读工艺美术学校，得到诸多名师的指导和培养，让戴礼舜的胸怀和眼界更加开阔。

戴礼舜毕业分配到莆田涵江的雨伞社工作，对涵江这座华侨别墅更加向往和关注，就像面对自己仰慕的恋人。

1995 年初夏，全家居住在香港的黄姓老华侨回到涵江，戴礼舜知悉这位老华侨有意卖掉这座别墅，就在第二天清晨，他轻轻叩响了这座别墅的大门。

黄姓华侨是位已年过五旬的医生，他一身干净整洁的简装，显得中规中矩，热情和蔼地接待了说明来意的戴礼舜，和妻子陪同戴礼舜参观了别墅建筑的结构和朝向，并对别墅情况仔细说明。

别墅占地面积 1600 平方米，有大小厅房等 10 余间，房屋建筑朴实大方，但因年久失修，当时的别墅已显得破败，不多的家具和生活必需品，由于主人长期没有打理而凌乱不堪。楼下的厨房里堆着做饭的柴火，宽敞的院落就像是个农场，种着地瓜、花生和蔬菜等。

黄姓华侨开价 100 万港元，戴礼舜问是否可以便宜一点，华侨同意以 96 港元成交。虽然这超出戴礼舜的承受能力，但面对别墅收藏价值的诱惑力，他几乎无法抵御。

卖掉自己的一些字画收藏筹钱，戴礼舜多年的美梦成真，终于成为别墅的新主人。

戴礼舜有位在厦门的同学叫林良丰。经林良丰一个暑假的整修，园中已初显面貌：无论青石路和红砖埕，还是藤架和瘦石，包括老梅和池水等，都一一安排妥当，既有乡野的清新又远离尘嚣。

有缘妙湛大和尚不吝赐教，为别墅命名并榜书“觉如精舍”，又承蒙圆明讲堂照诚大法师照拂，欣然题石“觉庐”两字，这便是别墅最初名为“觉园”的缘起。

1999 年，利用觉园东北隅的闲置地，戴礼舜和林良丰着手建造“辛缘书屋”，一厅二室，同样砖木结构，全由林良丰布局并设计，在简洁大方中略带古意。

2000 年，在一个月光清虚之夜，戴礼舜与林良丰在觉园的藤架下，彼此把盏微醺之时，移步于庭中几处得意的造景，不由聊起觉园中的人文趣事和乐事。

林良丰先是若有所思地口中喃喃，继而疾步走向画案，铺展宣纸研墨，沉酒满杯之际笔走龙蛇，须臾间，一幅写意的“觉园一壶酒”跃然纸上。

林良丰以水墨为之，不仅有高古清虚的淡雅格调，而且应景、应物和应情，实为笔由心生之佳作。

林良丰继而又乘着酒兴，又作“种石”和“闲倚栏干”两幅画，次日酒醒后复观其得意画作，高兴地舞之蹈之。

在戴礼舜的喝彩声中，林良丰又一气呵成，完成了另外 9 幅作品，“觉园十二景”便在这个艺术氛围中产生。通屏 12 幅洋洋大观，幅幅笔墨酣畅。

这组“觉园十二景”，囊括了觉园的风光景物与人文乐事，也是林良丰对觉园情结的诉说。

在“觉园十二景”中，有一幅描写画家看画的场景，诗题：“园纳东西南北景，室有宋元明清画。”就是生动真实的写照。

如今，取名“辛豫别院”的别墅，已是戴礼舜日常生活和进行美术创作的主要地方，也是他放置收藏品的主要所在，一个祥瑞幸福之地。

戴礼舜微笑道：无论是“觉园”还是“辛豫别院”，作为我的重要收藏品，升值的幅度当然都很大，就像我多年前收藏的李再、李耕和李霞等莆仙前辈画家的画作一样，无不是升值了几十倍。

戴礼舜先生以深厚的美学修养，以及独到的艺术眼光，在纷繁复杂的收藏界始终能够去芜存真，保持敏锐的艺术鉴赏力，其收藏水平得到业内人士的广泛认可。

戴礼舜先生为我一饱眼福，展示了他所收藏的文徵明的真迹。我愚钝且眼拙，只知道文徵明在画史上与沈周、唐伯虎、仇英合称“明四家”，亦即“明吴门四家”；在明代诗文上，文徵明与祝允明、唐伯虎、徐祯卿并称“吴中四才子”。

但在场的周八中和俞宗建等，均是研究书画的专家，他们透过窗外树影婆娑的光线，几眼便看出了文徵明的真迹，不由得啧啧称道。

但愚钝的我也知道，收藏是一种对于物品的收集、储存、分类与维护的癖好。收藏家的收集对象通常是有价值的古董，但也可能是其他诸如书画和邮票等小物件的收集，妥为保存。

戴礼舜先生兴致盎然，介绍了他所收藏的隋朝的敦煌佛像等重要藏品，点评说：收藏和投资有何区别？收藏肯定是收藏者心仪的物件，而作为投资经营，则注重收藏品今后的市场走向。

“乱世黄金，盛世收藏”。作为一种收藏品，必须具备收藏的各种条件，一般而言，同样的收藏品，其年份越久远也就越珍贵，也就有升值的空间。

一卷卷、一件件名家书画真迹，戴礼舜小心翼翼地把它们从柜匣里取出，又奉若神明地在柜匣里收好，我仿佛听到了匣里龙吟、匣里虎啸。

戴礼舜为我展示一尊手持莲花观音塑像。这尊观音塑像高 86 厘米，供奉于客厅茶座上方的陈列架，喝茶的客人极容易第一眼就看到。

只见这尊持莲花观音的裙摆飘逸，慈眉善目中透出笑意，神态安然祥和，但又绝非通常的侍女形象，让人对象征“慈悲”和“圆满”的手持莲花观音无限景仰，同时对她的和蔼贤淑感到可亲可近。

戴礼舜介绍说：但凡上品的艺术作品，无不倾注着设计者和制作者的良苦用心，渗透着创造者的智慧和汗水。

我连连点头称是。这尊手持莲花观音的诞生如是，其他青铜器和玉雕艺术作品等的创造亦如是。

那些艺术精品的收藏者，苦苦寻踪觅迹，亦是“衣带渐宽终不悔，为伊消得人憔悴”。

各种艺术瑰宝博大精深的文化内涵、高贵典雅的气质、丰富多彩的体裁、吉祥祝福的寓意、鬼斧神工的雕刻，无不反映了艺术大师们的才华与智慧。

苏富比国际艺术品拍卖会，通常戴礼舜都会争取参加。这尊持莲花观音拍卖起价 4 万美元，事先做足功课的他志在必得，最终在纽约举行的拍卖会上，以 6 万美元的成交价一锤定音。

我观赏这尊珍贵的手持莲花观音，有所感悟：一些创意和寓意美好的艺术作品，直接代表着创作者的哲思和愿望，包括感情的依托。观赏或者把玩一件精美绝伦的艺术品，如沐春风，是一种无上的精神享受。

像戴礼舜这样的收藏家，对寓意美好的艺术作品孜孜以求，甚至爱屋及乌，也寄托着收藏家的哲思和美好愿望，包括感情的依托和倾注。

所谓“收藏品”，包括大到钢琴乃至别墅，小至胸针和别针。不见得都是金银财宝、名人字画，以及价值连城的古董才叫“收藏”。

火柴盒、香烟盒、计划经济时代的各种票证、各种纪念章、连环画，都可以收藏，都具有收藏的稀缺性和保值升值性，这是个无须争议的话题。

收藏家可以是像马未都这样的“大家”，也可以是只懂得针头线脑、“小家子气”的农村老太太。

告别彬彬有礼的戴礼舜，告别戴礼舜“收藏”已有 25 年的辛豫别院，我时不时会思索“收藏”。

戴礼舜的诸多收藏已是价值连城，他也因收藏有方而成为著名的收藏家，更值得称道的是，他在党园里收藏了宝贵的艺术经验，收藏了价值连城的、黄金一般的“岁月”。

万寿观天马行空

（2023 年 4 月 2 日）

仙游县鲤城街道的万寿观，坐落于街道制高点的金石山上，它北倚大蜚山的双凤，南朝赖店镇的九龙洪山，面堂视野开阔，远方有四水朝坐，因此古代的风水和如今的生态专家判定，其吸纳并得益于仙游的青山秀水灵气，自然是造化福运匪浅。

先贤怀德留存古庙，千载悠悠肃然神心。斗转星移近千年，如今，万寿观已成为仙游一中美丽校园的一部分，成为仙游一中宏大的校史展览纪念馆。

我很惭愧，虽然万寿观早已有之，我从 1969 年秋天就读于仙游一中，头尾一年又两个月，但身为一连一排排长的我，当时根本就不知道校园内有万寿观的存在。

时隔 53 年，今天我回到仙游一中，第一次看到校园内的万寿观。

靠仙游一中校领导的引荐，我在仙游一中校友会秘书长和常务副秘书长的带领下，参观了 53 年前与我无缘的万寿观。

万寿观也称金石山福神道院，始建于宋建炎年间（1127—1130），相传是为纪念傅楫，由傅楫第三子傅谦受历经七年建成。现存为明清风格，其独特的建筑造型雅观，结构宏伟端庄，犹如故宫的式样。

傅楫，字元通，宋治平四年亦即公元 1067 年，傅楫考上进士。他为官一向清正廉明、刚正不阿。因为政见不同，受到同僚的嫉恨和排挤，因此他愤而出京到地方任职。南宋爱国诗人、文学家王迈写“少师楫公福神观功德道院记”的文章，对傅楫的为人为官做了高度评价。

首先映入眼帘的，是万寿观庭院前的一口古井，古井是用花岗岩修建的，古朴而且厚实，近 1000 年来它默默坐落在万寿观前，犹如一位洞若观火见证历史沧桑的饱学之士。

继而，我看到了庭院墙根边竖立的一块“福建省文物保护单位”的石碑。仙游县一共有 4 个“国保”古建筑和遗址，仙游一中校园内居然有这么一个“省保”，也委实难能可贵。

万寿观主殿宇面阔五间，为抬梁穿斗混合结构，更兼有双檐的歇山式屋顶，四周设有回廊。殿前设有丹墀，精刻青石雕龙的斜台阶，打造工艺甚为精美绝伦。

万寿观大殿为八卦藻井装饰，结构精细，所有斗拱和雀替、重莲等，均由古代工匠精雕细刻之作，各种人物花鸟图案装饰，正漆贴金描银，古朴而又典雅，具有我国古代宫殿建筑的传统风格。

据《仙溪志》记载：当年傅楫的儿子傅谦受奉旨南归，乘坐的船队遇到汹涌的风浪，其他船只都沉没了，因为傅谦受带了一位名字叫梅洞霄的道士，由于“梅师步斗”，使得船只顺利到达仙游。

傅谦受和梅洞霄一起，四方筹资并精心设计，毫不懈怠地进行“万寿观”道院的工程建设。在道观建成之后，道士梅洞霄自然也就成为万寿观道院的开山人物。

先贤怀德留存古庙，千载悠悠肃然神心。如今，仙游一中已经建校120年，万寿观成为仙游一中的一部分，傅楫先生早年那种“敲金戛石”、发奋进取的治学精神，亦让世代莘莘学子反复咀嚼与品味。

我认真观看了万寿观四壁的展览图文，亦即仙游一中校史展览馆的图文介绍，既看到了仙游一中历届领导的照片和文字介绍，也看到了仙游一中的亮丽风景，以及20世纪60年代末和70年代的青春风景。

在我沉浸于美好往事之际，墙壁上与自己有关的一个展板吸引了我的注意，在这个图文并茂的展板上，我有幸与北京大学原校长龚旗煌院士同框。

此时若仙游县的天气晴朗，站在仙游一中的金石山或万寿观高处，或许能够看到仙游县西苑乡的木兰溪源头，能够看到天马山。

天马山在仙游县榜头镇境内，位于仙游县城东南15千米，海拔约655米，是仙游县的四大景区之一，但遗憾的是，至今我还没有去天马山游玩过。

这时我在金石山和万寿观，既没能看到木兰溪的源头，也没能看到雄峻壮观的天马山，但我心潮澎湃，恣意地大胆想象，犹如天马行空，奔腾不息。

亲爱的朋友们，你们是否也脉搏为之颤悸，为仙游一中的美丽校园和历史悠久的万寿观心动，准备立即行动？想到仙游一中实地察看，感受历史和岁月的沧海桑田，实地验证一下我是否虚言甚至妄言？

壮哉，万寿观！美哉！万寿观！天马且行空，天马当行空！

游洋镇喜洋洋！

（2023 年 4 月 6 日）

清明时节雨纷纷，老汉我冒雨来到仙游县游洋镇，恰是春游踏青的好时候：游洋镇喜洋洋，千里涂鸦喜洋洋！

今年 3 月 19 日，住房和城乡建设部等 6 个部门联合公布第 6 批中国传统村落名录。莆田市共有 4 个村上榜，其中 3 个在仙游县游洋镇，分别为龙山村、天马村、兴山村。

清明节的游洋镇，一会儿暴雨倾盆，一会儿细雨蒙蒙，一会儿阳光明媚，我在游洋镇党委书记杨国石的带领下，参观了龙山村、天马村、兴山村这 3 个中国传统村落，亲身感受游洋镇近年来的崭新变化，喜上眉梢喜洋洋！

游洋镇是仙游县东北部山区的中心点。如今，在游洋镇党委和政府的领导下，游洋镇已是仙游县乃至莆田市的一张烫金名片，也是福建省的金牌旅游村镇。

作为中国传统村落之一的兴山村，2022 年，中共上官支部亦即仙游县最早党组织的活动根据地，已成为福建省委党校的现场教学点、福建省中小学生的教育基地，成为仙游县对外展示党建的一个明亮窗口。

兴山村的特点，亦是游洋镇不可多得的传世家珍。

其一是人文底蕴深厚，其中有被誉为“健康女神”、源远流长 1300 多年的吴妈文化，吴妈文化的产生形成年代，甚至比莆田市湄洲岛的妈祖文化还早上百年。

其二是红色文化薪火相传，堪称是仙游县的革命花园地、仙游县的小井冈山，为红色旅游事业健康发展，经游洋镇多方筹资，目前已累计投入 2600 万元，景区建设卓有成效。

其三是自然生态环境好，2019年就被住建部评为中国传统村落，方形土楼等古村落乡愁韵味悠长。

作为中国传统村落之一的龙山村，其人文文化氛围浓郁，某种程度上代表了游洋的优秀文化；艺术龙山深受中国传统文化浸润，许多村民都堪称是点秋香的唐伯虎，满腹经纶吟诗作对的李白、杜甫。

在龙山村书画艺术馆馆长林陆矾的引导下，我或拾级登楼或驻足凝目，逐一参观了龙山村的瑰宝——约有20个展室之多的乡土文化展示馆。其中看到了惟妙惟肖的“佛”，形似神似的“虎”。

仙游县轻工局原局长林奋志是龙山村的骄傲，虽然他已年迈病故，但他是我父亲的同僚和挚友，他具有很高的文学和书法造诣，少年的我就是他的铁杆粉丝，他的细雨润无声让我受益匪浅。

在先贤林奋志的家乡龙山村，观摩他创作并手书的《沁园春·龙山》诗词，让我眼界大开喜洋洋！

其四是龙山村经济腾飞，在游洋镇的17个村里，发展得最稳健，也最平衡。

20世纪80年代，龙山就是福建省明星村，龙山的竹编产业出口创汇，开创莆田市乃至福建省工艺品出口的先河。

其五是龙山村依托山川灵秀，特别是积淀丰厚的文化底蕴，世世代代精英人才辈出。

早年，龙山林迪在宋代绍圣元年（1094年）考中进士，虽然贵为宋朝宰相蔡京的老师，后来却宁愿放弃高官厚禄，回到故乡龙山村隐居，无疑是宋代“最具古君子气质的儒仕”。

20世纪70年代末，林光旭因地制宜，是全省最早搞竹编生产的吃螃蟹者，他领衔创办了龙山村的集体企业，使农民群众在家就能就业致富，乡村财政有收入，思想观念有提升。

村民林承东走出贫困的龙山村，在三明市沙县创办福建华农食品有限公司，多年从事烤鳗鱼加工，是一位取得极大成功的农民企业家。

作为中国传统村落之一的天马村，更让孤陋寡闻的我顿生发自内心的敬意，在细雨蒙蒙中刮目相看。

天马村有“郑樵文化园”。郑樵和郑纪、郑桥是莆田市的3位历史名人。天马村的郑氏是郑樵的后裔。

我在郑氏宗祠前，有幸结识了已在此等候的几位郑氏长者，他们的温文尔雅，让我深深感受到郑氏长者的平易近人；他们对郑氏宗祠的介绍，让我领略了郑氏长者的学识渊博。

“夹漈家声大，南湖世泽长”。据介绍，天马村的郑氏一脉，源于莆田市涵江区新县镇，源于郑樵从1169年开始著书立说的夹漈草堂，年代更久远的是源于南湖——这也是我少年时代就听爷爷经常说起的“南湖”。

天马村除了是郑樵后裔唯一的集居村，还拥有郑氏家风家训的传承基地、天马古厝群、天马革命战斗遗址等难得的文化资源。

在天马村境内，有长达8.5千米的天马石门峡谷。有作家难得不坐家，携娇妻来石门峡谷一游，顿时诗兴大发，当即赋予石门峡谷“小张家界”的美称。

今天，作为仙游县西门兜尚书巷作家协会会员的我，有幸由游洋镇党委书记杨国石和天马村党支部书记郑星辉作陪，看到石门峡谷最为壮观的一处瀑布，听到瀑布交响乐一般的轰鸣。

2022年，被莆田市短视频创作基地和摄影基地看好，选点落地在天马村；引进莆田市大道旅游发展有限公司，对石门峡谷、天马山、天马古厝进行整治提升，以及微景观画龙点睛的改造。

村支书郑星辉介绍：天马村着眼莆田市和福建省，推动“石门峡谷+天马山+传统村落+田园风光”串点成线，打造“登临游洋天马山，打卡石门峡谷，瞻仰郑氏宗祠，夜游天马古厝”一日游路线，势必成为莆田市乡村旅游热点村。

游洋镇深化跨村联建，共建共享，共创共享，打造天马村文化创意产业园、兴山村红色教育基地、龙山村传统文化展示基地，以点带面，串点成线，逐步形成莆田市乃至福建省乡村振兴的示范带。

闽台青草药资源与应用发展研讨会，已在龙山村的国家林下经济示范基地成功举办，来自福建、台湾的医学界、教育界、企业界和药材种植产业专家学者，共话中草药行业的发展，探析闽台两地青草药历史渊源。

龙山村是中国传统村落，是竹编和漆器的发源地，眼下，游洋镇和龙山村正推动龙山村海峡书画院、龙山影剧院提升改造，打造福建省最大的民俗文化展示基地。

游洋镇依托 3 个中国传统村落的品牌效应，以人通带动情通、信息通、经济通。眼下正春暖花开，里洋村 3.33 公顷的油菜花竞相绽放，金黄色花海与青山绿水交相辉映，构成一幅美丽的乡村画卷，吸引各地游客纷至沓来。

游洋镇党委书记杨国石介绍，目前，游洋镇周边有 4 个高速公路的出口，亦即仙游游洋出口、菜溪出口、庄边出口、永泰梧桐出口；有两条高速路，亦即莆炎高速和福诏高速穿过，两条国省干线亦即联二线、纵三线经过游洋境内，逐步成为仙游北部山区的交通枢纽。

游洋镇作为仙游县与永泰县、莆田市涵江区、城厢区等邻居边际交界地，优先享受到福州大都市圈的辐射和带动，近水楼台先得月的好处显而易见。

有媒体经实地考察后称：游洋镇“古色”绵长，“红色”炽热，“绿色”清新。可谓是总结到位，3 种颜色的比喻提纲挈领，干部群众皆能朗朗上口。

放眼游洋镇，“三色”汇聚融合，交相熠熠生辉，正铺展一幅新时代乡村振兴新画卷。

我游洋一日游喜洋洋：观看了郑樵文化园，瞻仰了郑氏宗祠，我已然领悟了“夹漈家声大”，体会到“南湖世泽长”！

化雾拂尘大蜚山

（2023 年 5 月 16 日）

“登顶眺兰溪入海更能澎湃，攀岩瞻文曲经天再领风骚”。这副仙游县大蜚山上的对联，为莆田市著名书法家陈顺裕所撰所写。

“蜚山有道登高望远观天下，涧水无尘煮水泡茶品自心”。这副大蜚山慈航寺的对联，为仙游县人大常委会原主任陈顺裕所撰所写。

陈顺裕这位左撇子书法家，是一位亲民爱民，为仙游县度尾镇的抽水蓄能电站，以及其他大型工程项目的引进和资金落实，做出了颇多贡献的仙游县高官之一。

大蜚山位于仙游县鲤城北，是仙游县境内的五大山脉之一。《八闽通志》称：“大飞山、小飞山，县之主山也。蜿蜒数百里，屹立为二，高可千仞，其形翼然，如飞扬之状。”

大蜚山屹立护佑吾乡，蜿蜒上百里，是鲤城盆地的一道天然屏障，其怀揽九龙岩等十八胜景。但我小时候只知道大蜚山的九龙岩，因为我就读的仙游实验小学，当时春游或是秋游，老师曾带我们去过大蜚山山腰的九龙岩。

大蜚山就像一只张开绿色双翼的凤凰，从万里之遥的天外飞临仙游县城，凤凰栖息站立的脚下，就是那条奔腾流淌了上千年的仙游县的“母亲河”木兰溪。

大蜚山麓的九龙岩以水见长，山间有瀑布二漈。第一漈称“蒙泉”，高三丈多，阔一丈余，上窄下宽，远望犹如一匹白绸缎从山顶飘下来，微风吹过激起晶莹剔透的朵朵水花，在空中迷迷蒙蒙地飘散开来，“蒙泉”因此得名。

宋代理学家朱熹弟子、闽中理学名家陈宓曾到此，作诗咏赞：“仙溪七十里，半世只闻名。一日见山色，千年怀友情。古匏浮美醁，清水照尘缨。霜月亭亭白，连床语到明。”足见九龙岩的无穷魅力。

大蜚山优美如斯，赢得无数高人名士的垂青。唐代时，高僧瑞香禅师于此开辟富洋道场，建东西塔和三觉讲堂。宋代时，名士喻景山曾慕名来此隐居读书，在崖壁刻下“大飞书院”“煮茗”等篆书；著名的莆田史学家郑樵也曾到此游憩，篆刻“小夹漈”三个字。

大蜚山植被相当茂密，呈现生机盎然的浓浓绿意，其森林覆盖率高达92%，浓密的树林如同一匹巨大的绿毯，覆盖在崇山峻岭之上，形成原始、宁静、祥和的自然环境，慈梵寺选择在此建古朴庄严之寺庙，当年建寺庙的禅师自然有他的先知卓见。

森林所特有的调节气候因子的作用，造就了大蜚山公园内温暖和湿润、夏天无酷暑、冬天无严寒的独特小气候环境。盛夏，园林内绿影婆娑，飒飒起风弄清影，唰唰柏枝送阴凉，故此，那些上过庐山的骚客有些许的夸大其词，给予它“小庐山”的美誉。

我们先到山脚下的慈梵寺。大蜚山之所以能蜚声八闽大地，是由于亿万年的地质构造变化，流水不断对岩石侵蚀和风化，造就了境内众多姿态万千、形神兼备、妙趣横生的天然石头肖像景观，令人产生无限的遐思和灵感。

森林公园优美的环境，自古就有僧人纷纷隐居于此，也吸引了不少寄情山水的文人墨客，留下了十余座庙宇，其中有闻名遐迩的九龙岩寺、典雅端庄的海霖寺、香火旺盛的附凤寺等，还有历尽沧桑的古驿道、民族浩气长存的五百洗、见证历史的江霞溪和众多的摩崖石刻。

大蜚山为福建的省级森林公园，是仙游县城的一道天然屏障，以自然景观为根本、人文景观为背景、宗教文化为主题，是融自然与人文景观于一体，集生态旅游和休闲度假、攀缘健身和朝圣观光、科考研究和采风写生于一体，高品质和高颜值的森林公园。

我在慈梵寺里顶礼膜拜，对陈顺裕所撰写的“化雾拂尘”四个字，仔细地欣赏品味和琢磨。这四个字的意境和意蕴无穷，似乎可以与赵朴初先生的书法媲美。

当年中国佛教协会会长赵朴初先生曾在20世纪80年代初，为后来获奖的《仙游古今》一书题写书名，鲤城街道洪桥社区党委书记林自林是见证者。

我在往大蜚山的一路上，脑海里盘旋的意念始终挥之不去：雾蒙蒙中何谓“化雾”，尘漫漫中何谓“拂尘”？“化雾拂尘”的深刻内涵，似乎与厦门南普陀后的“洗心”摩崖石刻，有异曲同工之妙！

车子开到大蜚山腰的妙明寺，我们三人沿着栈道一路尽兴游玩。

大蜚山的栈道全长7千米，东起九龙岩水库，西至仙书公路的入口。全程连接大蜚山的许多景点，有九龙岩和清水岩、海霖寺和大飞书院遗址等十几个景观。

山上的红色栈道宽大约两米多，好像一个阅览鲤城的空中走廊。阅览鲤城难道不就是阅览仙游古今，难道不就是阅览仙游的天翻地覆的变化？阅览今天艳阳下异常美丽的鲤城，难道不就是对芸芸众生、肉眼凡胎的“化雾拂尘”？

栈道旁有对仙游的历史名人，诸如名臣郑纪和蔡襄，名画家黄羲和李耕、李霞的生平事迹介绍。

接着我们开车去九龙岩。九龙岩水库距仙游县城大约 4 千米，据介绍，其集雨面积 7.8 平方千米，四周的植被覆盖良好。其大坝高 35.8 米，总库容 140 万立方米，兴利库容 105 万立方米。

水库的涵洞位于大坝左侧山坡岩石上，采用铸铁转动门盖启闭，总输水流量为 1.9 秒立方米。溢洪道位于大坝左侧山坡岩石上，采用电动与手摇结构启闭机。其防洪标准按“五十年一遇”进行设计，洪峰流量为 155 立方米 / 秒，已经完全达到当初的设计效益，鲤城社区北部的 9 个村落多年来均受益颇多。

九龙岩水库工程于 1969 年 1 月动工，到 1974 年 12 月竣工，工程比较艰巨，施工期比较长，总共投资 78 万元，其中国家补助 66 万元，当地村民林福霖捐资 5000 元，陈家辉捐资 2000 元。

九龙岩清澈的泉流奔腾不息，宛如护佑钟灵毓秀的仙游一方净土，但也有令子孙后代永志难忘的抗倭遗址。当年，进犯仙游而后陷入灭顶之灾的侵略者，九龙岩就是他们的葬身之地，俗称“五百洗”。

据早年仙游县志的记载，明朝嘉靖四十二年（1563 年）冬天，2 万余名倭寇分乘 68 艘倭船，从莆田的东沙沿海登陆，杀气腾腾地直逼仙游县。

倭寇在城郊修筑工事和据点，仙游县城被围困达 50 余日，知县陈大有、典史陈贤等率领仙游军民，固守城池浴血奋战，之后戚继光率领义乌兵抵达仙游，在城外老鹰山与倭寇大战 9 个回合，打得倭寇魂飞魄散，纷纷逃进九龙岩。

500 名倭贼残余闯入瀑布山大峡谷，因为对地形不熟而进退维谷，犹如束手就擒的瓮中之鳖，被乘胜追击的戚家军和仙游军民一网打尽。为了纪念戚家军和仙游县军民抗倭的最终胜利，后人将这个倭寇的死亡之谷称为“五百洗”。

陈顺裕悉心安排，最后我们参观大蜚山间的道教太清殿。陈顺裕认识这里的道长柯三冰，柯三冰和这里的义工戴丽航一起，为我们轮番泡茶并介绍太清殿。

据把盏的柯三冰道长介绍，在太清殿的左侧，今后要建一座比太清殿规模大很多的文昌阁，目前他正在积极对各方香客化缘，四处筹措建设文昌阁的不菲资金。

菜溪世泽　油茶润肺

（2023 年 5 月 18 日）

大约在 2014 年夏天，我受命要写一本有关中国科学院的书籍，因为害怕夏日的高温和炎热，经过菜溪乡原党委书记陈仁山的安排，躲到了菜溪乡距苍溪岩不远的一个农家乐。

我每天清晨和傍晚，以农家乐为圆点，走遍了附近方圆一千米的地方。仙游著名的“四大景”之一的“菜溪岩”，其间我也去游览过，但我在景区的石道上只攀登了不到半小时，压根就没有看见著名的心动石，也没有到山顶上的九仙宫。

心动石亦是菜溪岩委派的形象大使、旅游的地理标识。两块叠加的巨石，如来佛就那么随随便便地一叠，却让那些或许曾做过亏心事的游客感到一阵心惊肉跳。

石头高达 27 米，腾空突起却欲坠不坠，真可谓“石头心也动”，不愧有“心动石”的称号，它也被誉为“八闽第一石”，游客从不同方向看此石景，觉得有不同的感受和韵味。

即便没有去触摸山顶上的心动石，我也为心动石怦然心动：菜溪岩历史上就以山清水秀著称，山上古木参天，巨石奇、悬崖峻、峡谷深、山径幽，是天然的旅游和避暑胜地。

菜溪岩千年岿然不动，屹立在仙游县城西北隅约 40 千米处，就等着我们去静心游览，就等着我们去礼仪朝觐。

相传，唐代凤山九座寺的智广和尚路过这里，对这里的山水和树林情有独钟，便在此讲经布道；唐代高僧正觉禅师云游至古岭山，被这里的旖旎风光和奇特山水所吸引，也在此结庐修身养性，操练独门秘籍的武术。

正觉禅师不食人间烟火，六根清净，三餐只以野菜为粮，山麓的村民看见溪流上有菜叶到处漂流，便把绕山的这条溪称为“菜溪”。

菜溪岩有幸育状元，仙游县的第一位状元！相传，宋代的读书地之一就是仙游县的菜溪岩，在菜溪的山顶上有三块鲤鱼状的石头，每当风起云涌山雨欲来时，三只石鲤就跃跃欲试欲冲天，所以叫“三鲤朝天”。

菜溪岩山岭的“海会塔”处，曾立有一石碑，镌刻有郑侨留下的警句：“到此才行一步，望君莫废半途。”不知郑侨当年是如何在此寒窗苦读的？郑侨的老师是否慧眼识人？是否有仙游一中语文老师林品益那样的诗书才华？

南宋乾道五年（1169 年），己丑科的状元殿试，宋孝宗出了一个上联：“蕊蕊黄花，千秋丹桂谁能折？”以一种君临天下的抛绣球语气，试问天下博取功名的学子，谁在龙庭上敢为天下先？有谁敢焚香沐手上前折丹桂？

郑侨的脑海里灵光一闪而过，想到以前在菜溪岩读书时，曾见到的一处胜景“三鲤朝天”，就立即对皇帝应声道：“滔滔白浪，万仞龙门我独登！”以鲤鱼跃龙门喻义，在惊涛骇浪之中挺身而出，学成一身高强的本事，以报效帝王家。

孝宗皇帝龙颜大悦，赞曰：“素闻兴化海滨邹鲁、文献名邦，果然名不虚传”，当下钦点郑侨为状元。入仕后的郑侨步步高升，曾官拜副宰相。

仙游高耸入云的菜溪岩，赋予状元郎郑侨远大的志向，仙游深厚淳朴的民风，造就了郑侨博大的胸怀。郑侨一生为官清廉，刚正不阿，孝宗等三位皇帝都十分器重他，他去世后被追封为太师。

菜溪岩上的寺院曾经香火鼎盛，寺院附近有两块高达 100 米、宽近 300 米的巨石对峙，中间开有一门，即为石门。石门的北面峭壁如屏，每逢降雨后，山上的潺潺流水从这里倾泻，形成蔚为壮观的瀑布，直泻山下的龙潭。

此外景区内自然景观绚丽多姿，达到福建省级标准的有120处，主要以山清水秀、石奇岩峻、峪深洞幽、瀑布成群而著称，尤其以风动石为最。

菜溪岩有雷轰瀑布和象鼻岩、虎啸岩、宋代舍利塔等100多处景观，但我在书记的陪伴下进入景区，只能浅尝辄止，山中虽然有古老的寺院，我只能心中有佛，在心中参禅。

唐宋以来，菜溪岩“养在深闺人已识”，成为闽东南闻名遐迩的天然幽静的避暑胜地。菜溪岩的美丽景色四季常新，也随季节变幻无穷。山上还产“菜溪参”亦即福参、灵芝等珍贵草药。

菜溪乡党委书记蔡俊宾带着我，到距离菜溪高速出口3千米的顶南湖察看。这里的水域面积约为80亩，湖面周边环境优美，四周青山环绕，湖边就是雅致的农家客栈，四周山地种植有桃花、玉兰、樱花和映山红等花木。

据蔡俊宾介绍，这里拟规划建设花漾世界、顶南度假等四大板块，结合文旅康养，以体验经济、网红经济、度假经济为特色，打造为周末微度假旅游目的地。

溪边廊桥位于菜溪乡溪边村，清道光二十八年（1848年）建造，系单孔平梁式的“人字拱”，呈南北走向，桥身长30多米，全用木料筑成，桥上建屋，以屋护桥，形成廊式走道。古廊桥充满大器灵动之美，宛如一节红色列车悬跨在菜溪上。

廊桥周边山村的古朴民居、枝繁叶茂的银杏树及多彩田野形成自然人文景观的连贯性，现已成为乡村休闲旅游的网红打卡点，也是当地居民茶余饭后的“议事厅”。

有过去从事红木家具生意赚得盆满钵满、富有远见卓识的仙游县投资者，最近曾到菜溪和廊桥的周边考察，与乡政府和村委会接洽，准备对廊桥溪水潺潺的秀丽景致投资，开发小溪泛舟和舟上娱乐的系列项目。

菜溪乡有一万多亩山地，机耕路四通八达，适宜种植油茶、柿子、枇杷和板栗等，具有规模种植果树的潜力，特产菜溪茶油名扬各地，现已种植4000多亩。

菜溪乡人均耕地面积相对比较多，土壤松软肥沃，四季气候湿润，昼夜温差明显，适宜种植大白菜、萝卜、荷兰豆等蔬菜，是发展蔬菜产业的一个得天独厚的基地。水资源充沛丰富，是发展淡水养殖业的宝地。

仙游县和菜溪乡两级政府，通过印制菜溪岩景区的宣传册，编制景点典故书，制作手机菜溪岩彩铃，注册“菜溪岩”商标等各种各样的途径，对菜溪岩特色旅游产品进行包装促销，大力推介菜溪岩风景名胜区。

经过蔡俊宾的联系和引荐，岳毓清从田地里走出来和我见面，他的脚上和手上都沾满泥土。他是菜溪乡的油茶种植示范户，1964 年出生。我到他家里看了他的自动榨油机，以及一些榨出的成品油。

菜溪乡念好油茶“山”字经，结出了富农兴农的“黄金果”，2022 年菜溪乡的油茶又喜获丰收，油茶产量有 630 多吨，产值有 1.2 亿多元。菜溪乡如何搭上农旅融合乡村旅游顺风车？

菜溪乡象星千亩红豆杉自然保护基地，1998 年经多位林业专家考察，确认前山红豆杉面积大、数量多、生长延替特别，在国内十分罕见，具有极高的科研价值，中央电视台、《人民日报》等多家新闻媒体相继报道。

菜溪乡万亩油茶基地，是菜溪乡的世泽。自宋代开始，菜溪乡群众就种植油茶，是福建省油茶主要产地之一。品种为小龙眼茶，以其“果小、油多、质优、色纯、味正”而著名，富含维生素 E，素有“东方橄榄油”之称。

2009 年，菜溪乡与福建省林科院合作，进行油茶的科技攻关及示范片种植，并在菜溪培育全省最大的油茶苗基地。2021 年，菜溪全乡共种植油茶面积 1.6 万亩，占全县 36%；产油量 300 吨，占全县 48%，年产值 6000 万元。

菜溪乡现共有 5 个油茶合作社，10 户油茶种植大户。油茶既成为城里人餐桌上喜爱的油品，也成为菜溪乡的重要支柱产业，农民增收致富的重要途径。

02

长风闽南

闽台小镇何时众星拱之？

（2017 年 2 月 10 日）

祖国的古宅古厝星罗棋布，对古宅古厝历史文化的传承，以及在发展旅游产业中加以科学保护，我如今已经对此颇有心得。

2015 年秋天到珠海工作访问，承蒙温文尔雅的香洲区委书记闫昊波的悉心点拨，我曾访问了唐家湾镇的会同古村等，参观考察了一些古民居和古建筑，大有收获。

我从此一发而不可收。2016 年 6 月，借到母校厦门大学讲课已毕的机会，我在一片苍茫的暮色中，搭乘路过的顺风车游览了集美的闽台小镇，虽然因匆匆一瞥而未能尽兴，但也觉得大开眼界，不虚此行。

闽台小镇坐落于厦门集美区后溪镇后溪村。

清朝康熙年间，后溪镇因福建水师提督曾在此驻兵操练 8 年，后来又率兵攻克台湾而一度闻名。

施琅将军是福建晋江人，清顺治三年（1646 年）随其顶头上司郑芝龙降清，后又受郑成功的招揽加入了抗清队伍。施琅曾在后溪镇的古月港修城建堡，因此地三面临海一面靠山而命名为霞城。

施琅将军平定台湾之后，霞城百姓得以安居乐业，霞城也一度成为闽南最为繁华的商业枢纽。

2012 年，由厦门市和集美区政府牵头，台商投资，共同开发了这一闽台古镇，既保护闽南源远流长的民俗文化，又促进海峡两岸民众广泛的文化交流。

施琅将军当年怀着虔诚之心，从莆田湄洲岛上敬请的古妈祖黑面二妈，后来被安置在台湾鹿港的天后宫里，据称这是世上目前仅存的一尊黑面天后圣像，供海内外众信徒膜拜至今，施琅将军此举功不可没。

因时间过于仓促而未能尽兴，过后几天我从集美搭乘 910 路公交车，又专程去闽台小镇跑了一趟，果然又有新的受益。

这个闽台小镇内，不仅环境清幽而且古宅众多，有保存完好的清朝和民国建筑群多处，包括玄天上帝庙及城隍庙和功德牌坊等，都是古城霞城历史的现场目击者和生动见证者。

霞城城隍庙亦是闽台小镇的最大看点之一，它不仅是我国台湾台北霞海城隍庙的祖庙，也是台湾台北、屏东、嘉义等地大多数城隍庙的源头，代表着闽台文化的一脉相传。

如今每年农历的十一月二十二号，均会在这个闽台小镇举行盛大的庙会节，2013 年已成功举办了祖庙 350 周年的庙会，从台湾各地专程赶来的城隍庙信众，一起参与进香等活动，持续数日万人空巷。

我在城隍庙里里外外拍照时，有一位正在庙前抽烟歇息的当地老伯，见到我在这里游览的专注行状，猜测到我是一位有心的观光考察者，他主动上前告诉我：从城隍庙后的小巷子一直走，离这里仅 300 米处，有个叫“拱辰门”的老城门很值得一看。

朝觐“拱辰门”，成了当天我最大的收获。

何谓“拱辰”？拱卫北极星是也。《论语 · 为政》：“为政以德，譬如北辰，居其所，而众星共（拱）之。”后以此比喻拱卫君王或四方边裔归附君王。

唐代诗人元稹《两省供奉官谏驾幸温汤状》云：“陛下若骑从轻驰，则道途无拱辰之备。”《宋史 · 外国传三 · 高丽》则有这样的文字记载：“载推柔远之恩，式奖拱辰之志。”

闽台小镇的“拱辰门”历史悠久，是当年施琅将军屯兵霞城时修筑的一处城门，古城门虽然不算大，只能容纳两三个人并肩同时进入，但城门边上的一棵老榕树盘根错节，浓密茂盛的满脸须发，就像美髯公关羽似的威武潇洒，让我惊讶赞叹不已。

据说老榕树有 160 多年的树龄。老榕树的树根长得非常壮实，栉风沐雨中发达而又强壮的根系，已经完全嵌入砌成城门的石头，与坚固的城门唇齿相依，成为彼此不可分开的整体，说不清究竟是坚固的城门在保护着老榕树，还是遒劲的老榕树在保护着城门。

非常难得一见的，还有闽台小镇里的白蛇乐堂。

福建省简称“闽”，在“门”内有“虫”，“虫”在古代指的是蛇，古代闽越地区就是以蛇为图腾，我国台湾地区的高山族民众也以蛇为图腾，很多生活用品上都刻画有蛇的形象。

闽台小镇上亦有金蛇狂舞。作为厦门市唯一留存的古城门，在“拱辰门”的护城庙白蛇乐堂里，也以连环石雕画的形式，保留着白娘子的传奇故事，将白娘子与小青姑娘刻画得栩栩如生，蛇图腾在闽台民众内心世界的重要地位，由此可见一斑。

同样难得一见的是，这里修建的闽台匾额博物馆，拥有800多块珍贵的匾额，且大部分匾额保存完好，匾额题写人的身份也相当显赫特殊。

这里收藏和展示的匾额，有圣旨匾、宰相匾、涉台匾、状元匾、进士匾、贡元匾，其中仅圣旨匾就多达80多块。

以匾研史，可以佐旺。就陈列的这些牌匾本身而言，它是对中国博大精深的传统文化的丰富展示，而历经时代风雨的这些闽台匾额，又因其本身所具有的特殊地域价值，也为今天我们拂去尘封的时代烟云，更好地研究闽台的历史走向，研究闽台的“五缘文化”提供了宝贵的实物例证。

对这个闽台小镇的总体印象，一言以蔽之：历史厚重，底蕴深厚，作为城市周边的一个旅游景点，若加以更科学地规划，进一步挖掘和开发，是个相当不错的题材。

目前看来，这个略显寂寥的闽台小镇，还只是一块亟待开垦的处女地。

后溪镇和后溪村的财政收入状况我确实不太知晓，难道厦门市或集美区也缺乏相应的财力，对闽台小镇的旅游开发，不能给予一定的政策性支持和倾斜？

闽台小镇从2012年至今，其亮出旅游开发的名头，已有整整4个年头，似乎目前尚未穿上婚纱或嫁衣，还是素面朝天、羞答答地“待字闺中”。

说闽台小镇这位村姑目前尚属“待字闺中”，从其景区核心地带一些完全未加修缮的破败房舍，以及周边杂草丛生的荒芜圈地里，明眼人也能看出些许端倪。

还有一个明证：我2016年6月慕名专程到闽台小镇，在当地不但寻找不到一位导游，对景点历史背景的文字介绍和说明，更是凤毛麟角，只能靠自己在网络上做功课。

闽台小镇虽然有极具历史底蕴的“拱辰门”，但闽台小镇何时才能众星拱之？

得朋云洞岩

（2017年5月30日）

云洞岩是福建漳州一处著名的景区，位于龙文区蓝田镇，距漳州市老城区8千米，20世纪70年代初我在漳州工作，周日会和朋友（工友）骑车到此游玩，这位朋友的名字叫卢睦轩。

有山之处往往都有岩，云洞岩之所以得名，是因这座主峰海拔280米的石头山不甘寂寞，每到天空即将降甘霖于人间时，便有一团团吉祥白云从山间的石洞里飘荡升腾。待到雨过天晴时，白云才悠悠然地飘回到石洞里。

日复一日年复一年，直到太平盛世的某天，一位修行得道的高人路过此山，捋捋飘然的长须，颔首含笑：那干脆就实至名归地叫它“云洞岩”吧！

于是云洞岩修成正果，从此载入了中华名山和名岩的光荣史册。

到了明代，当时云洞岩的洞主是蔡烈先生。蔡烈先生的人品和学问声名远播，仰慕蔡烈的明代状元丰熙专程上山拜访，两人携手登高望远，指点江山，激扬文字，相交甚契甚笃。

一日两人拾级而上，一边云中漫步一边侃侃而谈，行至岩上一隅，只见面前矗立两块巨石，其势其形若“朋”字。丰熙心中甚喜，当即题下“得朋”两个大字。

“得朋”可谓一语双关，点化了云洞岩的一处美景，记载了朋友知心交往的一段佳话。

卢睦轩虽然不是状元，但我在工作车间里乍听到他的名字，就知他本应是非同寻常之辈：卢，是卢俊义的卢；睦，是睦邻友好的睦；轩，是气宇轩昂的轩。

卢睦轩比我年长 3 岁，出生在福州的一个平民家庭，其父是小学教师，其母是百货商店营业员。我既钦佩卢睦轩的才学，也羡慕卢睦轩的玉树临风。

我和卢睦轩经常在工余时间一起散步聊天，受益匪浅。我也和卢睦轩在周末去市区泡温泉。当时学徒工第一年工资为 18 元，第二年工资为 21 元，温泉的单间小池子收费为一毛四分钱。

其间最值得我记述的往事，当然是星期天和卢睦轩一起去云洞岩游玩。

云洞岩这丹霞岩穴胜境，实属闽南第一洞天福地。洞中深邃似迷宫，曲径通幽，若明若暗相间，乃夏日避暑佳境，元代诗人胡梅在此曾有“天生岩穴受千人”的诗章遗墨。

明代弘治年状元、翰林学士丰熙的文章精到，因其题刻的鹤峰游记中“有洞可容千人”的描述，云洞岩亦名“千人洞”。

迷宫一般的洞穴形成自然屏障，亦为古时军事防御的坚固堡垒，堪称“一夫当关，万夫莫开”。我和卢睦轩当即喜不自胜，猫腰一头钻进巍然巨石形成的天然岩洞，倍觉洞内清寂幽隐，凉爽之意沁骨袭人。

人们在千人洞中引颈昂首，可以看见崖顶之上裂开一条线，像是利斧劈开了长达数丈的狭窄缝隙。

据地质构造专家称，这一处岩石奇观是受地壳运动影响，原本连体的岩石发生了断裂，加上山顶流水长年累月的溶解和潜蚀，细缝逐渐扩大和延长，造就了“一线天”。

有古诗赞此处石山曰：“鬼斧神工劈山崖，岩洞一线冲天开。”

1973 年卢睦轩被推荐到福州大学读书，我和他当了两年半的工友。几年后我从厦门大学毕业，有爆炸性的消息传来：卢睦轩鲤鱼跃龙门，成为时任中国科学院院长卢嘉锡的乘龙快婿。

大约是在1979年春节，我借探望父母双亲回福建老家的机会，曾到中国科学院福建物质结构研究所，到新婚宴尔的卢睦轩家里做客。卢睦轩的妻子是他福州大学的校友，毕业后分配在福建物质结构研究所工作。

我最后一次见到卢睦轩是在首都机场的候机楼，如今的一号航站楼。

那是1984年冬天，我作为新华社解放军分社的记者，拿着国务院总理的一份亲笔批示，正欲乘飞机赴湖北，对国防科技转民用进行采访，而卢睦轩在北京看望了其岳父后，也正欲乘飞机回福州。

我非常清楚地记得，当时卢睦轩的头部仰靠在候机楼的椅背上，两个鼻孔里都塞着纸团，表情显得有点怪诞。他对我抱怨说：北京的气候实在是太过于干燥了！无论是夏天还是冬天，每次来北京哪怕只住一两天，鼻子都会因气候干燥而流血不止。

此后我再未与卢睦轩见过面或联络过。在1989年前的某一天，传来老朋友卢睦轩的噩耗，他在一次自驾车时不幸遭遇车祸而去世。

卢睦轩与我“得朋”云洞岩，云洞岩让我与卢睦轩“得朋”，成为我如今最值得记趣和怀念的一段往事。

此番我故地重游，不禁再次想起故友卢睦轩，想起“得朋”云洞岩，感叹人生之须臾和无常。

敬慕水仙不羡仙

（2017年5月31日）

端午节前一天与朋友到漳州，我看到前方有通往“百花村”的醒目路标。虽然没时间改道去百花村，却勾起我对美好往事的许多回忆。

我国叫百花村的地方有好几处，但最闻名遐迩的当数漳州市龙海九湖镇的百花村。

漳州的百花村原名塘北村，又名长福村。1963 年朱德委员长来此，看见这里到处花繁叶茂，不由得脱口赞美道：“真是个百花村！”由此长福村得名百花村。

在百花村的村口门额上，镌刻有“百花村”三个俊逸大字，那是陆定一 1980 年 10 月来此视察时所题写。

漳州素有“花果之乡”的美称，1970 年我到漳州工作时便知晓。

漳州一年四季花香不断，远近闻名的“百花村”如未能早日光临，实属一大遗憾。我在 1971 年的中秋佳节之际，由龙海籍的工友郭观亮和林元德热情相邀并陪同，骑自行车来这里观光游玩过。

百花村距龙海市区大约 5 千米。据传在明朝永乐年间（1403—1424），宋代著名理学家朱熹的后裔、第八代重孙朱茂林，为躲避朝廷的追杀之祸随父亲到此地，靠种花谋生度日。从此朱家后人世代相传，这里的村民都以种花和卖花为业。

直到 1954 年，长福村建起集体经济的花圃苗场，发展花卉苗木上了新台阶；1963 年朱德委员长的到来，更是带来了“百花村”繁荣的福音。

只要提到“百花村”，就必然会涉及水仙花；但凡涉及水仙花，就必然会关联“漳州三宝”。

先说漳州的八宝印泥。

据称八宝印泥创制于清康熙十一年（1672 年），创始人魏长安原先经营“源丰药店”，魏长安经过刻苦钻研制成八宝药膏，他平素爱好书画，一次偶然用以钤印感觉效果甚佳，于是在药膏的基础上，研制成“八宝印泥”。

漳州的道尹澄漳成是一位开明官员，他用过魏长安研制的印泥，认为魏长安的印泥品质极优，便建议魏长安专营八宝印泥，并为其店取号“魏丽华斋”。

道尹还富有远见，他把八宝印泥作为贡品送到京城，龙心大悦的乾隆皇帝将其颁赐近臣，又派大员到漳州征调，专供朝廷使用。随着清末对外贸易的逐渐开展，八宝印泥得以畅销海外，特别是东南亚诸国。

再说片仔癀。

片仔癀是蜚声中外的名贵中成药，系漳州片仔癀药业股份有限公司独家生产的中成药锭剂，据称其处方和工艺均属国家绝密级的秘密“武器”。2011 年，“片仔癀制作技艺”成为国家级非物质文化遗产，属于国家一级中药保护品种。

片仔癀是用麝香、牛黄、田七、蛇胆等名贵中药制成，具有清凉解热、消炎杀菌、消肿、拔毒生肌等功效，对治疗刀伤骨折、蜂螫蛇咬、无名肿毒及各种炎症都有明显效果。

因为我本非文人雅士，更不会书法绘画，所以与八宝印泥基本没有瓜葛，但片仔癀和水仙花却与我“有染”。

早年我在厦门大学读书，因为一位亲戚在厦门中药厂工作，所以我曾屡次听到这位亲戚提及片仔癀的功效；大约在 25 年前，我还慕名到漳州片仔癀药业股份有限公司访问过。

我的父亲是仙游县城的一位小官，官小权重的他在位时，春节前通常有朋友或者下属会给家里送来水仙，两袖清风的他对送水仙并不加以拒绝，正因为他的清明廉洁之气，每年春节家里的水仙花都开得相当不错。

大约在 20 年前，福州市驻京办苏副主任与我比较熟络，所以在那几年的春节之前，我也会收到以福州市驻京办的名义送给我的水仙。

或许我缺乏清明廉洁之气，或许是我偷懒而且鄙劣粗俗之故，朋友每年送给我的水仙都没能养活，更开不出淡雅清新的水仙花，所以此后我再收到水仙，就干脆把它转送他人，以便朋友超凡脱俗地养好水仙花。

中国水仙原为唐代从意大利引进，是法国多花水仙的变种，在中国已有 1000 多年的栽培历史，经过 1000 多年的精心选育，现已成为世界水仙花中独树一帜的佳品，位列中国十大传统名花之一。

水仙花从宋代开始，就备受人们的钟情和喜爱。宋代有一位闽籍京官告老回乡，将要回到家乡漳州之时，见到河畔长有一种颇为养眼的草本植物，正开着芳香扑鼻的小白花，当即叫随从采集一些，带回漳州培植。

据《蔡坂乡张氏谱记》载：明朝景泰年间（1450—1457），他们的祖先张光惠在京城做学官，有一年冬天请假回乡省亲，船过江西吉水，发现近岸水上有一种清香扑鼻的野花，其叶色翠绿可爱，其花朵黄白明丽，于是带回蔡坂乡村培育成新的花卉，经广为种植得以留传下来。

据《漳州府志》记载，明初郑和出使南洋诸国时，漳州水仙花已被当作名花而远运外洋，成为友好睦邻邦交的使者。

水仙花是漳州著名的特产花卉。皎洁水仙“本生武当山谷间”，大约在15世纪中叶明代景泰年间才传入漳州，其产地以西南郊圆山脚下蔡坂乡一带最为著名，这一带种植的水仙花共有60多公顷。

在北京、上海、香港等地，都曾隆重举办过漳州水仙花的展销会。1984年10月26日，漳州市第八届人民代表大会常务委员会第24次会议通过决议，将水仙花定为漳州市市花。

历代文人雅士，无不仰慕水仙花的清幽高洁，纷纷展开丰富想象力的翅膀，给水仙花取了不少美丽动人的名字，譬如金盏银台、俪兰、雅客、女星等。

水仙花更有凌波仙子、金盏银台、洛神香妃、玉玲珑、金银台、雪中花等让人情迷心颤的浪漫别称。

水仙花也因为其鳞茎颇像洋葱、大蒜，早在1000多年前的六朝时期，就被人们称为“雅蒜”，宋代时被称为“天葱”，后来干脆被称为大俗之中见大雅的“天蒜”。

早在37年前的南太平洋之旅，我曾经兴之所至，写下一首蹩脚的打油诗，题为《水仙与大蒜》。

今年端午节之际，我在离故乡仙游不远的漳州，暂且不写赛龙舟的诗文，补录自己当年难登大雅之堂的打油诗为证。

水仙与大蒜

大蒜略带辛辣，别具田园风味，
水仙扑鼻清香，独占盆景姣妍。
不为水仙优雅孤芳自赏，

点缀美景也要文竹幽兰。
不为大蒜纯朴羞愧，
没它办不了佳肴华筵。
各司其职，各显其能，
谁也不妄自菲薄越僭！
无意偏袒水仙高洁血缘，
不把抽芽蒜薹拦腰掐断。
过了阳春三月，则告诫水仙一声：
快开花吧，别还在装蒜！

却把西湖比西湖

（2019年12月3日）

泉州市比较有名气的景区景点，我到底哪里没有去过？泉州居然也有一处西湖公园，名字我都没听说过，当然也就没去过。

它为何也叫“西湖”？难道它和杭州西湖、福州西湖有什么“血缘”关系，是至亲至爱的姊妹，还是双胞胎的姊妹？

好在从我入住的宾馆旁边就有21路公交车，可以直接到达泉州西湖，我在泉州的时间预算中，本来就有大半天的闲暇，不妨继续靠老腿走动走动，把老筋骨也活动活动，去结识一下杭州西湖、福州西湖的姊妹。

苏东坡的“东坡肉”肥而不腻，使得吾辈大快朵颐；苏东坡的《饮湖上初晴后雨》朗朗上口，让人们像喜欢浣纱的西子姑娘似的，立即就喜欢上了杭州西湖。

“水光潋滟晴方好，山色空蒙雨亦奇。欲把西湖比西子，淡妆浓抹总相宜。”究竟是西湖淡妆浓抹，还是西子淡妆浓抹，这根本不要紧，反正我照单全收，既喜欢浣纱的西子姑娘，也喜欢水光潋滟的杭州西湖。

至于福州西湖，它已有1700多年的悠久历史，像一位资深的美女，1174—1189年，南宋宗室、福州知州兼福建安抚使赵汝愚在福州西湖建澄澜阁，并品题了“福州西湖八景”：仙桥柳色和大梦松声、古堞斜阳和水晶初月、荷亭唱晚和西禅晓钟、湖心春雨和澄澜曙莺。

文人墨客对福州西湖的美景赞叹不止，历代都留有佳篇。特别是辛弃疾《贺新郎·三山雨中游西湖》，词中赞福州西湖曰：“翠浪吞平野。挽天河谁来照影，卧龙山下。烟雨偏宜晴更好，约略西施未嫁。待细把江山图画。千顷光中堆滟滪，似扁舟欲下瞿塘马。中有句，浩难写。”

苏东坡和辛弃疾头上顶着差不多大小的官衔，但苏东坡是文官，辛弃疾则是武将。我斗胆猜测，苏东坡是在杭州吃完东坡肉后擦擦嘴巴，才写下了《饮湖上初晴后雨》。

辛弃疾是在53岁任福建提点刑狱，写下了他的《贺新郎·三山雨中游西湖》。

“提点刑狱”是啥显赫的官职？是正局级、正四品的领导，其主要职责之一，是监督管理其所辖州府的司法审判事务，之二是随时前往各州县检查刑狱，之三是弹劾在刑狱方面失职的州府官员。

我继而斗胆猜测，辛弃疾是刚把一个贪官拿下，用尚未清洗过的朱笔写下《贺新郎·三山雨中游西湖》。

究竟是苏东坡酒饱肉足之后写的诗好，还是辛弃疾义愤填膺过后写的词好？我不得而知。

相较于杭州西湖和福州西湖的资深阅历，泉州西湖则像一位刚出道不久的美女，芳名暂时还鲜为人知。

泉州西湖乳名“西北洋”，它处在一片地势低洼的平原，早在20多年前，泉州市区一旦发生较大的洪水，主要就是靠西北洋的自然水面及周边的稻田泄洪。

早年的泉州西北洋，只是一片长满芦苇和野草的水洼地，是一处被人们嫌弃和遗忘的角落，既显得死寂冷漠，又毫无青春韶华的蓬勃朝气。尽管距西北洋仅仅一两千米处，就是泉州繁华的城市中心，但两者却天差地别。

西北洋一带几次洪涝灾害严重，引起泉州市领导的高度重视。于是西北洋滞洪排涝工程，被列为泉州市人大的一号议案。从1996年6月起，政府投资1.7亿元，历时两年多，建成了由3座名桥、3片水域和4座岛组成的西湖公园。

游览泉州西湖，从21路公交车经过的站名看，起码有四个站名都冠以“西湖”，由此可揣测得出泉州西湖的面积不小。

如今，泉州西湖面积达100公顷，其中水域面积82.28公顷，广场道路面积1.72公顷，绿化面积16公顷，种植树种达200多种。

泉州市广大干部群众共同努力，挖泥筑堤蓄水成湖，精心布局和精心设计施工，园艺巧妙科学点缀，一座崭新的西湖公园，取代了往昔丑陋不堪的西北洋，犹如美女的明眸顾盼生辉，风姿绰约地展现在闽南沿海。

泉州西湖与著名的道教圣地清源山接壤。泉州西湖浮光荡漾，像美女的明亮双眸和多情眼波，与清源山的秀丽山色相得益彰，湖光和山色浑然一体，使得泉州西湖极具天然的美感。

2001年12月，泉州西湖获得国家建设部颁发的“中国人居环境范例奖”，现已成为“泉州十八景”之一。

在我国众多城市园林湖泊中，泉州西湖正欲掀起自己羞答答的蒙脸盖头。它虽然暂时还算不上什么名湖，算不上什么大家闺秀，算不上什么小家碧玉，但泉州西湖已获得新生，成为被人们喜爱的明星湖，它的芳名正逐渐为更多的人所知晓。

短短20年的时间，泉州西湖从当初野趣天然的幼儿，已然变成了清新俊秀的少女。人们也逐渐习惯于将它与杭州西湖、福州西湖媲美，习惯成自然地称它为“西湖”，将它的乳名“段家湖”和“西北洋”渐渐淡忘。

在朗朗乾坤中视力所及处，既可看到西湖的北边，庄重大气的泉州博物馆，也可看到“红砖白石”的闽台缘博物馆。

被泉州西湖刚出阁的娇艳美丽所倾倒，也被泉州西湖婀娜蹁跹的多情柳枝所撩拨，我在西湖的石径和楼阁间左顾右盼，也在西湖的长堤和拱桥间上蹿下跳，却丝毫不觉得自己的脚板难逃劫难，是在鞋袜的严加制约和管束中受罪受累。

快出泉州西湖中段的大门时，我细看游览西湖的引导牌，方知我虽然在西湖游览了两个多小时，实际上才游玩了一半的景点。

譬如刺桐阁别具一格，因为时间关系，我就没有来得及登临，只能失之交臂。

刺桐阁是泉州西湖的最高点，也是西湖公园的主体建筑，它在 2005 年 10 月对游客开放，站在刺桐阁上可俯瞰全西湖的美景。它在设计时以泉州的古建筑魁星阁为参考蓝本，是一处五层的楼阁式木质建筑。

譬如李贽雕像处我就没走到。李贽是明代的思想家。他在社会价值导向方面，敢于批判重农抑商，符合明代中后期资本主义萌芽的发展要求。其重要著作有《藏书》《续藏书》《焚书》《续焚书》等，还曾犀利地评点过《水浒传》《西厢记》《浣纱记》《拜月亭》等。

李贽一生著述甚丰，对明朝后期的社会思想变革进行聚焦和剖析，充满着对传统和历史的重新考量和思辨。我在少年时代就知道李贽的鼎鼎大名，不是因为我当时酷爱历史，或看过《藏书》《焚书》，而是因为始于 1974 年的“批林批孔”，说李贽是法家的一位代表性杰出人物。

因为李贽是泉州籍的名人，泉州人民把李贽视为大名鼎鼎的乡贤，为他建造一座雕像完全在情理之中；李贽这位大名鼎鼎的乡贤的雕像，如今落户在大名鼎鼎的泉州西湖，他的两眼注视着车水马龙的前方，似乎在沉思，也似乎在考量，同样完全在情理之中。

宁夏固原市有西湖公园，河南许昌市有西湖公园，福建漳州市漳浦县有西湖公园……据说全国名叫“西湖公园”的有 24 处之多，相形之下也就不足为奇。

我国拥有如此之多的“西湖”，若说它们个个都貌美如花，究竟有何细微的差别？若说她们都穿戴得体，究竟有何各自的特色和亮点？

“欲把西湖比西子，淡妆浓抹总相宜。”若是非要我作为一位评委参加全国各地西湖的审美选秀，我只能管中窥豹，“却把西湖比西湖”吧！

鼓浪屿隐私日记

（2019 年 12 月 5 日）

我阔别鼓浪屿四年后，在厦门轮渡码头的华灯映照下来到鼓浪屿。

鼓浪屿在厦门半岛的西南隅，与厦门半岛隔海相望，只隔一条宽 600 米的鹭江，乘轮渡十分钟即可到达。面积不到两平方千米，居民两万多人。

鼓浪屿气候宜人，除了夏天稍微有点炎热，堪称四季如春。因为绝对不允许机动车上岛，在鼓浪屿上完全无车马之喧嚣。

鼓浪屿有的是鸟语和花香，有的是多情呢喃的海浪和绵细沙子形成的黄金沙滩。鼓浪屿素有“海上花园”之誉，岛上收藏的众多古典钢琴沁心典雅，更为其赢得“钢琴之岛”的美誉，譬如 1942 年出生的殷承宗就是鼓浪屿人士。

我是厦门大学毕业的学生，相信和我一样，厦门大学的学生在校期间，都无一例外地到过鼓浪屿，包括毕业于数学系的陈景润这样沉迷于哥德巴赫猜想的著名“书呆子”。

我第一次上鼓浪屿是 1975 年 9 月——当时我如愿以偿到厦门大学物理系就读，刚刚开学没有几天，我就拜访了居住在鼓浪屿上的中学特级语文老师、乡贤林懋义，以及他贤惠端庄的太太淑娟。

当时不到 40 岁的淑娟阿姨，称得上是明眸皓齿，风姿绰约，微笑时总是露出脸上的酒窝。她早年是我母亲在仙游华侨纺织的同事，母亲交代嘱咐我，既然到厦门大学读书，就一定要去拜访在鼓浪屿上定居的淑娟阿姨。

我在厦门大学就读期间，大概上鼓浪屿有 10 多次吧？曾几何时的陈年往事，曾几何时的青葱岁月，如今不再青葱的我，既带着我自己在鼓浪屿上的隐私，也带着我窥探鼓浪屿隐私的心情，能不心潮澎湃逐浪高？

当年尚且青葱的我，走在鼓浪屿“交叉花园的小径”，以三角梅为背景耗尽手中的胶卷拍照，在菽庄花园里聆海听涛，在海边忘情地戏水弄潮……

阔别鼓浪屿四年之后，我这次在厦门轮渡码头的华灯映照下，重回鼓浪屿，自然是万千往事涌上心头。专程陪同我来到鼓浪屿的刘星，显然不知我的鼓浪屿情愫，我当然也不会告诉她此时此刻我的激动心情。

我这次来鼓浪屿，是凌云的精心安排，早已加入美国国籍的他，此时正在美国做学术交流和访问，用电话为我联系和安排行程。

四年前我来鼓浪屿住了9天，也是他精心安排，并专门从广州飞到厦门，陪我入住鼓浪屿的“小白宫”，还为我当导游，在鼓浪屿上痛痛快快玩了几天。

这次我到鼓浪屿，凌云安排我入住“聆海酒店”。我究竟是来鼓浪屿听海涛，还是要与厦门大学鼓浪屿诗社的校友切磋诗歌，抑或是来瞻仰郑成功纪念馆？抑或是到海上花园酒店看满天繁星捧皓月？抑或是到厦门的制高点日光岩之上，眺望东海上壮观的日出？抑或是到鼓浪屿音乐厅，与凌云再次共同欣赏天籁？

我在“聆海酒店”住的，是一间在三层楼的海景房。

我问了帮我拎箱子上楼的服务生，方知我入住的这个房间，一天单价是1000多元。在此我得向鼓浪屿著名岛民陈同学致敬，是他的侠肝义胆，又让我在鼓浪屿奢侈了一次。

鼓浪屿是有隐私的。鼓浪屿原名“圆沙洲”，别名“圆洲仔”，明朝时才改称“鼓浪屿”。

为何叫“鼓浪屿”？因为在鼓浪屿的西南方，美丽的海滩上有一块两米多高、中有洞穴的礁石，每当涨潮潮涌，浪击礁石之声似擂鼓，人们称之为“鼓浪石”，鼓浪屿因此得名。

我会哼唱几句《鼓浪屿之波》，这不算我的鼓浪屿隐私吧？ 1981年由作曲家钟立民作曲，张藜、张红曙作词的这一首歌，1982年由歌唱家李光羲首唱，1984年女高音歌唱家张暴默在央视春晚上演唱，现在已成为厦门的品牌之歌。

厦门航空公司的航班上，背景音乐经常是《鼓浪屿之波》，许多厦航乘客都知道，这岂会是我的隐私？

在厦门环岛路上有处同名的音乐雕塑——鼓浪屿之波，它是目前世界上“最长的五线谱音乐雕塑”，已经被列入吉尼斯世界纪录，是厦门的著名旅游景点之一。

鼓浪屿的日光岩有郑成功纪念馆，建立于1962年郑成功收复台湾300周年纪念日之际，我于1976年国庆节来过这里。

郑成功纪念馆是人来人往的公共场所，也是当年郑成功屯兵扎营和指挥水师操练的地方，我来这里能有什么隐私可言？

我当然是有隐私的。就像凌云是有隐私的。在鼓浪屿上爬行的蜗牛也是有隐私的。

有隐私的我来到有隐私的鼓浪屿，早已知道许多凌云告诉我的隐私，这次又有幸认识了蜗牛，知道了许多蜗牛自己告诉我的隐私。但我此文只能浅尝辄止，点到为止。

怀旧的味蕾

（2019年12月21日）

我此番来到厦门，本来是最为闲散的“宅时光”，但一时技痒难耐，正想以“味蕾”和“怀旧”为关键词，与黄晓辉一通漫不经心的电话，却打乱了我的如意算盘。

我虽然不是“山上哥”，却因为出身贫穷卑微，吃米糠吃豆渣，食不果腹的情况时有发生，久而久之，我柔软舌尖的某些感觉和功能，似乎也因长期吃米糠吃豆渣，产生了循序渐进的味觉异变。

小时候若是能够吃到空心菜，就是对我舌尖味蕾的最大犒劳，所以我的舌尖对空心菜特别有感情，就像我对母校厦门大学特别有感情。

空心菜原名蕹菜，又名蕹菜、蓊菜、通心菜或者无心菜，因为它的梗是空心的，故兴化府的土著不管三七二十一，一概都称它为“空心菜”，唯有兴华土著中比较另类的我，更喜欢用莆仙话称它为“王菜”。

这究竟是为何？因为小时候若是能吃到空心菜，就是一种极度铺张的奢侈，何况空心菜微寒而性甘，有清热凉血和利尿除湿的功效，所以家境贫寒的我，炎夏时节以空心菜的汤汁当燕窝汤，当解渴的酸梅汁，可谓祛暑祛灾的灵丹妙药，对未满 16 岁就已血气方刚、热血澎湃的我而言，更是清热凉血和利尿除湿的珍宝。故此，空心菜是少年时期我的“王菜”、帝王一般的菜。

在全民饥馑的年代，本就没有如今“小吃”的说法，也没有如今“美食”的概念，更没有下里巴人们“味蕾”的词汇。但“食色性也”，芸芸众生对美好生活的向往，终究离不开吃与喝。

我吃喝最爽的一次，是在家乡西门兜“内徐”的大宅子里，一位邻居长辈春节期间祝寿大办酒席，我家和其他邻居一样，按惯例都随礼为该长辈祝寿，父母亲考虑到“名额”问题，派当时十三岁的我去参加酒席最合适，于是我吃上平生最为奢侈、最能挑战并激动味蕾的一次流水席。

那时即便按兴化府的习俗祝寿大办宴席，比起如今土豪们的酒席，酒桌上的花样也相当少，更不懂得什么叫布盏和摆盘。席间作为主食的，一般是枫亭年糕或红菇炒兴化粉，热菜则有炒猪肝和海蛎煎、鸡鸭鹅肉、带鱼或熘丸子等，最后肯定有一道甜食和花生汤。所有这些，便是当时一桌酒席的标配。

五十年弹指一挥间，我在帝都混得再不济，起码也知道了啥叫“小吃”，明白了啥叫“美食”，我以我的中国舌尖，充分领略了“舌尖上的中国”，我因家乡“王菜”的滋养而发育良好的味蕾，也经历了甜酸苦辣咸麻，食材万般的挑逗和诱惑考验。

我柔软的舌尖完全可以见证：百姓的饮食生活越来越美好，国家精准扶贫的目标实现后，以往贫困地区食不果腹的人们，即便不喜欢“王菜”，也可以时不时吃上肉末炒青菜。

我行我素的地球旁若无人、一如既往地不停转动，岁月也在缓缓转动的餐桌上流逝，如今一桌稍好的饭局或酒席，即便不包括酒水动辄也得数千元，桌上的生猛海鲜多了，像龙虾、海参和鲍鱼等过去闻所未闻的“硬菜”，在酒席上成为主宰已经不足为奇。

城市居民置办酒席的标准越来越高，如今富庶地区的乡村，人们举办的宴请酒席，也丝毫不比城市的大酒店逊色。

富庶地区但凡讲究一点的农家酒席，每道菜肴都会配上雕花或各种造型的摆设，使用的大盘小碟也各不相同，尤其是食材的选用和荤素搭配，即便是乡村的厨师，也更加讲究健康与养生、美味及独特的口感风味。

饮食变化除了菜肴变得更加丰富，人们越来越懂得吃好喝好开心就好。

以前兴化府吃的菜肴偏于清淡，现在粤菜和鲁菜、泰国菜和日本料理，还有少年喜欢吃的肯德基，法国大餐的鹅肝等，可谓应有尽有，似乎就差龙肝和凤胆了。

经济富庶带来的美食多样化，把大家的嘴巴都吃得刁钻了，舌尖和味蕾越来越难以得到满足。

从以前吃不饱到后来吃得好，再到如今吃出种种推陈出新的花样，吃出情调吃出文化来，足以折射出时代的变迁和社会的繁荣进步，让芸芸众生在吃出幸福感的同时，也吃出了难以言状的呛人芥末味道。

吾国吾民的饮食习惯的变迁，不仅丰富了味蕾和嗅觉，让味蕾像秋天的向日葵一样向阳绽放，还反映出现代社会中的贫富和盛衰，反映出各色人等的情趣和意趣。

那些怀旧的人们，至今还珍藏着当年的粮票，每当看到这些当年的地方粮票和全国粮票，似乎又回到了令人难以忘怀的岁月，更加珍惜今天的幸福生活。我虽然没有收藏粮票的雅兴，但与我有关的粮票故事足以让我写一部长篇小说。

奔小康的吾国吾民，现在发愁的不再是海陆空的食物不够吃，而是可供选择的食物太多，不知道吃什么更养生更滋润，更能舒筋活血，更能满足自己舌尖与味蕾与时俱进的需求。

如今吾国吾民即便不走出本乡本土，也能方便地在家门之内“宅游”和宅购，吃到全国五湖四海的美食，用手指在手机上轻快地点一点，一份新鲜出炉的外卖，乃至一份五星级的佳肴就能很快送到家里，供挑剔的食客和美食家享用。

我行走在厦门和泉州的大街小巷，各种档次和风味的餐厅餐馆、餐饮连锁店随处可见。

作为引领中国改革开放风气之先的海滨城市，厦门敞开饮食方便之门，其丰盛的各式菜肴，对中国各大菜系兼容并蓄，创新出清、鲜、淡、脆、略带微辣甜酸的独特风味，尤其以生猛海鲜和仿古药膳、普陀素菜和风味小吃著称。

我在厦门乐不思蜀的日子里，除了几乎吃遍厦门的生猛海鲜和风味小吃，不时还要为难厦门的朋友，尤其是作为世交的黄晓晖，让他想方设法满足我的味蕾和舌尖，满足我几近贪婪无度的口腹之欲。

今天我还是要吃莆仙菜、海蛎煎及兴化炒米粉，吃新鲜的花蛤甚至一斤五十元的新鲜油蛤，千万记得要给我王菜吃，别的佳肴我都可以不吃，但务必要吃王菜！

此刻我怀旧的味蕾又兴奋了，我的私欲在冬至时节蠢蠢欲动，在味蕾和舌尖分泌物的润滑作用之下，纵情地信马由缰。

林语卢音聚一堂

（2020 年 3 月 3 日）

神童和普通人基本无异，对自己幼年时的思想和行为，往往是没有记忆的。

我绞尽脑汁，像压榨甘蔗似的压榨自己脑汁，沥沥自己残存不多的脑汁，印象中自己最早对人世间的记忆是：在一阵紧锣密鼓中，说着仙游仙话的仙人登场，各色人等粉墨登场。

除了幼年个别极为深刻的事件，可能会留有某些模糊的印象，神童一般也难记住幼年时的行为。我是顽童而不是神童，能记住自己幼年时的一个反常行为，就是发烧时一直在说胡话，试图挣脱父母大惊失色的阻拦，叫嚷着“我要出去！我要出去！”

由牙牙学语成为混沌少年后，我受略通诗文且当过小官的父亲的影响，很早就看过乡贤陈仁鉴编剧的莆仙戏《春草闯堂》，乡贤挚友郑怀兴编剧的《新亭泪》和《鸭子丑小传》，这三个优秀的莆仙剧目，都是中国戏剧界的里程碑式剧目。

莆仙话的莆仙戏固然非常好看，但方言非常的难听——说这话的他省他乡的人们，让我感到非常沮丧，非常伤我自尊。

我初中读了一年两个月，没有上山下乡就步入社会，在漳州七七八五厂工作，与大名鼎鼎的林语堂有了“量子纠缠”。

漳州市芗城区有座林语堂纪念馆，于林语堂先生105岁诞辰纪念日的2001年10月8日当天开馆。我在漳州工作的工厂也位于漳州市芗城区，谁敢断然否认，我和林语堂早年没有些许的瓜葛或“纠缠”？

林语堂先生曾任教厦门大学，我毕业于厦门大学，是厦门大学的兼职教授，谁敢信誓旦旦否认，我没有沾上些许林语堂先生的“林气语气堂气”？

林语堂先生著作等身，代表作有《人生的盛宴》《生活的艺术》《吾国与吾民》等，先生这些著作我都曾花银子买过，我敝帚自珍，继出版有几本写科技界的著作，也有自己的散文集《不尽山河》，写山写水写西双版纳的热带雨林。

我知道鼓浪屿漳州路44号，这里就是林语堂先生的故居，肇始于4年之前。

中国科学院广州生物医药与健康研究院首任院长陈凌先生对我抬爱有加，慷慨地为我在鼓浪屿闹中取静处订了一个宾馆的房间，还专门从广州飞来厦门，陪我在鼓浪屿玩了两天。

从小生长在鼓浪屿的陈凌先生熟门熟路，带我探访拜谒了林语堂先生如今有点凋敝的故居。我随陈凌先生亦步亦趋，在林语堂先生故居前一阵发愣，感伤四季日月之更替，顿发思古怀旧之幽情。

此番我再次住宿于鼓浪屿，听涛于林语堂的鼓浪屿、林巧稚的鼓浪屿、钟南山的鼓浪屿、舒婷的鼓浪屿、陈凌的鼓浪屿，在依旧涛声的陪伴下，不经意走到鼓声路的一尊雕像前面，看到雕像的铭文方知卢戆章先生大名，方知鼓声路面向大海涛声处，也是卢戆章的鼓浪屿。

卢戆章先生是致力于汉字拼音化的一代宗师。他生于 1854 年，逝于 1928 年，系福建同安人，曾在鼓浪屿鼓声路上居住多年，鼓声路上有卢戆章先生的故居。

卢戆章先生致力中国语文的现代化，先后出版了《中国新字》《中华新字》等，为汉语拼音和汉字速成识字、汉字简化和汉字横向编排、白话文与白话语及普通话的普及，做出过巨大贡献。

清朝末年，旧中国的文化危机和政治危机一样，日甚一日，推行汉字改革成为有志之士的共识。卢戆章先生受到闽南罗马字母的浸润和影响，于 1892 年出版著作《一目了然初阶》，该书也是旧中国的第一种汉字拼音方案。

在卢戆章先生雕像前的砖道上，有卢戆章先生当年创造并致力推广的汉字拼音符号。因为是刻在砖道上，难免遭到游人诸多足迹的磨损，但犹如逶迤的龙蛇，让我在夕阳斜照中流连忘返，留下许多美好的想象和思考的空间。

1928 年，由瞿秋白、吴玉章、萧三等率先发起，苏联的语言学家科洛科洛夫（中文名：郭质生）亦参与其中，进行从根本上改造中国文字的有益工作，1929 年，以中国的北方话作为基础，设计出一种罗马化体系的雏形——拉丁化新文字，并在 1931 年正式隆重地推出，在中苏边境举行的“中国文字拉丁化第一次代表大会”上，获得莅会的汉语言专家表决通过。

1934 年中共中央在江西苏区扫盲时，一度也曾准备使用拉丁化新文字，但后来因为战事紧急只好作罢。直到 1936 年年底，红军长征抵达陕北后，又开始在陕北等苏区的扫盲中使用拉丁化新文字。拉丁化新文字别开生面，成为当时陕甘宁边区新文化建设的重要部分。

1940 年 11 月 7 日，陕甘宁边区新文字协会成立。

1940 年 11 月 22 日，陕甘宁边区创办《SIN WENZ BAO》（新文字报）。同年 12 月，边区政府颁布《关于推行新文字的决定》，明确规定：边区政府的法令和公告等重要文件，今后将一律一边印新文字，一边印繁体字；凡是写报告和递呈子、计账和打收条等，应用新文字和应用繁体字，在法律上具有同等的效应。

在大力号召和推动下，晋西北和华中等抗日根据地也积极响应，开始推行新文字。1949 年后出于扫盲的需要，中共中央继续提出要进行汉字改革，并成立了以吴玉章为会长的中国文字改革协会。吴玉章曾多次提出汉字拼音化改革建议和方案。

1956 年，国务院《汉字简化方案》公布，使简化字在中国内地具有“规范汉字”的法律地位。同年，国务院发布《关于推广普通话的指示》，倡导全国都要大力推行普通话。1958 年，以拉丁化新文字为基础制定的《汉语拼音方案》公布……

1956 年，虽然我已咿呀学语，但根本不知道有一位漳州籍的大文豪林语堂先生早已是著作等身。

林语堂先生学贯中西，他不但熟谙漳州口音的闽南语，作为德国莱比锡大学毕业的语言学博士，他也熟谙莱比锡和剑桥当地的语言。

我凝神屏息，在卢戆章先生的雕像前徘徊，不由陷入了对近 100 多年来中国传统文化嬗变的沉思、对中国汉字改革的反思，就像卢戆章先生那样沉思。

“林语”，是为林语堂之语，“卢音”，是为卢戆章之音。

两位先生都是在闽南出生、都会闽南语的语言大师，假如在鼓浪屿欢聚雅集，假如在鼓浪屿隔空对话，林语和卢音聚一堂，他俩是用闽南语，还是用英语俚语？大概主要是用作为母语的国语交流吧？

我若有幸在鼓浪屿叨陪末座，欣闻林语堂和卢戆章两位大师的对话，只能老老实实地洗耳恭听，借助鼓浪一般的涛声洗耳，恭听恭听再恭听。

厦门大学鼓浪进行时

（2021 年 1 月 10 日）

今天我拥抱鹭江和港湾，远眺被碧波环绕着的鼓浪屿，分别与母校厦门大学的党委副书记赖虹凯、教授孙世刚、宣传部副部长洪春生通了电话。

之所以和党委副书记赖虹凯通话，是因为我早些年主要有联系的校领导就是赖虹凯。

之所以和教授孙世刚联系，是因为自从孙世刚卸任副校长领导职务后，我虽然也来过母校多次，但再也没有和他联系过。

之所以和宣传部副部长洪春生联系，是因为我从事新闻工作 30 多年，习惯了与历任宣传部副部长联系，现在虽然已经退休，但还是积习难改。

今年四月，是母校厦门大学的百年校庆。作为新闻工作者的我，在母校 75 周年校庆、80 周年校庆、85 周年校庆和 90 周年校庆时，都尽了些许绵薄之力。

据介绍，2020 年 12 月 27 日，在距离厦门大学建校 100 周年还有 100 天时，母校举行了百年校庆倒计时 100 天的活动。

活动当天揭晓了百年校庆倒计时 100 天纪念封。厦大百年校庆倒计时 100 天纪念封，主要元素是以萨本栋校长为杰出代表的自强精神。

百年校庆志愿者的服装，由校友企业捐赠，采用线条与色块的视觉组合，展现了厦大依山而立、面朝大海的浩瀚景观。而“嘉庚红”和“厦大蓝”则描绘海浪起伏上升，寓意厦大学子乘风破浪、砥砺前行的奋进精神。

随着百年校庆倒计时，母校毕业的许多企业家，也纷纷慷慨解囊，对母校举行了捐赠。

我不是企业家，我对母校从未有过金钱的捐赠。我对母校的“捐赠”，仅仅是在我 2004 年出版自己新作《走进中国科学院》时，捐赠了 200 本书，其中 100 本是由新华出版社直接寄送给厦门大学图书馆，另外 100 本，则是由新华出版社直接寄送给了时任厦大党委书记王豪杰，让王豪杰书记转给厦大的相关单位。

1998—2006 年，是我和厦大校领导接触最多的年份，也是我和厦大校领导最为熟悉的时段。

譬如，1998 年 11 月，当时在家乡仙游县探望老母亲正准备返回北京的我，夜里和时任厦大校长陈传鸿电话联系，征询他的意见和想法，母校是否有需要我采访报道的事宜。

陈传鸿校长在电话里对我说：过两天中央经济工作会议即将在北京召开，

而此时全国已有九所重点高校获批了“985”，福建省委也积极认可厦大申报“985”，母校领导要借中央经济工作会议召开的机会，申报“985”。

陈传鸿校长希望我第二天早上即从仙游来厦门，届时他会在学校的逸夫楼等我，和王豪杰书记、副校长朱之文等领导一起乘飞机飞北京，等待主管部门的回复。

那天傍晚，我没有回家也没有回报社，和几位一起飞到北京的校领导，一边吃晚饭一边谈论如何向中央汇报工作。

不久，母校成为第十个获批“985”的好消息传来，我和母校的领导一样备受鼓舞，可以说，我是最早获悉这一喜讯的知情者和见证者之一，当然以此引以为豪。

在厦门或者在福建，一提自己是厦门大学毕业的学生，通常人们就会报以尊敬的眼光，我也因此有了几分自豪感。

我自豪，我在厦大读书的几年，因为厦大面向大海，所以我整个冬季都和同班的党支部书记符卫国坚持冬泳，虽然我的水性并不好，但几年的冬泳强健了我的体魄。

我自豪，因为厦大背靠五老峰，所以我经常在清晨长跑过后，到南普陀的背后自习，朗朗背诵英语单词。

我自豪，我在厦大读书的几年，因为鲁迅先生曾在厦大任教，所以我对鲁迅先生有发自肺腑的景仰，几乎读遍了鲁迅先生的所有著作，特别是鲁迅先生的杂文。

那时的厦门大学校园，有触目可见的剑麻丛，我经常面对剑麻丛发愣，就像面对鲁迅先生冷峻的目光，面对他手中那一把把锋利的匕首和“投枪”。

我更为自豪的是，因为我是厦门大学的学生会宣传部部长，所以我在一年级下半年，就住进了校学生会办公的“三家村”。

“三家村”位于厦门大学的中心位置，是一处三套连体的木头房子，我在这里有属于自己的一间房子，所以也就避免了在集体宿舍要住六个至八个同学的拥挤。

我当时因为虚荣心作怪，感觉自己就像是一位学生“贵族”，经常清晨在房间里背诵英文，引起路过窗外的同学的瞩目，我岂不像一只开屏炫耀的骄傲孔雀吗？

在“三家村”门外，有两棵长年都会盛开的三角梅，我虽然家境不算殷实，却经常不计成本在“三家村”前拍照，自己在“三家村”里冲洗照片，作为青葱大学时光的难忘记忆。

当时我是学生会宣传部部长，所以，恢复高考制度后的七七级首批新生入学，在厦门大学的建南大礼堂——当时全国高校中最大的礼堂，我受厦门大学团委的指派，代表老生向七七级新生致欢迎词。

我的欢迎词虽然是“读稿”，却完全是我自己写的，颇费了我一番思考和文字上的斟酌，过后以《迎新抒怀》为题，发表在厦门大学的校报上。

我同样引以为豪的是，我以学生会的名义，主办了一份名为《厦大学生》的文学刊物，得到厦大团委的经费支持，先是油印后来是铅印，前后出版了几十期，在厦大学生中有一定的影响，而且我也通过组稿和约稿，认识了各个系的不少文学爱好者。

我感到庆幸，因为厦大图书馆有很多藏书，我除了学好自己的专业知识，在厦大图书馆和阅览室里，我像多年挨饿的人，一头扑在面包房里。我还写了一篇富有想象力的散文，其中重要的一段大意是：在我的借书目录签名上，或许也曾有陈景润学长的借书签名。

记得我 1975 年刚入学进到厦大时，接受例行的新生教育，在老校门内校史展览馆参观，看到一幅巨大的厦大濒临大海的照片，我不由得欢呼雀跃：厦大离海滨这么近呀！我明天一定要到海滨游泳！

边上一位半导体班的女同学说：这有啥大惊小怪的？我昨天就去大海游过泳了！我虽然感觉被她扫了兴，但仍然掩饰不住自己内心的喜悦。

我课外的文学写作能力，让一些同学特别是文科同学羡慕嫉妒恨，我在班上的无线电专业学习成绩，只是位居中游。

我的年龄在全班 20 多位同学中是较小的，在我印象中，除了“阿六”和“阿七”分别出生于 1956 年和 1957 年，还有一位出生于 1955 年，我和另两位 1954 年出生的同学，并列第四。

作为特殊年代的工农兵大学生，在我的同班同学中既有绰号“博士”的高中生，也有已经毕业工作多年的机电学校的中专生，我的学历大概是全班最低的，连初中都没有毕业。

就当时强调的工作“实践”而言，我的同班同学分别来自福建省的国防工办系统，以及福建省的广播电视系统，但我从来就没有做过无线电或者半导体之类的实践工作，推荐我上厦门大学的国营八四五零厂，虽然是制造雷达的军工厂，但我在 5 年的工作实践中，干的却是钳工（画线工）的工种。

母校厦门大学给了我知识的诸多滋养，也给了我许多工农兵大学生不太容易得到的荣光。

作为一位高级记者和高级编辑，我的专业技术职称固然和正教授是画等号的，继中科大聘我为兼职教授之后，母校也由时任厦大党委办公室主任邓朝晖亲自协调，时任校长签发聘书，聘请我为厦门大学的兼职教授。

因为有了厦门大学兼职教授的身份，所以我也就名正言顺，作为厦门大学博士生博士学位论文答辩的评委，我第一次参与的答辩是新闻传播学院的谭雪芬和葛灵君两位博士生的。

谭雪芳本来就是福建师范大学的副教授，在职读厦大中文系黄鸣奋的博士生，其博士学位论文是《动漫新轨道——一种关于新媒体动漫网络传播和青年亚文化的范式》；葛灵君的博士学位论文是《中美科学传播比较》，在其写作过程中我给了她一些写作指导。

作为厦门大学毕业的工农兵大学生，我的“学术成就”如何？虽然我也出版了七八本著作，与人合作写成了两本书，但我的“学术成就”连自己都感到惭愧。

远的不说，近的有一例，我一直钦佩的同乡郑振满教授，昨天赠予我的《乡族与国家——多元视野中的闽台传统社会》等著作，才真正有学术的价值。

我现在最大的愿望，就是在 2021 年国庆节前后，由我母校的厦门大学出版社，出版一本我的书籍，书名究竟应该叫什么更为合适，明天或许就会有答案。

红树林黑眼睛

（2023 年 4 月 29 日）

我来到漳州市云霄县，当知道云霄县有一片保护得很好的红树林时，立即和接待我的朋友说：帮我联系一下当地的自然保护区吧，我很想去看一看红树林！

因为我有科技情结，更有红树林情结，我知道：红树林是生长在热带、亚热带海岸潮间带，以红树植物为主体的常绿乔木，或者由灌木组成的湿地木本植物群落，在净化海水、防风消浪、固碳储碳、维护生物多样性等方面发挥着重要作用，而且是珍稀濒危水禽重要栖息地，鱼和虾、蟹和贝类等选择其繁殖生长的良好场所，有“海岸卫士”和“海洋绿肺”的美誉。

大约在 35 年前，我到深圳采访经过福田区时，远远看到好像在海边沼泽地或曰湿地处有一片不知名的树林，就听深圳一位博学的朋友说起，福田的这一片红树林对保护生态非常难得，如果有机会我应该好好采访一下。遗憾的是后来我虽然十余次到深圳，但总是与之失之交臂。

云霄县的李梦华陪同我来到漳江红树林国家自然保护区管理局。该局的行政管理隶属于云霄县人民政府，已经建立 30 年了。

李梦华带我来此轻车熟路，不仅找到了管理局的领导朱锦武，还让我沿着一条绵延的木栈道，仔细察看了生长在滩涂上的不同品系、不同颜色的红树林。

据朱锦武介绍：近 10 年来，我国大力推进红树林保护和修复，已成为世界上少数红树林面积净增加的国家之一。其中，湛江市麻章区湖光镇的红树林面积为全国最大。

漳江口红树林国家级自然保护区总面积2360公顷，大约为湛江红树林的十分之一，其中核心区面积700公顷、缓冲区460公顷、实验区1200公顷。

2003年6月，经国务院批准，漳江口红树林晋升为国家级自然保护区，2008年2月被列入《国际重要湿地名录》，是福建省迄今为止唯一的国际重要湿地。

漳江口红树林国家级自然保护区地处闽南，保存有我国北回归线北侧种类最多、生长最好的红树林天然群落，主要有木榄、秋茄、桐花树、白骨壤、老鼠簕等五种红树植物，以及半红树林植物黄槿和海滨木槿，有全国较大面积的白骨壤林，亦是中华白海豚的主要洄游地。

接着我又在汤如玉的陪同下，到福建台湾海峡海洋生态系统国家野外科学观测研究站参观。该站距离漳江红树林管理局只有100米，可谓是亲密无间的好邻居。

该站的外观造型就像一艘远航的巨轮，隶属于我的母校厦门大学，其科研积淀是在红树林等滨海湿地生态系统，有着将近30年的综合观测和定位研究成果，依托海洋科学和生态学两个国家“双一流”学科，融合了海洋科学和环境科学等国家重点学科。

据该站管理人员蔡乐彤介绍，2021年10月，该站获科技部的批准开始建设，主要致力于台湾海峡海洋生态系统结构与功能的长期观测和实验研究，为保障海洋生态环境健康和促进经济可持续发展，提供坚实的科技支撑。

我在展板前驻足，理解该站的科学目标和宗旨应是：以长期观测台湾海峡典型生态系统的连通性、阐明台湾海峡生态系统的长期演变及其驱动机制为主要科学目标，系统观测台湾海峡上升流、亚热带海湾、滨海湿地等生态系统结构与功能，以期解析全球变化影响下的海峡生态系统。

站在该站学术委员会成员展板前，一个个我熟悉的院士名字，一个个我熟悉的脸孔，让我顿时思绪万千。

傅伯杰院士、张偲院士、焦念志院士、于贵瑞院士、原所长秦伯强、原所长韩兴国、吕永龙教授……你们的年纪都比我小，我和你们已经好几年没见过面，你们似乎更加年轻、更加帅气了！

我此时恍若飘飘欲仙，飘在蔚蓝色的海南岛上空，飘在海南新盈红树林国家湿地公园上空，极目巴山楚天舒、极目东海南海舒。

我此时恍若飘飘欲仙，在海南儋州市上空盘旋，在新英盐场湿地人工栽种的红树林间徘徊，和成群的鹭鸟一起嬉闹觅食。

我此时恍若飘飘欲仙，在广西的山口红树林生态自然保护区翱翔，和心有灵犀一点通的各种鸟儿为伴，在红树林中安详惬意地栖息。

我此时恍若飘飘欲仙，在福建闽江河口湿地核心区，根本不需要借助升空的无人机，凭我一双已经不再混浊的黑眼睛，就能够敏锐地观测和洞悉红树林的生长……

崇武曾恨今无憾

（2023 年 4 月 30 日）

我由安溪恒兴中学校长陈龙斌、著名影视编导刘尤溪陪同，访问惠安县崇武古镇后已是傍晚，经陈龙斌校长精心调度，到离崇武古镇大约 3000 米的西沙湾，在公路边一个名叫“宋小瑾”的餐厅用餐。

“宋小瑾”餐厅就在解放军庙前，今天中午我们一行三人虽然行程匆忙，但也已瞻仰过这座大名鼎鼎的解放军庙。

四月的艳阳当空照，惠安崇武西沙湾，一簇一簇细碎洁白的浪花，沿着圆弧形海湾，一波一波地奔涌向黄金海岸的沙滩，编织成一个洁白的巨大花环，从三面环绕、簇拥解放军庙，给人们以无限的联想和遐思。

崇武西沙湾的解放军庙，又称为“烈士庙”或“廿七君庙”，占地大约 400 多平方米，被称为“天下第一奇庙”，奇就奇在它是全世界绝无仅有的一座既没有和尚尼姑又不供奉神仙，是供奉解放军烈士的庙宇。

解放军庙人来人往，香火不息，已是崇武镇当地的风景名胜，人们来到这里上香，不一定是心中有所诉求，而是为了感念那些英勇无畏、为国为民捐躯的解放军战士。

解放军庙前有烈士纪念碑、烈士纪念馆和烈士亭，我虔诚地一一瞻仰和鞠躬膜拜。

我认真观看了纪念碑上的碑文，碑文记载了这个解放军庙的来历，概述了当年解放军战士在此浴血奋战的事迹。

解放军庙前建有三座亭，中亭是“观潮亭”，亭额上书有“海天幽雅”，柱联“蜂峰灵麓碧波朝圣庙，龟蛇雄踞蓝舸成奇观”。因该庙背后依靠蜂峰山，前临大海，左侧是状如龟的山体，名为“龟”；右有白崎，其形似蛇。柱联概括了该庙所处地理形胜。

左亭是“望海亭”，柱联“望海峡思江山一统，登古城盼同胞团圆”。右亭是“烈士亭”，柱联“海韵千秋回壮曲，心香一瓣谒忠魂”。

解放军庙的廿七君殿，塑有二十七位年轻的解放军战士坐像，他们绿色军装红色帽徽，英武的形象栩栩如生。

额匾“天下第一庙”，乃解放军某部所赠，庙内还有诸多的匾额碑铭，上书“千秋浩气”“万古英灵”“海天一绝”等，似乎都在和西沙湾层层叠叠的美丽浪花呼应，表达着对牺牲在这里的解放军战士无尽的思念。

当晚在西沙湾的“宋小瑾”餐厅，经陈龙斌校长引荐，我认识了当地一位名叫曾华瑜的老板，53 岁的曾华瑜详细向我介绍了解放军庙的故事，讲述了一位已经 88 岁的老阿婆曾恨的心愿。

是老阿婆曾恨于 1993 年发起，为解放军庙的一些烈士找到了“回家路”。

1949 年 9 月 17 日，由中国人民解放军第 10 兵团司令员叶飞率领，28 军 84 师 251 团的官兵秣马厉兵，分乘 6 艘木帆船来到崇武镇的西沙湾，准备参加解放金门的战役。是日上午 9 点左右，西沙湾畔平静如初，征尘未洗的解放军官兵短暂休整，14 岁的女孩曾阿兴向解放军官兵友好搭讪。

这时蒋匪军飞机偷袭，解放军官兵迅速隐蔽。敌机就向毗邻的渔市疯狂俯冲，准备攻击渔市熙熙攘攘的人群。解放军指战员当机立断，用手中的轻重机枪向敌机射击，把危险引向自己。

蒋匪军向解放军发起攻击，炮弹落在毫无遮蔽的解放军队伍里。一枚炸弹冲着小女孩曾阿兴丢下来，5 名解放军官兵奋不顾身，用血肉之躯将小女孩严密地护在身下。

小女孩惊恐地从人堆中探出身，5 名解放军官兵已全部英勇牺牲。在这次敌机的疯狂空袭中，解放军战士救下的不只是一个小女孩，而是崇武渔市上成百上千的老百姓。

解放军将 5 位牺牲战士的遗体掩埋在西沙湾，很快就继续南下作战。被救下来的小女孩曾阿兴永远记得妈妈的叮嘱：“阿囡，是解放军救了我们，你要一辈子记住解放军的恩情。”从此，她便将自己改名为“曾恨”。

曾恨一家人按照惠安当地风俗，在安葬解放军牺牲战士的土堆上搭起棚子，用泥巴塑了 24 个小泥人，画上草绿色的军装，军帽中央描上一颗闪闪的红星，胸前用白纸写上“中国人民解放军”的胸标，摆放在用梳妆台做的神龛上，正中间立着一个木板牌位，上书“廿四英烈亡灵”。

1993 年，曾恨丢下打理的生意，将母亲留下的金链和金手镯卖掉，把房契抵押，拿着省吃俭用积攒的 6 万元钱，同时到处“化缘”为解放军英灵建庙。她以一颗滚烫赤诚的拥军之心，感动了崇武镇的父老乡亲，1996 年凑足 60 多万元，建起了“廿四君庙”。

当地政府和群众知悉后，又提供 1000 多平方米土地，在西沙湾盖起规制比较正式的大殿，同时将在崇武海域牺牲的另外 3 名解放军战士也“请”进来，更名为“廿七君庙”。

获知老百姓自发修建解放军烈士庙的消息，开国上将叶飞激情难抑，为西沙湾挥毫泼墨，题写碑铭“为了人民，死的光荣”，激动地说：“人民有情！”

此后，曾恨阿婆每天都要为解放军庙上香，祭拜完英灵就会眺望海洋上的滔滔海浪、伴随帆船出海的洁白云朵，若有所思地喃喃自语：“恩人们能不能早点‘回家’？”

“战士舍生忘死撼天地，惠女奉献一生情似海”，镌刻在解放军庙的对联深藏着感人的拥军爱民故事，曾恨就是故事的主角之一。

70 多年一路走来，曾恨从小孩长成大人、从母亲变成奶奶，她以惠安女特有的虔诚方式，始终守护在惠安的西沙湾，几十年如一日地祭拜牺牲的解放军战士。

但在老阿婆曾恨的内心，还是有一点点的遗憾：当年为保卫崇安城百姓安宁牺牲的战士，还有一些战士的姓名和祖籍未能核查到，他们的英魂至今还未能“回家”。

曾华瑜席间酒过三巡，诉说了他想助力家乡惠安县，实现一个最美好的愿望：要像《印象刘三姐》《印象西湖》《印象丽江》《印象大红袍》那样，打造《印象惠安》，让惠安的文旅之花绚丽绽放。

我虽然不才，但可以试着联系厦门大学予以支持，召集厦门大学的郑振满、易中天、黄鸣奋等著名教授参加研讨会，为惠安县的文化创意产业出谋划策。

厦门大学台湾研究院政治研究所所长张文生等专家，亦可酌情邀请他们列席参加《印象惠安》研讨会。

我对西沙湾解放军庙的印象，就是我心目中的《印象惠安》；西沙湾解放军庙今后将有更多的人来瞻仰祭祀，这里成为福建省乃至全中国拥军爱民的学习基地，崇武曾恨今已无憾！

雁塔映红金榜

（2023 年 5 月 5 日）

住宿于厦门市思明区火车站边的宾馆，我当然也不会甘于宾馆的寂寞，有天傍晚吃过饭就蠢蠢欲动，信步向火车站的西南面走去。

离火车站大约 500 米处，我发现路边上有块巨石，上面红字镌刻着“金榜公园”。“金榜”两个字激起我的好奇心。早年我家住在仙游县体育场，紧挨我家窗户 50 米开外就是“雁塔”。

雁塔位处县城文庙前的南湖，旧名“环带水”“堰池”，今名“燕池”、燕池埔、学前埔东边的堤岸上，现在已湮没在鳞次栉比的高楼大厦之中。

据专家考证，元末明初，仙游县的大蜚山之水源远流长，流经仙游县的西湖，而后注入南湖，再注入东门纠察庙门前的东湖，三个湖相互贯通，其环状如玉带，三个湖烟波浩渺，民间俗称“环带水”，绝对堪称“一邑奇观”。

此后三湖淤塞枯竭，当年的风光不再。神仙一般的古人驾鹤云游，曾留下这样的谶语：“三湖水复涨，仙溪多卿相。”

在仙游县如今的“国保”文庙前 200 米处，为何要修建一座雁塔？据如今的专家研究：这可能是出于当时堪舆学家的构想，意在美化县城的环境，改善缺失的风水，提振邹鲁之滨的文脉，让本地的科举繁荣回春。

据最早的宋代《仙溪志》记载：“仙溪地方百里，科第蝉联，簪缨鼎盛，甲于他邑”，“道儒名士踵出，魁彦胜流，不可胜书”。这其实是兴化府亦即今天的莆田市，南宋豪放派词人刘克庄所语。

据统计，宋代是仙游县科举的鼎盛时期，一共诞生了 587 位进士，占福建 7000 多位进士总数的 8% 以上。但到了明朝，仙游县的科举式微，有名可考的进士仅有 43 人。

先人们有感于此，痛心疾首之际绞尽脑汁，在文庙亦即“学宫”前兴建了这一座雁塔，希冀借此完善风水，弥补眼下人才的极度缺乏，有朝一日能重振昔日科举的辉煌。

或许正是得益于雁塔寓意“雁塔题名”，而且我家确实离雁塔最近，近水楼台先得月，当年我得知被厦门大学录取，接到通知的那一瞬间，我正面对窗外憨厚古朴的雁塔，陷入冥想和沉思。

几十年过去，雁塔因为申请国家文物保护的等级不够，已经没有当年那么广阔的视野，没有那么敞亮的身姿，它被遮掩在县城鳞次栉比的高楼中，似乎也湮没在历史的漫漫长河中，人们很难再见到它古朴的身影。

当年我家与雁塔毗邻的住处，早已被中国工商银行所取代。我前几年回到仙游时，也曾在这家银行取过钱，但是雁塔没有什么钱，雁塔委身富丽堂皇的银行背后，显得十分凄凉、委屈和困顿不堪。

雁塔曾让我“金榜题名”，但雁塔却默默无语，在饱经多年的风霜和雷雨后，早已是“名落孙山”。这究竟是历史遗留的冤屈和不公，还是严峻现实的无情嘲讽？走在厦门金榜公园，我却心事浩茫连广宇，颇为仙游县雁塔的遭遇愤愤鸣不平。

厦门金榜公园西起金榜山，东至梧村山，北近厦禾路，南至金亭山和面前山，面积 91 公顷，是厦门市区面积最大的综合性文化公园。但厦门是一座著名旅游城市，游客可游玩的景点实在太多，显然有些委屈怠慢了金榜公园。

金榜公园不仅自然景观优美，而且人文景观相当丰富，是厦门的文化发祥地之一，其历史人文底蕴丰厚，唐、宋、明、清的古迹不胜枚举。

远自唐朝，就有许多历史名人、英雄人物慕名而来金榜山，留下了众多历史典故。如厦门文化的先驱者、唐代文人陈黯曾隐居金榜山教书育人，在这里有“石室”“迎仙楼”遗迹。

据《嘉禾名胜记》和《厦门志》记载，陈黯的隐居遗迹吸引了张翥、朱熹、陈献章、丁一中、刘存德等诸多名士前来寻访，他们或是缅怀凭吊，或是题诗作记。

宋朝大理学家朱熹游览金榜山，留下巨幅石刻《金榜山记》；宋幼帝掬泉甘饮赐号“圣泉”；清朝抗英名将陈化成的陵墓也坐落在园中，是全国重点文物保护单位。

“金榜玉笏”是块 16 丈高的巨石，它庄严地挺立着，形如大臣上朝叩拜皇帝所持的玉笏，故名“金榜玉笏”。

路边有一块写有“福神”的石头，我驻足观看，不知这“福神”是何方神圣，是要天官赐福芸芸众生，或者赐福来此一游的莘莘学子金榜题名？

虽然地处人口稠密的火车站附近，但因为金榜公园的绿化很好，郁郁葱葱的众多古树和林木，形成一道道自然的隔音屏障，所以公园内不仅空气特别新鲜，而且环境尤其清幽。

公园内有多处提示和监测噪声的警示屏，傍晚进入公园内悠闲散步或借助器械锻炼者众多。

陈化成墓现存墓园占地面积 700 平方米。墓冢呈寿龟形，供桌长 2.5 米，正立面浮雕麒麟及双鹿纹。墓围呈“风”字形，墓前置有花岗岩莲花望柱和石狮华表。

陈化成是福建同安人，曾任江南提督等职，清道光二十二（1842 年）五月，在上海吴淞口率军抗击入侵英军，激战中壮烈牺牲，收殓于嘉定县城。翌年由其长子陈廷瑛护运灵柩回厦门，安葬在金榜山麓。

没有时间看紫竹林寺，该寺始建于明朝万历年间（1573—1620）。相传当地吴姓村民在此掘地得宝，即营建岩寺，是为“宝山岩”和“董内岩”旧称的由来。

紫竹林寺亦即现在的闽南佛学院。其标志设计，是以 5 瓣莲花和之上的炬光为主体，背景由日月汇聚所形成的月形为造型。标志的设计元素中，“炬光”象征着传灯、教育和智慧，与佛学院的职能相应；莲花和日月体现“悲智”，与佛学院的院训相应。

紫竹林寺与南普陀寺血脉相连，其标志中莲花的 5 片花瓣，象征着厦门大学所依傍的五老峰。莲花是保佑厦门大学的莘莘学子金榜题名，还是赐福紫竹林寺的男女学僧们学业有成？

注视着“紫竹林寺”的指路牌，我正在发愣走神之际，突然听到亲切的莆仙方言，我扭头看见一男一女，不由自主地问他俩：“你们是莆田哪里人？”

对方答曰是仙游县人，我再问是仙游县哪个乡镇的。女的回答：“我是仙游县城关的。他是我爱人，是仙游县盖尾镇的。”

距离就这样越拉越近，“我在少年时代，家是在城关的体育场职工宿舍，我家住在 201，离雁塔最近的一套房子。”

那女的听我这么一说，相当吃惊地问我：“难道你就是郑千里？你就是前几天写《会仙，会仙！》的郑千里？”

这下轮到我吃惊了，我难道有这样的知名度？

她告诉我：“我小时候就住在你家的楼上，所以我还认识你的父母，你的两个妹妹。”

当晚，有一知情者告诉我：她叫陈映红，小名叫“阿斌”，她和她的父母都曾在仙游电机厂上班。

怪不得陈映红对雁塔这么熟悉，对我的家这么熟悉！仙游电机厂也紧挨着雁塔呀！雁塔似乎也在冥冥之中，让郭达智和陈映红的儿子金榜题名，考中了上海的一所名校，如今他俩的孩子也在厦门市上班，从事眼下炙手可热的金融工作。

有道是：雁塔映红金榜，金榜达智雁塔！

有道是：金榜题名无先后，雁塔无声胜有声！

侨桥番婆　翘楚百年

（2023 年 5 月 8 日）

在被称为“万国建筑”的鼓浪屿上，有许多诸如“番婆楼”这样的老建筑。譬如位于晃岩路 31 号黄奕的家宅黄家花园、位于福建路 38 号海天堂构等，都需要付几十元的费用才能进去参观，我值得为此解囊吗?

即将离开鼓浪屿回厦门市区，专程上鼓浪屿看望我的陈总说：这样有百年建筑历史的老建筑，一定既有建筑美学欣赏价值又有传奇的人文故事，虽然门票 89 元，但我们买票也一定要进去看看！

番婆楼建于 1920 年，原为晋江籍菲律宾华侨许经权经商致富后，为孝敬母亲而建的西洋式建筑。其建筑面积为 1552 平方米，占地面积为 1429 平方米，由院门和门楼、庭院、一座西式楼房和三层附楼组成。

我一进番婆楼就忙着拍照片，导游对陈总介绍说：就是在这个院落里，作为外景地，曾拍摄过《廖仲恺》《春天里的秋天》《土楼人家》等多部电影。

番婆楼的造型独到别致，可以看出某些洛可可的建筑特点，与中国的传统工艺结合得非常和谐巧妙，这在鼓浪屿风光旖旎的别墅群里并不多见。它虽然历经百年至今仍然风姿绰约，端庄风采丝毫不减当年。

番婆楼拥有鼓浪屿楼房最高的门楼，西式拱券院门为大铁门，两侧装饰仿古希腊科林斯式水泥柱，拱券顶上面饰有卷草、缠枝花和两只金丝鸟嘴里衔铜钱的雕塑，以耀示主人的大富大贵。

游客若没有足够的时间仔细观看，很难欣赏到两扇铁门中央均置有“福”字，这“福”字一正一反，寓意出门见福，进门也是福。我今天算是有眼福了。

主楼为两层砖石结构，并设有半地下防潮层的三层建筑，各层平面四面环绕着外廊空间，主楼各层的平面，设置成符合中国建筑传统的中轴对称，前半部是中间厅堂两侧厢房，中间东西贯穿一条走廊，后面是并排 3 个房间。

整栋建筑的 4 个立面，都是连续半圆拱券的新文艺复兴式外廊，外廊采用清水红砖，砖拱券与建筑的转角红砖间隔嵌入石块，既明显受英国维多利亚时期绚丽红砖建筑的影响，也充分吸纳了闽南红砖厝红白相间的装饰色彩。

番婆楼的浮雕装饰题材非常有趣，除了中国传统的动物植物吉祥图案，还出现了外国男孩形象的小天使，由此看来，督促建造此番婆楼的主人许经权，喜欢纯真可爱的肤色或黑或白的外国小男孩。

大楼坐西北朝东南，平面约呈正方形，面宽 20 米，进深 21 米，背部连建“一”字形二层楼，两侧横凸于主楼两侧外墙，屋顶为带有护栏的长廊式露台。

我虽然不太懂建筑美学，但对那些凝固了飞翔音符的美丽建筑，却也情有独钟。我认为，番婆楼最大的亮点，就是将中国传统的建造工艺与西方的建筑风格完美结合，所以直到如今，番婆楼都能让游客怦然心动。

主楼对面有一个小戏台，遥想当年竭尽孝道的许经权，在别墅前院建这一座台子，在上面搭木偶戏台演戏、请来戏班子为其母唱戏，南音缭绕，锣鼓喧闹，许母则端坐在古色古香的靠背椅上即兴点戏，许家其乐融融的场面恍如眼前。

再细看那主楼房子，精美的圆形回廊，回廊上的柱头上各种花卉，屋檐下廊楣上沉鱼落雁、金猴献桃、古典人物、吉祥标志等各种浮雕，无不令人陶醉其间。

那用玉白花岗石做的门框和窗框，华丽绝伦的楼顶，四面女墙中部的画屏，既有花卉又有天使，真是让人目不暇接，让我一时忘却身边的陈总，一时忘却日已当午。

许母有福，平时她换穿儿子送的衣衫，佩戴着儿子们买的金银首饰，珠光宝气俨然南洋富婆。街坊邻居无不称其为“番婆”；她颐养天年的这幢别墅，自然就被人称为“番婆楼”。

“番婆楼”之“番婆”，人们误认为是以许经权的母亲而名之。其实“番婆楼”名称之来历，据许经权曾外孙吴米纳考证，是因为其楼女墙上有高鼻深目的西洋女郎浅浮雕——女墙在照片中清晰可辨，才被人们称作“番婆楼”。

2018 年，番婆楼被列为第九批省级文物保护单位；2017 年，番婆楼和大夫第、春草堂、菽庄花园等 53 处申遗的核心要素，是鼓浪屿遗产价值最突出的物质见证。

充分利用番婆楼的回廊空间和许多房间，多处悬挂有立体的油画，这些精美的立体油画，大多是栩栩如生的动物及人物肖像，应该不是许经权和其母亲早年所有，而是番婆楼对外界开放之后，经营者萌生的经营创意。

番婆楼作为一个文化景点接待四方宾朋，让四方游客购票即可进入所有的楼层参观，了解并感受老鼓浪屿百年建筑，聆听一个家庭的豪宅生活方式和家族文化故事，同时知悉爱国华侨的沧桑岁月和家国情怀。

番婆楼让我觉得不虚此行。以侨搭桥，以侨会侨，让我这沾了华侨名声的老汉，不由得浮想联翩，心潮澎湃。

“番婆”在莆仙方言中，是对南洋客家眷特别是那些年纪已经比较大、比较尊贵的南洋客家眷的称呼。譬如我在仙游县实验小学时的同班同学肖建标，他的母亲是广东梅县人，因为他母亲和外祖母都是归国华侨，而且讲一口很难听懂的梅县方言，认识她们的人们都按习惯叫她俩为“番婆”。

大约是在 1988 年，我工作的科技日报社福利分房，因为有母亲提供的归国华侨证明，报社按照当时的文件政策，给我分房时多打了两分，使我在分房时分到了较好的楼层。

但我母亲没有人叫她“番婆”，其道理和原因显而易见：一是她根本就谈不上什么富贵；二是她在印尼的年头并不长，始终只会说莆仙方言。

莆田市涵江区是著名的侨乡，也有一些别墅，虽然比不上造价高达几亿元的鼓浪屿番婆楼，但建筑风格和结构也很不错。

2021 年元旦，一个偶然的机会，我知道了戴礼舜的名字，他是涵江区的一位著名收藏家，在20世纪90年代中期，购买了一位黄姓老华侨的别墅，该别墅因为戴礼舜的接手，如今在莆田市相当有名气。

黄姓华侨开价100万港元转让别墅，戴礼舜说是否可以便宜一点，华侨同意以96港元成交。虽然这远远超出戴礼舜当时的承受能力，但他无法抵御别墅收藏价值的诱惑。

对老华侨的别墅稍加改造，如今取名为“辛豫别院”的别墅，已是戴礼舜日常生活和进行美术创作的地方，也是他放置艺术收藏品的主要所在，一个祥瑞幸福之地。

我与好朋友陈凌交往甚笃，他是著名的细胞与免疫科学家，亦是中国科学院广东生命与健康研究院的首任院长。陈凌的祖父陈永照是福建晋江人，也是曾旅居菲律宾的华侨。4年前，陈凌曾陪我到晋江金井镇上清村，看望他祖父陈永照当年留下的旧宅。

这处旧宅由于多年没有人居住和管理，现在已多少显得有些破败和凋零，但仍然可以看出当年它是泉州南门外、全晋江最高大也最有气势的楼宇。这栋楼宇当年的造价是100万美元还是200万美元，现在已经不得而知。

据陈凌介绍，这栋坚固庞大的楼宇，是他爷爷陈永照在20世纪40年代初建造的，但没有住上几年，后来就遭到土匪的绑架勒索，无奈之下他爷爷才举家搬迁到鼓浪屿上。

我在这栋楼宇里徘徊流连，不时拍照的同时感叹：陈家的后裔都在外地事业有成，却无法打理这一栋楼宇，当地政府也无所作为，任凭一些村民在这栋房子的底层养牛，搞得到处是牛粪和生活垃圾，臭气熏天，与鼓浪屿对一些老建筑的保护，形成了天壤之别的巨大反差！

如何以侨搭桥，以侨会侨，不仅是各级侨联应该加强的工作，更应该是侨乡其他党政部门齐抓共管，应该充分重视的工作！

据悉，仙游县政府以侨搭桥，以此为抓手着力，工作已有一定的成效。如新加坡华侨游振华等人回馈桑梓，做出了自己力所能及的贡献。

03

旷达塞北

不识弯弓射大雕

（2017 年 2 月 14 日）

“惜秦皇汉武，略输文采；唐宗宋祖，稍逊风骚。一代天骄，成吉思汗，只识弯弓射大雕。俱往矣，数风流人物，还看今朝。”《沁园春·雪》里推崇的一代天骄成吉思汗，实际上我知之甚少，远不如对历史更为久远的唐宗、宋祖乃至秦皇和汉武知道得多。这难道仅仅是因为我到内蒙古访问的机会比较少吗？

我这次不仅来到慕名已久的内蒙古鄂尔多斯美丽草原，而且瞻仰了气势恢宏的成吉思汗陵，总算或多或少弥补了我的这一缺憾。

成吉思汗一生戎马倥偬，南征北战，驰骋东西，史书上称其“灭国四十”，奠定了横跨亚欧大陆的“蒙古帝国”的基石，这在中国几千年的历史上，乃至世界历史上都实属罕见。

1219 年和 1226 年，成吉思汗曾两次西行远征。一个流传在内蒙古鄂尔多斯草原上的美丽传说是：当年，成吉思汗率领军队西征西夏时，路经鄂尔多斯草原的包尔陶勒盖，目睹这里水草丰美、花鹿出没的美景，十分陶醉留恋，左右环顾之际失手将马鞭掉落在地上，其随从欲拾起马鞭时，却被成吉思汗制止。

成吉思汗甚至诗兴大发，立即吟咏一首：“花角金鹿栖息之所，戴胜鸟儿育雏之乡，衰落王朝振兴之地，白发老翁享乐之邦。”并对身边的将士说：“我死后可葬在此地。”

蒙古族导游包尼格姆图的家乡在通辽，他热情地向我介绍说：无独有偶，成吉思汗 66 岁时在六盘山逝世，其属下本来准备将他的灵柩运回家乡安葬，但灵车路过鄂尔多斯草原时，车轮突然深陷到地里，无论人架还是马拉，车轮都纹丝不动。

这时大家猛然醒悟，想起了成吉思汗生前说过的话，于是就地将成吉思汗安葬在鄂尔多斯草原上，并留下 500 户达尔扈特人加以守护。

雪后初霁的成吉思汗陵园，虽然不时仍可见到一些积雪和残冰，但我仰望那碧蓝如洗的天空，目光透过初春有些寂寥的丛林，不难想象其在夏日里的芳草萋萋和花香鸟语。

就在这片宁静而和谐的大片草地上，成吉思汗陵墓以它那独具风格的相互连通的蒙古包大殿，不但将一代天骄的半功佳绩彪炳史册，而且标识中华民族史上威震天下、征服世界的成吉思汗就长眠在这里。勇敢、彪悍的鄂尔多斯达尔扈特人，也以满腔热血和忠诚，在这里世代守护自己心目中的英雄。

据有关资料介绍，成吉思汗陵及其旅游区的景点，拥有诸多堪称“之最”和“唯一”的荣耀：世界上最大的蒙古历史文化旅游景区；天骄大营中的“天下第一包”是世界上最大的蒙古包；世界上最具蒙古特色的“山”字形气壮山河门景；铁马金帐是世界上唯一再现成吉思汗铁骑的大型军阵；世界上最大的蒙古帝国横跨亚欧疆域的示意图；蒙古历史文化博物馆是世界上唯一收藏、展示、研究蒙古历史文化的博物馆和以蒙古文字（汗）为造型的建筑；长达 206 米的油画《蒙古历史长卷》是世界上最长的油画；达尔扈特人是世界上唯一近 800 年来世代祭祀成吉思汗的守陵人；是世界上唯一保留祭祀文化最为完整的成吉思汗祭祀场所。

2011 年，成吉思汗陵旅游区被评为国家 AAAAA 级景区。

毫无疑问，成吉思汗是中华民族历史上一位杰出的人物，他本人及其后代子孙的军事征战和领土扩张，不仅克服了当时东西方陆路交通的人为障碍，也极大地促进了东西方文化交流，在一定程度上推动了人类文明的进步。

成吉思汗统一蒙古各部，攻金灭夏，为后来元朝的建立奠定了基础。他依靠自己卓越的军事才能，战略上重视联远攻近，力避树敌过多。他用兵注重详探敌情、分割包围、远程奇袭、佯退诱敌、运动中歼敌等战法，史称“深沉有大略，用兵如神”。

展示成吉思汗军阵的大型雕塑群，是气势恢宏的“铁马金帐”，让我叹为观止，深感百闻不如一见。“铁马金帐”以艺术的生动表现手法，再现了成吉思汗一生征战南北，横跨欧亚，浩浩荡荡，气势磅礴，创建伟业的历史画卷，我置身其间，仿佛感受到900年前成吉思汗指挥百万大军，奋勇出征、统一蒙古的真实场景。

匆匆拜觐成吉思汗陵，虽然没有见到“弯弓射大雕”的成吉思汗雕像和画像，但总算让我对“文韬武略”、对英雄气概的理解多了一些。

追昔抚今秦直道

（2017年2月18日）

鄂尔多斯是蒙古语“官帐”的意思。据史料记载，鄂尔多斯由蒙古语斡尔朵（官帐）的复数演变而来。

鄂尔多斯市下辖东胜区、康巴什区和达拉特旗等7个旗区。

东胜区是老城区，康巴什区是新城区。朋友对我鄂尔多斯此行做了精心周到的安排，我在新城区康巴什区住了两三天，又到老城区东胜区住了两三天：“这样更方便你到处走走看看，对鄂尔多斯更为全面了解。”

我入住东胜区的铁牛大酒店。这是一家建成尚不到10年的五星级酒店，不仅有多位国际名人政要曾在此下榻，还接待过120个国家的形象大使。

承蒙大侠良苦用心，我也就在东胜区四处巡视，对这里的历史沿革做了些必要的功课。

东胜区位于鄂尔多斯市中部偏东，是全市的经济、科技、文化、金融、交通和信息中心。

雄踞九曲黄河“几”字弯中，东胜区是全市面积最大、功能配套最完善、经济活跃度最高的核心区。区域总面积2160平方千米，城区面积78平方千米，城市化率达到95%，辖3个镇、12个街道办事处、3个开发区，户籍人口和流动人口的总数为58万。

鄂尔多斯曾先后荣获全国文明城市、国家卫生城市荣誉称号，并获评2014年度最美中国·人文（休闲）旅游目的地城市，东胜区获评全国义务教育发展基本均衡区。

看好东胜区暨鄂尔多斯未来发展前景，安徽芜湖奇瑞汽车公司前些年在这里设立分公司，2016年生产奇瑞麾下的3款车型共10万台，鄂尔多斯当地的开车族根本不差钱，很少会购买奇瑞10万元以下的经济型车辆，奇瑞在东胜区生产的汽车基本都是外销。

我在东胜区大街和广场的独自巡查，也坐实了当地开车族并不差钱的铁证：虽然没有更多的外国豪车招摇过市，但几十万元的中高档车辆却比比皆是。

毋庸置疑，东胜区的车辆保有量、人均车辆数也很高，皆因东胜区暨鄂尔多斯市的人均占地面积很大。

东胜区委、区政府前面的广场相当辽阔。如果说我国县区政府办公大楼前有辽阔的广场（公园），东胜区或许并非名列前茅，但广场（公园）有那么璀璨的灯光却实属罕见。

道路宽阔坦荡如砥，让我想起“条条大路通罗马”的西方谚语，想起秦始皇时代曾在这里修筑的秦直道。

秦始皇三十二年（公元前215年），秦始皇派大将蒙恬领兵30万，北击匈奴，占据黄河以南地区，如今的东胜区全域均属于秦上郡。

清光绪三十年（1904年）后，东胜当地的牧地大多放垦，陕西和山西的汉民大量迁居境内。宣统三年（1911年）年底，辛亥革命爆发后，山西革命军占领了包头镇，将包头镇、东胜厅、五原厅合为包东州，不久之后又重新分设。

民国元年（1912年）5月，原东胜厅改置东胜县，“东胜”这个响亮的名称一直沿用至今，2000年成为东胜区。

在东胜的历史上，秦直道堪称“世界之最”。

秦始皇统一六国后，为抵御北方强大的匈奴的侵扰，于秦始皇三十五年

（公元前 212 年）令大将蒙恬征调民夫 30 万，历时两年半修筑了一条“直道”。

道路南起秦都咸阳的军事要地云阳林光宫，即今陕西省淳化县北，途经 14 个县（区），全长 1400 多里，平均宽度约 30 米，道路宽阔平坦，能适应大队兵马快速驰援，故称“驰道”；道路南北遥遥相对、直线相通，故也称“直道”。

秦始皇略输文采却也雄才大略，当年曾下旨，修建多条由都城通往六国的驰道，但既是驰道又是直道的仅在东胜此处一条，称其是世界最早的“高速公路”也不为过。

2200 多年历史风云变幻，如今在东胜区境内，秦直道尚有保存最为完好的 30 多千米，更多信息则只能在故纸堆里寻迹觅踪。

但已有一处“东联秦道城”旅游景区，位于东胜区罕台镇，是国家 AAAA 级旅游景区，规划并建设出“体验大秦直道、秦王城、九原郡、秦汉边塞文化区、匈奴故地文化区、九原郡广场演艺区”诸多景点。

我和朋友驱车半个小时，从铁牛大酒店专程来此览胜，因正月未过的缘故，“东联秦道城”虽大门敞开，却未见一位游客踪影，景区的售票处亦无人值守，我们干脆长驱直入。

2200 多年前的秦直道，如今被圈在“东联秦道城”亦即“东联动漫城”旅游景区里。

过了一处英雄关，又过了一处美人关。这样一路“过关夺隘”，似乎太过容易，也就没有了挑战性。

这里的英雄关和美人关，显然都是今人杜撰和演绎的。我只感到阵阵寒风的凛冽，不禁裹紧了羽绒大衣。

“东联秦道城”残存的秦直道上，一片黄褐色的干枯土地，戳着一支模拟兵马俑的阵列。今人在此游玩嬉闹之际，耳边会回荡当年的马蹄声声吗？

2006 年 5 月，秦直道遗址被国务院公布为第六批全国文物保护单位，同时被确定为中国 100 处大遗址项目之一，和长城一道被列为国家“十一五”重点文物保护项目。

2200 多年沧海桑田巨变，秦始皇当年焚书坑儒，但东胜区作为秦直道的故地，如今却有一份《东胜报》。在我入住的铁牛大酒店，住客都能看到派送的《东胜报》。

据《东胜报》报道，东胜区如今正全力推进创新东胜、宜居东胜、诚信东胜、幸福东胜“四个东胜”建设。

“鄂尔多斯为什么美丽，她曾牵动圣主的眼睛，你可曾听到旷古的马蹄声，久久回荡在蓝色的苍穹……”歌手这样深情款款地唱道。

秦时明月汉时关，虽然东胜区已有一条“科技街”，亦有多条通向外部世界的高速公路和铁路，但是否具备大手笔，能拥有一条实现“中国梦”的驰道和直道？

沙哑腾格尔

（2017 年 2 月 19 日）

我曾经说过：我要争取做一粒虽然极其渺小，但多少也会发出一点响声、能有一点动静的沙子。

我今天想继续补充：虽然自己五音不全，即便发出那么一点点响声，基本上也都是沙哑的，但我也要争取做一粒能够发出声响、通过自己发声带出一点小动静的沙子。

沙，是自然界诸多颗粒物质中的一种。沙，通常也是那些被风化和分割得很细小的岩石，直径大约在 0.0625 ~ 2 毫米。岩石在此微细尺度之内的单一粒子，通常亦被人们称为沙粒。

我是“沙”而不是“砾”。相对于渺小的“沙”，“砾”的直径和尺度显然比较大，其颗粒大小为 2 ~ 64 毫米。

置身于茫茫无垠的宇宙，栖身在硕大无朋的地球，我觉得自己就像一颗沙粒那么渺小。

我不是地球上的伟人，我纯粹只是一位渺人，对那些伟人而言完全是无足轻重的渺人。

读过小学语文的我们都知道，汉语里的“沙哑”一词，用于形容声音不清脆、不响亮。

我不会刻意掩饰自己声音的沙哑，同样，也不会为自己天生的沙哑声音感到丝毫难过。

何况还可以找出名人为我脸上“贴金”或曰“背书”：出生于内蒙古鄂尔多斯的著名歌唱家腾格尔，他的声音就极其沙哑和低沉。

“沙哑”是腾格尔典型的演唱风格。

1960 年腾格尔生于鄂尔多斯的鄂托克旗，是歌唱、影视和作曲“三栖”艺术家。1986 年他为《蒙古人》谱曲并演唱，从此一举成名天下知。同年，他推出了第一张个人专辑《你和太阳一同升起》。

既然说到歌唱家腾格尔，就免不了要说说我国的腾格里沙漠。

腾格里在蒙古语里的意思是“天”，腾格里沙漠的寓意，就是茫茫流沙如渺无边际的天空。“腾格尔”在蒙古语里则是“蓝天”的意思 。

腾格里沙漠南越长城，东抵贺兰山，西至雅布赖山，其面积约 3 万平方千米，海拔 1200 ~ 1400 米。

腾格尔从 1988 年开始创作歌曲。1989 年，在我国文化部主办的全国流行歌曲优秀歌手选拔赛上，腾格尔不负众望，斩获了第一名。

从我国行政区划上说，腾格里沙漠的东部，主要隶属内蒙古的阿拉善左旗；其西部和东南边缘，则分属甘肃的武威和宁夏的中卫市。

腾格里这片浩瀚无际的沙漠，包括其北部的南吉岭和南部的腾格里两部分，在习惯上统称为腾格里沙漠。

1993 年 3 月组建的苍狼乐队，腾格尔任队长兼主唱。苍狼乐队的主要成员，大都来自美丽的内蒙古草原。譬如作为乐队核心人物的青年马头琴演奏家张全胜，他 1993 年成功举办了个人马头琴独奏音乐会，并且亮相央视春节联欢晚会，就此开始与腾格尔等苍狼乐队成员共同进退。

在我国诸多民间乐器中，我尤其欣赏马头琴，对其在演奏时发出的音韵情有独钟。马头琴的曲调既苍凉又旷远，既忧伤又醇厚，听起来令人如置身草原旷野，深沉凝思。

腾格尔沙哑低沉的歌声，配上张全胜苍凉旷远的马头琴声，真可谓珠联璧合，相得益彰。

腾格尔演唱的《天堂》等，余音绕梁，令我久久难以忘怀。

苍狼乐队的键盘手刘晓光、贝斯手那日苏、吉他手尹贝尔、鼓手范俊义、打击乐手荒井壮一郎，对草原音乐的真挚热爱与执着追求，让他们走到一起。

“蓝蓝的天空，清清的湖水，绿绿的草原……”每当听到这一熟悉的歌曲旋律，我就与腾格尔这位来自腾格里沙漠、用自己心灵在歌唱的创作歌手产生共鸣，充满了对这一位汉子的钦佩与推崇。

我之所以能与腾格尔产生共鸣，他那像沙子一样“沙哑”的声音，就是其中最为重要的原因。

在鄂尔多斯的响沙湾旅游景区，那山呼海啸一般聚集的沙子的轰鸣，也正因这样“沙哑”、响沙合唱队这样经久不息的歌唱，吸引海内外众多慕名前来观赏和聆听的游客。

腾格尔演唱的《八千里路云和月》、电影《红高粱》主题曲、《蒙古人》等脍炙人口的优秀民族歌曲，已深深地浸润了大众的心田，时时刻刻响彻我的耳畔。

在 1994 年摄制的电影《黑骏马》中，腾格尔身兼数职，担任该影片的全部音乐创作和主唱，并荣获第 19 届蒙特利尔国际电影节最佳音乐艺术奖。

在腾格尔的音乐世界中，人们总会找到一种心灵的震荡和感动；在腾格尔的沙哑歌声中，人们总会领略到一种美的视听享受。

2002 年 4 月，腾格尔因其孜孜致力于公益事业，被聘为我国首批“首都大学生绿色形象大使”和“爱心大使”。

腾格尔用他原汁原味、沙子般质朴的声音，唱出了沙漠和草原的苍茫和伤感，人们就这样痴迷沉醉，为他独特的歌声倾倒。

在《天堂》的天籁中，人们逐渐走入腾格尔的音乐世界：粗犷、深沉、开阔和博大，尽显沙漠和草原风味的歌声。

欣赏腾格尔沙哑而苍凉的歌声的，除了像我这样已经饱经沧桑的老男人，也有许多年轻美丽的女性、许多真正对音乐理解并且着迷的纯情少女，她们是腾格尔的铁杆粉丝。

2002 年 8 月，就在鄂尔多斯鄂托克旗，腾格尔举办了大型个人演唱会《故乡情》，用纵情欢唱的歌声，回报养育自己的家乡。

元宵佳节之后我来到鄂尔多斯采风，所住的五星级宾馆铁牛大酒店里，林林总总介绍的曾在此下榻的诸多名人政要中，腾格尔是我最熟悉的名字。

2004 年，腾格尔获得全国五一劳动奖章，成为我国演艺娱乐界第一位获此殊荣的歌手 。

腾格尔的演唱绝对不可能“奶油”，他尤其擅长用“沙哑”的风格，表现深沉和内在的情愫、苍凉和悲壮的情感，自有其独具特色的像大漠雄浑及草原辽阔的气质。

国内音乐行家们评价说：腾格尔在其通俗歌曲的创作与演唱中，坚忍不拔地走自己的道路，善于从民族民间音乐中汲取营养，不断推出具有浓郁蒙古风格的通俗歌曲，不仅内容健康，而且情调高雅，实属难能可贵。

就像沙子那样，虽然沙哑但是从来不喑哑，这就是腾格尔演唱的独特之处，这就是腾格尔歌声的魅力所在，这就是我欣赏腾格尔沙哑歌声的秘密所在！

昭君出塞千千结

（2017 年 2 月 21 日）

中国古代四大美女之一的王昭君今安在？昭君是否还是美艳如初？

到达呼和浩特市的第二天，我就冒着寒风前往王昭君墓地。史籍记载和民间传说中，汉代王昭君墓地坐落在呼和浩特市南郊 10 千米的大黑河南岸。

虽然此前司机已告诉我，作为呼和浩特最主要的游览区之一，王昭君墓地可能正在修缮，不见得能够如愿以偿游览，但我还是义无反顾地动身了。

从入住的宾馆出发，大约一小时车程，果不其然看到王昭君墓地游览区大门前游人寥寥，而路边横七竖八地垒放着一些水泥袋和砖瓦块，明显是正在整修和施工。

景区售票处也空无一人，向一位施工者打听能否进入游览区，他对我努了努嘴说：可以随便走进去看呀，只是各个展馆现在暂时都不开门。

这是一座规模宏大的陵园，首先映入我的眼帘的，是王昭君的等身高雕像；往北走不远，是一座高 3.95 米、重 5 吨的大型铜铸雕像，呼韩邪单于与王昭君亲密地并辔而行的雕像。

千百年来，在我国人民心中，王昭君是美丽的化身、尊崇的偶像。1964 年，内蒙古自治区就把王昭君墓列为自治区重点文物保护单位，陵园成为旅游景区后不断扩建，每年都吸引着众多游客前来参观游览。

沐浴在明媚的阳光下，可见耸立的一块高大石碑，石碑上镌刻着蒙、汉两种文字，那是董必武早年的诗作《谒昭君墓》：“昭君自有千秋在，胡汉和亲识见高。词客各摅胸臆懑，舞文弄墨总徒劳。”

再往前走，就是王昭君墓。墓体状如覆斗，据相关资料介绍，墓体高达 33 米，底面积约 13000 平方米，距今已有 2000 余年的悠久历史，是中国最大的汉墓之一。墓体始建于西汉时期，是由人工积土夯筑而成。

虽然对于王昭君墓的真伪，史学家至今仍有争议，但围绕美丽昭君的种种美丽传说、美丽故事，在我国民间广为流传，家喻户晓，丝毫没有因为时光的流逝而黯淡褪色。

特别是唐宋以来，历代文人墨客咏唱昭君、抒发情感的诗文歌词、戏曲绘画更是数不胜数，形成了长盛不衰的“昭君文化”。

现代史学家翦伯赞不吝溢美之词：“王昭君已经不是一个人物，而是一个象征，一个民族友好的象征；昭君墓也不是一个坟墓，而是一座民族友好的历史纪念塔。”

“琵琶一曲弹至今，昭君千古墓犹新”。其实，史书上对王昭君的记载不多，仅仅不足 150 字。

王昭君，名嫱，西汉南君秭归人（今属湖北秭归），晋代时避司马昭讳改称“明君”或“明妃”，是齐国王襄之女，因其出身平民，身世详情很难加以考证。但她在 17 岁时被选入宫中待诏，却是没有争议的史实。

王昭君入宫之后很凄然，一直没机会见到元帝，《后汉书·南匈奴传》记载：“昭君入宫数岁，不得见御，积悲怨……”未曾得到元帝的宠幸，并非她长得不美，难以进入元帝的视野，成为“三千粉黛”之一，事实恰恰相反。其中缘由，葛洪的《西京杂记》有所叙述。

《后汉书·南匈奴传》写道：“呼韩邪临辞大会，帝召五女以示之。昭君丰容靓饰，光明汉宫，顾景裴回，竦动左右。帝见大惊，意欲留之，而难于失信，遂与匈奴。”

这是王昭君第一次叩见汉元帝，而元帝也为其“丰容靓饰，光明汉宫”所深深触动，“意欲留之”。

按当时朝廷的惯例，王昭君入宫之后须由御用画工画其容貌，呈上御览，以备皇帝随时宠幸。而据说当时主画的毛延寿生性贪鄙，屡次向宫女索贿，宫女为得皇帝的召见，都不得不倾囊相赠。王昭君出生的家境平淡，既无银两向画工贿赂，可能也因其美冠群芳的清高，生性奇傲而未肯迁就丧心病狂的画工，因此，在画像中被毛延寿在唇部凭空画了一颗痣，成了一副克夫的模样，所以“入宫数岁，不得见御”。

深宫少女的生活犹如囚禁，痛楚至极却无法排解，在强颜欢笑中，寸寸年华消磨寸寸青丝。

毫无名分的王昭君凄清孤寂，只能在深宫中消磨难熬的青春时光，在午夜梦回家乡之时，难免对韶华的悄然而逝倍感迷茫。

王昭君边弹琵琶边唱，不尽愁思如滚滚长江之水：“……四更里，苦难当，凄凄惨惨泪汪汪，妾身命苦人断肠；可恨毛延寿，画笔欺君王，未蒙召幸作凤凰，冷落宫中受凄凉……”

在这首后人演绎的《五更哀怨曲》中，王昭君满腔幽怨，无比伤感，她心有千千结，既掺杂着缕缕的乡愁，也混合着丝丝的憧憬。

王昭君就是在这纷扰的思绪中，无声无息地打发漫长难挨的日夜。然而“自古穷通皆有定”，命运的千千结却在悄声无息之中厘清，在悄声无息之中发生着变化，尽管它的绳结在千里之外。

对呼韩邪单于提出的和亲要求，汉元帝欣然点头允诺，决定挑选一个才貌双全的宫女，作为公主，嫁给呼韩邪单于。

歪打正着，正是画工毛延寿的作弊，让汉元帝错失了天生丽质的昭君，不得不将昭君拱手让与呼韩邪单于，导致昭君出塞，上演了历史上轰轰烈烈的一幕。

呼韩邪单于大喜过望，封出塞后的昭君为“宁胡阏氏”（阏氏为匈奴语，王后之意）。一位中原女子，就这样来到举目无亲的遥远胡地，不仅习惯了膻味的羊奶，住惯了圆顶的毡帐，懂得了“胡言胡语”，甚至学会了在寒风中骑马射猎。

正可谓：“汉主曾闻杀画师，画师何足定妍媸。宫中多少如花女，不嫁单于君不知。”

无论是李白还是白居易，也无论是王安石还是欧阳修，在这些旷世奇才的春梦里，也都魂牵梦萦昭君的香魂，有难以割舍忘怀的种种交集：“燕支常寒雪作花，蛾眉憔悴没胡沙”；“愁苦辛勤憔悴尽，如今却似画图中”；“可怜青冢已芜没，尚有哀弦留至今”；“君不见咫尺长门闭阿娇，人生失意无南北。”

被称为“忧患诗人”的杜甫，也沉湎在昭君的香魂里不能自拔。杜甫在《咏怀古迹》写道：“群山万壑赴荆门，生长明妃尚有村。一去紫台连朔漠，独留青冢向黄昏。画图省识春风面，环佩空归夜月魂。千载琵琶作胡语，分明怨恨曲中论。”

千百年来，犹如杜诗的幽怨与凄楚，融入昭君的情丝与哀弦，文人墨客难逃宿命的咏叹比比皆是。悲泣红粉之飘零，远适异域；感伤文士之飘零，孤影独命。

多年来民间口口相传：昭君墓一日有三变，“晨如峰，午如钟，酉如枞”。昭君墓早晨犹如一座山峰，中午犹如一座鼎钟，黄昏时犹如一棵鸡枞——一种伞形的美味食用菌。

在呼和浩特市附近和包头市附近，西汉晚期墓葬中曾出土“单于和亲”“千秋万岁”“长乐未央”“单于天降”等瓦当和“单于和亲”四字砖，以及“单于和亲”“千秋万岁”“安乐未央”十二字砖。

这些事实雄辩地说明：长城沿线各族人民对和亲暨昭君出塞，热情地讴歌颂扬，千古流芳。

在昭君墓前，我也触景生情，由此口占昭君出塞千千结：

人才非才人，簪花更玉佩，为博帝王欢，对镜施粉黛。才人凭册封，红颜命难挨；人才凭实力，何需唯青睐？才人深宫囚，失宠百事哀；人才当自强，岁寒更松柏！强国需大师，潮流成澎湃；时代唤巨擘，妙策期出台！

比邻若天涯

（2017 年 2 月 24 日）

从鄂尔多斯市乘火车，深夜到达呼和浩特市，我入住朋友事先为我订好的美华酒店。美华酒店是连锁店，在呼和浩特市起码有四家，我入住的这家在新城区丁香小学的斜对面。

我从酒店大门口朝东南方向远远看去，大约在三四百米开外，有一处高大建筑物漂亮的穹顶，但酒店这边是一条断头路，无论乘车还是步行，都不能通往那里。

呼和浩特市的朋友带我参观内蒙古博物馆。

内蒙古博物馆的造型新颖别致，既富民族特色，又具现代意识。骏马凌空奔驰的楼顶造型，象征内蒙古自治区的吉祥与腾飞。

我参观这处展品丰富、气象恢宏的博物馆，给自己设定的参观原则是：突出重点和特色，不要面面俱到，时间最好不超过一个半小时。

博物馆内除设有内蒙古生物陈列馆、内蒙古历史文物陈列馆、内蒙古近现代文物陈列馆、内蒙古民族民俗文物陈列馆和中国航天陈列馆这五个展馆之外，还有一处电影院。

内蒙古生物陈列馆保管和陈列的，据说仅珍藏品就有10万余件古生物化石标本，藏品跨越的时代较全面，所属门类也较多。

譬如恐龙。在一些人们的固有印象中，以为恐龙都是庞然大物，实际上在恐龙的种群里，也有一些瘦小得就像家猫，是要爬上树梢栖息的小可怜。

若是对古生物怀有浓厚兴趣，在中国科学院的研究所序列里，就分别有北京和南京两家遥相呼应、极具科研权威性的古生物类研究所，可以向他们多加咨询和求教。

新当选中国科普作家协会理事长的周忠和，不仅是中国科学院院士，也是美国科学院的外籍院士，他就工作在中国科学院古脊椎动物与古人类研究所。

内蒙古历史文物陈列馆很值得多看看，可以在很大程度上弥补我这方面的知识欠缺，但因为时间仓促，我也只能在“梦幻契丹”的展板前驻足片刻。

内蒙古近现代文物陈列馆让我受益颇多。

内蒙古民族民俗文物陈列馆的陈列品相当不俗，独具内蒙古自治区的民族风情，展示了草原游牧民族史料和多种文物，人们完全可以借助这里的展品，充分领略草原文化的独特魅力。

博物馆二层有书店，我直奔与蒙古族内容有关的专柜，买了《蒙古之谜》等两本书。

在我国所有省（区）一级的博物馆，内蒙古自治区博物馆专门设立了中国航天陈列馆，当然有其存在的十足理由，正像其展板上赫然显示的那一句话：“飞船从内蒙古升空，航天员在内蒙古着陆。”

曾遨游过太空的杨利伟、费俊龙、聂海胜等我国航天员，都是在内蒙古自治区中部草原的主着陆场成功着陆，顺利返回祖国的怀抱。

如果不是神舟飞船最终都要脱落，而且需要借助逃逸塔从这里回到“娘家”，地处偏僻的四子王旗，几乎是个不为外部人知的地名。这个隶属于乌兰察布市、在行政区划上相当于县的小镇，位于呼和浩特市以北150千米左右。

它之所以叫四子王旗，是因为这里曾是成吉思汗兄弟的后裔哈斯尔王第十六世的四个王子的封地。乌兰花镇如今是四子王旗人民政府所在地，也是神舟飞船进入着陆场的必经之地。

“飞船的家”是四子王旗人民的骄傲，也是当地最引以为豪的一个称呼。

虽然许多人都知道航天员是在内蒙古自治区着陆，但仍然有相当多的人不知道“飞船从内蒙古自治区升空”这一事实，误以为飞船是在甘肃的酒泉升空。

“酒泉卫星发射中心”这个名字经常会被新闻报道提及，但它真正的地点是在内蒙古自治区，而不是甘肃的酒泉。作为我国行政区域建制的“甘肃酒泉”，实际上距离内蒙古自治区真正意义的卫星发射场，还有好几百千米的路程。

这不是历史的误会，而是历史性选择的一种策略，是早年为了我国国防科技事业的发展，不得不采取的一种保密性策略。

我在 20 世纪 80 年代赴酒泉卫星发射中心采访，就是经过甘肃省的酒泉市，再乘坐 331 千米的专线军列，最后才到达卫星发射基地。

早年的酒泉卫星发射基地，曾经拥有全军唯一属于军队编制的列车车组、军队编制的发电厂，还有军队编制的一所邮电局。1986 年我国刚恢复军衔制时，这所邮电局的局长军衔是中校，我曾采访并报道过这位中校局长。

从 20 世纪 50 年代酒泉卫星发射中心初创开始，由于国防科技必须保密，所有在这里工作的人们，通讯处都只能是“兰州邮局第 27 支局”。

60 年弹指一瞬间，已经到了“现在可以说了”的时候，应该选择适当的时机给内蒙古自治区正名，给“飞船（包括卫星和火箭）从内蒙古自治区升空”正名。

早年我作为新华社的军事记者，虽报道过酒泉卫星发射中心的辉煌，但是对“航天员在内蒙古着陆”不甚了解，我从未造访过四子王旗，现场目睹并报道航天员在这里着陆。

希望在未来的某一天，我也能有机会到四子王旗采风，即便不能在现场目睹我国宇航员的从天而降，也应到四子王旗实地考察观光，毕竟这里距呼和浩特市北部只有区区不到 200 千米，路程并不算太遥远崎岖。

人口只有 20 多万的四子王旗，面积却有 24000 多平方千米；2160 平方千米的红格尔主着陆场，面积甚至不到四子王旗的 1/10，这里地旷人稀、地势平坦，是航天飞船着陆场的必备条件。

从乌兰花镇向北大约 60 千米，是一处名叫红格尔苏木的地方，航天飞船正常返回时的着陆点，就是位于苏木（乡）的阿木古郎牧场。红格尔在蒙语中意为“温柔的地方”；木古郎的意思为“平安”。

内蒙古博物馆以草原文化为主题，分设《高原壮阔》《地下宝藏》《草原雄风》《草原天骄》《草原风情》《草原烽火》《飞天神舟》等展览专区，不仅有实物的生动再现，而且文字说明通俗易懂，让观众能一目了然，豁然开朗。

特别是展出蜡像雕塑，可能最初的设计理念，就已充分考虑到方便游客拍照的因素，灯光既亮堂又均匀柔和。

内蒙古博物馆，已是内蒙古自治区人们的一处休闲所在，更是在呼和浩特这座城市里，建筑与文化融合的一处绝佳地标。

司机送我回入住的美华酒店，不到 10 分钟的车程，因为绕道经过丁香路，我这时才恍然大悟：原来我头天在美华酒店门口能看到的、大约在三四百米开外的漂亮建筑物，其实就是内蒙古博物馆的穹顶。

如若不是司机的热情提议，带我参观了内蒙古博物馆，我完全有可能错失机会，与内蒙古博物馆比邻若天涯。

“海内存知己，天涯若比邻”，出自唐代著名诗人王勃的《送杜少府之任蜀州》，在过去的一段峥嵘岁月里，它曾因为毛泽东主席的一次援引，得以更为广泛地传播，但凡稍微识文断字的人们，都会熟练地背诵和应用。

但有多少人能够知道，它的上半阕是“城阙辅三秦，风烟望五津。与君离别意，同是宦游人”，它后面的两句则是“无为在歧路，儿女共沾巾”。

兄弟之间友谊深厚，江山难阻的情景与心思，固然值得千古传诵，但如果并非“城阙辅三秦，风烟望五津”呢？

人生苦短，我们有多少错失的机会，有多少错失的机遇？

虽然我并非铁石心肠，但绝对不会在朋友告别之际，甩一把鼻涕甩一把泪，不断地哭哭啼啼。

如若不是“天涯若比邻”，而是“比邻若天涯”，知道在三四百米开外就有一处内蒙古博物馆，而且秀慧其间，有这么多宝物值得一看，我肯定会因为错失良机而懊恼。

斡尔朵，知道是家

（2017 年 3 月 1 日）

蒙古包千百年来都是蒙古族的家。蒙古族牧民从远方放牧归来，只要眺望到那一座白色的圆柱体，就能闻到里面传来的奶茶飘香，家人共享天伦之乐的温馨，使仆仆风尘带来的疲劳顿时被忘却。

古代的蒙古包也叫穹庐，在世界建筑史上被叫作毡房。最早的毡房包括印第安人、鄂伦春人还有北欧人的一些毡房。但在智慧的蒙古族这里，如今毡房的结构已产生了很大变化，变成世上独一无二的建筑模式。

作为我国著名的发明家，李昌教授在 2015 年多次走进了蒙古包，多次走进蒙古族的家，也为他经常自诩“知道家”，增添了一个颇为生动的案例。

蒙古包的乌尼杆是“日晷”。阳光通过蒙古包的天窗，即蒙语中的“套脑”照射进来，乌尼杆投射的影子即代表时间。“套脑”上的圆是天圆，下面的火撑子（香炉）呈方形，代表天圆地方。

许多蒙古族文化也都压缩在蒙古包里：“套脑”代表太阳，支撑的乌尼杆象征万丈光芒。门必须对着东南，不然就体现不出日晷。

蒙古包上的两种图案就是蒙古族的图腾，与成吉思汗曾使用的兵器有关。

比较漂亮的图腾叫苏勒德镇远大黑道，是成吉思汗起事时的兵器。成吉思汗在征战露营时，用一个三叉插到木头上，底下拴有黑马鬃，敌方一旦见到他举起的镇远大黑道，无不闻风丧胆弃甲而逃，后来这种兵器图案就演变为蒙古族人的保护神。

蒙古族人为了美化蒙古包，在蒙古包上画了镇远大黑道的图案，后来演变成矛头向下的镇远大黑道。作为统治者的蒙古族人后来被灭掉了，就不再说这是镇远大黑道，只说它是宝石花。另一种兵器和图腾则是方天戟。

蒙古包上的吉祥图案叫盘肠图，相当于当今的中国结，无论怎么转动它都是闭合的。盘肠图放置在蒙古包顶上，也放置在其围墙边，象征婚姻长长久久地美满，生活长长久久地幸福。

貌似简单的一个蒙古包，基本上总结了蒙古族人的“三观”，并将它淋漓尽致地体现出来。

蒙古包本身除了建筑非常科学，也是蒙古族文化传承的一种教具。它科学、便利、宜居，且成本低廉。

如何将传统文化和现代科技结合，无缝对接地反映在蒙古包上，是李昌2016年到达鄂尔多斯以后，在研发实践中设立的一个课题，他想把蒙古族的传统文化完整保留下来，并用现代高新技术与之相结合。

李昌从小就有美术天赋，现在还是北京粉画研究会的副会长。他一眼就看上苏勒德镇远大黑道的精致图案，首选这个图案在天津制作蒙古包用的太阳能电池板。

尽管李昌遍寻蛛丝马迹，找了很多做薄膜电池的厂家，但厂家都接不了他这个订单：将图案做成方形还行，做拐弯的形状就不行。

法国和德国的一些艺术家倒是会做，但他们却不太懂太阳能电池板的技术，只会在其颜色上做表面文章。

李昌只好在国内外取经，自己研究光伏薄膜电池。经过团队的一番努力，在天津做成了第一套纯手工的样品，测试出其功率并不小，更增强了李昌的信心。

光电池片包括单晶硅、非晶硅和多晶硅。首先要选好光电池片，其次才能把它制作成合格的光电池板。

李昌确定第一套光伏设备选用单晶硅电池片，2016年6月，用单晶硅的sunpower电池片做成了薄膜，测试效果良好。

功夫不负有心人，做成的蒙古包太阳能电池板已实现3个突破。

第一个突破是穹庐的图案花，必须让蒙古族人一看到就觉得是穹庐，图案没有一点异样反常，既包括电池板的色彩、形状、柔韧性等，也包括要解决的电池发电技术问题。

在地球的不同经纬度上，太阳从日出到日落，其能量分布不一样，鄂尔多斯刚好处在世界的“太阳带”。

这个太阳带从呼伦贝尔开始，横扫整个鄂尔多斯地区，绝大部分的内蒙古自治区，再到甘肃、青海。最后继续向南扫过喀什等地，就像成吉思汗当年西征横扫西部乃至中亚。

孔子曰：“知之为知之，不知为不知，是知也。”李昌虽然 28 岁就成为大学教授，但也是第一次到了鄂尔多斯后，方知“太阳带”一说。

李昌满怀兴致开始“太阳带”的研究。他坦言：我在鄂尔多斯做光明蒙古包的公益事业，也要努力成为一位“知道家”，从“以前不知道”到“现在必须知道”，怀有不断探究世界、探究未知的乐趣的决心。

既然太阳带就在这里，那么鄂尔多斯在日出日落时，光伏照的能量究竟怎么分布在蒙古包，即穹庐之上？

穹庐实际上也是一个斜面，李昌经过精确的计算，在鄂尔多斯，穹庐呈现的 37 度角，正好是安装太阳能电池板的最佳角度。这一角度似乎也暗合人的体温。

虽然穹庐本身对太阳能的贡献很大，但有些光电板必须面对太阳才能够发光，而单晶硅和多晶硅电池由于自己的特性，无须面对太阳也能够发光。

若在微光、弱光的电池上贴一层面板，形成透镜阵列，把这些“透镜”往蒙古包上一放，就能把所有的杂散光都收集过来。

这也是李昌学科交叉的高明之处：他将以往创造发明强项的三维成像的柱镜板技术以及透镜阵列技术进行异地嫁接，巧妙地应用于光伏电池技术和穹庐的光收集之中。

第二个突破是解决光电转换的效能问题，不仅是要将电池板做得好看，还得让它好用，就得解决相关技术问题，玩二极管和电池片。

李昌通过做实验，知道选用许多软件都可以进行模拟，把这些都连好以后，再利用现代热成像仪检测电池板，光电转换的电池板做得好不好，都会在测试的热成像仪上都呈现出来，哪个地方颜色发红，哪个地方颜色发黄，电流是否均匀，一览无余。

最早在天津做成的样品，其发电功率是 400 瓦，后来的样品到了 800 瓦。

硅片的切割工艺比较复杂，必须用特殊的激光切，而且硅片还不能够因此短路。在李昌教授的带领下，金泽科技公司的员工经过反复实验，以上技术难题均已迎刃而解，趋于成熟。

金泽公司现在制造的光明蒙古包，安装的电池片可发电 1200 瓦，既可从地底几十米的井里抽水浇地，亦可在蒙古包里点灯、烧茶、看电视。

李昌教授基本的思路，就是一定要颠覆固有的观念，必须在科技创新中颠覆过去已有的技术。

按固有的观念和传统的思路，太阳能电池板必须用蓄电池，李昌偏偏不用蓄电池：不就是储能嘛！不储电，储水行吧？不储水，储热行吧？是否可以大胆假设，把电存储起来？

李昌认为：虽然颠覆不一定都能取得成功，但如果没有颠覆性的想法，就只会亦步亦趋则不行，只会循规蹈矩也绝对不行；既然是奇思妙想，就得解放思想、放下包袱，就要大胆尝试，才有可能突破科技的“禁区”。

第三个突破是降低成本，安装要便捷且能抗 8 级风。高温在零上 60 摄氏度必须干活，低温在零下 30 摄氏度也必须干活。

这是一个严峻的挑战，过去没有在这样恶劣的条件下做，现在就要做这个实验。李昌绞尽脑汁，先后向许多人讨教。

将太阳能电池板粘在蒙古包上面肯定不行，在草原上一旦刮起大风，就完全可能把电池板吹跑。

李昌想：蒙古族人不是在蒙古包上玩绳子嘛，那我也玩玩绳子。

他们在电池片上面都打上孔洞，再用毛绳将电池片牢牢地固定在蒙古包之上，这样风就会自寻门路，从电池片的孔洞从容通过，根本掀动不了蒙古包。

还要让电池片随风有节奏地振动，以便将电池片上的灰尘和沙子振动掉。用毛绳将这些问题都解决，不仅能抗 8 级风的嚣张挑衅，而且安装也比较简便。

解决了以上诸多问题，合格的光明蒙古包就新鲜出炉了，被赠予并安装在我国的西部贫困地区，今后也可以作为商品投放市场。

金泽科技公司选择捐赠的单位和地方时，主要考虑到以下两个因素：一是受赠单位和地方本身的条件必须符合；二是不仅能满足实验条件，还要考虑到海拔高度，而且许多要装在山顶上，存在日照等问题。

其间，李昌派出总经理助理于飞等骨干，几度回访了受赠单位，知道这些问题都已得到妥善解决。

对装上光伏电池板的蒙古包，李昌自豪地称其为“光明斡尔朵”。

“斡尔朵”在蒙语里是大蒙古包、宫殿一般的蒙古包。无论是天骄成吉思汗，还是元世祖忽必烈，都拥有四大斡尔朵。

将传统文化与现代科技完美地结合，蒙古包已经大放光彩，今后在我国所有的蒙古族学校，都有安装“光明斡尔朵”的需求。

“蒙古族学校本来就讲蒙文，讲授蒙古族的历史，将‘光明斡尔朵’安装在蒙古包里，蒙古族同胞不仅倍感亲切，还可以在里面为孩子们现身说法，讲解清洁能源的普及与应用。”

“在蒙古包的外面，我们都会挂上精心制作的科普展板。其总体思路就是科普、文化和清洁能源。”

蒙古包，凡是蒙古族人都知道，那就是自己的家。

为了“光明斡尔朵”，李昌和他团队中的几位骨干，不得不暂时舍弃自己远在天津的“家”。因为他们都知道，“光明斡尔朵”是一个利民扶贫的公益事业。

李昌践行科技创新的理念自成一家，堪称一位“知道家”。

光明在西部闪亮登场

（2017年3月2日）

李昌教授到达内蒙古鄂尔多斯后，与先行入驻科学大道的荣泰光电公司“搭伙”，除了注册金泽科技发展有限公司，还一起建立了院士工作站。

由于荣泰光电公司主打LED灯的研发和生产，所以李昌也开始对LED灯展开深入研究。

光伏电池是清洁的光源和清洁能源的完美结合。清洁能源要是不和清洁光源相互配合，而是貌合神离，则根本就玩不转。

清洁的光源和清洁能源二者密不可分，从哲学辩证的角度说，也就是光变电、电变光的方法论。

李昌干一行爱一行，他把LED灯的相关研究成果也应用在蒙古包里。金泽公司将清洁能源加上清洁光源，真正实现了“光明斡尔朵”。

数据表明，我国蒙古包一年的产值大概5亿元，虽然专业的蒙古包生产厂达100多家，但由于林林总总的厂家，在蒙古包生产中都不具备金泽公司的清洁能源技术，所以“光明斡尔朵”的未来市场前景广阔。

2016年，李昌为荣泰光电公司申请了4个专利，为金泽科技公司申请了6个专利，有的专利已经获得授权。

李昌选择在西藏昌都安装光伏电池板装置有两个原因：其一，天津的援藏总指挥部设在昌都，李昌是天津市政协的常委；其二，早年人民解放军解放西藏，处在西藏与四川、青海、云南交界咽喉部位的昌都，是其中的第一站。

“现代文明进入奴隶制的西藏，就是从昌都开始的。我把现代科技的光明送到西藏，当然也要从昌都开始。这不仅有着历史的情结，也有我这个革命军人后代的情结。”

李昌对作为老朋友的我介绍说：“1965 年，我看到刚上映的电影《农奴》，内心就激起强烈的震撼，其中有关昌都的一些画面我至今记忆犹新。”

捐赠四川甘孜藏族自治州炉霍县雅德乡“光明斡尔朵”时，受赠方的吉绒寺，即汉地通常所说的尼姑庵，诚恳地提出，希望利用太阳能把崎岖不平的山路也照亮，以便让几十位小觉姆（尼姑）上下山更安全。

为此金泽公司超出原定的预算，专门为吉绒寺设计了 10 余盏太阳能光伏路灯——由于金泽公司已经竭尽全力，为吉绒寺安装上了大功率的太阳能发电系统，帮助觉姆们解决了用太阳能烧水做饭的问题，所以觉姆们对山上昼夜都能拥有光明，更有一番内心的亲切和愉悦。

李昌选择对炉霍县雅德乡进行捐赠，既有理应支援藏区贫困山乡的必然性，也有一定的偶然性：早在 20 年前，李昌在普陀山的普济寺邂逅了炉霍县的巴登嘉瓦上师傅，从此就结下了不解之缘。

无论是昌都还是炉霍县，都是藏民地区，将蒙古包安装在藏民地区显然不太适合，必须符合藏族的传统与文化。所以李昌另起炉灶，开始研究起藏族的毡房。

比起天圆地方的蒙古包，藏族毡房相对容易安装，里面的支架是一个门字形，两个竖杆和一个横杆，虽然外观也是蒙古包那样的圆形状，但里头的面积特别大。

藏族毡房的图腾和蒙古族完全不一样，藏族人的图案基础是方块，是吉祥的“方胜图”。

“方胜图”是一种广泛流传于民间的传统艺术。古时候把用红色或桃色绳子结成的菱形叫作方胜或者彩胜。

藏族毡房的图案里没有兵器。“方胜图”是将两个方块套在一起，象征着美好、团结、和谐和夫妻和睦。

李昌抽象出“方胜”的图案，既要制作成收集光能的电池板，还得把“方胜”图案的美感充分表现出来——它和蒙古包上象征“战神”的苏勒德完全不一样。

有一天李昌在乘坐飞机出差途中，灵感如电光石火般突至，他立即将自己的灵感记录下来。

李昌的很多发明思绪和工作设想，都是在飞机旅程中及时记录下来，回到办公室或自己家中，再把垃圾袋上所写的内容加以整理，记在备忘录上。

李昌先画出一个三角形，用这个三角形能拼出无数个图案，既可以拼方胜图，也可以拼成法轮。脑洞大开，问题也就随之迎刃而解。

李昌回到金泽科技公司就给员工下了任务单，让生产车间制造太阳能电池板。

根据李昌构思设定的制造方案，不仅能节省许多材料，而且制造出来的太阳能电池板功率还很大，发电最高可以达到1200瓦，电池板拼贴出来的“方胜”图案外观也很漂亮。

藏族崇尚白、蓝、黑。蓝便是多晶硅那自然的蓝色，再加上“方胜”图案，和藏族的毡房融为一体。

怒江、澜沧江和金沙江发源自我国的青藏高原，这三条亚洲南部最大的河流都汇聚在昌都奔腾，形成了举世闻名的“三江并流”奇观。

李昌头脑风暴亦如“三江并流”，已然融会贯通。

在藏族毡房内，靠光伏电池板大放光彩，成为艺术和技术完美结合的吉祥“方胜”，是藏族文化和清洁能源的完美结合。

李昌认为：一旦艺术和技术结合，文化和科学结合，就能赋予现代科技产品更强的生命力。太阳能电池板在蒙区和藏区的应用，其成功之道也在于此。

在鄂尔多斯开展科技创新工作，李昌充满了感动。

看到太阳能蒙古包绽放光明，能在青海省河南蒙古族自治县柯生乡的草原上应用，李昌和他的团队成员无不心生喜悦。

慕名前来参观考察的朋友说：蒙古包以及藏族毡房大放光明，这真是天衣无缝、科学与艺术的完美结合啊！

通过金泽科技公司全体职工的艰苦努力，天津三维成像科技博物馆志愿者的无私奉献，中国妇女发展基金会的大力支持和爱国华侨胡瑞连先生真诚的鼎力相助，由金泽科技发展有限公司执行的“金太阳光伏公益项目”顺利完成，各方好评如潮。

“金太阳光伏公益项目”名称是李昌所起。最初，李昌想起名为“金太阳光伏扶贫项目”，但他继而想到：由于太阳能光伏产品本身是一个“贵族产品”，至少在未来相当的一段时间内，其成本会比燃煤高得多，所以不宜称作“扶贫”项目，应该是符合国家战略发展要求的清洁能源项目。

根据“金太阳光伏公益项目”的执行日期，从2016年1月25日至2016年12月31日，金泽科技公司的员工克服山高路遥、崎岖颠簸的种种困难，已亲临内蒙古自治区、西宁、西藏自治区等受赠单位现场。

李昌在鄂尔多斯掺和“光明斡尔朵”，得到他的天津三维科技博物馆麾下员工的大力支持。李昌说：天津三维科技博物馆本身就是个非营利机构，这支队伍的平均年龄为55岁，做金太阳光伏的公益项目也刚好合适。

受赠单位比较集中在蒙古族学校，李昌最初的主要想法就是：受益的人群广、社会影响面大，能利用太阳能蒙古包传承蒙古族文化、普及新能源知识。

如今金泽科技公司的做法已深植蒙古族师生的心田，成为深受他们喜爱的“科技文化大讲堂”的新模式。

兴趣广泛的李昌喜欢登高望远。李昌不仅上过巴黎的埃菲尔铁塔，还上过其他一些著名的铁塔，包括石塔和木塔等。但到鄂尔多斯之前，他从来都就没有想过，高塔会和光伏产生什么关系。

来到鄂尔多斯后，不少人向李昌提出利用光伏发电的设想，比如牧场浇灌、光伏取暖、光伏GPS监控羊群等，李昌一有时间，也会考虑如何解决这些问题。

鄂尔多斯的铁塔公司提出，希望给移动通信的铁塔提供光伏能源。

科研从实践中来、实践才能得真知，由此，自诩“知道家”的李昌教授便开始琢磨起高高的铁塔。

李昌能够把光伏放到铁塔身上去，为通信铁塔量身定做“衣服”，提供一种新型的“可穿戴技术”吗？

李昌能“更上一层楼”，登上那高耸入云的铁塔吗？

做一粒会响的沙子

（2017 年 3 月 11 日）

到海滨追逐海浪当属其乐融融，而能在大漠与鸣沙嬉戏，亲密接触，也另有一番乐趣。

我曾去过甘肃敦煌的鸣沙山，也曾去过宁夏中卫的沙坡头，退休后来到内蒙古鄂尔多斯，当然更不甘与这里的鸣沙失之交臂，从鄂尔多斯市中心驱车近一个小时，到响沙湾领略其天籁的韵味。

响沙湾因“沙子会唱歌”而得名，坐落在鄂尔多斯境内库布齐沙漠的东端，是大漠高昂的龙头。

春寒料峭的鄂尔多斯，即便元宵佳节过后，白天气温还在零下 5 摄氏度，许多地方犹见春节期间的残雪印迹，但罕台川却已悄然解冻，消融后的一汪流水从响沙湾前缓缓流过。

孤子梁与响沙湾临川默默相视，一道缆车临空飞架其间，形成大漠一道独特的风景线；响沙湾多年初衷不改，以其雄浑的姿态迎接着日出日落的辉煌。

响沙湾以广阔胸襟喜迎海内外游客，2007 年被国家旅游局评为 AAAAA 级旅游景区，亦是内蒙古自治区的首家 AAAAA 景区，是我国一处罕见、宝贵的自然旅游资源。

响沙湾沙高 110 米，宽 400 米，坡度为 45 度，地势呈弯月状，形成巨大的沙山回音壁。高大沙丘比肩而立，茫茫沙海一望无际。

响沙湾不仅拥有神奇的响沙景观、世界第一条沙漠索道，还拥有中国最大的骆驼群、中国一流的蒙古族艺术团。

蓬勃发展的旅游业，融汇雄浑的大漠文化、深厚的蒙古族历史底蕴，荟萃激情四射的沙漠运动，有几十种惊险刺激的沙漠旅游项目，但因元宵佳节刚过，游客比较稀少，很多活动还在冬眠状态，若要全部开门营业大概还得过个把月。

响沙湾神秘的沙歌现象，吸引中外游客纷至沓来。据介绍，当人们从沙坡高处缓缓滑下，响沙的天籁，春天如松涛轰鸣，夏天若虫鸣蛙叫，秋天像马嘶猿啼，冬日则似雷鸣划破长空。

响沙的成因众说纷纭，科学工作者进行多次考察，得出的理论有筛匀汰净理论、摩擦静电说、地理环境说、"共鸣箱"理论等，莫衷一是，还在探索中。

专家研究鸣沙的缘由，有的认为，由于气候干燥，阳光长久照射，沙粒带了静电，遇到外力就会发出放电的声音；有的认为，是水的蒸发形成蒸汽墙，与月牙形的沙丘向阳坡组合，构成一个天然的"共鸣箱"，产生了共鸣作用；还有的认为，沙子鸣响与沙粒的特殊结构有关。

响沙的成因说法不一，目前尚无定论，至今仍然成谜，更赋予了响沙湾神奇的魅力。

暮色苍茫中我返回鄂尔多斯市区，见到一位上了年纪的背包客，与他攀谈时知道，他现年已经69岁，是石家庄的一位退休工人，名叫于得水。

于得水很乐观也很健谈：结了婚的儿子已移民澳大利亚，老伴喜欢窝在家里打麻将，不太愿意和他一起出游，自己早年做了心脏支架手术，但身体已经恢复得很好，虽然退休金每月只有3000多元，却很喜欢独自一人在各地"穷游"。

"我事先做了一点功课，知道响沙湾是个AAAAA级风景区，很值得一看就来了。至于怎么离开响沙湾搭车去市区，我压根就没有多想，玩到哪里算哪里。"于得水如鱼得水地说。

我对于得水表示，可以搭我的便车回鄂尔多斯，他说要在滑沙之后才走，并鼓动我也和他一起滑沙："我以前从未到过沙漠，一定要体验在沙漠里滑沙的感觉！ 20元一张的票，我这退休工人都玩得起，更何况你这当教授的！"

于得水的乐天精神感染了我，虽然我在敦煌的鸣沙山、在中卫的沙坡头都曾经滑过沙。

投身神奇的大自然、投身浩瀚沙海的怀抱，远离城市的喧嚣与忙碌，让疲惫的身心得到放松与舒展，更足以让芸芸众生醍醐灌顶，顿悟人生之真谛。

我们每一个尘世中的人，其实都只是一粒微细的沙子。

我们也是一粒会响的沙子吗？

热爱生活并珍爱有生之年，争取做一粒虽然极其渺小但多少也会发出一点响声和动静的沙子，就是我的顿悟与收获。

知道回家

（2017 年 3 月 17 日）

知道成家？

男大当婚，女大当嫁，到了一定的年纪，都知道要成家——通常人们所说的“结婚”。

我成家是在 26 周岁时，不算太早也不算太晚。

在 20 世纪 80 年代初，虽然法定男性的结婚年龄是 22 周岁，但由于计划生育的基本国策要求男性晚婚，年龄必须在 25 周岁以上方可结婚，否则就违反了组织纪律，而且单位也不会给予生育的“指标”。

李昌也在 26 周岁时与小侯姑娘成家。我虽比李昌教授虚长几岁，但基本与他属于同龄人。

知道成家？

“成家”作为一个名词，又称为“大成”或“成”，是公元 25 年至 36 年，在四川地区真实存在、定都于成都的一个国家。

成家由公孙述创立，其最为鼎盛时期，占据西汉所置益州的大部分地区。

成家在新中国成立之初推行了促进经济、文化发展的一些措施，在军阀割据混战的局势下力保巴蜀太平，受到了蜀地人士拥护，但终因成、汉两国实力悬殊，最终为东汉所灭。

我今天写这篇文章，并非要说结婚“成家”，或者古国“成家”。

我做了一辈子新闻，若是想“成名成家”，那简直就是痴人说梦。

虽然三百六十行，行行出状元，但只听说过“成名成家”的，有科学家、发明家、艺术家、音乐家、旅行家、政治家、演说家、画家、作家、玩家等，若把新闻工作者叫作“记家”，一定会让全世界的人们都笑掉大牙。

过去，我只能是一位“记者”，但去年退休之后，我连“记者”也已经不是了。

在中国当记者，在最近的十几年来，似乎已不再像早年那么光鲜、那么荣耀，不仅收入不太高，甚至还有“防火防盗防记者”的戏谑。

然而，在中国当记者，也不是谁想当都可以当，必须像合法经营的商贩那样，拥有一张“营业执照”，即国家新闻出版署颁发的一张记者证，而且记者证也要定期“年检”。

李昌教授是与我 32 年来交往甚密的一位老朋友。早在 32 年之前，我得益于有一张“营业执照”——新华社的记者证，很快结识了天津民航大学的李昌。

那时李昌参加日内瓦国际发明博览会，刚捧着最高金奖载誉归来。

就这样，李昌不仅在 28 岁时就成为教授，而且成为一位著名的发明家和中国发明家协会副主席。

李昌教授的头衔很多，光环也很多。但李昌大约在 15 年前就曾和我说过：他最为得意的头衔，除当 20 年的全国政协委员外，就是“发明家”。

今年元宵佳节过后，我应李昌教授的热忱邀请，到鄂尔多斯访问。

1999 年，在天津民航大学副校长的任上，李昌毅然决然地辞职“下海”。

李昌创办的天津三维成像公司非常成功，随后还曾挥师重庆和扬州等地，创立的另外几家高科技公司，同样成效不菲。

这次李昌已经“摇身一变”，以鄂尔多斯金泽科技公司总经理的名义邀请我造访，

感谢连续好几天李昌都陪伴我左右，还经常为我驾车和充当向导。

李昌不仅热情地招待我，让我在鄂尔多斯好吃好喝，更向我分享了他的丰

富知识大餐。

李昌在鄂尔多斯的宾馆里和我聊天，留有这样的一段名人名言：科学离不开文化，文化离不开科学；文化滋润了科学，文化就像水；科学促进了文化，科学就像山。山和水和谐地组合在一起，那就是一幅美丽的画卷。

应邀到墨西哥和韩国的大学讲学，李昌都会讲到他独自创立的“深度学”。

李昌认为“深度学”是一个方法论，简单地说：分别给甲乙两人一把镐头、一个铁铲，让他俩在同样时间内挖一个坑，谁能挖得深谁就成功。显然，挖小口径的肯定挖不深，挖半截就塌了；挖大口径的虽然开始较慢，但绝对能挖得深。

“深度”大有学问。李昌教授几年来花了很大的精力，写出一本《深度学》。他在书中娓娓道来，从发源自湖南常德，最后流到广西漓江的一个水系“深水”说起。

李昌对我解释：这里，“深”是名词，“度”是动词。

看天不一定知道深浅，看水就能得知深浅；看黄河和长江不知道深浅，但是看漓江的水、柳江的水就能知道何为深浅。从水面一直到水底，比较下来它才有深度。李昌就从这里开始说起：一块是深度科技，另一块是深度艺术。

李昌 2015 年暂别天津，“冒傻气”来到鄂尔多斯，执行中国妇女儿童基金会的公益项目——“光明蒙古包”，就与他长期对艺术和科技的爱好有关。

李昌自孩提时代开始，就一直酷爱艺术和科技，他在孩提时代对长大之后所从事职业的期冀，第一志愿就是要当一位木匠——虽然他是自幼家庭生活优渥的红二代。

早在 2006 年，李昌就开始关注“深度学”，并花了很多精力研究“深度学”。

前些年李昌在扬州深入研究过中国园林，包括扬州园林、苏州园林和无锡、上海的一些园林。

李昌到很多园林进行现场考察，然后悉心测量和拍照。他还看了大量与园林有关的古代书籍，譬如明朝末年造园大家计成所著的《园治》一书，了解中国的古人对三维图像究竟做了哪些研究。

通过研究中国的园林，李昌发现，实际上我国的古人极其富有智慧，在立体视觉上早已玩的炉火纯青，登峰造极。

计成在《园治》一书里写了好多的数，譬如窗户、窗棂的间隔都有具体的几尺几寸，李昌拿着尺子到园林里多次丈量，发现和计成所写的数根本都对不上。

一向喜欢“打破砂锅问到底”的李昌，哪肯就此罢手放弃？

李昌灵机一动地乘了一个系数，乘完这个系数之后，计成先生在明末设计的园林本质就显露出来：人的两眼间距。

计成不愧是古代的大家，他敏锐抓住人观察景物时的秘密：人观测景观的“尺子”在哪？“尺子”就是自己的眼睛。

之后李昌以自己的“深度学”理论写了很多文章，既包括写中国园林与三维成像技术的文章，也包括云游四海讲学的演讲稿。

将蒙古族的传统文化和世界现代科技结合，天衣无缝地嫁接反映在“光明蒙古包”上，是李昌 2016 年年初从科研实践中选择的一道研究课题。

李昌读《隋书》受益匪浅。在我国盛唐年代，官修正史的成功代表作当属《隋书》。早在《隋书》里就提到“革弊创新”，把不好的东西摒弃掉，然后注入新东西，这就是生命力。

李昌在鄂尔多斯的革弊创新，就以“光明蒙古包”为实践的载体，做文化与科技结合的文章。

李昌对我侃侃而谈：“选择在鄂尔多斯做公益事业，就因为我要努力成为一位‘知道家’。”

“知道家”这个新词，让我不由得眼前一亮。

我当即和李昌有了共鸣：人类社会在走向文明的进程中，从过去对很多事物“不知道”，而到后来“知道”、今后“知道”，是一种不断探究世界、不断探究未知的乐趣的过程。

爱因斯坦是一位“知道家”。早在 100 多年前，爱因斯坦虽然不能预言未来相对论的实际应用，但他却对“知道”相对论乐此不疲；

海森堡是一位“知道家”。虽然当时海森堡难以判定，量子力学与今后的人类生活会有什么样的关系，但他对迫切“知道”量子力学，毕生孜孜以求；

孔夫子是一位“知道家”。孔夫子为实现自己的伟大抱负，在周游列国时也曾惶惶不可终日，但“不知为不知，是知也”“敏而好学，不耻下问”等却是他的座右铭和至理名言。

因为做“光明蒙古包”，李昌从过去轻车熟路的三维立体成像技术，果敢转向研究太阳能光伏技术，还知道了“太阳带”。

既然鄂尔多斯地处“太阳带”，那么究竟在日出日落时，光伏照能怎么分布在蒙古包的穹庐上？

穹庐实际上既是一个穹顶，也是一个斜面，李昌经过精准的计算知道：蒙古包的穹顶角度在鄂尔多斯这里，正好是安装太阳能电池板的最佳角度，即 37 度，也恰恰是人体正常的温度 37 摄氏度。

李昌举一反三，接着搞移动通信铁塔上的光伏太阳能装置。其设计技术方案也已基本得到解决，最近就要付诸金泽科技公司的生产实践。

李昌教授认为，在科学实验和生产实践中，有着很多极其“好玩”的艺术与技术问题。

从艺术的角度看，高塔、铁塔等，矗立起来就变成了“高大上”的公共艺术，甚至成为一个城市的地标，譬如上海的东方明珠、广州的“小蛮腰”。

从技术的问题看，60 米之高的移动通信铁塔，人怎么安全地攀上去施工？太阳能光伏板如何安全安装、方便除尘？

李昌在年轻时曾做过舞美，在每天剧团演出时，都要把舞台背景升上天幕，李昌受到天幕的启发，把这一招数用在了 60 米高的移动通信铁塔上。

60 米铁塔上太阳能光伏板的清洁问题，当然也难不倒“知道家”。

李昌联想到吹奏的笛子：笛子上的那些窟窿眼，实际上是用于控制发出声音的频率。

由李昌设计，在光伏太阳板上钻了好多孔隙，每一个孔隙都对应一个频率，若是放置在 60 米高的铁塔上，钻了许多孔隙的太阳能板就会闻风而动“唱歌”，将高塔之上的尘埃都振动下来。

利用音频的办法为高塔除尘，世上没有人像“知道家”李昌这样异想天开。

“知道家”李昌脚踏实地，仰望星空。

在我离开鄂尔多斯后没多久，李昌给我发来了一组他 3 月 7 日刚攀缘上 60 米移动通信高塔的照片。

照片里的李昌一脸严肃，神情凝重。

李昌当晚在给我发来的微信中坦言：或许我可以不要自己上高塔，毕竟是年岁不饶人，可能我攀登上去后就再也下不到地面。但如果我不亲自上去，有些工艺和工装问题就无从下手。

李昌接着对我敞开心扉：“你从照片也完全能看得出来，高塔之上的我还是有些紧张的。”

“知道家”李昌无畏攀登，既跃上人生的一种崭新高度，也为金泽科技公司的员工做了率先垂范。

当晚在回复李昌的微信中，我故作轻松地戏谑：今天正在召开的全国人大会议上，全体与会代表已经一致表决通过，命名李昌教授刚刚攀登的这座铁塔，就叫“李昌塔”！

随着“知道家”在实践中不断求知、不断“知道”，李昌越发觉得科学与艺术不能割裂分离。

于是在 2015 年，李昌将自己的科技博物馆——“天津三维成像科技博物馆”改了名字，叫作“天津三维成像科学艺术馆”——它前些年由科技部和中国科学技术协会挂牌，是我国首家属于私人的科普教育基地。

李昌和我都说：就是要读万卷书、行万里路。

李昌的自我总结则是：四海为家，随遇而安，自由自在。

“知道家”李昌知道啥时回家，回到他天津那个温暖的港湾、温馨和温情的家吗？

“知道家”万岁！

善待老街

（2017 年 4 月 14 日）

我国的建筑文化源远流长，有不少的老街。

比较著名的有屯溪老街。屯溪老街坐落在黄山市屯溪区中心，北面依山，南面傍水，全长 1000 多米，宽 5 米至 8 米，包括 1 条直街、3 条横街和 18 条小巷。

不同年代建成的 300 余幢徽派建筑，构成了屯溪老街整个街巷，因其位于横江、率水和新安江三江汇流之处，所以又被称为流动的“清明上河图”，是我国目前保存最为完整、最具南宋和明清建筑风格的古代街市。

2009 年，屯溪老街与北京国子监街、苏州平江路一同荣膺“中国历史文化名街”称号。

上海有条被称为“小东门”的老街。其地处黄浦区老城厢，全长 825 米，由西到东的建筑风格和业态布局，展示了老上海从明清向民国直至西洋文化蜂拥进入时期，一段历史文化的嬗变。

南京市淳溪镇有一条老街，被誉为“金陵第二夫子庙”。

高淳老街自宋朝起正式建立街市，至今已有 900 余年历史。老街东西全长 800 多米，宽 5 米左右，因该条老街呈“一”字形状，所以又被称为“一字街”。2013 年 2 月，高淳老街历史文化景区成为国家 AAAA 级旅游景区。

广西的北海市有一条老街。这条老街始建于 1883 年，沿街全是中西合璧骑楼式建筑，既是道路向两侧的扩展，又是铺面向外部的延伸，人们行走在骑楼下，既可遮风挡雨，又可躲避烈日。

在呼和浩特市也有一条塞上老街，由于明万历年间（1573—1620）建成了大召寺，寺庙的香火鼎盛，自然带动了其西侧的一条横街商贾云集。大召寺附近现存的大盛魁旧址、元德盛旧址等，即旅蒙商人辉煌历史的见证。

今年正月我来到呼和浩特，顺脚也就到塞上老街观光。

只见塞上老街当口的石礅厚重敦实，两旁的瓦楼沉稳古朴，而在那充满明清遗韵的彩色牌楼上，就悬挂着一块上书“塞上老街”4 个字的匾额。

塞上老街原名通顺街，既是呼和浩特的发祥地之一，也是当年大清皇帝钦赐的“归化城”最为繁华的街道之一。其雏形若是追根溯源，应有 400 多年的历史，而最后形成塞上老街的基本格局，应是在大清光绪年间（1875—1908）。

真正的老街因为年久失修已被拆除，如今的塞上老街其实并不老，是 1982 年之后呼和浩特市政府重新加以改造和修缮，体现历史文化名城的一条街道，全长达 400 多米，其全部建筑充分体现明清时期的特点，被誉为老呼和浩特的旧影浓缩。

故此，塞上老街那些貌似明清古式的房子，充其量只有 30 多年的历史，这里既有老铜匠的铺子，也有皮货商的店面。商家门当户对，看来的确物以类聚，随处可见与老街相符的古玩、民俗、土产商店。

我沿街一路寻访，打量着两侧的仿古建筑，似乎只要随意推开这里的一扇门窗，就能看到百余年前那戴着瓜皮帽、由乔家大院来这里做生意的晋商；甚至那或圆或方的老式烟囱，如梦如幻，正在冒着袅袅炊烟，也能让我在怀古中嗅到几缕明清的气息。

老街两侧几乎是商业店面，经营的既有蒙古族铜器具等手工艺品，也有价格并不太贵的小羊皮手套等蒙古族特色皮具。

我虽不擅购物也无意购物，但也花了 10 元钱在这里潇洒，买了一小张小学生课桌面大小的鹿皮。守摊的年轻女子告诉我，这鹿皮子虽然较薄，但可以用来当桌布，或者用来擦桌洗碗。

在这条塞上老街，既不乏真真假假的古玩、做工或精良或粗糙的工艺装饰品，又有地方土特产和风味小吃。

仿古建筑与琳琅满目的小商品相映生辉，商贩的叫卖声似欲唤醒明清的遗韵。

在塞上老街流连，品味塞上民族的文化芳香，重温中华民族团结的历史，自有与在黄山屯溪老街、上海黄浦老街等江南老街迥然不同的感受。但我游览这些老街，有个共同的感受：一条老街其实也是一位老人，一位耄耋老人。

北京已有3060年的建城史，应该也算是耄耋老人了吧？北京虽然孕育了故宫、天坛、八达岭长城、颐和园等众多名胜古迹，但真正保存比较完好的老街只有国子监街。

大栅栏相当勉强，“头顶马聚源，脚踩内联升，身穿八大祥，腰缠四大恒”如今只能是大栅栏美丽的传说。

南锣鼓巷不算老街——它毕竟只是几条很逼仄的“巷”，游客纵想领教当年老舍笔下骆驼祥子的生活，坐黄包车沿什刹海、鼓楼跑一圈，不多的历史残片都成了考古学家的拓片，已很难捕捉那逝去的时光，更难体会到老街的京腔京韵。

中华民族是一个有着优良传统、尊老爱幼的民族，为何建设中的城市却不能像善待老人那样，尊重并善待老街呢？

在我国经济迅速腾飞的变革时期，城镇建设如火如荼的同时，城镇规划和建设部门能否科学决策，房地产开发商能否手下留情呢？尊重老街并善待老街，不难记住“百善孝为先”的古训吧？

04

殷切湖北

欲把东湖比东子？

（2017 年 3 月 6 日）

国人一向喜欢论资排辈，即便是山峰、森林、沙漠、水系，也要为它们进行论资排辈，除了非得排出来哪一座山的海拔最高以处，还要对哪一片的森林、沙漠、水系面积最大进行貌似公平的排序。

对森林、沙漠、水系面积的大小进行排序，增加对祖国大好河山、地理地貌知识的了解，当然是一件好事。

但它们无须评定职称，加冕官帽，如果非得按照世俗的等级观念，让它们在讲“贡献”的同时，在辈分上也要一争高低，就难免贻笑大方。

曾有人认为，将我国淡水湖面积大小进行排序，依次是鄱阳湖、洞庭湖、太湖、洪泽湖和巢湖，这样的说法其实有误。

通常所谓的五大淡水湖，其实还有一个隐性的前提，是特指我国东部或者长江流域的五大淡水湖，若要放到全国来排序，在我国境内按面积排序的五大淡水湖，依次应该是鄱阳湖、洞庭湖、太湖、呼伦湖、洪泽湖，而排第六位的，则应该是由微山湖等湖泊组成的山东南四湖。

因为南四湖的总面积不固定，故此说法不一，最大约有 1300 多平方千米，一般数据称其为 1200 多千米。

第七大淡水湖是与俄罗斯共享的兴凯湖，其总面积为 4000 多平方千米，在我国境内的水域有 1000 多平方千米。

排名第八的是新疆的博斯腾湖，第九才能轮到安徽的巢湖，第十是江苏的高邮湖。

若按这样凑全的我国十大淡水湖泊，我在迄今为止的行走生涯中，还有两个大湖泊未曾去过，分别是排名第四的内蒙古自治区呼伦贝尔市的呼伦湖和排名第十的江苏高邮湖。

这十大淡水湖泊，只要以“淡水”的名义，就足可将青海湖合情合理地拒之门外。

青海湖的面积固然不小，达4456平方千米，远超平水位（14 ~ 15米）时湖水面积为3150平方千米的“淡水湖”鄱阳湖。

也就是说，若非要发红头文件，给湖泊认定“职称”，认定“待遇”，只要设定“淡水”的门槛，即可将本来居于老大地位的青海湖排除出去。

作为我国城市里的湖，不仅有西湖、东湖、南湖，而且西湖、东湖、南湖还不止一处。除了杭州西湖，福州也有西湖；除了武汉有东湖，绍兴也有东湖；除了嘉兴有南湖，长春也有南湖。

前些年北湖也不甘示弱。北湖位于济宁城南6千米处，归济宁市任城区管辖，因处南四湖（微山湖）最北端而得名，在20世纪70年代，其与南四湖人工隔开，成为独立的湖泊。

济宁市政府虽在北湖兴建了一些景点，但主要是本地百姓周末的休憩处，外地的游客较少光临。

近年来亦有济宁人产生奇思妙想，将济宁北湖与杭州西湖，嘉兴南湖，武汉东湖相提并论，称之为“中国四大名湖”，但这一说法可能只是孤芳自赏，并未能得到各界的普遍认可。不知是不是我孤陋寡闻，我也未曾听闻有如此“中国四大名湖”之说。

武汉东湖颇具盛名，自古以来就是一处游览胜地，早年因楚庄王在东湖击鼓督战，留有清河桥古桥遗址；三国时期刘备欲匡正汉室，不知是真是假，曾在东湖磨山设坛祭天；李白一生烂漫且放荡不羁，曾在东湖湖畔放鹰题诗……

东湖风景区始建于1950年，总面积73平方千米，其中湖面面积33平方千米，据称是我国最大的城中湖。

1982年，东湖被列为国家首批重点风景区，1999年被授予“全国文明风景旅游区示范点”。

如今已是国家AAAAA级景区的东湖，除了具有比杭州西湖面积大出许多的“老大”思想，也有在知名度上想赶超杭州西湖的竞争意识，就有了屈原曾在东湖“泽畔行吟”的故事。

苏轼因在杭州任过地方长官，写下了不朽名篇《饮湖上初晴后雨》：“水光潋滟晴方好，山色空蒙雨亦奇。欲把西湖比西子，淡妆浓抹总相宜。”让西湖和西施得以实现双赢。

但屈原既未曾在武汉（或武昌、汉阳、鄂州）任过地方长官，也未见其专门为东湖写过诗歌或其他文章。如果说东湖的知名度稍逊于西湖，这是否原因之一？

东湖风景区以自己的湖光山色为特色，拥有山、林、泽、园、岛、堤、田、湾 8 种自然风貌。

东湖风景区总面积为 88 平方千米，其中水域面积 33 平方千米，由听涛、磨山、落雁、吹笛、白马和珞洪 6 个片区组成，风景区内种植各种树木 200 多万株，据介绍，对这些植物的引种和选择，少不了中国科学院武汉植物园的诸多贡献。

东湖风景区布置亭、台、楼、阁和各种建筑设施 70 多处，一年四季花开不断，尤以春兰、夏荷、秋桂和冬梅最为著名。

东湖是中国最大的城中湖，全湖有大小湖湾 120 多个，湖岸全长 115.5 千米，最宽处 28 千米，最深 6 米，湖岸蜿蜒曲折，素来有“99 湾”之称，而全湖的水面据武汉相关人士称，相当于 6 个西湖之大，不知是否有些浮夸之嫌？

东湖的中心地带是磨山景区，其三面环水，是武汉东湖风景区的 6 个景区之一，据说这里的樱花品种还有规模，都远胜于武汉大学校园内的樱花，其中还有 78 棵樱花树，是日本前首相田中角荣早年赠送给邓颖超的。这里除了樱花，还设了很多小型的植物园，每年都会举办赏花节，

在东湖的磨山景区里，还设有楚文化游览中心，主要的景点有楚城、楚市、凤标、离骚碑、楚才园和南国哲思园等，我这次来东湖游览，更多的就是在这一片徘徊，管中窥豹，领略博大精深的楚文化。

即便屈原愿意为东湖即兴写诗，难道会写“欲把东湖比东子，淡妆浓抹总相宜”？

东湖是“东子”？给我的感觉怪怪的，实在是太过于别扭、也太过于牵强。估计勤劳智慧的武汉人民也不会苟同，将美丽的东湖昵称为“东子”。

将“淡妆浓抹总相宜”套用于东湖，似乎倒也比较合适。时隔3年之后再次游览，我今天所见到的烟波浩渺的东湖，亦堪称“水光潋滟晴方好，山色空蒙雨亦奇”。

夜赏樱花武大郎

（2017年3月10日）

不知武汉大学（简称“武大”）的男老师、男学生或者男校友，是否介意自己被人称为“武大郎”。

我倒是非常希望自己成为“武大郎”，但我与武大基本上没有渊源，既没有在这里读过书，也没有在这里任过教，甚至在我40多年的职业生涯里，也从未正式访问过这一所百年的著名学府。

武汉大学如今在中南雄踞一方，得益于其前身由清末湖广总督张之洞创办。1893年创办的这所“自强学堂”，如今从武大的主门进入，其主干道便是“自强路”。

1928年7月，当时的国民政府改组武昌中山大学，组建了国立武汉大学。1932年春，武汉大学全部师生乔迁新居，入住如今的珞珈山新校舍。

抗日战争期间，武大迁至四川乐山。1946年10月，武大回迁至武昌珞珈山，设有“文、法、理、工、农、医”六大学院。

在如今武大的石坊大门背面，就有“文、法、理、工、农、医”6个字，但其中繁体字的“法”字，估计除了“武大郎”一般人都不认识。孤陋寡闻的我亦不知其是何人墨宝。

我最为关注的是，1995年，即武大百年校庆后的第二年，武大就成立了新闻学院。如若能承蒙武大的抬举，聘我为新闻学院的兼职教授，那我亦可堂而皇之地自称“武大郎”。

武大郎有何不好？且不说武大郎一生勤劳善良，潘金莲让其戴上“绿帽子”，其实也是历史上的冤假错案。

据前些年一些史学家考证，武大郎原名吴春来，后来随其母姓改名为武大郎，字武植，本是湖北省来凤县人，而非《水浒传》里所说的河北省清河县人。

武植在少年贫穷时曾得到好友黄堂的资助，不料后来黄堂的家中发生火灾，黄堂投奔已是县令的武植想谋求一官半职，但武植虽然待他以好酒好菜，却始终不曾提携他。

黄堂一怒之下不辞而别，并在从武植县衙回乡的路上，到处散播谣言以泄心中的恶气。当地恶少余和尚也与黄堂沆瀣一气，添油加醋地对武大郎进行诽谤。

在那没有微信等自媒体的年代，谣言也很快就传遍各地的坊间酒肆，亦传到大明朝第一写手的施耐庵耳朵里，施耐庵不禁拍案叫绝，当即写进其章回小说《水浒传》之中。

文学与新闻同样具有传播功能，不仅让风姿绰约、妩媚靓丽的潘金莲名声尽毁，也给潘、武两姓的后人带来了痛苦和灾难：清河县的潘姓和武姓，在过后的几百年里从不通婚。

据称，前些年《水浒传》作者施耐庵的后人幡然醒悟，为了表达真诚的歉意，曾专门到达没有高铁的清河县，为武植和潘金莲建造塑像，并写下一首对其道歉的诗歌。

后来，凡是去过武植纪念祠的潘姓人家，也都会在武植纪念祠拍下照片，在朋友圈中传播。

这既是《水浒传》作者施耐庵后人知错必纠的勇气，让武大郎和潘金莲终于得以洗冤昭雪，也是委婉地告诉未能免俗的世人，潘金莲不仅美丽动人且守身如玉，并未给潘姓的家人们抹黑丢脸。

既然如此这般，当“武大郎”有何不可？

对武大三月绽放的樱花仰慕已久，于是我到武大校园里夜赏樱花。与我一样因为白天抽不出空闲，只能夜晚到武大赏樱花的，其实也大有人在。

因为高铁的首次通达，2011 年武汉的樱花格外卖座，仅在 3 月 26 日那一天，就有 20 万人蜂拥而至，将武汉大学“最美樱花”簇拥得水泄不通。

之后几年，武大为控制赏樱的校外游客，不得不采取售票的措施，一张门票 10 元，但由此也引起了社会一些人士的口水战。

今年又到樱花开放时，如何到武大赏樱、如何维护校园正常的教学和科研秩序，成为社会公众，特别是武大师生员工共同关注的话题。

就在今日，武大发布了一则通告，《关于加强樱花开放期间校园管理的通告》，并对今年的樱花管理办法进行解读。

针对校外的游客来校园内赏樱，武大今年不再通过卖门票限制人流，而是将实施网络预约、刷身份证和“武大智慧岛”的办法，即武大的“赏樱三宝”：来前预约定行程、刷“证”才能进校门、贴身导游“智慧岛”。

我在晚间自行进入武大校园，并没有受到校园门卫的严格盘查，一路都畅通无阻。

但毕竟不是武大樱花开得最盛的时节，而且在朦胧的路灯下赏樱，的确也看得不太真切。

我何时才能在武大从容地赏樱？如若武大郎挑着卖炊饼的担子来武大夜赏樱，会是一副什么模样？他衣着和神情上的极大反差，是否会让莘莘学子感到很滑稽，很可笑，不由得驻足围观？

百姓鱼肉

（2017 年 3 月 13 日）

鱼肉百姓不是一件好事，也绝对是一个贬义词。

但百姓鱼肉显然是一件好事，理所当然也是一个褒义词：毕竟“民以食为天”，而且随着人民生活水平的逐渐提高，百姓无论吃鱼还是吃肉，都已不再是一件很奢侈的事情。

我随便上网一搜索，与“鱼”相关的成语起码不下几十个，譬如：

冻浦鱼惊、鱼游壕上、牛蹄中鱼、如鱼饮水、信及豚鱼、城门鱼殃、为渊驱鱼、鱼肠尺素、鱼沉雁静、鱼贯而行、鱼沉鸿断、鱼沉雁落、察见渊鱼、河决鱼烂、豕亥鱼鲁、羊续悬鱼、多鱼之漏、鱼游燋釜、鱼帛狐声、龙战鱼骇、鸱张鱼烂、鸡头鱼刺、鸟焚鱼烂、鱼帛狐篝、幕燕釜鱼、鱼肠雁足等，不一而足。

我突然感到汗颜，在以上这些成语中，竟然至少有三分之一是我闻所未闻的。好在我大学里并不是学中文的，如今也不是中文系的教授。

值得质疑的是：中文系毕业的学生，他们对以上这些与“鱼”有关的成语，可以做到耳熟能详，或者应用自如吗？

百姓鱼肉，百姓自然愉悦。作为百姓一员中的我，虽然不太爱吃肉，却很喜欢吃鱼。

我喜欢吃带鱼、鳜鱼、鲈鱼、武昌鱼等鱼类。既然来到了武昌，就难免要吃武昌鱼。

1991 年，我在武汉访问时任中国科学院武汉水生所所长、47 岁的新科院士陈宜瑜时，他曾请我吃过武昌鱼，而且告诉了我一段故事，一段水生所有关武昌鱼的故事：

1955 年，易伯鲁等 30 多位中国科学院武汉水生所的研究人员调查发现，在离武汉不远的鄂州市梁子湖中，有一种独特的鱼类在以往的历史文献中没有记载。

易伯鲁先生等人员以科技之慧眼，将梁子湖中发现的这一鲂属鱼类新种定名为团头鲂，这就是老百姓已经家喻户晓的“武昌鱼”，或俗称鳊鱼。

易伯鲁先生等科技人员，不仅为全国池塘养殖增添了新的优良种类，还使这种武昌鱼的繁殖饲养技术得到推广，更好地满足了百姓的口腹之欲。

武昌鱼的名字早有记载，我国从北周开始，就留有许多文人对武昌鱼的吟咏。

南北朝的庾信《奉和永丰殿下言志十首（其八）》:“还思建邺水，终忆武昌鱼。”唐代岑参《送费子归武昌》:“秋来倍忆武昌鱼，梦着只在巴陵道。”

宋代苏轼《初到黄州》:“长江绕郭知鱼美，好竹连山觉笋香。”宋代范成大《鄂州南楼》曰:“却笑鲈乡垂钓手，武昌鱼好便淹留。”

这次我除了在武汉吃武昌鱼，在蒙蒙细雨中游览长江大桥，还吃到一种更加美味的刁子鱼。

我与同行的小张在车上闲聊提及，在武汉大学边上一家小店吃自助餐，大约有十几种的荤、素菜，因为按斤两称重价格都一样，喜欢吃鱼的我便挑了五块鱼，加上其他一些荤素菜，一共才花了 12 元，比起北京的自助餐确实便宜实惠。

说者无心听者有意，小张和她男朋友立即调转车头，带我去一家名叫“好水鱼”的饭庄吃刁子鱼。

刁子鱼是长江流域的一种淡水鱼。刁子鱼实为“鲦子鱼”。“鲦”在南方普遍读音为“di ā o”，以白鲦鱼为代表，鱼身修长、肉内细刺极多。

刁子鱼主要有白鲦鱼，亦称翘嘴红鲌，俗谓翘鲌刁子；赤眼鳟，俗称红眼刁子；麦穗鱼，俗称麦刁子；激浪鱼，俗称激浪刁子等。

小张的男朋友介绍说：刁子鱼对水质的要求很高，一般比较难饲养，因肉味鲜美细嫩，所以价格也相对较贵。

在等候上菜的时候，我顺便参观了“好水鱼”饭庄。“好水鱼”饭庄显然是以鱼为主打菜，不仅前后墙壁上的装饰都有鱼的图案，甚至各个单间的名称也以“鱼”为题。

我注意到，这个饭庄的厨房是透明的，可以让食客对其加工烹饪的过程一览无余。厨房大玻璃窗上写有“天然有机，明厨裸烹——我们已坚持 0456 天”的字样。

湖北有“千湖之省”的美称。这次我到武汉方知，临近武汉最近的随州市，相应地也有“百湖之市”的美称，武汉的百姓有口福，吃淡水鱼是一件平常的事情。

清蒸的美味刁子鱼端了上来，我正欲动筷子，看到尔东先生发到朋友圈的内容，让大家猜照片中的一盘珍馐是何物。

我 2015 年曾在广东珠海吃过它，但绞尽脑汁还是想不起它的名字。我一时感到有点懊恼。

晚上我查了 2015 年的电脑记录，方知尔东先生后来在微信中披露的答案，就是我在珠海市曾吃过的“狗爪子”。

这盘中珍馐也可称为“佛手”，但更多的老百姓却偏要叫它“狗爪子”，只因其形状如狗的爪子，据说是像海蛎子一样的贝壳，是从近海的礁石上挖下来。它长得有点像近海和海滩上的螺丝，需要去壳吸啄，才能食其肉。

我也算是在靠海边长大的人，对苦螺、瓷螺、尖尾巴螺等海边的美味素来情有独钟，但这“狗爪子”倒是生平第一次吃到，觉得味道实在是好极了！

带领我到这家海鲜餐馆的司机小董介绍，狗爪子属珠海市的特有海螺。别看“狗爪子”形似狗爪，却是我珠海此行吃到的最为难忘的海鲜，确实是物美价廉。

据中国科学院武汉水生所的科学家徐旭东介绍：刁子鱼也称为大白刁鱼，属于鲤形目白鱼科。它的体形修长、侧扁，整体呈现出优雅的柳叶形状。大白刁鱼的肉质细嫩，味道鲜美，清新爽口，具有一定的药用价值，被视为上等经济鱼类，在淡水鱼中属于佳品。

大白刁鱼主要分布于长江流域中下游，以及以南的各河流、湖泊中，是长江中下游四大家鱼之一。它们主要以小鱼虾、水生昆虫等为食，且生长速度较快。在一些地区，如湖北省荆州市荆州区，大白刁鱼还被列为特产，并针对其实施了国家农产品地理标志登记保护。

“狗爪子”的学名究竟叫什么？朋友圈中有这么多从事海洋研究的院士和科学家，回答这个问题应该不算难吧？

下回我即便不住在格林海岸的公寓楼房，若是要自掏腰包吃这“狗爪子”，总还吃得起吧？

心文武功

（2017 年 3 月 16 日）

在中国科学院系统内，但凡走到所局级岗位，都要到俗称中国科学院的“黄埔军校”进行上岗培训。

我是中国科学院“黄埔 19 期”，这一期的学员共 54 位，刚好是一副扑克牌的位数。

中国科学院的所局级冒号们，基本上都属于“双肩挑”，既要当好冒号又要搞好科研。在中国科学院“黄埔军校”里，我听诸位同人说得最多的一句话，就是担心几年冒号当下来，自己的“武功”也就随之被废掉。

我国武功的种类和名目繁多，有内功，也有外功。

其中内功分为气功和轻功，气功又有外气和内气之分，哪怕是气功也有很多门派。

外功的门派更是五花八门，有内家拳和外家拳之分，譬如太极拳和咏春拳一般称为内家拳；洪拳、蔡李佛拳、少林拳等，通常称为外家拳。

且不说训练武林高手，在各地开班的武术学校里，少年儿郎练习一般的功夫拳脚，首先就要练好韧带，才能学会基本的横竖劈叉；其次要练习腿功，学会长时间地单腿站立深蹲。

在古龙的武侠小说中，具有武功者分为“七大门派”，亦即少林、武当、昆仑、峨眉、点苍、华山、海南 7 个门派，其中少林即位居第一门派。

特别是少林寺的武术功夫，已成为中华文化的宝贵遗产，其健身、御敌、竞技的魅力，不仅在中国早已妇孺皆知，连许多老外都为之叫绝称奇。

少林武功是一项综合的武术体系，其中“禅”字是提高练武者武功的重要理论依据，因为“禅”的基本要领就是“外不着想，内不动心”。

本来是一位有“武功”的科学家，现在还要当研究所的冒号，在科研组织和行政管理方面，必然要耗费诸多的精力，不仅挤占了科研的时间，同时一应“俗事”缠身，岂能完全做到“息心静寂地参悟”？

这样科研就很难做到心无旁骛，专心致志，岂不是要“武功尽废”？

陈新文便是我“黄埔 19 期”的同学之一。那时，来自中国科学院武汉病毒研究所的陈新文，给我的第一印象是个头虽然不高，但人很是帅气精干。

千年古刹少林寺的僧人们，其武功盖世令人瞠目结舌：僧人们不仅佛法超凡，武术造诣更是积淀深厚，不但历史上高僧辈出，绝顶武术更是代代相传。

那些练习少林寺武功的人们，似乎个头也都不太高，但都透着一股内在的帅气和精干。

据我当时所知，陈新文 2002 年在获荷兰 Wageningen 大学获得博士学位后，便潜心研究杆状病毒分子生物学与基因工程，他能勇敢地走在国际科学的前沿，是从研究棉铃虫病毒遗传基因打开缺口。

陈新文在 2000 年 36 岁时，便主持解析了棉铃虫病毒和美洲棉铃虫病毒基因组的全序列，完成了中国棉铃虫单核衣壳核型多角体病毒的全序列测定。

单核衣壳核型多角体病毒的全序列测定，这是当时世界上报道的第一例。

棉铃虫病毒基因的研究，在国际科学的擂台上竞争激烈。陈新文成为当时的一位擂主可谓武功高强。

而后陈新文与美国和荷兰科学家一起，完成了美洲棉铃虫核型多角体病毒基因组全序列分析，分析中国棉铃虫单核衣壳核型多角体病毒，证明其和美洲棉铃虫核型多角体病毒实属同一病毒的不同分离株。

真相由此大白于天下：国外科学界认为中国棉铃虫病毒和美洲棉铃虫病毒是同一个属种，纯属张冠李戴。

但这时走上“冒号”岗位的陈新文，他科研的盖世“武功”会就此被废掉吗？

消逝的岁月已经证明，我纯粹是杞人无事忧天倾。

后来我不仅有多次与陈新文见面的机会，也不断有武汉传来的与陈新文有关的信息：他的“少林功夫”不仅更加精湛，而且投身“武当功夫”和“峨眉功夫”等，雄心勃勃地开始“华山论剑”。

陈新文后来的科研方向，主要聚焦肝炎病毒的复制与致病机制，以及杆状病毒调控宿主肌动蛋白细胞骨架的分子机制等。

我国科学家以犀利的眼光看到：由于丙型肝炎病毒经血感染通常无症状，经济和医疗水平较低的区域对丙肝的防控能力低，全球有近 2 亿人、中国有逾 4000 万人携带丙型肝炎病毒。

陈新文与时任中国科学院武汉病毒研究所副所长的唐宏，以科学家的独具的前瞻性，带领研究组经过多年的密切合作，大胆利用免疫系统完整的小鼠，成功研制出世界上首个丙型肝炎病毒持续感染、完整反映丙型肝炎病毒感染自然史和慢性病毒性肝炎进展的动物模型。

2014 年 8 月 27 日，他们获得的相关研究成果，以封面论文的在线形式，发表在国际权威的 *Cell Research*《细胞研究》杂志上。

2016 年 6 月，陈新文入选“中国科学院特聘研究员”计划特聘核心骨干。

“特聘研究员计划”，是中国科学院为进一步凝聚和激励高层次科技人才，扎实推进“率先行动”计划而实施的人才计划。

听到这一消息，我当然为陈新文感到高兴。

这次我到武汉采风，很重要的一个内容，就是要领略陈新文如今的“武功”：他已于 2014 年连任中国科学院武汉病毒研究所的所长。

我在陈新文的办公室，听他介绍中国科学院武汉病毒研究所将投入运行的 P4 实验室——这是我国目前首个、也是唯一的一个最高等级生物安全实验室。

“以后我们要更加关注的，是 P4 实验室未来要更好地发挥其应有作用。”我一边听陈新文如是说，一边拿其手机为他拍照片。

避免拍照时背光，影响陈新文的光辉形象，我不由得喧宾夺主，一把就将他推到了“客座”上，我则大大咧咧地“鹊巢鸠占”，坐在他本来背着窗户的“龙椅”上。

满足国家的战略需求，依托中国科学院武汉病毒研究所，筹谋今后建立起武汉生物安全国家实验室体系，的确有十分的重要性和必要性。必须注重实验室的“三位一体”：突破性、引领性、平台性。

我和陈新文云山雾罩地聊了一早上，最后聊到他手机微信中的昵称：“顺茂”。

“顺茂”本是陈新文外公为他起的小名。他 1964 年出生于湖北天门市汪场镇的农村，当地孩子读书读到初中就算是读书人，必须起一个正儿八经的“学名”。陈新文的伯父为他起的学名叫“陈心文”。

我听罢不由得一拍桌子：是“心文”而不是“新文”？你用“心文”做名字岂不是更好！？

陈新文对我苦笑说：那是 1982 年临要参加高考时，高中的一位老师擅自主张，将他名字中的“心”改为“新”。经老师这么一改，他上了大学就不好再改回去了。

我不禁为陈新文扼腕叹息，想到了《文心雕龙》。

南北朝时的刘勰作为开山鼻祖，写过一部文艺理论著作，叫作《文心雕龙》。其书名的要义，在于倡导写文章要像雕龙一样精心。

陈新文这么些年来，不仅当研究所的所长越来越得心应手，发表的科研论文也越来越多，全凭借他写论文像雕龙一样精心。

我不由得调侃陈新文童鞋：将管理和科研“双肩挑”，不仅掌握“七大门派”的武功已越来越厉害，而且创立了自己独具的“武功”，理应以他原有的名字命名，就叫作“心文武功”。

云淡风轻　卖力共振

（2017 年 3 月 21 日）

在我们日常生活和工作中，共振现象如影随形，无处不在。

在音乐艺术中，无论是器乐还是声乐，无论笛子、二胡，还是小提琴和手风琴。无论是维也纳金色大厅的阳春白雪，还是澡堂浴室的下里巴人，只要在那里纵情放歌，其实都是在与共振现象亲昵示好。

没有共振甚至就谈不上音乐。共振对音色的动听悦耳与否，起到决定性的作用。

唐代军队有一种叫“空胡鹿”的随军枕，供那些睡觉警醒的卫士在宿营时使用，“凡人马行在三十里外，东西南北皆响闻”。

敌军逼近的声音通过地面传播，达到“空胡鹿”空穴产生共振，就能知道敌人的多寡和远近。

宋代科学家沈括巧妙利用共振原理，在琴弦上面张贴了一些小纸人，只要弹动琴弦，共振的小纸人就会随音起舞。这一发明比西方同类发明要早几个世纪。

所谓的共振，是指一物理系统在特定频率下，比其他频率以更大的振幅做振动。

人体的器官、特别是听觉器官，其实也是精巧绝伦的共振系统。甚至许多动物也是如此。

人的心脏搏动产生频率，成就了现代医用听诊器。

人体的各个部位都有不同的固有频率，如眼球的固有频率最大约为 60 赫兹，颅骨的固有频率最大约为 200 赫兹等，也可与不同的物体产生共振。

利用共振原理，可识别来自宇宙的电磁波，研究宇宙星体物质结构、能量和质量；利用原子和分子共振，可制造日光灯及电子表、原子钟等；科技进一步创新和拓展，利用核磁共振仪器，既可研究物质微细的电子结构，亦可诊断与脑、肺、心等有关的病症，比 X 光拍片要高明出许多。

核磁共振的英文缩写是 NMR。刘买利的微信昵称是 NMR—5。他是中国科学院武汉物理与数学研究所的所长。

春天的武汉云淡风轻。刘买利在办公室里接受我的凝视，谈研究所的创新文化的传承，谈波谱与原子分子物理国家重点实验室的建设，也谈到他的科研人生路，同样云淡风轻——让我想起有个成语叫“举重若轻”。

这个国家重点实验室究竟是何“波谱”？

它经过30年来的稳健发展，已成为磁共振波谱学与原子分子物理学创新研究基地，在国际上具有重要的影响力；它实现了从基础到基础应用再到高技术辐射的完整链接；它发挥中国科学院的率先引领作用，促进了我国多学科交叉的磁共振波谱学发展；它满足国家的战略需求，研发出高精度原子频标……

在波谱学领域，面向化学和生命分析，重点开展磁共振波谱方法学和谱仪技术研究，发挥国家大型科学仪器平台作用，在原子分子物理领域，重点开展原子分子量子态的光场调控前沿基础研究……

“探索一代、研制一代、应用一代”，开展原子频标从基础到应用的研究，亦是实验室精准的“频标”。

极目国际科学前沿风云，刘买利对我说：各国科学家重视与微观粒子共振有关的研究，获得诺贝尔物理学奖的也很多。

科技必将造福人类：譬如布洛赫和珀塞尔关于核磁共振技术的发明；卡斯特勒光泵技术的发明；穆斯堡尔效应的发现；巴索夫、普洛霍洛夫和汤斯发明的脉塞和激光；等等。

刘买利的科研人生，似乎是与核磁“共振”。

研究复杂生物体系和生物分子相互作用，有许多基本科学问题需要探索，将核磁共振波谱技术应用于此，“工欲善其事，必先利其器”。

核磁共振波谱技术有许多令人喜爱的看点，譬如它对样品进行分析时没有破坏性和侵入性，而且实验方法多种多样，应用灵巧灵活。

充分发挥核磁共振技术的特性，直接分析和研究复杂生物样品的组成、相互作用和动力学过程等，无论对于发展核磁共振技术本身，还是用于医疗诊断，都具有难以替代的积极作用。

血清等生物样品以水作溶剂时，由于水质子的浓度比生物分子的浓度高5个到6个数量级，要检测其中一些物质的含量，就必须抑制水的共振峰才能获得有用的信息。

刘买利带领科研团队，研究出4种新的实验方法和一个理论模型，其中具有高效率和高选择性的溶剂峰抑制峰法W5，已经被主要核磁共振设备厂商作为标准方法提供给用户，就是因为 W5 在抑制效率、选择性因子和作用时间上具有明显优势。

目前，使用 W5 方法的研究人员星罗棋布，包括美国在内的 20 个国家的近百个实验室或单位，分别用于蛋白质、DNA/RNA、多糖等生物分子结构和动力学的核磁共振研究。

2005 年，刘买利出任物理与数学研究所副所长一年多，但他的“武功”并没有荒废。譬如他用核磁共振开展的量子信息研究，是世界权威科学杂志《物理评论快报》发表的该领域的第一篇实验文章，也是物理与数学研究所在《物理评论快报》发表的第一篇实验文章。

刘买利竭力倡导并潜心推进学科交叉，近些年开展活细胞核磁共振的相关研究，已有十余篇论文陆续发表，其中一篇综述性的重量级文章，不久前已在权威学术刊物《分析化学》在线发表。

2007 年年底，刘买利荣升武汉物理与数学研究所所长，距今转眼已将近 10 年。

无论当科学家还是当所长，刘买利不仅不“买利”，而且很“卖力”，经常还要为一些处长和学生当“秘书”。

“是武汉物理与数学研究所成就了我。没有这个研究所作为平台我成长不起来。”刘买利云淡风轻地说。

科学实验表明，防止共振的最好的方法，是改变物体的固有频率，使之与外来作用力的频率相差越大越好。

若要诱发共振、产生共振，其方法方式则与之相反。

与武汉物理与数学研究所的全体员工共振，刘买利不仅初衷不改，而且痴情难改，依然干得相当“卖力”。

就是吃饱了撑的

（2017 年 3 月 24 日）

因为无论白酒还是红酒，哪怕是度数极低的啤酒，我沾上一点就会酒精过敏，顿时感到头疼欲裂，所以我是绝对不喝酒的。

我在武汉朝九晚五的日子，虽谈不上三餐酒足饭饱，但每餐都会吃得挺饱。

湖北号称千湖之省，武汉有全国最大的城中之湖——东湖，城市的边上还有一个梁子湖，我几乎每餐都食有鱼，大可不必像冯谖先生那样弹铗而歌发牢骚，歌曰：“长铗（剑把）归来乎，食无鱼！”

我经常吃的是武昌鱼和小鲫鱼。这两种淡水鱼都很便宜，饭店里一条大武昌鱼不过 30 元，小鲫鱼十来条一大盘也只有 32 元，武汉真不愧是“百姓鱼肉”，让我这生长在福建海边、经常吃海鱼的人都感到羡慕不已。

入住的饭店每天给客房送水果，最初是送橘子，我牙口对稍微带点酸性的水果一向挑剔，几天下来居然攒了不少橘子。

看来饭店客房部比较有心，后来就改为给我送梨子，因为梨子的个头太大，我也不便像猪八戒那样用嘴拱，基本上梨子我也都没吃，攒够了就分批次送给朋友吃。

既然我吃饱了撑的，就要在饭后散步消食，有天到湖北省军区一家酒店的花园中，隔着大约 100 米处有站岗的哨兵，我拿起手机就朝远处拍照。想不到那哨兵的眼睛非常尖，立即朝着我一声断喝：“这里不许拍照！”

我不由得感觉有点扫兴，觉得哨兵的呵斥很伤我自尊。

诺贝尔文学奖获得者莫言有篇好散文，题为《自尊就是吃饱了撑的》，文字相当诙谐，特援引一段如下。

> 在一家又脏又破的似乎是纯种老北京人开的冷面馆子里，苍蝇横飞，一头眼角生眵的狗趴在所谓的柜台边上，很不友好地看着我，好像我不是来吃饭，而是来抢劫。
>
> 我诚惶诚恐地把一块我舍不得吃的肉片扔给它，我虽然嘴没说话，但我的心在说："狗啊，尊敬的狗，不要用这样的仇视的眼神看我，我知道北京是你们的北京，首都也是你们的首都，我知道你们十分讨厌外地人来北京混事，但这也是组织上让我们来的嘛。给你块肉吃，借以表示我的敬意和歉意，希望您能宽容一点，我不过是暂时居留此地，随时都会回去。"
>
> 狗呢，恼怒地叫了一声，好像我扔到它面前的不是肉片而是一枚炸弹。老板娘怒气冲冲地说："干什么？干什么？吃饱了撑得难受是不？……"

伤了自尊的我这时当即回应哨兵一句："你这小兵巴拉子，怎么见到老首长都不敬礼？！"

幸亏哨兵没有朝我拉枪栓。我这当"老首长"的，当然知道他的枪里绝对没有子弹。

我这就是吃饱了撑的。

有天晚上我突发奇想，再不要吃饱了撑的，需要找一找饿肚子的感觉，干脆连晚餐也不吃了，到对面水果店买了两斤香蕉，到附近社区买了一元钱的烧饼。当天晚餐就这样打发，直到夜里两点多睡觉，我并没有饥肠辘辘的感觉。

没有吃完的香蕉我放在桌上，饭店客房部可能由此受到启发，开始改为每天给我送两根大香蕉。

我每天都要用手机拍很多照片，每天晚上都要写一篇 2000 字以上的微信文章。没有哪一位领导给我派活，我几乎都要写到夜里两点，在孜孜不倦中自得其乐。

我究竟是吃饱了撑的，还是已经犯了不可救药的网瘾、微信瘾？

雷皓是中国科学院“百人计划”入选者，我在2004年春就已认识的老朋友，他现在是武汉磁共振中心副主任。

雷皓的科研工作让我非常感兴趣：他以重大脑疾病，包括脑缺血、药物成瘾、痴呆等研究为背景，以磁共振成像及活体波谱为手段，在原理、方法和应用上进行创新性研究。

我这次访问雷皓，不由对“坐堂”的他寻医问诊：像我这样拍照和写微信文章走火入魔，是否也像那些网瘾患者似的，要送去关禁闭强行戒瘾?

雷皓朝我直乐。他说患网瘾的都是一些青少年，而通常科学界对网瘾的界定是：并非因为工作和学习需要上网，但每天上网的时间超过6小时。

我走火入魔地拍照片、写微信文章，每天也超过6小时。我难道是因为工作和学习的迫不得已吗?

只能说是我真是吃饱了撑的。

“真是吃饱了撑的！”有名人典故可查，原系江浙两地的方言。

民国初年孙文先生走动乡间考察国情，请了一位艄公帮忙撑船过河，孙文想通过与艄公的攀谈了解民生民意，但艄公不认识认他是鼎鼎大名的“孙大炮”，觉得很不耐烦：要过河就过呗，你给我钱就是，哪来那么多废话。

孙文先生好心好意问艄公：“你是几时开始撑船的呀？”本意是问艄公啥年月开始以摆渡当谋生手段，谁知那艄公一口回答道：吃饱了撑的!

艄公的本意是：吃饱了早饭或午饭就开始撑船。但孙文不明其意，一时“鸡同鸭讲”般地无可奈何，船上众人不由得窃笑。

后来此事众口相传，江浙一带多文豪和段子手，更将“吃饱了撑的”这话引申成“没事找事，自寻烦恼”的代名词。

“吃饱了撑的”，其经常说隐含的潜台词是：对别人的私生活不要干涉、无权加以干涉。

我在武汉每天都是吃饱了撑的，这天晚上虽然没有吃饱，却得记住“别吃饱了撑的”的古训。

雷皓界面

（2017 年 3 月 25 日）

凡是见过我电脑的朋友们，无不对我的电脑桌面嗤之以鼻：太杂乱无章啦！

朋友善意地提醒我：怪不得你在打开电脑时，速度会变得这么慢！

我的电脑桌面永远混乱不堪，放满各种文档和文件夹，就像我披挂的衣着那样一塌糊涂。无论是男的还是女的，见到我这么邋遢、不修边幅，都不可能喜欢我。

但我行我素，认为电脑还是懒汉“手到擒来”，就像我喜欢穿上套头圆领衫，趿着休闲老头鞋，更为方便和惬意。

直至这次看到雷皓的电脑桌面，我才觉得自己“小巫见大巫”。

雷皓说：他办公室所用的电脑，都是桌面已被文档和文件夹遮挡得看不见，才不得不进行清理。

电脑的图形用户界面，英文 Graphical User Interface，缩写为 GUI。我天性愚钝，读大学时曾死记硬背无线电英语词典，如今许多单词虽然都已忘记，但 Interface 这个单词绝对不会忘记。

Interface 是多义词，用于计算机经常表示“界面”。那些界面足够友好的计算机，让我们使用起来能更得心应手。

Interface 还被翻译成“接口”，包括有“使得相互配合”“使得匹配”“使得和谐”等词义。

我与雷皓聊了一上午，发现他的人生界面相当有趣。

雷皓的母亲出生于湖南衡阳的一个官僚地主家庭，他的伯外公官至国民党县长，1949 年去了台湾。1973 年雷皓降生时中秋皓月当空，遂取名“皓”。

幸亏家庭出生的“界面”没让雷皓“死机”。雷皓 1994 年于重庆大学应用化学专业毕业，1999 年在加拿大获博士学位，2000 年至 2002 年在美国 Dartmouth College 和 University of Minnesota 从事科研工作。

2000 年国外的一次学术会议，雷皓偶遇刘买利，两人很有眼缘，“一见钟情”。第二年夏威夷开学术会议，他俩又不约而同地去了。

“当时刘买利还不会开车，是我租了一辆车，带他在夏威夷的火奴鲁鲁岛兜了一圈，也把我回国工作的事情最后敲定。”雷皓回忆。

火奴鲁鲁岛早年盛产檀香，故此华人称之檀香山，是当年孙中山先生常去之地。

火奴鲁鲁岛以其诱人的热带风光、迷人的海滩、奇异的花草和浓郁的民族风情，成为举世推崇的旅游胜地。

“我带刘买利去吃海鲜自助餐，一人 20 美金就可以敞开肚皮吃。”雷皓回忆时似乎口唇生津。

经不住刘买利的劝说，雷皓这一年入选中国科学院“百人计划”，到中国科学院武汉物理与数学研究所工作。

刘买利出手大方，比在火奴鲁鲁岛吃海鲜还要阔绰，当即将自己的研究生过继给雷皓。

这是什么样的界面？雷皓说：我回国就立即开展科研，若没有刘买利的支持就势必会慢半拍。

回国第一天，雷皓甚至行李都没来得及卸下，就被刘买利连拖带拽到东湖边上。三位大仙喝了一瓶糊涂仙，酒酣耳热心畅：“那是我第一次看到东湖，让我感到无比惊艳。我对刘买利口出狂言，今后自己要买一艘游艇，可以时不时东湖泛舟！”雷皓自嘲。

过后两年雷皓所带的研究生，有的甚至比雷皓的年龄都大。

这是什么样的界面？雷皓对我说：“那时我年少气盛，批评起比我年龄大的学生也不觉得有何不妥，根本不存在什么心理障碍。”

雷皓回国后的第一个科研题目，是嗅觉系统的锰离子成像，受到远在美国的徐富强关注。

2002年至2007年，徐富强在美国耶鲁大学核磁共振研究中心任副研究员，也用磁共振开展嗅觉系统的研究，看到国内的雷皓发表了不错的论文，触发了到武汉物理与数学研究所工作的意愿，当即写了一封邮件与雷皓联系。

雷皓研究盲人的脑功能核磁成像，正在写与此有关的论文，知悉徐富强有回国发展的意愿，当即申请了中国科学院的高访项目，来到徐富强的实验室。

雷皓在耶鲁大学待了3个月，一举两得：既为徐富强被引进到武汉物数所工作厘清头绪，建立起推介的绿色通道，又做盲人脑功能核磁成像的题目，亦在耶鲁大学图书馆看一本书时受启发，将论文顺利地写出并发表。

“徐富强的年资比起我大许多，现在回想因果关系，如果当时我申请的第一个基金项目不是与嗅觉相关，徐富强或许就不会来到武汉工作。”

徐富强作为“百人计划”入选者回国，利用磁共振脑功能成像、动物行为等方法，研究基础嗅觉系统神经生物学和神经科学，包括其与重大疾病之间的关系。

徐富强的办公室就在雷皓隔壁。这是什么样的友好界面？

雷皓和我聊到中国科学院昆明动物研究所，聊到马原野研究员。

中国科学院昆明动物研究所“认知病理障碍组”中，马原野是深受青年科学家拥戴的学科带头人。我2007年曾两次访问马原野。

马原野知识非常渊博，聊天时妙语连珠，趣味横生，我当年访问他仅积累的素材就有两三万字。

聊到彼此认识的马原野，雷皓像骏马驰骋原野，接着聊起我俩都认识的陈霖院士。由陈霖院士，雷皓谈到德高望重、在人生科研路上曾三次“起跑”的唐孝威院士。

雷皓办公室书柜里有本《脑功能原理》，这本唐孝威院士著的科普读物，2004年4月由他签名赠送给雷皓。

这是什么样的精神传承界面？

2004年中国科协召开第五届青年学术年会，出版《科技、工程与经济社会协调发展》一书，其中收录论文《纳米尺度物质的生物效应研究》，雷皓的合作者赵宇亮、刘元方和叶朝辉赫然在目。

赵宇亮在国内外纳米研究领域闻名遐迩，我2010年发表过写赵宇亮的长篇《勤奋是最好的智慧》。雷皓与赵宇亮也有联系，这又是什么样的接口与界面？

从2010年开始，为明确青少年网瘾的发病机制，雷皓的研究小组与上海交大仁济医院、上海精神卫生中心等医疗机构密切合作，用磁共振成像技术研究了网瘾患者大脑结构与功能与正常人有哪些不同。

经雷皓等研究发现，网瘾患者大脑中特定脑区的功能与结构受损，其情形与鸦片成瘾相似。这些损伤可能导致了患者认知控制能力减弱，影响其决策行为。

人们在夸赞一个人面相好时常会用到“天庭饱满”这个词。“天庭”指的是大脑前额叶所在的部位，专司情绪控制与执行控制功能，这个部位要到青少年后期才会发育成熟。雷皓说：网瘾青少年的这一大脑部位与正常同龄人相比存在明显的差异。

为了获得第一手的研究资料，雷皓曾去中国青少年成长基地，探视过被父母带去康复治疗的网瘾患者。

雷皓不仅与华中科技大学法医系的周亦武相识，也与这位武汉的著名法医也有多年的科研合作。这又属于什么接口和界面？

在雷皓的书柜里，有一貌似大树的金属工艺品，茁壮的树干上貌似挂着的树叶，是几张年轻人的照片。我觉得非常精巧别致，不由得就取出来欣赏。

雷皓说，这是十年前他中秋过生日，几位学生送他的“祈愿树”，一张照片（树叶）就是一位学生。

其中王亚强硕士毕业后去美国深造多年，可能最近会作为“青年千人”回研究所工作。

雷皓回忆自己到武汉工作的第二年，方可、方芳、魏黎和杜小霞等几位学生和他一起中秋过生日，“皓月当空，把酒临风，那时我30岁，真是少年得志，感觉良好呀！”

师生之间情深意长，这又是什么样的界面？

雷皓几次登临岳阳楼，小时候就会背诵范仲淹的《岳阳楼记》："而或长烟一空，皓月千里，浮光跃金，静影沉璧，渔歌互答，此乐何极！"

"而或长烟一空，皓月千里……"雷皓这又是什么样的界面？难道与千里涂鸦有何相干？

我的花园交叉小径

（2017 年 3 月 28 日）

我知道博尔赫斯的大名是在 1983 年，这位阿根廷作家的小说《交叉小径的花园》刚被翻译介绍到我国不久。

这部带有强烈魔幻色彩的长篇小说，是为博尔赫斯赢得巨大声誉的代表作。虽然小说里的主人公是一位中国人，但作者本身却未曾踏上中国这片神奇的土地。

正跃跃欲试准备当作家的我，毫不吝惜大洋买了博尔赫斯的这本书，除了几位作家朋友对博尔赫斯的热议，对这本书的书名我也很感惊诧。

这大概就是井底之癞蛤蟆的我，至今未能如愿以偿，成为中国作家协会会员的原因之一。

《交叉小径的花园》这本书，在我 2008 年人生颇为困惑的那段时光里，连同家里的许多国内外名著，被我送给一位北大中文系的在职博士、如今正如日中天的刘作家。

虽然距离我买《交叉小径的花园》已有 34 年，但当我前些天早上走进中国科学院武汉分院的小洪山园区，突然如电光石火，《交叉小径的花园》这书名魔幻地跃入我的脑海里。

博尔赫斯作品的独特之处，在于他把时间和空间当作真正的主角。

在《交叉小径的花园》中，人们都会陷入时间的迷雾之中，就像置身花园小径的分岔，曲折蜿蜒向每个不同的可能性，不清楚小径究竟是要把人带向出口，还是让人陷入更大的困惑之中。

中国科学院武汉分院小洪山园区共占地 354 亩，除了武汉分院机关，还有物理与数学研究所、病毒研究所、测地研究所 3 个研究所的本部在这里。我这次在武汉的访问，曾从不同的 4 个大门、侧门走进园区。

我进出最多的一个侧门，是从小洪山家属区到物理与数学研究所的食堂。研究所为了方便我的进出，专门为我提供了门禁卡。

在通过这个侧门时，我会下意识地看一下时间。我自认为是个比较守时的人，只要约定好了访问时间和地点，通常都不会无故迟到。

更何况在物理与数学研究所，高克林研究员带领的一个团队，研究工作本身就与时间频率标准有关。

高克林带领他的研究团队，研制出达到国际先进水平的国内首台基于单个囚禁冷却钙离子的光频标，亦即“光钟”，为我国在世界时间标准的定义上争取到了话语权。

高克林“光钟”的频率测量值，目前已被国际同行广泛采纳，不仅更新了国际频率推荐值，也是 20 年来中国第一次对修改光学标准频率做出了贡献。

三月的武汉虽然春寒料峭，但我也已感受到春天的气息，在中国科学院武汉分院的小洪山园区里，樱花和山茶花等都已绽放笑靥。

如果访问时间比较充裕，我也会见缝插针，不失时机地在园区里拍几张照片。

花园一般的小洪山园区，较之 15 年前我看到的这个园区，明显今非昔比。

何为花园？何为 garden ?

我检索的有关资料表明：设计花园特别要重视观赏植物的配置，首先必须符合因地制宜、顺应自然的原则，并考虑到长远效果。在选择乔木或灌木时，植株的大小和数量应同花园的空间相适应。

其次，要考虑花园中各种植物色彩和组合的形式美。花园通常会利用其花坛和花台、花丛和花径，集中表现观赏植物的丰富多彩，以及植株姿态和叶形的对比调和。

花园要重视草坪和地被植物的种植，即便是花径也要避免露土。

花径让我意识流地想到曲径通幽和交叉小径。

武汉分院的几个研究所，科研工作都有诸多交叉，这在物理与数学研究所体现得特别充分。

物理与数学研究所拥有的国家重点实验室，在原子和分子的微观世界里探幽寻芳，从早年的物理学科，交叉到了后来的化学学科，已经交叉到现代仪器装备和精密测量，的确是堪称魔幻。

他们再进一步魔幻地学科交叉，最近这几年来，已进入生命科学的医疗和健康领域，这既反映了原子分子、核磁共振波谱学的本质，也体现了世界科学前沿必须多学科交叉的发展趋势。

《交叉小径的花园》这部小说在文学之外的意义，是在很大程度上诠释了博尔赫斯的人生哲学：时间和空间都不可穷尽，是宙斯手上不断增殖的王者金环。

博尔赫斯清醒地意识到：一位作家如果摆脱不了时空的束缚，就会过分拘泥乃至受控于现实。

漫步在小洪山园区的花径，我的遐思如吉光片羽：我最为钟情、最为陶醉的“花园”究竟在哪里？

中国科学院在武汉的园区，不仅是小洪山园区的354亩。

中国科学院水生生物研究所，其在东湖本部的园区110亩，官桥基地231亩，梁子湖基地228亩；

中国科学院病毒研究所在郑店还有园区198亩；中国科学院测地研究所含野外台站园区共79亩；

中国科学院武汉植物园花团锦簇，本身就是个大花园，它是个AAAA级旅游景区，仅在磨山的园区就有880亩……

文学创作如若缺失灵感的闪现和想象的张力，自由地高高飞翔的翅膀就会折断，有大师曾经说过：“文学就是人学。”文学创作、包括报告文学创作，如果在整个创作过程中，自始至终都是战战兢兢、忐忐忑忑、畏畏缩缩，仅仅局限于抽象的临摹乃至复制，与文献资料或新闻报道就没有本质的区别。

天马行空，对习惯于到处行走的我而言，不仅是中国科学院武汉分院，中国科学院遍布全国各地的科研机构，都是风光景致美不胜收的花园。

花园即便再大，也会有交叉的小径。我的交叉花园小径在哪里呢？

05

妩媚福州

父爱金山识前朝

（2001 年 1 月 23 日）

我打从很小的时候，虽然五音不全，但就会开始跟着老师哼唱《北京的金山上》，及至 24 岁第一次来到北京，我才看到了北京的“金山”，看到巍峨的天安门城楼，以及天安门悬挂着的领袖肖像所闪现的光芒。

我直到 30 岁的时候，才知道江苏的镇江市有个金山寺，金山寺因巾帼英雄梁红玉抗金闻名于世，知道镇江的金山寺有白娘子和许仙的浪漫爱情故事，知道白娘子与法海和尚斗法，引起一场“水漫金山”的轩然大波。

我直到花甲之年，将欲退休时，方知在福州市区的靠乌龙江处，也有一处与镇江金山寺同名的金山寺，虽然三番五次想来游览，但形单影只，总是未能如愿以偿。

此番我到福州，因与培坚先生再续整 30 年之前谊，或许是《周易》冥冥之中的呼唤，培坚先生提议我俩一起去金山寺游玩，我不由得大喜过望。

福州的金山寺建于宋代，是福州唯一的水中寺。金山寺原本是江心的小石阜，因为它那砥柱中流一般的形状，非常像是一块石印浮于乌龙江汹涌的水面，犹如江南镇江之金山，故美其名曰“小金山”。

金山寺四周的乌龙江水流汹涌，民间几百年来一直传说，福州金山寺能“从潮高下，水涨而山不没”。

早在距今七八百年前的宋代，福州府和闽江两岸的人们，都希冀能镇住乌龙并索住白龙，在这江中的小阜丘上巧夺天工地盖起了一座 7 层 8 级的实心塔，塔高约为 7 米，用花岗石垒砌而成，后又在塔的周围建成庙堂，以供渔民和村民祭祀妈祖女神。

培坚先生是福州人，现在他所居住的“金辉·淮安半岛”社区，与洪塘桥边的金山寺相距不过 3 千米，虽然他因为多年来一直商务活动繁忙，也未来过近在咫尺的金山寺，但他带我到金山寺游玩显然是轻车熟路。

一到金山寺入口处的牌坊跟前，我就忙着开始拍照，拍下了两幅长楹联，一曰：“九龙盘脉江水环流，帝座星辰天子福地；五虎雄踞旗鼓差池，妙峰高隐经略伟人。”二曰：“此间真福地洞天，无一毫尘俗气；以外皆高山流水，作千古画图观。”

眼拙如我也注意到，因为受限于此处的地形地貌，金山寺一反常规建造寺庙的形态，并没有修建起巍峨的殿阁，以供奉巨大的佛像，但自有一番独特情趣，在福建省的寺院中别具一格。

伫立在冬日艳阳高照的乌龙江边，我向远处眺望，衣襟被江风吹拂鼓荡，如江边石柱上插的飘扬的五色小旗。约 500 米处正在拓宽的洪塘大桥，据称，往来 6 车道的洪塘大桥，今年五一劳动节即可竣工验收，最迟七月一日可全线通车，现在大桥正进入施工的尾声。

约 100 多米的近处，就是显得小巧玲珑的金山寺，我不由得发思古之幽情：从中原率兵进入八闽大地的王审知其后裔今安在？当年建造金山寺的能工巧匠们的后裔今安在？

在乌龙江的江水边，有当地政府和民众捐资新修建长廊，长廊上的壁画虽然差强人意，却基本涵盖了洪塘村引以为豪的骄傲，涵盖了福州府和洪塘村近八九百年来，前朝辉煌的历史与丰厚的文化底蕴。

从明朝一直到清朝，几乎每一次的科举考试，都有喜读诗书的闽侯人士进士及第，凭借自己的道德和品行光宗耀祖。

世界上但凡有海洋的地方、特别是东南亚甚至连江河到大海的入口处，都有供奉湄洲岛妈祖女神的天后宫，依靠妈祖女神的护佑，洪塘村人民对妈祖女神施以的惠泽，也始终在香火祭祀中念念不忘。

明万历二十年（1592 年）得中状元的温正春，是一位曾经当过礼部尚书和帝师的闽侯人，他敢于以“宝贤才，谨财用，恤民命，重边防”直言进谏当朝皇帝，因弹劾魏忠贤未果，最终被削职为民，老死在闽侯县的故里。

金山寺的脚下便是滔滔闽江水，欲上金山寺必须乘船工摇橹5分钟的小船，包含船费金山寺的门票价格6元。有哪一位游客登船却不游览金山寺？

不需船工的扶助，游客就可登上金山寺。映入眼帘的首先是金山寺的观音阁，以及供奉有妈祖女神的大悲楼，大悲楼的左右各有一间宽约7平方米的斗室，左面的名曰“怡怡斋”，右面的名曰“借借室”。

明嘉靖年间（1522—1566），闽侯人的张经因其率兵奋起抗倭，成为被投降派奸臣陷害的一代骁勇名将，张经在年轻时发奋读书，曾在金山寺的陋室里立下报国的誓言，闽江的汩汩涛声和船夫的摇橹声，让他在读书时心旷神怡，他自得其乐，将陋室命名为“怡怡斋”。

爱国学者、莆田人林龙江倾囊捐助，在掩埋了被倭寇杀戮的受难同胞的尸体之后，来金山寺这里著书立说，后来创立了著名的“三教合一”学说，至今仍为八闽大地上的众生津津乐道。

林龙江当时用的桌椅器具等物品，全部是向金山寺附近的村民借用，所以，人们为怀念在金山寺借以栖身的林龙江，亲切地称他住过的这个斗室为“借借室”。

林龙江在自己的门上署了一副对联：“山川寄迹原非我，天地为庐亦借人。”就在这“借借室”的蜗居里，林龙江撰写了《防倭管见》等书，提出自己报国安民的良策。

每年夏天，林龙江都要设坛纪念被倭寇杀害的乡亲。林龙江逝世后，乡民在附近的龙腰山的山腰盖了一座龙江寺，以表达对林龙江的怀念之情。

在金山寺的主殿前，据说原有两株古榕树。明万历四十一年（1613年）任四川按察使的闽侯人曹学佺著《野使纪略》，因在书中揭露奸臣魏忠贤所制造的“梃击”案，反而被魏忠贤及其手下的奸臣诬陷，被削职南归。

曹学佺回到家乡选择在金山寺定居，在两株榕树间盖起了一座小房子，他效仿古人的巢居，且为房子命名“禅楼”。如今早古榕树尚存有一株，在岿然独存的老榕树身上，沧桑遒劲的枝干虽然默默无言，却挂满了信众们前来祈福的红布条。

金山寺规模虽小但是胜迹颇多，这天是艳阳高照的周末，许多游人专程来到金山寺及其周边，在踏踪觅迹中访古探幽，无论是耄耋之年的老者，还是携手登船的情侣，都自有一番怡然自得的意趣。

他们或顶礼膜拜近在身边的妈祖女神，或眺望横跨闽江两岸的洪塘大桥，究竟是在寻觅悠远的八闽历史，还是在探访厚重的洪塘古渡文化？

凭栏远眺，不时可见波涛之上飘浮而来的风帆，还可追今抚昔，领略“四周九山如群龙，矫若云海来相从”的意蕴。

五一国际劳动节就要建成通车的洪塘大桥，是福建省全省仅次于平潭大桥的最长公路大桥，洪塘大桥就从金山寺上游的100多米处跨江而过，为这座江中古寺增添了现代化的一景。

谁说“法海不懂爱”？父爱如山，父爱难道不是“爱”？法海明明是受到千年的不明之冤，说不懂爱情为何物的他，毫无缘故地要拆散白娘子和许仙的美好姻缘。其实，法海有父爱如山，他是遵从生父之命到镇江的金山寺出家为僧。

台湾1992年拍摄的《新白娘子传奇》，更把无辜的法海推到一个没有机会开口争辩的境地，不知道台湾的导演夏祖辉与何麒两位，他们究竟是否读过历史，知道真实的法海和尚？

我在福州的金山寺里品茗，听培坚先生细说《周易》。这间茶室或许就是张经当年读书的“怡怡斋”，或许就是林龙江当年著书立说的“借借室”。

据比较靠谱的历史学家的说法，法海本是唐朝时宰相裴休的儿子，由于裴休虔诚地信仰佛教，他决意让自己尚且年幼的儿子出家为僧。幼小的法海听从父命，最初在江西庐山出家，后来辗转到了江苏镇江的金山。

那时正赶上多年的战火兵乱，镇江金山的寺庙基本上都已经坍塌荒废。法海靠自己辛勤的双手，在镇江的金山种地，筹措并募集资金重新修建起金山寺。

真实的金山寺没有被淹掉，法海也不是神话故事中所编排的根本不懂爱为何物的反面人物，恰恰相反，法海和尚最懂得大爱无疆，是镇江金山寺的开山鼻祖，是他以佛法普度众生，让镇江金山寺名扬天下。

无论是在镇江雄奇的金山寺，还是在福州袖珍版的金山寺，这两座矗立江中的金山寺，都默默见证了封建朝代的兴衰与更替，让我们在江水哗哗流淌过的历史间，拾取一些支离破碎的已经残缺难辨的碎片，得以“折戟沉沙铁未销，自将磨洗认前朝”。

镇江的巍峨金山寺，迎接过诸多像苏轼或者杨万里、范仲淹这样的大文豪，成全了像梁红玉这样的抗金巾帼英雄；在闽侯的袖珍版金山寺，这片被闽江水浸润滋养的丰饶土地上，则养育并接纳了诸多的爱国志士，像张经和曹学佺，大儒朱熹和“三教合一”的开创者林龙江。

父爱如山，与所有历史文化古迹一样，金山寺真正的精神宝藏犹如伟大的父爱，其实就蕴藏在父亲关爱的眼神中，隐藏在貌似沉默的历史文化中。

不管培坚先生说的《周易》如何深奥还是浅显，我俩共同的志趣之一，就是努力找寻并做一些认真的考证，探访福州金山寺的某些历史印迹。

我们不要迷失本真的自我，更不要让福州真实的历史文化沉寂于江底，随奔腾东去的大江隐遁，汇入浩瀚无垠的东海，消逝得无影无踪。

福州如此阴柔

（2017 年 6 月 21 日）

“天街小雨润如酥，草色遥看近却无。最是一年春好处，绝胜烟柳满皇都。”这是唐代文学家韩愈写给张籍的七言绝句，题为《早春呈水部张十八员外》。

“天街小雨润如酥”，也是韩愈至今仍脍炙人口、被文坛广为流传和引用的经典诗句之一。

福州并非韩愈诗中所提及的“皇都”，眼下也不是诗中描绘的早春时节，但入夏连续多日来，福州一直阴雨绵绵“润如酥”的意境，却不由得让我吟诵韩愈的这首诗。

我在年事渐高之后，已然成了一位极其惧怕炎热的人，就像患恐高症的人那样患有严重的恐热症。

我每年临近夏天就会惶惶不可终日，夹着尾巴犹如丧家之犬一般，若是到了武汉或长沙重庆这样的“大火炉”，无异就像进入已被日寇侵略者攻占的沦陷区。

在早年艰苦卓绝的抗日战争中，福州虽然也曾几度沦陷，惨遭日寇铁蹄的践踏欺凌，但福州特定地理位置决定了气候条件，毕竟它面向东南浩瀚大海而且常年雨水充沛。

福州夏天的气候比较温润和清新，并非像我国中原腹地的某些城市那样，是一座四周热浪滚滚、气焰咄咄逼人的大火炉。

福州是阴柔的。福州也是温柔的。

今年夏天的福州，更是阴柔到极致，温柔到极致，多情到极致，妩媚到极致。

我到达福州的这几天，福州几乎天天都在淅淅沥沥地下雨，气温始终都徘徊在 22 摄氏度至 30 摄氏度。这显然是夏日里一个相当怡人的温度。

据福州晚报昨天的报道，20 日和 21 日两天，受西南暖湿气流和低层切变线共同影响，福州明显的降水将持续。今明两天累积雨量可达 80 ~ 120 毫米，局部超过 150 毫米；最大每小时降雨强度为 40 ~ 60 毫米。

预计本次过程的最大降雨量是出现在今天，福州全市范围都有中到大雨，部分乡镇还会有暴雨。明天还会有中等量级的降水。

“下雪了，天晴了，下雪别忘穿棉袄。下雪了，天晴了，天晴别忘戴草帽。”刘欢在《天上有个太阳》中这样唱道。

福州即便在冬天也基本不下雪，何况是在这已经到来的夏天里？福州已连续几天不见太阳、更不见天晴，这时若是听刘欢唱这首歌，效仿刘欢唱这首歌，就未免有完全不着调的滑稽感。

福州晚报在昨天的一篇报道里，是这样温馨地提醒广大市民，以及像我这样的无业游民：“外出记得带上雨具。”

福州市民所携带的雨具，大多是些什么？

福州市民携带的雨具，大多是塑料的或帆布制作的雨披。因为福州作为一个高速扩张的东南沿海省会城市，有众多骑着摩托车和电动车上、下班的人们。

我在福州上下班的交通高峰时节，怡然自得地站在梅园宾馆门口的制高点处，观看那些身着五颜六色的雨披，争分夺秒如奥运竞技一般过街的人们，实在堪称一道道亮丽而蔚为壮观的风景线。

福州市民通常携带的雨具，除了雨披，除了全国到处皆可见到的布伞，还有福州纸伞。

福州纸伞是历史悠久的中国传统手工艺品，属于福州三宝之一。

福州纸伞不仅做工非常精细，还采用油画、彩画喷花和绢印等等工艺技术和方法，在纸伞上绘制花鸟山水、仕女人物等图案，艺术范十足地雅致美观。

如今，福州纸伞由于其制作工艺复杂，已悄然隐匿在繁忙和现实的都市生活之中，只有都市里那极为少数不仅怀古怀旧，而且追求酷毙时尚的丽人们，才会用于出行之时。

但福州纸伞没有就此走向消亡，它作为一种精湛绝伦的工艺品，在三坊七巷等古民居或工艺品商店里，依然能够看到和买到，仍深受很多人的喜爱而被欣赏和收藏。

据悉从 22 日起，福州的连日阴雨天气会逐步好转，气温也会随着降雨的结束而逐渐攀升，不过气温也不会就此立马窜高，突破 35 摄氏度的高温线。

我闻之大喜过望。

我这样的渺人如此喜雨，当然是人微言轻，完全算不了什么，但与我同样喜欢夏雨，同样欣赏韩愈“天街细雨润如酥”诗句的，却有近当代的一位风流名士。

名士自然风流。名士自然一言九鼎。这位名士不是别人，他是早年也在福州生活过的郁达夫。

1935 年，郁达夫在福州写下的一篇散文，虽然很短却很隽永，题目就是叫《雨》，发表在同年 10 月 27 日出版的《立报・言林》。

“无雨哪能见晴之可爱，没有夜也将看不出昼之光明。”

我生长江南，按理是应该不喜欢雨的；但春日暝蒙，花枝枯竭的时候，得几点微雨，又是一件多么可爱的事情！

“小楼一夜听春雨”还有“杏花春雨江南”，“天街细雨润如酥”，从前的诗人，早就先我说过了。夏天的雨，可以杀暑，可以润禾，它的价值之大，更可以不必再说。

妙哉，郁达夫先生！妙哉，郁达夫先生的《雨》！

妙哉，我总算在福州找到可作为知音的郁达夫先生了！

妙哉，我总算找到可视为知音的郁达夫先生的《雨》，并以此作为我喜欢福州夏天的绵绵细雨、喜欢福州阴柔多情的理由和凭据了！

吾道不孤也！吾道当不孤也！

福州，阴柔的福州，多情的福州，多雨的福州，清凉的福州，你就继续下着绵绵的细雨，继续和我缠缠绵绵吧！

立夏在梅园尝梅

（原载《中国科学报》2017 年 7 月 7 日第 7 版）

过去我无论出差还是探亲，来福州都喜欢住在梅园酒店。

这家梅园酒店位于福州市区的中心，对面就是福建省公安厅，与中共福建省委和福建人民政府咫尺之遥，而且毗邻福州西湖和左海公园，到这两处散步和闲逛都非常方便。

更至关重要的是，从梅园酒店到南面的北大路，步行只需七八分钟。北大路省直机关小区居住有我的家人，我可以散步去看望他们。

这次我按照惯例，来福州之前就已预订梅园酒店。

我虽与梅园酒店甚为有缘，但迄今为止尚且不知其取名“梅园”的缘由。

全国有四大闻名于世、以料峭寒春梅花盛开而为人称道的梅园。若在福州观赏梅花，显然不是全国的最好去处。福州的市树和市花也不是梅花。福州的市树是榕树，市花是茉莉花。

全国四大梅园与我都有一定的缘分，都曾留下我“千里之行，始于足下”的足迹。

重庆的梅园我在少年时代早就听说过，因为早年接受的红色教育，梅园在我年少的心灵中留有深深的烙印。

重庆梅园的旧址，位于沙坪坝区西北郊钟家山，是全国重点文物保护单位。它作为红色旅游的重要景点之一，也常年免费对外开放。

重庆梅园旧址属于中西合璧的建筑风格。

且说本文主题，我立夏如何在梅园“赏梅”。

立夏那天早上我吃过自助餐，福州城区仍雨点如注如射，此时若要贸然出行，有约车或携带雨具的诸多不便，若要马上回房间看书或写作，又一时安顿也安抚不了已养尊处优的肚子。

我只好顺其自然，站在梅园酒店门口的台阶之上，怡然自得地“赏梅”——既然这个酒店名字叫梅园，那自然在梅园此处观景也就是在“赏梅”。

正值福州上班高峰期，一辆辆摩托车或电动车或自行车，奔过驰过福飞路，奔过驰过福建省公安厅的大门口，奔过驰过西湖宾馆的大门口，奔过驰过福州闹市区，蔚为壮观。

加上这些甲胄勇士和七剑侠女们，他们从上到下披挂着严实的斗篷和靴子，她们身着各色鲜艳乃至异常香艳的雨具，他们俨然是冲锋陷阵骁勇无敌的铁骑，她们俨然立夏反季节绽放的梅花，更是蔚为壮观。

在迎面扑来的“梅花”香气中，我也是醉了。福州可曾有真正的梅园?

在我微信公众号文章《立夏在梅园“赏梅”》发出的当天，无独有偶，福州女作家孟丰敏在当天也发表了微信公众号文章《梅园种诗》。

孟丰敏此文顿时解开我心中之疑窦：古时福州气候寒冷，适宜玉蝶梅生长。仓山区临江有一座山名为“梅岭”。宋朝冬季，梅岭十里梅花绽放的盛景，被誉为“梅岭冬晴”，后来被列入福州十景之一。

1965年，福州市政府在修建烟台山公园时，内补植百株梅树，兴建了一座观梅亭，然而福州气候日趋炎热，不曾再降雪。四季如春的福州不再适合喜寒的梅花生长，故而梅岭、梅坞花尽，唯余梅坞地名。

也许是为了纪念“梅坞冬晴”，也是仓山人家的一种爱梅情怀，几乎家家园子种梅，宅邸名字也均署“梅”，如梅岭精舍、吟梅山馆等。如今欲在福州寻得半枝梅花已是奢望，然而“望梅止渴”也未为不可。

这里的青春不散场

（2017年7月18日）

一来到平潭这里，我甚至没有取出车辆后备厢的行李，就直接扑向了蔚蓝色的浩瀚大海，在这浩瀚大海的对面几十海里处，就是祖国的宝岛台湾。

我迷上这里风光绚丽的大海，迷上这里旋转摇曳的风电，也迷上这里的海峡两岸青年旅社。

林向阳教授非常有眼力，他在接送我到平潭的路上，就热情洋溢地向我推介海峡两岸青年旅社，认为3位年轻的创业者很值得访问。

海峡两岸青年旅社的这3位创业者，分别是最初的发起者王晓明、迅速响应的吴迪，以及在前不久加盟的鄢婷婷，他们是华侨大学旅游学院2012年毕业的同班同学。

他们3位都不是平潭人，甚至也不是福建人，过去都曾在不同的酒店里做到高管的岗位。

他们在校期间也一直都是班干部，其中王晓明是大班的班长，吴迪和鄢婷婷分别是小班的班长。

我到达的当天，他们得到母校华侨大学旅游学院的支持，刚在平潭北部国彩村两岸青年旅社这里，举行了创新创业实践基地的隆重揭牌仪式。

两岸青年旅社三层楼不高。底层主要是接待处和饭厅，以及相当宽敞舒适的活动空间。墙壁上那些极富有想象力的装饰、千奇百怪的留言和涂鸦，不由得吸引了我的注意力。

三位创业者之一的吴迪分工负责对外联络，由他向我介绍两岸青年旅社的创办情况，自然也就谈起墙上的装饰以及涂鸦。

楼房建造的时间比较久远，前年由平潭旅游总公司运作时，对楼房的鉴定是已属于必须改造的危房，只能保留楼房的外壳，楼里面的一切都必须重新侍弄，施工完毕时只留下的空荡荡白墙，刚好给了吴迪他们在装修和装饰时发挥艺术想象力的空间。

墙上所涂鸦的“上帝在隔壁，朋友在青旅”，吴迪本人最为满意。

涂鸦者是本地的村民吴赣闽，他 30 多岁的年纪，虽然在外打拼已经是事业有成，但在平潭却没有自己的住处，吴赣闽既喜欢回家乡吃新鲜的鱼，也喜欢到两岸青年旅社来住宿，自然也就和吴迪他们成了好朋友。

吴迪说，我们经营民宿的理念，并非把客人都当成上帝，客人无论需要什么都必须满足，我们和客人实际是互动的关系，是青年朋友的关系，不会像酒店那样追求极致的服务，只满足旅客正常的合理需求，我们更多的是创造一个家庭般的氛围。

青年旅社的隔壁是一座当地的大教堂，吴赣闽有一次有感而发，就在墙壁上做了“上帝在隔壁，朋友在青旅”的涂鸦，倒也非常的切题和耐人寻味。

“蓝眼泪”主题墙，是从台湾来的一位杨教授画的。

“蓝眼泪”是一种在海底生存的微生物，因为其细小如沙粒，所以英文称之为“blue sand”，也有人将它意译成“blue tear”。

蓝眼泪靠海水的一种能量生存，但是随着海浪被冲上岸时，离开海水的蓝眼泪只能够生存少过 100 秒，随着能量的消失，蓝眼泪的光芒失去，它的生命也就此结束。蓝眼泪也是平潭一道不可多见的奇观。

杨老师是福建师大的特聘教授。他已经来平潭已有四五趟，今年曾三次专门为蓝眼泪而来，大都是晚上在福州讲完课，打出租车过来看蓝眼泪，有天晚上 7 点多过来，能够看到的蓝眼泪很少，第二天他只好悻悻地回去，结果第二天却是蓝眼泪最漂亮的时候，他只好两天后又来平潭。

吴迪有感于杨教授的执着和真诚，对他说：从福州来的车费就不管你了，但你住宿在我们这里的房费和饭费，肯定就不收了！

第二天的蓝眼泪特别漂亮，杨教授穿上冲锋衣就蹚到大海里，大家在海里就高兴地拥抱在了一起，杨教授有感而发，也就把这一幅场景画在了墙上。

涂鸦墙上的“青春不散场”几个字，却是出自吴迪自己的手笔。

2016 年 7 月 31 日，两岸青年旅社的 5 位义工准备回家，吴迪的心中多少有点酸楚：做民宿的青年旅社比起通常酒店的服务，包括义工在内大家都付出更多的情感，今天“散场”，可能今后就再也碰不到这几位义工。

更何况当时两岸青年旅社刚开业不久，时间准备还不太够充分，这 5 位义工要么是熟人推荐，要么是在网络上找来，大家忙的时候一起帮忙，闲暇的时候一起休息，在共处的岁月里建立亲密无间的友谊，在吴迪的内心，无形也就把他们当成了创业的加盟者。

这 5 位义工对两岸青年旅社恋恋不舍，都想在墙上留一点笔墨作为纪念，于是会画画的一位女生就先行画画，其他几位义工为之涂抹颜色，由吴迪写上“青春不散场”几个大字，大家在墙上共同创作了一幅作品。

谈到“青春不散场”，吴迪谈到义工的报名筛选。两岸青年旅社既为了节省成本开支，也为了更多地交往青年朋友，就必然不同于酒店的经营方式，会更多地选用一些义工。

两岸青年旅社在选用义工时，通常都会在百度、知乎和豆瓣等网络软件上发帖子，利用微信的公众号，有意愿做义工的青年朋友将简历投过来后，他们一般会选择有特长（譬如会绘画和音乐等方面）的人才优先考虑，也希望能是来自五湖四海的青年朋友。

我注意到在这片涂鸦墙上，还有一幅“愿你出走半生，归来仍是少年”的字配画，对吴迪笑曰：“这对我来说倒是很合适的一个鼓励！”

吴迪介绍说：这来自一本名叫《暖心文集》的书，他由此获得了灵感和创意，书的作者是蒲思恒。那幅画也是他从网络上找到，并由他画到了墙上。

吴迪接着介绍，墙上其中一组装饰的创意：共贴有英文的 23 个字母，故意少了英文26个字母中的3个，这3个字母的组成是YOU，由中间拼成的bridge替代。

这里的寓意不言自明：希望你就是一座桥梁（bridge）！

我感叹吴迪和他同伴的良苦用心。

问及是否都会让客人在墙上恣意地涂鸦，吴迪回答：客人一般都很有礼貌，事先都会问能否在墙上涂鸦，因为我们本身也想做成涂鸦墙，没有理由不尊重客人的合理要求。

我衷心地祝愿：海峡两岸的青年在平潭这里旅游，更能激发出文学和艺术的想象力；海峡两岸青年迸发出的聪明才智和创造力，也更能在平潭这里得到最大限度的发挥！

寄语平潭两岸青年旅馆：这里的青春不散场！

宁静更是一种境界

（2017年7月19日）

宁静是一种状态，在宁静中可以排除杂念，做事方能专心致志。

宁静是一种气质，宁静是一种修养，宁静更是一种境界。

在我的微信朋友圈中，有好几位的昵称都叫宁静，虽然以青年女性的朋友居多，但也不乏男性朋友。

由此看来，无论是女性还是男性，都在追求宁静并且向往着宁静。宁静与性别无关。

我最近刚刚认识的，不是那一位电影大红大紫的女演员宁静。她是平潭一位沐浴着阳光的女孩，她的父母为她起了“宁静”这个名字。

宁静方能致远，它是平潭一家心理咨询公司的名字。

2015年11月，宁静心理咨询公司成立，它是福建平潭第一家专职从事心理咨询的公司。

创建人林自鑫告诉我，公司之所以取名宁静，有两个原因：一是她大儿子名叫致远，她希冀公司也像自己的孩子一样，宁静致远；二是宁静非常符合心理咨询的基调。

林自鑫前些年与先生陈鹏远结婚，就相约今后要生两个孩子。他俩都觉得孩子童年应该有个伴，这样的童年会更加快乐。最好能够是一男和一女，女孩叫宁静，男孩叫致远。宁静致远是最佳的组合。

叫致远的哥哥出生后，夫妻俩就盼着妹妹宁静的出生，结果等来的却是致远的弟弟。

林自鑫和先生是高中同学，他俩在大学谈恋爱时，就希望彼此爱情和亲情的美好亘古不变。

带着这样的约定和承诺，作为爱情结晶的见证，既然这第二胎不是女孩而是男孩，就取名为“诺”，就有了陈致远和陈诺兄弟俩的名字。

林自鑫毕业于福建师大心理学专业，她在生下第二位男孩后，刚好想着创建心理咨询公司，就以“宁静”命名自己的公司和工作室，把公司和工作室视为自己的女儿。

我在宁静工作室里看到，挂在墙上的一位书法家题赠：“陈墨生辉歌盛世，致力学习名远扬；一诺千金凌云志，琴心剑胆述华章。”把两位可爱男孩的名字也巧妙地嵌在题诗里。

热心扑在心理健康的公益传播上，林自鑫认识到：必须师出有名，做公益也要正规化，故而几经周折，成立了平潭手拉手妇女儿童心理援助中心。

援助中心属民办非营利的社会团体，林自鑫作为3位发起者之一及其负责人，聘请了平潭的两位知名心理咨询师，使平潭终于有了名副其实办在家门口的专业心理援助中心。

援助中心面向平潭全区妇女、青少年儿童及其家庭成员，预防和化解心理困惑、障碍，提高妇女儿童心理健康水平及家庭生活质量。援助中心不定期开展公益讲座等活动，普及心理知识、引导普通人员正确调适心理状态。

仅2017年上半年，援助中心就组建智慧家长微信群，开展30余次公益微课堂为家长答疑解惑；不定期分享心理健康的美文；通过学校社区等多渠道，开展上百场心理健康讲座和沙龙；定期在平潭图书馆举办岚岛心理咨询读书会；针对孤独症儿童等特殊人群提供心理援助等，在平潭各界引起了广泛关注。

援助中心卓有成效的工作，也得到平潭综合实验区关心下一代工作委员会的支持，今年年初在援助中心的基础上，成立了青少年心理健康关爱团。

作为一位二级心理咨询师，林自鑫写过一篇个人成长的分析报告，其题目叫作《笑，就是阳光》。

这篇文章讲述了从她快乐无忧的童年，到活泼开朗、独立自主的青春之旅，直至自信乐观、走向成熟的梦想之行，阐述了她乐观坚强地走好每一步，点点滴滴的个人成长收获。

这篇文章也从选择心理咨询师的职业动机、职业素养、职业期待等方面，对她自己的职业成长道路进行了剖析。

可以看出：淡泊明志，宁静致远，成为一位优秀而且富有人格魅力的心理咨询师，是她今后努力奋斗的人生方向。

在宁静心理咨询工作室访问，我也像面对能看透五脏六腑的 X 光机，作为自愿接受体检者，被扫描并剖析了一把。这样的体检对我而言还是平生第一次。

林自鑫告诉我：进行科学的“绘画心理分析”测试，可以通过非语言的工具，分析学生内心的情感和冲突。

绘画一向是我的短板，我尽可能扬长避短，不在纸页上多画什么，而尽可能多写一些字。林自鑫告诉我：尽管绘画水平有高低，但并不影响测试效果。

我在波浪线上画了一座小山，写的字是“平潭有仙山”。

在一条竖线旁边，我增加了一条竖线，写的是“郑植是正直”。

在叉线的右边我画上一只脚，写的文字是《交叉花园的小径》。

为圆圈添加内容，我在圆圈里画上了眉毛和眼睛，鼻子和嘴巴，写上“笑口常开老顽童”。

白纸上的半圆形我把它视为一张弓，为之添加了一支挽弓待发的箭矢，写上“如此丘比特”。

我以宁静的心态接受测试，不敢插科打诨，更不敢调皮捣蛋。画罢，静听心理咨询师的诊断。

林自鑫看出我在圆圈上增添几笔，本意是要画一个笑口常开的人的头像，于是问我：“那为什么你不画头部两边的耳朵呢？”

我意识到这是自己的败笔，既然要画头像五官，怎么就可以少了耳朵呢？再次体现我画画的技艺确实很差。

既然是要画我自己，为何不顺便突出一下我的大耳朵？但凡是给我理发的人，无不夸奖我长着这样的一双大耳朵，是像猪八戒那样的长寿有福之人。

林自鑫为我揭开了测试的谜底，她说：五维画作为添加绘画的一种形式，让前来接受心理咨询的人们，随意在作为符号的波浪线、竖线、叉线、圆圈和半圆上添加绘画，可以放松紧张和戒备的心理，让心境逐渐得以平和。

通过添加绘画这种无声胜似有声的测试方式，将心理咨询者目前存在的人际关系、情绪状态、学习压力和情感状况自然而然地表现出来，从而心理咨询师有的放矢，疏导或者化解心理咨询者存在的焦虑和压力，让不应有的烦恼焦躁复归于宁静。

宁静工作室是宁静的。我也是宁静的。我很想宁静。

宁静可以养生，宁静可以开悟，宁静可以生慧，宁静可以明道，我们若是想大智大慧，大彻大悟，那一切就从宁静开始吧！

览胜塘屿岛海洋博物馆

（2017 年 7 月 25 日）

两年前我虽然到过平潭，但除了作为主岛的海坛岛，并没有去过平潭有人居住的离岛。

我触发去离岛的塘屿岛看一看的念头，主要基于两个原因：一是塘屿岛被专家誉为“得天独厚的海蚀地貌博物馆”，二是在塘屿岛上的原住民讲的是莆仙话，而非和主岛上的居民一样讲福州话。

我的想法得到朋友陈鹏远的支持。他虽然是平潭主岛海坛岛上流水乡流水村的原住民，但也从未去过塘屿岛。

平潭常年有人居住的岛屿共 9 个，环绕主岛海坛岛的周围，西北有屿头岛、鼓屿、小练岛和大练岛；东北有小庠岛和东庠岛；南部有塘屿岛和草屿岛。

由塘屿岛与草屿岛等 120 多个岛礁，共同组成平潭县的南海乡。塘屿岛距离台湾新竹港 68 海里，亦堪称是祖国大陆距离台湾宝岛最近的有人居住的小岛。

塘屿岛南北走向，一南一北分布着两个自然村，靠北端码头的村庄叫北楼村，穿过整个小岛至南端的中南村，就是上岛游客必定要去观光的金沙滩。

塘屿岛居住着约 4000 位渔民，住房基本都是三层以上的楼房，用岛上的花岗岩砌成，就像城堡一样坚固，说明岛上的居民除了捕鱼就是从事旅游业，生活水平比较高。

从码头到金沙滩约 3 千米的路程，码头的三轮摩托车排着队，争先拉上岸观光的游客，每人的车费 3 元。

站在金沙滩上远眺西侧的小山头，其造型就是塘屿岛的一处绝妙奇景：海坛天神。

海坛天神是一位朝天仰卧的巨型男性像形石人，体长 330 米，体宽 150 米，胸高 36 米，头长 33 米，由灰白色的花岗岩组成。

石人头枕金色的沙滩，双脚伸入东海的碧波，其西侧和北侧有 3 个海湾，沙滩直连石人的头肩部。石人挺胸凸肚，双手平直，耳朵和喉结甚是逼真。

已是近正午的时分，头上日头暴晒，脚下沙子滚烫，但我还是走近了海坛天神，对大大咧咧仰卧的它近距离拍照。

海坛天神体态惟妙惟肖，浑然天成，据称是世界上最大的天然花岗岩球状风化造型之一。

类似海坛天神的奇石，在石人山上比比皆是，有的像济沧海的船帆，有的像戏剧中的锣鼓，有的像寺庙里的木鱼，也有的像一只靴子正朝天而蹬。

有的石头直径虽然有六七米之巨，但底部却只有不足一平方米的支撑，如风动石似的摇摇欲坠，命悬一线，感觉随时可能被台风吹滚到大海里。

这些岸边的巨石巧夺天工，不仅布局合理，而且美妙地组合在一起，峭壁礁岩雄奇险峻，加上海滨的沙滩连绵无际，难怪会被地质专家们誉为海蚀地貌博物馆。

海岛本身也具有文化博物馆的作用，那些随着岁月无情的流逝，大陆已经荡然无存的一些文化现象和文化景观，则最有可能在海岛上得到很好的延续和留存，例如，在海岛上留存至今的一些古老方言。

在塘屿岛无论是乘车还是吃饭，果然我都听到了耳熟能详的亲切的莆仙乡音，认为是来到我的家乡，而不是陈鹏远的家乡。

实则不然，塘屿岛上的原住民也能讲福州话，陈鹏远海坛岛流水乡流水村的方言，在这里同样可以“流水”作业。

据专家学者考证，塘屿岛上的原住民，主要是宋朝时期从莆田的江口镇迁移而来。

众多人口的迁移，往往是形成方言或者方言差异的一个重要因素。人作为语言的载体，语言的传播亦即扩散，在非信息化的年代里，主要是通过人群的迁移完成，若是没有人群的迁移，语言的传播和扩散几乎就无法实现。

移民作为人群迁移的一种主要方式，大大促进了各种语言的传播和扩散，而语言的分化往往又是从移民开始。

塘屿岛之所以通用莆仙方言，是因为四周都是大海，历史上交通非常不便，塘屿岛存在于一个相对独立和封闭的空间，与平潭的强势方言福州话接触交流的机会比较少，因此塘屿岛上的莆仙方言易于独立生存和发展。

莆仙话或者兴化话，已有 1000 多年的传承历史，它在漫漫的岁月长河中，没有被其他的方言语系侵蚀消融，更没有被其它方言同化。

就像塘屿岛上的礁岩和巨石，不但没有因为受到海浪的侵蚀而消融，而且反而能在全国的语言体系中独树一帜，形成多个莆仙话的“方言岛”，足以说明莆仙话生命力的鲜活和旺盛，作为一种方言的独特性和独立性。

方言就像是语言的活化石。我国推广普通话，这几十年来所做的努力，并不是以消灭地方方言作为前提，而仅仅是为了消除不同方言的交流隔阂，更加有利于社会的交际与社会的和谐。

同时，祖国各地的方言如百花齐放，也会不断地从普通话中汲取一些有用的营养成分，滋润并且发展自己，今后这一进程也将健康地得以延续。

造物主的鬼斧神工，需要塘屿岛这样风光旖旎的海岛，需要“海坛天神”这样偶尔露峥嵘的礁石。

包括方言在内，我国各民族和地区语言的丰富多彩，也是社会多元、文化多元、价值多元的充分体现。

国家海洋局为策应国家海洋发展战略，几年前，在平潭创建了我国第一个专门从事海岛研究的科研机构——国家海洋局海岛研究中心。

我在平潭曾访问过该中心的主任蔡峰，知道他们在建设海岛研究中心的同时，也正在筹建一个海岛科学博物馆。

这次我来平潭的塘屿岛，就像进入两个与海岛有关的博物馆览胜，一个是千姿百态的海蚀地貌博物馆，另一个则是别具一格的兴化方言博物馆。

博物足以明目。

比肩鼓山有鼓岭

（原载《中国科学报》2017 年 8 月 4 日第 7 版）

我曾 3 次登上过福州的名胜之地鼓山。

鼓山是国家 AAAA 级旅游景区，位于福州晋安区东部、闽江北岸，距离市中心区约 8 千米，2008 年，我国公布第二批 31 座山峰高程的测量结果，鼓山的海拔高度被修正为 870.3 米。

此前我未曾去过福州的鼓岭，这次承蒙福州的两位同行作陪，驾车带我前往鼓岭观光。

鼓岭是鼓山的姐妹山，位于福州晋安区宦溪镇的一处避暑胜地，山海拔高度为 800 多米，如果仅仅就其高度而言，也足可与鼓山比肩。

鼓岭 1886 年由西方传教士开辟，距福州市中心约 13 千米，夏日最高气温不超过 30℃，曾吸引当年许多不耐福州酷暑的西方人士来此消夏。

早在 1935 年时，鼓岭就已拥有 200 多幢风格各异的避暑别墅，还有教堂、医院、网球场和游泳池、万国公益社等公共建筑。

譬如有一栋中西合璧的石木结构楼房，就是早年一代海军抗日名将李世甲的别墅。2005 年，李世甲被追颁“中国人民抗日战争胜利 60 周年纪念章”。

李世甲别墅现已被福建教育出版社改造为“大梦书屋”。就像原有别墅呈现的中西合璧特色，鼓岭的“大梦书屋”装饰也别具一格，既有外表中式的古色古香，也有内在的浓郁西式风情。

如今许多文艺界人士常来鼓岭采风，李世甲别墅作为国内唯一一条乡村洋人街的起点，改造成为书屋棋高一着，也诱使我在此流连半晌并解囊购书。

譬如鼓岭老邮局，也是鼓岭另一著名的历史建筑。

鼓岭邮局开办于 1902 年，每年在端午节后开张，农历八月十五后关闭，属于季节性的邮局，与庐山邮局等并列，属于中国早期五大著名的夏季邮局。

2012 年后鼓岭邮局在遗址上原样修复并对外正常运营，在当年邮局旁的一口古井，井圈外壁上的字迹，依稀还能够看出“外国、本地、公用”6 个阴刻的文字。

鼓岭最高点有一处蓝德山庄。正是风清日丽时，山庄可眺望到远处的闽江。当然这里也可看到鼓岭足可以与之比肩的鼓山。

结束一天在鼓岭的游览，我求教两位美女同行：“究竟是鼓山还是鼓岭的风光好？”

同行回答：“应该说是各有千秋吧！譬如鼓山有摩崖古石刻，鼓岭有百年洋韵味。”

鼓岭的山风正在鼓荡。

玉壶光转永阳城

（2019 年 1 月）

永泰在历史上称“永阳”。我第一次到永泰县城，入住天宇温泉酒店只有一星期，竟然到永阳古城游玩了 3 次。

我在这 3 次游玩中，尤其是夜晚的那次优哉游哉，陪同两位从莆田专门来看望我的朋友，欣赏朦胧灯光下的永阳古街景色，陶醉于永阳古街灯火阑珊的夜色，尤其愉快难忘。

2019 年 1 月，永阳古城登高巷初露峥嵘，著名的历史文化街区正式开街。

作为永阳县亦即永泰县的古城，它见证了永泰县自唐宋以来，历经千年的生活文脉，富有积淀深沉的历史记忆。

过去，永泰古城的新安巷，主要是以理发店、打铁垱、杂货店等传统业态为主。

新安巷被纳入永阳古城重点街区之后，政府政策鼎力扶持，引进市场运作机制，广为招商引资，进行了全新的升级营造，增设了诸如花艺店、文创馆、茶馆、甜品站、酒吧等商铺，符合并适应了时代需求的全新业态。

夜幕降临，我和朋友走进了新安巷的“春风渡”酒家。这里朦朦胧胧、迷迷离离的灯光，如各种适度调配的鸡尾酒一样，令人感到惬意的微醺。

虽然和朋友没在“春风渡”吃饭，但我却故意调侃老朋友：今晚可以在这里春风一渡、春风再渡了！

看到“春风渡”的挂钟，指针已指向晚间 9 点，我们这才顿时觉得已饥肠辘辘。

朋友先行走进一家麻辣烫餐馆。我向来都不吃麻辣烫，和气生财的老板娘看出我此时的犹豫，和颜悦色地说：你们不必吃自己不爱吃、不想吃的麻与辣，但自助点各式各样的荤菜素菜，就可以在这里吃到很可口的“烫”呀！

于是我随心所欲不逾矩，饕餮了一番这里的“烫”，一边吃一边赞不绝口。

如果说永泰县城已今非昔比，其他的大街小巷只是体现出了本地群众的生活日常，那么，新安古街别具一格的文化氛围，则收藏了永泰人民的一番闲情逸致。

永泰人民在勤劳致富之后，能在永阳古城自由自在、痛快淋漓地消费，各地慕名前来观光的游客也能很好地休闲，“千金散尽还复来”，在永阳古城享受精致和优渥的时光。

“寻找老城记忆、传承历史文化、展示古城风韵、塑造永阳特色”，作为福州市委、市政府重点部署的福州全市 15 个特色历史文化街区之一，全新改造后的永阳古城面目焕然，通过精细化的管理运营，重拾宋朝以来的经典精彩故事，接轨时代的社会和谐与经济发展，让它的历史文化保护成为范例，更具有观念的创新和舒张的活力。

永泰县从新安古街入手，重新定名为“永阳古城”，重拾“状元文化”理念，让永阳古城蜿蜒约 1 千米的街巷、方圆 600 米的街区一派欣欣向荣之景，其凝结的文化特质得以完整地保留和再现。

永阳古城芳华再现，不仅充分尊重古城厚重丰盈的历史文化，继续谱写出闽中美丽城市的崭新风尚，同时推陈出新，极大丰富了永泰县全域旅游的文化内容。我不由得惊喜赞叹：好一个“清明上河图”！

我信马由缰，想到辛弃疾的《青玉案・元夕》：“东风夜放花千树，更吹落，星如雨。宝马雕车香满路。凤箫声动，玉壶光转，一夜鱼龙舞……”

在永阳古城的小街小巷里，我确实看到“蛾儿雪柳黄金缕，笑语盈盈暗香去”。

虽然永阳古城此时已是晚秋之夜，并非辛弃疾《青玉案・元夕》一词里所写的“元夕”，但永阳古城的小街小巷温暖如春，亦完全呈现出一种神妙的意境、辛弃疾感谓的“众里寻他千百度。蓦然回首，那人却在，灯火阑珊处”意境。

永泰老城事实上规模不算大，且地表的古建筑大多已消失，但老城的格局和脉络、骨骼和肌理，特别是性情和品格，从修缮后的诸多老建筑中仍然清晰可辨。

在深秋的永阳古城，我们有时穿行有时徘徊，在或笔直或弯曲的小街小巷里，呷尝鲜榨的李子果汁，品味着美味的蛋燕小吃，依然能像老城的原住民那样，品出老城原住民原有的生活滋味。

滋味在肠胃和心中涌动，口唇不绝生津，令人回味着浓浓淡淡、诉说不尽的乡愁。

从过往曾一度的萧条和破败中脱颖而出，永阳古城已得到妥善的保护、精心的改造、科学的翻新，已然是全新的文化旅游商业街区。

从永泰县的新安古街到如今的永阳古城，我无比欣喜地看到，永泰历史街区的文化振兴，犹如凤凰涅槃。

作为串联城镇各大空间的重要“通道”，那些具有悠久历史文化的街区，它们都概莫能外，孕育并滋养着城镇的文明和文化。

富有文化历史的街区，每一条的小街和小巷，似乎都是与生俱来，从未曾感受到自己被人们误解、对孤单落寞的恐惧；从未曾体会到自己被人们误解、对支离破碎的恐慌。

即便有些古城曾灾难深重，有些街区可能曾经历过严酷残忍的匪患，经历过战火硝烟的焚毁，它曾经流过殷红的鲜血，流过悲伤的眼泪。

如果有了新颖独特的文化创意，有了一条牢靠适合的红丝线，这条红丝线就能承先启后，不会让小街小巷悄声无息，隐没埋藏于以往尘封的岁月，就能有效串联起各个街巷的节点、串联起悠远绵长的历史故事，复活缤纷的生活和新鲜的记忆。

当时间的轴线向前推移，街区里小街小巷的长短宽窄，以及它长短宽窄的世代变迁，留下的是千年的生活文脉，值得活在当下的我们，一以贯之地妥善保护，永远珍藏。

玉壶光转永阳城，即便此时凤箫声未动，我辈的凡心、寸心，显然已是怦然大动。

郑人初识嵩口古镇

（2020 年 11 月 29 日）

受福建广播影视集团领导的委派，由东南卫视一男一女制片人和编导陪同，我首次荣幸地来到永泰县嵩口镇景区。

我们午间到达，当地文化站刚退休的站长张茂林，就已等候在桥边的停车场上。他为我们充当引路和介绍的“导游”，我们参观嵩口的许多著名景点。

由国家广电总局全面部署，全国各个省级的卫视都已开办了“思想的田野”系列节目，东南卫视也已将其列入重点节目进行采访制作，并已播出了许多期，其中，嵩口古镇是“思想的田野”节目播出的第一期，深受广大观众，特别是年轻观众的欢迎。

我既然来到嵩口古镇，有当地淳朴博学的张茂林先生介绍，也有东南卫视敬业的媒体人一路作陪，我也想在嵩口这块“思想的田野”上思想，在嵩口怡人的暖阳下难得地思索，在嵩口这块丰饶的田野上撒腿、撒欢乃至于撒野。

有东南卫视懂行的记者同行陪同，更有张茂林站长的周到接应，对嵩口镇历史文化名村的采风，我即便再眼拙和愚钝，也能较快地进入情况，抓住采风的一些重点和核心，看到局外人和普通的观光者单纯凭自己的肉眼，一时不能加以识别和认知的世间宝物珍品。

譬如古街入口处“永禁溺女”的这块石碑，不仅其貌不扬、其形不端，其高也不足 1 米，它矗立在一个完全不起眼的地方，眼拙的我若不经张茂林先生的点拨提示，肯定会在嵩口古镇满眼的姹紫嫣红中与它擦肩而过，就像普通老百姓看到珍贵无比的古化石、千万年前从天外飞临地球的陨石，大都会走神或者走眼，仅仅把它看成是一块顽石。

至于这块镌有“永禁溺女”的石头和镌刻，究竟是哪一朝哪一代遗留的文化宝物，它能保留至今，究竟有何神秘的来路和动人的故事，且待日后老汉另行千里涂鸦。

嵩口镇作为中国的历史文化名村，村里过去就有一处商业和集市中心，解放初期就有一家中国农业银行，大约在10年前经文化创意的大手笔策划，进行高品位的旅游开发，如今已经成为古镇的旅游纪念品商店，既保留过去中国农业银行的横牌匾，又挂出了“存取时光”的竖牌匾。

东南卫视的美女编导张楣很灵光，在嵩口古镇上见到这块“存取时光”的牌匾，当即提议我们在此拍照并留念，我立即欣然响应。

我异想天开：若能在嵩口古村“存取时光”，20年后再来此古村采风或者笔会，是否依然是今年的66周岁，能否做到六六大顺？

我们老少一行4人，兴致勃勃地在嵩口古镇寻访，寻访时光留下的清晰足迹，寻访时光留下的不绝回响，也寻访时光留下的苍凉余韵。

当我走到龙口的一座郑氏祖厝，郑氏祖厝的建筑格局、经历过的历史和沧桑，立即引起我这“郑人”的关注。我究竟是正人君子还是“郑人”君子？

郑氏祖厝的飞檐翘壁、巨栋坚梁等，和被国家授予“中国历史文化名村”的嵩口镇一样，显然无不证据确凿地昭示着，它有着极其厚重丰富的文化内涵，亦即历久弥新的悠远历史。

黄淑贞是一位勤奋好学的美女，她老家在40千米外的莆田市荔城区，大学毕业后到永泰县古村保护办公室工作，我与黄淑贞至今尚未谋面。

黄淑贞在微信里向我介绍，几乎每一年的暑假，厦门大学的郑振满教授都会带着他的学生来嵩口古镇，研究永泰和嵩口的历史文化，做深入细致的田野调查。

小黄在微信里问我：同是厦门大学毕业的学生，同是莆田市仙游县人，你认识郑振满教授吗？我回复她：我岂止是认识郑振满教授，我和他早在45年前就已经认识，并且是彼此很投缘的好朋友！

郑振满是“郑教授”，我也经常被恭列为郑教授，只不过经常带学生到永泰田野调查的郑振满，是一位学贯古今中外的教授，我这位教授则是不务正业、吊儿郎当，虽然长年累月在全国各地到处流窜，但永泰县嵩口镇我还是初来乍到，你不会认为我是一位不学无术的冒牌教授吧？

郑振满在厦门大学正当青葱时，所学专业就是历史，我在厦门大学所学的是无线电专业。郑振满如今是厦门大学泰斗级的教授，也是我国明清历史学科领域一位执牛耳的教授，我这位教授则只是徒有虚名的打酱油教授，对啥学问都不精不通，是半瓶子酱油半瓶子醋的教授。

未曾谋面的小黄姑娘在给我的微信里，还以郑振满教授的权威学术专著《明清福建家族组织与社会变迁》封面示我，我这纯属半瓶子酱油半瓶子醋的厦门大学兼职教授，能以什么专著示与小黄姑娘？

是我的《星的轨迹是椭圆》《走进中国科学院》，或者是最近出版的《不尽山河》？我所有七七八八的书，有哪一本书能称得上是“学术专著”？又有哪一本书对得起“教授”职称？我实在是汗颜！

虽然我和郑振满都姓郑，但我岂敢正眼面对郑氏的祖先？至于这嵩口古镇的“龙口郑氏祖厝”，我若真要写点千里涂鸦之类的文章，是否得先拜师学艺，和郑振满教授视频一下，请他看在多年友情的份上，对我多些点拨和指教？

如何弄明白中国郑氏的源流，几千年来郑氏在中原大地的迁徙与来历，一千多年前随着闽王王审知的入闽，迁徙来到原本蛮荒的福建落户定居，特别是龙口郑氏迁徙的来龙去脉？

我必须“急用先学”，先行向郑振满拜师，向他讨要一本《明清福建家族组织与社会变迁》，焚香沐手，认真拜读，以填充我原本空洞无物的脑壳。

月上洲头　蛰龙腾跃

（2020 年 11 月 30 日）

1 个月前我虽然到过永泰县嵩口镇——它与我的家乡仙游县鲤城镇车程仅

为 1 小时，却因后期的行程较紧，未能到嵩口镇下辖的月洲村调研采风，我感到些许的遗憾和心愿未了。位于永泰西南部大樟溪畔的月洲，东与梧桐镇白杜村接壤，西与嵩口镇的芦洋、东坡村交界，南与嵩口镇溪口相连，北邻嵩口镇村洋。距离永泰县城 56 千米，距离嵩口镇区只有区区 10 千米。

农历十五我得以“圆梦”，圆了“月上洲头”之梦。表弟到永泰县城接了我，车子带我一路疾驰，抵达嵩口镇月洲的村口。

月洲的占地面积虽然仅为 11 平方千米，因其属于中国历史文化名镇——嵩口镇，是名镇中的名村。

全国有些旅游景点过度开发，商贾大咖紧盯钱包的高声吆喝，其扩音器的声浪甚嚣尘上，令游客的耳膜几欲被震破，但月洲却显得低调而平和，至今未受商业喧嚣的侵扰。

因为是周末，各地到来的游客甚多，进村一条原本不太宽敞的水泥路，被来往车辆挤得水泄不通，虽然有交警的积极疏导，但车身较宽的大巴很难避让和错车。

在最为拥挤的路段上，无奈的我只好先下车，往村里头或疾或徐地行走，不时地错身，同时让表弟开车跟在旅游大巴后，亦步亦趋地慢慢蹭行。

若能站在村外地势高的地方，月洲村那些可能门牙已经豁缺的淳朴老者，或许会热情主动地点拨游客，月洲之“月”究竟是如何写就。

一条绵长蜿蜒的桃花溪，自村东头潺潺流过，流经一处密密匝匝古藤缠绕、百花点缀丛生的灌木，被称为金鸡岩的地方，留下了一汪碧绿的水潭，接着绕了一个 180 度的大弯，然后清流哗哗地折回，是为“月”。

桃花溪就这么一潆和一洄，形成弯状造化勾勒的弦月，便光泽温润地镶嵌在了美丽的沙洲之上。

月洲的张元幹是南宋著名的爱国词人，其伯父在年幼时就显露出聪颖的天资，曾引用唐人的诗句“谁把玉环分两片，半沉江海半浮空”，贴切地赞颂自己的家乡月洲。

持手机和充电宝的我，既没有得到村里豁牙智叟的点拨，也没有张元幹伯父的神童天分，我在游客的人头攒动中缓慢进村，终于也看到了两块巨石，一块刻着“月上洲头”，另一块刻着“中国传统部落”。

看到这两块巨石就意味着，我作为专程寻美而来的远方游客，真正走到了月洲景区的核心地带。

我即便不求甚解，也十分好奇地探究：是因这里千百年来的“月上洲头”，才得以让这座山坳里、溪流畔的小村庄逐渐人丁兴旺，演化成这样一处中国传统部落，明清时期就早已极负盛名？还是因这一处中国传统部落的内在底蕴，地球旋转的强大引力，诱惑了“月上洲头”？

我不再眼花两百五，看到一座写着“状元桥”牌匾的廊桥，就连蹦带跳如猴子似的信步上前。

廊桥的一块巨幅牌匾上，大字写着“蛰龙腾跃”。这鲜红的字样岂不是黑色幽默？岂不是对今天趴窝久久不能动弹、欲意早点进村的车辆和游客的莫大嘲讽？

今天是农历十五，晚上这里的“月上洲头”，可能嫦娥太过于勾魂摄魄，太过于集体意识滥觞。

所以，欲意进村的车辆和游客，都怀有月事一般的期待，和潮汐一般萌动的念想，即便明知今天可能会发生严重堵车，令自己根本都无法力、功力和定力“腾跃”，也只好既来者则安之，心甘情愿地当一回“蛰龙”。

月洲村既然名声在外，作为嵩口镇一枚璀璨别致的光芒胸针，作为永泰县闻名遐迩的旅游景点，我或许是有些偏狭，或许是有些武断，认为其人文景观中最为精华的所在，当属张元幹的故居和张氏祠堂。

嵩口镇自宋代以降，人文兴盛且英才辈出，尤其是嵩口镇所辖的这个月洲村，从宋朝至清朝，一共走出了48位进士，并由此成就了“父子六进士、五子同朝”的古代科举奇迹。

我走进了张元幹故居和张氏名祠，诸如状元和进士，包括“博士”的各式牌匾，一时间看得我眼晕，尤其是华堂之上的广而告之，翔实罗列出月洲村张氏一族，其自宋代以降，获取进士头衔的统计名单，让我的眼压随着高血压飙升。

但我必须实事求是：这些牌匾都是近10来年才添置、工业时代机器流水线上的产品，绝非像一个多月前我到金华市，在武义县郭洞村亲眼之所见，千年林氏宗祠里悬挂的牌匾，很多是明朝和清朝时的古董真货。

一尊目光炯炯的张元幹塑像，巍然挺立在张氏名祠的院落中。毫无疑问，张元幹是月洲张氏的名门望族中，综合成就最大、最为杰出的一位代表性人物。

张元幹不仅是南宋时期的爱国词人，而且他一度投笔从戎，力挺丞相李纲，即李伯纪，联合打击奸臣秦桧，打击妄图附庸金国的投降派和投机派。

张元幹的《贺新郎·寄李伯纪丞相》，上半阕曰："曳杖危楼去。斗垂天、沧波万顷，月流烟渚。扫尽浮云风不定，未放扁舟夜渡。宿雁落、寒芦深处。怅望关河空吊影，正人间、鼻息鸣鼍鼓。谁伴我，醉中舞。"其英勇抗金的壮怀激烈，由此足可见一斑。

张元幹豪放刚健的词风，影响了一代又一代的中华儿女。

在张元幹故居和张氏名祠里，我仿佛听到了栋与梁之间，环绕历史的深沉回响。

作为月洲张氏的始祖、唐末的梁国公张睦，曾任闽王王审知的榷务使，主管八闽商务。其次子张膺、三子张赓，在王审知去世、王延翰继位之后，感到在乱世里清官已很难有所作为，遂有了弃官归隐之念。

有一天张氏兄弟二人竟然同做一梦，梦见有位戴金冠穿金甲的幻化神人，指点他们迷津，务必要把握好风好水，迁至一处"桃花流水，环绕沙洲"之地。

次日张氏兄弟相会，谈及彼此完全相同的梦境，感到非常惊讶，随即携全家人动身，沿大樟溪而上至今日的溪口村，果然看见一条小溪水活泛桃花，景致相当美妙迷人，"小溪横碧可鉴，渔者往来其间"。

于是乎，张氏两兄弟在洲中择地而居。自此，张姓族人便在风景独好的月洲此地安居乐业，使得这个原本偏僻的山坳小村庄，升腾起袅袅的炊烟。

张氏兄弟子孙后代的繁衍生息，使得月洲面目焕然一新，成为张氏一族的摇篮地和吉祥地。张氏一族上千年不断地开枝散叶，使得月洲也成为永泰县及福建、台湾、广东和广西，乃至东南亚一带张氏华人的重要发源地之一。

俱往矣！我不禁心驰神往，不禁浮想联翩。

不知月洲张氏一族的后裔，如今都已迁徙到何处？他们究竟是何时、为何故迁徙？在他们的后裔中，可否有像先祖张元幹这样的名流雅士？抑或三百年河东，三百年河西，今朝蛰龙腾跃？

轻抚闽都历史的碎片

（2021 年 1 月 23 日）

在离厦门大学不算太远的沙坡尾，我拜访了著名历史学家郑振满教授，他送给我一本他 2009 年出版的著作《乡族与国家——多元视野中的闽台传统社会》。

郑振满认为，对闽台传统社会的研究，要力求对研究对象有整体认识，而不能只局限于某一特定的领域。他本人的研究视角在不断变化，就是试图对闽台社会有更为全面的认识。

我无论是读初中还是读大学，从未上过一天乃至于一小时的历史课程，我对中国历史的兴趣，是退休之后的这几年，在全国各地到处的游走，游走于乡间古厝、山间古庙、林间古道，感到自己历史知识的极大欠缺，才轻抚偶遇中的历史碎片，逐渐有意识地“急用先学”。

培坚先生早年致力高科技企业的运作，近年来他在八闽大地到处游走，对研究国粹《易经》情有独钟且颇有心得。前天，几年不见的老朋友培坚开车，带我到乌龙江和白龙江汇聚处的淮安古村游玩，我在不经意间偶然拾取到闽江历史的一些碎片。

早已事业有成的培坚先生，前些年就做好了退休之后颐养天年的准备，在福州仓山区新建镇的“金辉·淮安半岛”社区，买了一处相当宽敞的别墅安家，前天，他开着车带我去游玩的淮安提统抚遗址，距“金辉·淮安半岛”大约10分钟的车程。

培坚先生告诉我，怀安和淮安谐音，两名实为一地。闽江在这里分为乌龙江与白龙江。怀安建县于北宋太平兴国六年（981年），经宋、元、明三代，至明万历八年（1580年）撤除怀安县并入侯官县。

提统抚亦即三相公庙，距闽江古渡口和“接官道”大约一千米，面临时而波涛澎湃、时而平缓流淌的闽江，位于古怀安村石岊山西麓的马尾道。

培坚正向我介绍何为“提统抚”，何为“白龙江”，这时从三相公庙背后走出一位中年男子，我俩简单说了说此行的来意，他就一五一十向我俩介绍了提统抚的来历，以及与之相关的民间历史传说。

这是一座劫后余生的提统抚，亦是相公庙，早年因村前有一座石岊山，故原称“石岊”。

宋太平兴国六年（公元981年），经福州郡守何允昭向皇帝的奏请，闽县九乡八千户置怀安县，县治位于芋原江北30里，亦即当今闽侯县荆溪镇的桐口。

宋咸平二年（999年），经福州路转运使丁谓的上奏，再次移县治到石岊到淮安，自此，“石岊”改称为“怀安”。

这位名叫顾张榕的先生，既热情地待人接物又相当了解当地风物掌故，他称自己是这里管委会的顾问，说“提台”，是帝制时对提督的敬称；抚制是宋时统辖军队的将领；抚台，则是对巡抚的敬称，相公庙现存的主体建筑为清代遗留，后来曾多次修葺。

提统抚的右侧，有一个门楣上书有“天医院”的侧门，顾张榕介绍，早在1000多年前，福州经常流行霍乱等多种疾病，使得闽江两岸民不聊生，陈靖姑除了“救产护胎”，还得到了神农尝百草的真传，故此也就有了这里的“天医院”。

“天医院”的木头门虽然不是非常宽大，但其木头门槛却显得非常独特——因为经常有人在此打坐、在此为民面向闽江祈福，门槛因为裤臀的磨蹭，磨损得其木头门槛呈现的颜色，都与门框的木头颜色完全不同。

传说中，陈靖姑不仅能降妖伏魔、祛病除瘟，而且为当地百姓扶危济难。

她在24岁时毅然施法祈雨抗旱，为民除害而献身于古田临水。

据顾张榕的介绍，在20世纪90年代初，当时的福建省领导也多次在周末来这里，经常坐在“天医院”的木头门槛上，面对宽阔的闽江和闽江对岸的三座山沉思，他的平易近人给当地村民留下美好的难忘印象。

在提统抚的南侧，有座一人多高的祭祀香炉，香炉的底座与凸露出砂砾地面的岩石相连，坚硬的岩石貌似遒劲的龙爪，顾张榕言之凿凿地说：提统抚眺望闽江对岸的三山，亦即道德山、天台山和天庭山，这里无异就是闽江的龙脉呀！

顾张榕带着我俩，绕到提统抚的南侧边走边介绍。他指着一处地面长满荆棘的土丘说：若挖开这地底下约2米深的蛤蜊层，就是古怀安的多处窑址，主要有南朝和唐代2个堆积层。

古怀安的窑址主要分布在石岊山西南端，占地8万多平方米。1953年当地修建防洪堤时被发现。1982年7月考古发掘，实际揭露面积74平方米；出土的窑具约为1万件，器物达5000多件。

当年在古窑的发现器物中，属于南朝的3000余件，唐代的2000余件。1991年3月20日，福建省人民政府在遗址处立碑铭刻，记载了怀安古窑的历史荣光。

顾张榕随即带我俩入提统抚参观。土木结构的提统抚坐东向西，由城隍庙、提统抚、天盛院等组成。庙、庑、院并列，庑居中，庙居左，院居右，建筑总面积约1000平方米。

提统抚内现存有戏台、厢楼、大殿。大殿面阔三间，抬梁式木构架，悬山屋顶，内设门房、天井、殿堂。祭祀的对象便是提台、统制和抚台。

戏台两侧悬挂有几张宣传条幅，介绍古淮安的“三宝”：第一宝是双石狮，按封建制度，只有县以上的衙门才能有双石狮把门；提统抚内的出土文物，一块刻有“旨祀典”等字眼的宽约半米的石碑；一块镌刻有“城隍庙”字样的石碑。

据怀安的当地乡民传说，乡人在怀安江滨曾拾得金字木牌一面，上书“玉封提统抚麻府三相公”10个字，后来先民们便在此地立庙供奉，从此香火不绝，每逢农历正月初十庆旦之时，有“钟响鸣古罛，香气接三天”的盛况空前。

十分遗憾，2005 年 12 月的一场大火，让这座 10 年前被列为区级文物保护单位的相公庙，变成了一片梁壁坍圮、残砖断墙的废墟，幸亏后来由于福州市和仓山区文物局等政府部门高度重视，拨款使提统抚亦即三相公庙得以重修，恢复原貌。

我打量着“天医院”，轻抚着“天医院”的门框，像轻抚历史的碎片和镜子。确实，我们如果忽视推进国家的文明进程，忘却改善民众生活质量的改善，类似古怀安那样的“钟响鸣古罛”就完全可能沦为学者的空谈。

我注视着提统抚亦即三相公庙的供奉，试图还原古怀安和古渡口的繁荣，就像与李纲和张浚两位南宋名臣目光对视，就像要挖掘古怀安的湮没窑址，透过历史的碎片分辨忠奸。

20 世纪 90 年代中期，怀安当地经过旧城改造，村民们大多都已搬到洪山桥一带居住。

现在福州的三环路已穿古村落而过，许多别墅和高楼也随之拔地而起，古渡口和“迎官道”上的古怀安，已经成了如今福州新版地图上的“淮安”，成了培坚先生等中产阶级居住的“金辉·淮安半岛”。

怀安古村再不应只是“香气接三天”，如今的仓山区新建镇，作为闽都重要的文化发祥地之一，正面临着借鉴三坊七巷历史新街区的经验，打造文化和旅游有机融合的乡镇，势必绽放另一番的繁华。

06

雄浑北京

晕路·北斗·舒婷

（2017 年 1 月 23 日）

行万里波涛的舰船要给自己定位，以免因偏离航程而触礁沉没；遨万里云天的飞机要给自己定位，以免因偏离航线而失事坠毁。它们都安装了先进的卫星全球定位系统。

20 世纪 90 年代，我作为受邀的中国新闻工作者，有幸参观访问大名鼎鼎的美国休斯电子公司，观看他们的实时应用演示正在全球推出的卫星全球定位系统。

该系统通过地面的跟踪控制，能很快找到航空公司所有正在运营中的飞机准确位置，所有飞机也能洞悉自己在航线上的准确位置，以及要降落的任意机场的方位。

一切都发生在不到一秒的瞬息，地面控制的屏幕闪闪烁烁间，远在大西洋或太平洋上，飞机的定位结果就已出来。

其跟踪速度之快，定位之精确，如寰球各处均在眼睫，使我顿时两眼凄迷，“不知今昔是何夕”。

我不是晕机，也不是晕路。我几乎已经失忆，此时此刻在美国的洛杉矶，时空的瞬息转换已让我全然不适应，迫使我得给自己重新定位：此时的我是在哪里？

此刻我的心理定势，似乎还在几天前的北京，我每天去单位上班的路上，骑的是时速为 10 千米的自行车，而不是 10 亿千米时速的电子波速。

20 多年前的中国，一般民众浑然不知空天高科技，对全球卫星定位系统闻所未闻，对 GPS 两眼一片茫然。如今中国有了自己新一代的北斗卫星定位系统。

“北斗”是我国自主建设、独立运行，与世界其他卫星导航系统兼容共用的全球卫星导航系统。

“抬头望见北斗星”，其可在全球范围内全天候、全天时为各类用户提供高精度、高可靠的定位、测速、授时服务，并兼具短报文通信能力。20年前我在美国休斯电子公司所见所闻、那时的卫星定位系统相形之下，只能算是小巫见大巫。

我简称的“北斗”，由中国科学院上海微小卫星工程中心抓总，与中国电子科技集团公司等共同研制。

提起中国科学院上海微小卫星工程中心，就不能不提及该中心的主任相里斌。相里斌在一年之前，获得了2015年度国家科技进步特等奖，合影时虽然站在习近平主席身边，但在获奖名单里却没有提到他，外电报道称其为“最神秘获奖人”。

对我而言，相里斌并不是什么神秘人物。2016年春天他被正式任命为中国科学院的副院长，刚退休的我听到来自三里河的消息，除了当即给他发去一条简短的微信，对他的履新表示了老朋友的诚挚祝福，再没有更多地去打搅和骚扰他。

我是一位科技新闻工作者，相里斌曾是中国科学院光电研究院的院长，由于工作的原因，他曾多次接受过我的访问，介绍新一代的北斗卫星定位系统。

20年前我在休斯公司访问，面对当时美国先进的卫星导航系统，的确是怅然、若有所失。我丢失的究竟是什么？我当时回答不了自己的疑问。

我想起舒婷的一篇散文，一本文集，名字就叫《你丢失了什么？》，我欣然若有所得。

舒婷曾自我调侃：“大迷既然已从东半球到西半球，又何惧在西柏林小迷呢？”

除却从东半球飞到西半球的大迷，我更有人生道路上的大迷——从1970年我16岁参加工作，到1996年访问休斯公司时，仍是不谙世事，浑浑噩噩，迷迷糊糊。

或许，较之于舒婷的“晕路”，我这样的宇宙眩晕症才能够算是大迷？或许，正如先哲所说的那样，“人一思索，上帝就发笑”。不管我们怎样想摆脱，想挣扎，想走出麦田怪圈，走出“鬼打墙”，在智慧的上帝眼睛里，我们都是一群迷途的羔羊？

百慕大对我们至今还是个谜，许多轮船、飞机进入那里都会迷航。科学家分析说，那里可能存在一个看不见的磁场，地球本身就是一个强大的磁场。

百慕大的磁场可能更怪诞、更不可思议，能让人得宇宙晕眩症，不知不觉把人吸进宇宙黑洞里。人性的迷失，莫非也是金钱混世魔王，这个怪诞而又强力无比的磁场在作祟？

约翰·托夫勒在《第四次浪潮》一书里曾预言，随着计算机功能的不断升级，将导致人类的活动、包括人际关系的机械化，最终会导致“人性的丧失”。

“人性的丧失”，比起“人性的迷失”，显然是要严峻得多，也可怕得多。靠计算机专家设计制造，将芯片植入人脑，以求克服人性的丧失，岂不是一个悖论？

人类在发明电脑的同时，应运而生地制造了电脑病毒，已经让人防不胜防，啼笑皆非，今后人脑里面如植入芯片，除了会感染以往会感染的生物病毒，岂不又成了电脑病毒厮杀的一处战场？

如此看来，还是以不变应万变。人性既然要迷失，不能指望电脑和芯片为它指点迷津，指望电脑和芯片充当“人性指南”，只能靠道德和自律的力量，呼唤人性的复苏与回归，让迷失的人性不要走得太远。

笛卡儿说“我思故我在”，另一位哲学家海德格尔却与之叫板，将这话改成了“我在故我思”。在卫星全球定位系统这么先进、这么发达的今天，我们是得好好思索：现在我们是在哪儿了？

每个人的价值取向不同，自我定位自然也就不同。想当官的不妨争取当官，清高的人或许不愿意为之，但千万别说想当官的人都俗不可耐，其实，要当一个好官和清官也不容易。

想当学者的，也值得鼓励和倡导，只要有足够的智商和情商，更要耐得住寂寞，守得住清贫。

想经商的不妨去经商，经商不意味着都是灯红酒绿，香车宝马。正因为商潮汹汹，商浪涌涌，就要把握好自己舟船的前进方向，既不被滔天的波浪掀翻吞没，又能顺利地到达彼岸，就得有一个灵敏度极高、定位性极好的导航定位系统。

既然我们已经给自己定位，有了明确的方向，那么就义无反顾地勇敢前进吧！

定位的目的不是原地打转，原地踏步。如果我们在学海、书海、苦难之海已经大迷，也不要诚惶诚恐，战战兢兢，听信诸如“回头是岸”的真实谎言。岸已经太远了，往回凫游只能是无谓的瞎扑腾，只能是得不偿失的白费力气。

既然如此，我们就勇敢无畏地前进吧！走我们的路，不怕晕路；开我们的轮船，不怕晕船；乘我们的汽车，不怕晕车；驾我们的飞机，不怕晕机。

即使晕路、晕车、晕船、晕机，也要任凭人家红口白牙，指指点点地评说。我们的目的一定会达到，而且一定能达到。我们肯定不会丢失自己。

万一因自己运气不好，自己一时不慎，真的丢失了什么珍贵的东西，那么，不妨学习诗人舒婷，学习这位极其典型的“晕路”者，像她在一篇文章里说的那样：“请告诉我一声，让我们一起来寻找。”

相信诗人舒婷的人生定位。早年厦门鼓浪屿上的普通女工龚佩瑜，不太可能就此昏头昏脑。

相信舒婷该写诗时照样写诗，她还是那位曾写出过名篇《致橡树》、让无数粉丝折服的诗人，虽然她已不再年轻——1979 年 4 月，青年女工舒婷在《诗刊》上发表了成名作。

身居鼓浪屿的弹丸之地，舒婷都会“晕路”和迷路，但她一向都能如愿以偿地找回自己，不会就此迷失。

新年穿新衣之乐

（2017 年 1 月 29 日）

按我国人春节之习俗，大年初一都要穿上新衣服；按我老家福建春节早年之习俗，则要“骑马游春”。

春节穿新衣，在我童年的记忆中，当然极为欢天喜地，只不过虽然父亲是县里的一位芝麻小官，但我童年时家境并不富裕，不见得每年春节都能穿上新衣。

印象最深的是 1958 年父亲到北京出差，给正在上幼儿园的我买回了一双皮鞋，当年春节我就欢天喜地地穿上了——这也是我平生穿的第一双皮鞋。不过正因为家境不算富裕，甚至可以说多少有点贫寒，我穿的这双皮鞋的利用率反而不高。

为何称“利用率”反而不高？

经历过 20 世纪 50 年代和 60 年代、经历过经济高度困顿匮乏年代的人们大多数都知道，那时穿衣穿鞋是“新三年，旧三年，缝缝补补又三年”。

父亲考虑到我很快就会长大长高，所以为我购买的一双皮鞋，特意买大了一些，以便我长大后能够继续穿。我第一年春节穿的时候，往皮鞋里头填充了许多破布和棉花，才刚好适脚。

1959 年春节刚过，因为珍惜这双皮鞋，家里很快就把它收起，我虽然不太情愿，但也能体谅父母的苦衷，无奈地面对这双皮鞋被藏到柜子里去的现实。

直到第二年春节，我再穿上这双重见天日的皮鞋，刚好大小适脚。但到第三年春节再让我穿这双皮鞋，已迅速长大的我的两只脚已经套不进穿不上，父母爱莫能助，只能望鞋（洋）兴叹。总不能为此将我削足适履吧？

这双在那个年代珍贵无比、奢侈无比的皮鞋，累计我穿的时间，满打满算超不过一个月，就再也不能穿了。而在我孩提时代的模糊印象中，大妹妹比我小了四五岁，但也未能继承我的“遗志”，穿上这双尺码已显然不再适合于我的皮鞋。难道因为这是一双男孩鞋，不能兼容通用吗？

及至我上了县城最好的实验小学，而且“贵”为红领巾中队长，福建冬天虽然比北京要暖和得多，但我脚上经常穿的，是一双已经破旧得咧开了“大嘴巴”的布鞋，我冒着天寒地冻的冷冽上学，顶着天寒地冻作为班级的队首做早操。

既然我是出早操的队首，我脚下那双鞋子咧开的“大嘴巴”，不管它是惊愕得合不拢的“大嘴巴”，还是无奈得合不拢的“大嘴巴”，像傅园慧洪荒之力那样率真的“大嘴巴”，都在全班同学的面前暴露无遗。

我感谢父母的养育之恩。感谢父母让我孩提就能穿上皮鞋，也感谢父母让我孩提时就面对现实的咧开“大嘴巴”的布鞋。

跳过我的少年时代春节穿新衣新鞋的故事，且说我在青年时代春节穿新衣和新鞋的故事。

大学毕业后我荣幸从军，被分配到国防科技远洋航天测量基地远望一号船。因为远望一号船的工作属性是经常要远洋，作为年轻军官的我和其他舰船人员一样，都有一身挺括的分配的绿呢子制服。

那个年代正在服役的军人，除了在舰船上工作的军人，以往已授衔的将军也没有呢料子将军服可穿，在任的即便军职以上的首长，也没有呢料子的所谓将军服可穿。

那时我既有很高的心气，也有较强的虚荣心。春节回家到福建探望双亲，穿着一身绿色的呢料子军服，在县城的大街上无论行走还是站立，都颇能招引路人惊讶和好奇的目光。

正处于青春荷尔蒙萌动和躁动期的我，虚荣心一点也不逊色于同龄人的我，更乐意以无声的服饰语言，招引那些年轻漂亮少女的青睐目光，吸引她们的频频回头。

在南方福建家乡的这个县城，我即便不敢轻易妄言，历史上从未出现过穿着绿色呢料子的年轻军官，起码也是一个极低概率的事情。穿海军浅蓝色呢料子制服的年轻军官，人们可能在县城里见过一些，那是在海军舰艇上服役的军官制服。

远望一号船为我配发的衣服鞋帽中，还包括一双非常沉也非常重的翻毛大头皮鞋，这种足以抵御高寒冷的翻毛大头皮鞋，人们经常都能在影视中看到，那些既勇敢又坚毅的边防军人，巡逻行进在寒冬的冰天雪地中都会穿着它。

不过，远望一号为我配发的这双大头皮鞋，我甚至一次都没有穿过。我在远望一号短暂工作了几年，很快就被调动到了北京的总部机关；在远望一号工作的短暂几年，虽然我也曾几度随船远赴南太平洋，但都是在不太寒冷的夏天和秋天，从未在极其寒冷的冬季里远洋过。

春节我到家乡探望父母双亲，福建的气候即便再寒冷，也不至于要穿这样抵御高寒高冷的翻毛大头皮鞋。更何况当时我正值热血沸腾的青春年少，怎么会乐意以自己“笨手笨脚”的形象示于他人，示于那些年轻貌美的家乡少女呢?

今年春节前几天我将在北京度过。南方的福建几乎已然见不到马匹，所以即便在大年初一，也不可能按旧习俗“骑马游春”，而在祖国北方的北京，市中心压根就见不到马匹，也不可能让我异想天开地“骑马游春”。

我已好几年未给自己买新衣服，无论是春节还是在平时。这倒不是因为我破落，因为我失败，因为我贫困，因为我寒酸，再也买不起任何的新衣服。

无论对一位在读幼儿园时就能穿上皮鞋的人，还是对一位大学刚毕业就能穿上绿色呢料子军装的人而言，如果在京城工作 30 多年，都混到了退休的年龄，却连一件新衣服都购买不起，那晚年的我岂不是混得太落魄、太悲惨、太悲哀了一点?

文章憎命达，我居家过日子的习性也很贱骨头。任何衣服再老旧、再过时，只要不破不烂，凡是还可以穿的旧衣服，我都不在乎人言可畏，会我行我素地照穿不误。

但今年正月初一对我是个特例，除了乘坐公共汽车在北京游春，我还必须给自己买新衣和新鞋。

缘由是我和草原的一个约定，如今这个约定正要付诸实施：在内蒙古草原，有一位我已经交往了32年的科技公司董事长，他向我发出了友好的召唤。

虽然内蒙古草原已是冰天雪地，但老友的召唤赤诚而火热：他最近刚完成在祖国西部地区的一项宏图伟业，很快将离开大本营之一的内蒙古草原，移师别处继续发展其公司的高科技产业化，我只有这时应召，去他在内蒙古的“大本营视察”（老友原话）适宜。

我遵命，我从命。我岂敢不从老友之命、好友之命？

我虽然几十年来浪迹天涯，但在冬季里到冰天雪地、到比北京更要靠北边的地方、到内蒙古自治区去的次数却不太多，更未曾去过老朋友所在的那个城市、完全人生地不熟的城市，我将如何御寒呢？

我虽然极为幸运，早年就有远望一号配发的绿色呢料子大衣，有高腰翻毛的大头皮鞋，但绿色呢料子大衣挺括倒是挺括，却不见得就能比羽绒服抗寒；大头翻毛皮鞋虽然抗寒，将近40年来我都从未穿过，如今已全然不知所终。

我只好借正月初一巡视北京市容之际，到商厦给自己买更能御寒的大衣和高腰翻毛皮鞋。

大年初一的北京，有轻度雾霾；在市中心的阜成门，不见了往日的车水马龙，显得有点过于空荡寂寥。

我走上华联商厦内的滚梯，直奔主题，径直走向要购买衣物鞋子的楼层和柜台，这里各式各样的衣物鞋子琳琅满目。

我原来的预算是：御寒的大衣最好不要超过1000元，抗冻的高腰翻毛皮鞋最好不要超过500元。

几乎没有浪费什么时间，我就以399元的价格，买到了一双颇为中意的翻毛高革幼儿皮鞋。

更让我大喜过望的是：虽然据说华联商厦的商品不能砍价，但我看到一件颇为中意的羽绒大衣，售货员就主动将原价降到1000元，我有点冒昧地砍价说：新春伊始能否图个吉利，900元卖给我呀？售货员略微犹豫片刻，说大年初一还得惊动她老板，她似乎有点惶恐和于心不忍，但她还是帮我拨通了电话，当即就请示了老板。顺利成交！

如此这般，我用不到半个小时，以低于自己心理期望值200元的价格，买到了比较中意的一双翻毛高革幼儿皮鞋和一件羽绒大衣。

我新年有新衣新鞋穿了，过几天我要去内蒙古草原，有足可御寒的新衣新鞋穿了！

我乐。我乐乐。《孟子·庄暴见孟子》曰："独乐乐，与人乐乐，孰乐？"其原意是：一个人欣赏音乐快乐，不如和众人一起欣赏音乐快乐。

"独乐乐，与人乐乐，孰乐？"其语境和语义流传至今，已演变成比喻一个人快乐不如大家来一起快乐。

我的大年初一非常快乐。

其庸乎？其不庸！

——兼记我和冯其庸先生的几次交往

（发表于《中国科学报》2017年2月10日第7版）

2017年1月22日，红学大师冯其庸先生在京仙逝，享年93岁。在他仙逝之后及2月5日举行的遗体告别仪式上，全国诸多红迷和红粉吊唁追思，有诗云："遥望通州泪满腮，青山垂首向莲台。红楼复梦融沧海，翰墨流芳韵九垓。"

冯其庸先生号宽堂，江苏省无锡前洲镇人。他是中国艺术研究院终身研究员、中国红楼梦学会名誉会长。曾任中国艺术研究院副院长、中国红楼梦学会会长、《红楼梦学刊》主编等。

冯其庸先生作为享誉国内外的红学家、文史学者、书法家、画家与诗人，其精湛造诣自有许多专家评述褒扬，我非专攻这些领域的文艺界人士，在此记下作为忘年交与他交往的点滴印迹，寄托我对他的尊敬与哀思。

我初次与冯其庸先生交往是在1989年秋天。得益于我陪同新加坡作协名誉会长、新加坡酒楼餐馆业公会会长的乡贤周颖南先生，到当时还是中国艺术研究院办公地的恭王府，拜会了冯其庸先生。

我和周颖南先生在欣赏满壁字画期间，与冯其庸先生求教交谈甚欢。承蒙冯其庸先生对我的抬爱，他在恭王府当场欣然研墨挥毫，题赠了我一幅恣意奔放的行书："无边落木萧萧下，不尽长江滚滚来。"

因为这年秋天的拜会，我仰慕和尊崇冯其庸先生，对他的学识和造诣也有了较多了解。

冯其庸先生是新时期红学发展的主要推动者、当之无愧的红学大家。他在曹雪芹家世研究、《红楼梦》思想艺术研究诸多方面成就卓著。其中《论庚辰本》，是我国第一本研究《红楼梦》的版本专著。

我第二次拜会冯其庸先生是以书为媒，有幸得到他亲笔签名、他与李希凡先生主编的《红楼梦大词典》。

冯其庸带领数十位专家学者用7年时间，以庚辰本为底本校注的《红楼梦》，1982年由人民文学出版社出版以来，发行量已达500万册，成为最受欢迎、最有影响力的《红楼梦》普及本，为《红楼梦》的当代传播做出了重要贡献。

包括1987年版电视连续剧《红楼梦》的大获成功，陈晓旭扮演的林黛玉和《红楼梦》中的其他角色能植入观众心田，很大程度上也得益于这部以庚辰本为底本校注的《红楼梦》。

我第三次与冯其庸先生谋面，印象中是在1992年。因为冯其庸先生研究红学孜孜不倦，常年伏案作诗、书、画，身体状况一时欠佳，我专程引荐并陪同他到我的朋友、北京中医药大学著名中医王琦先生的家里问诊寻医。

后经媒体披露我才知道，冯其庸先生为学相当重视文献记载，重视地面遗迹的调查，重视地下发掘的新资料，经常是车马劳顿，一路风尘仆仆。

譬如为查证玄奘取经回归之路，冯其庸先生不远万里，10次远赴新疆"朝圣取经"，完成了对唐玄奘取经之路和西部文化历史、宗教、艺术、丝绸之路的综合考察，探明了湮没于历史烟云中的玄奘取经回归路线——唐僧从山口古道及回归长安的艰辛路程，亦是冯其庸先生“吟安一个字，捻断数茎须”的心路历程。

仅就这点就足可证明，冯其庸先生虽然其名“庸”，却委实一点也不庸，是当代中国一位意志坚忍不拔、不可多得的红学大家、文艺大家！

我第四次与冯其庸先生谋面，大约在1995年夏天，对他的书法造诣及人品有了更深刻的了解。

缘由是我在外地的一位朋友，帮他房地产开发商朋友的忙，专门进京求字。房地产开发商身居繁华大都市，在火车站黄金地段分别建一个大型酒楼和一个饭店，都取名“金鑫”。

凭这位开发商的实力和人脉，若是想请当地政要出马，为其建造的酒楼和饭店题字当不成问题，但开发商却有自己的想法，想请文化界名人，特别是擅长书法的文化界名人题字。朋友想到了我，我想到了冯其庸先生，认为能求到他的题字最合适不过。

我带朋友找到冯其庸先生在东郊的住处。听我挑明来意之后，冯其庸先生开门见山：“开发商盖酒楼饭店纯属市场经济行为，所以给他的酒楼饭店题字，即便是作为老朋友开口，我也得收取他些许润笔费，这是我给自己设定的规矩。请原谅我不能破了这个规矩。”

“那是自然，那是自然。”我的朋友高兴地连连点头称是，“我那房地产开发商朋友也这么说。承蒙你抬爱为酒楼饭店题字，无论如何都应该致谢，需要多少润笔费你老尽管开口！”

冯其庸先生相当干脆：两幅书法，共9个字，一个字1000元，我收他9000元吧！

跟我来求墨宝的朋友马上解囊兑现。

冯其庸先生当即铺开家中宣纸，浓墨酣畅地挥洒，题写好“金鑫大酒楼”和“金鑫饭店”两幅，然后说：给你俩写字我可以不收钱。这样吧，作为交往友情，我分别送你俩一幅字！

我和朋友都喜出望外。

抱愧冯其庸先生，因我近20年来搬了几次家，他这一次送我的书法究竟写的是什么字，如今被我藏到了哪里，我竟然想不起也找不到。

追思冯其庸先生，一生致力开掘和弘扬中华文化瑰宝，历经时代风雨变幻而不改初衷，以其渊博的知识、宽广的胸怀、远大的视野、严谨的治学和和百折不挠的精神，既为庸常之辈如我，又为大家树立起一座不朽的精神雕像。

木铎·小西天·铁狮子坟

（2017 年 5 月 25 日）

位于北京西北角的北京师范大学（简称“北师大”），南边衔接“小西天”，北边紧挨“北太平庄”，自己所处的位置名叫“铁狮子坟”，这三个地方早在清朝年间皆为坟场。

但被冠以“铁狮子坟”这样的地名，并未被豪迈的北师大师生视为晦气和戾气，反而觉得是上天的额外赐予，是北师大的福气和诗意。

譬如迄今为止，但凡在北师大舞文弄墨的文人们，往往都喜欢在自己文章或诗歌的末尾缀上这么一句：“× 年 × 月写于铁狮子坟。”从来未觉得这样是在画蛇添足，而觉得是豹子尾巴的不可或缺，仿佛只有添上这么一句，才能为诗文增添几分雅趣和古意。

据说很早以前在北师大的东边，的确是有一对铁狮子的，遗憾的是因为 1958 年的“大炼钢铁”，这对铁狮子也就被化为了炼钢炉中的铁水。

“木铎起而千里应，席珍流而万世响”，“木铎金声，滋兰树蕙”，如果这一炉铁水能化腐朽为神奇，用来浇铸出北师大徽章上的“木铎”也好，可惜根本没有，那只是老学究们的一厢情愿而已。

我于 1982 年年底奉命赴京工作，在北京最初的居住所在地就是“小西天”，我亦没有感到任何的惊悚与胆怯，因为那是一个有战士站岗的军队院子。

当时我在星期天，也会到离北边只有一里多远的铁狮子坟走走，到北师大的校园走走；和一位志同道合的战友，经常沿着铁狮子坟一带的街道、亦即北师大附近晨跑。

乍看起来，北师大的校园再也寻常普通不过，校园的基本格局与北京早年其他的老牌高校也大致相仿，那些灰色调中显得有点凝重的苏俄式建筑，成为北师大校园的主体，但在北师大校园这小小的空间里，倒也分布得相当错落有致。

在小西天我大约住了3年半，后来妻子从天津调到北京，我就搬到了军队在五路通的另外一个院子，在这过后的3年里，暂时也就与“铁狮子坟”、北师大没有了瓜葛。

我重新与北师大有了亲切而友好的来往，我印象中是从1989年开始，因为照看孩子学习，我家从北师大先后请了两位研究生当孩子的家教。

据称，新生刚进到北师大的校园，一定就会有师兄师姐和新生特地谈到，北师大的三宝——乌鸦、木铎以及漂亮的姑娘，这似乎成了“圈内人”对北师大的最直观的印象。

以木铎路为分界，乌鸦和喜鹊各自平安无事地安营扎寨，撑起了北师大的半边天，它们像是订立了什么盟约，在另一方的领地里，人们几乎找不到一只对面的飞过来的乌鸦或者喜鹊。

据坊间的传闻，有生物系的老教授受到此奇特现象启发，在研究“马尾巴的功能”之余，也对北师大校园内各自为政、隔路而治的乌鸦和喜鹊专门开展研究，但至今尚未获得搞笑诺贝尔奖。

乌鸦和喜鹊们至今仍坚守着自己的三八线，坚守着自己上天赐予和封赏的领地，有点像是百余年来北师大所积淀下来的良好品性，在喧嚣和浮躁里的时下，固守自己最后的几分自律与坚忍。

乌鸦和喜鹊它们偶尔在舒朗的晨曦里、寂寞的黄昏时，也会举行仪式般地进行集结，宣示自己的领土主权，发出彼此截然不同的叫嚣或者聒噪，但所幸的是双方都克制着没有“擦枪走火”。

木铎是北师大的校徽，木铎路就是这个巨大的标志物诞生的地方。孔老夫子在《论语》里说：“天下之无道也久矣，天将以夫子为木铎。”

细究“铎”的起源，大约在远古的夏商年代，是一种以金属为框的响器。以木为舌的木铎，旧时用来宣政和布政。孔老夫子以木铎自况，说自己就是上天派来教化民众，此后“木铎”就成了教师的别名。

而从京师大学堂开师范馆起，这一“木铎”便被作为校徽和标志物，一直沿袭传承下来。一所大学用一匡天下的象征物，作为自己的标志物，其雄心壮志自不待言。

这具沉稳自重的木铎，配上启功先生手书的北师大的校训，亦即“学为人师，行为世范”，堪称是对百年名校北师大最好的诠释，也是对北师大一直为人所称道褒扬的安静沉稳之风，以及具有深厚人文底蕴的最好说明。

北京辖区之大不言而喻，大约在 1992 年过后，我从此再也没有进过北师大的校园。

这次我来到的“北师大”，却是北师大在珠海的分校，以及北师大和香港浸会大学联合国际学院的 UIC——虽然地处珠海高新区的这两处大学毗邻紧挨，但却是两个完全独立的教育系统。

我所入住的酒店，据称是珠海高新区内最好的酒店——北师大珠海分校国际交流中心，在入住的头天晚上，承蒙 UIC 最年轻的计算机教授、乡贤伟峰开车过来看望我，在聊天之中为我厘清了以上基本概念，受益匪浅。

连续几天来，要么是清晨，要么是黄昏，我都会在北师大珠海分校的校园里转悠。虽然珠海分校没有“木铎路”，也没有乌鸦和喜鹊在拉帮结派。今晚我转悠到了“启功纪念园”，可惜天色已完全暗了下来，光线拍不成照片。

北师大珠海分校的校园，显然比北师大在铁狮子坟的本部要大得多。但究竟北师大珠海分校的校园占地面积有多少，比北师大在铁狮子坟本部大多少？我只能随遇而安地等待，由北师大珠海分校或 UIC 的校长为我释疑。

究竟是哪一个学校的校长，会为已经退休的我释疑呢？我也同样随遇而安。

回到北京之后，我哪天会来到小西天的军队大院，来到铁狮子坟的北师大校园，故地重游？我更是会随遇而安。

我要接着读我的“大学后”，哪怕是一位走读生，哪怕不给我带有木铎的北师大校徽。

城市季风来

（2017 年 6 月 5 日）

20 世纪 90 年代初，杨东平任职于北京师范大学教育研究所，出版了他的成名之作《城市季风》，比较北京和上海这两个超大城市，剖析并诠释了这两种截然不同的地域文化。

致力于研究地域文化，杨东平的《城市季风》破茧而出，可能是我国最早的一本地域文化专著。该书既有引经据典的雄辩，又没有迂腐书生的咬文嚼字；例证言之凿凿，文字活泼鲜活，或可视作为中国写地域文化的开先河之作。

在此后的 20 年间，各路专家学者神仙祭法，研究地域文化的专著如泉喷涌，接二连三地推出。诸如中原文化和巴蜀文化、三秦文化和齐鲁文化、岭南文化和徽赣文化、燕赵文化和中州文化、三晋文化和湖湘文化等，不一而足。

我乃土生土长的一位莆仙土著，即便置身于远离东南沿海的北京，也极其关心和密切注意到：最近这 20 年来，尊重妈祖文化信仰，崇尚妈祖文化信仰，对莆仙或曰兴化的地域文化研究，也开展得如火如荼如炽，正推向一个方兴未艾的极致。

既因为杨东平的这一本《城市季风》，也因为在北京市民间环保组织《自然之友》最活跃的那些年，杨东平是该民间环保组织的重要成员之一，我一度曾对《自然之友》及杨东平本人极为关注，包括与梁启超先生的儿子梁从诫，有着较多的往来和交流。

杨东平在《城市季风》一书中采样并剖析认为，北京作为中华人民共和国成立之后的首都，大致可以分“大院文化”和“胡同文化”两大类型。

所谓“大院文化”，是指在北京的中央各大部委及各军兵种，早些年都拥有自己相对集中的住宅社区，这些自成体系的住宅社区，自然而然形成了相对独立和封闭的大院落。比如，老汉我曾经住过的甘家口八号院，离三里河的一些国家部委机关很近，也是在新中国成立初期形成的大院。

所谓“胡同文化”，指的是在中华人民共和国成立之前就已在北京定居的“老北京”，他们中间有相当多的一部分人，都居住在四合院这样的传统民居里，聚居在各种各样的胡同里，其明显有别于上海人所聚居的弄堂，形成了北京完全独特于上海弄堂的胡同文化。

当时北京的许多四合院，实际上早已名不副实，沦落成为一些城市贫民聚居的大杂院。

作为北京特例的一些四合院，杨东平在其《城市季风》一书中似乎没有提及。

20 世纪 90 年代之前的北京，在四合院里头居住的人们，其实不一定都是真正意义上的“老北京”。

能够在四合院里独门独户居住的，有一些是功勋卓著的开国将军。大约在 1997 年，我就曾经去过北京东四的一座四合院，那里住着一位名气很大的开国将军，以及他那参加过一二·九运动的著名夫人。

但无论是“大院文化”还是“胡同文化”，在 20 世纪 80 年代的北京城，其实谈不上有太多的高楼大厦。

或者权且界定一下所谓“高楼大厦”的标准，作为中华人民共和国首都的北京城，当时并没有太多的高楼大厦，按照城市建设规划和管理部门规定的，在七层楼以上必须装有电梯的“高楼大厦”。

北京的“高楼大厦”有了极为明显的变化，恰恰就是在 20 世纪 90 年代；北京的“大院文化”和“胡同文化”有了极为明显的变化，恰恰也是在 20 世纪 90 年代。

20 世纪 90 年代的风云变幻，市场经济势不可当的潮流开始席卷裹挟，正在逐步对计划经济取而代之。

大量农民工、经商者、自谋职业者及诸多“北漂”的蜂拥而入，北京的地域文化异彩纷呈，洋洋大观，已绝非“大院文化”和“胡同文化”两种文化即可简单概括。

随着20世纪90年代末手机通信的出现，很快对BP传呼机取而代之，我与杨东平教授也就此失联。

虽然我知道杨东平教授一直笔耕不辍，但我却无从知晓，他后来是否写过《城市季风》续篇，或者《城市季风》的修订本。

大量农民工、经商者、自谋职业者和诸多“北漂”的涌入，究竟都给北京带来了什么样的文化？或者说，已经被改造和被重塑了的北京，形成了一种什么样的新时期的地域文化？

一方水土必然孕育一方文化，一方文化必然影响一方经济、造就一方社会。

在泱泱大国的中华土地上，不同的社会结构和发展水平，不同的地域自然和地理环境，不同的资源风水气象，不同的民俗风情习惯，不同的政治经济生态，必然孕育出不同特质、各具特色的地域文化。

无论是在兴化平原还是在莆仙山地，既然濒临福建东南浩瀚的大海大洋，除了陡峭的山地和肥沃的平原，2000年来祖祖辈辈都是在此繁衍生息，挥汗耕作于海，辛勤放牧以渔，兴化人民亦即莆仙百姓的日常作业，也必然是最为重要的生存之道之一。

在20世纪80年代，时任福建省委书记的项南目光炯炯，就以政治家和改革家的聪睿提出，福建省一定要念好“山海经”。

一定要念好“山海经”，对福建全省是如此，对莆田市当然也是如此。

一定要念好“山海经”，其对福建省的指导作用，对莆田市的指导作用，至今都不算落伍和过时。

妈祖本是渔家女林默娘，林默娘以慈悲关爱人民、舍己救助贫弱的崇高人格力量，赢得了兴化一方百姓的世代敬仰，并进而在百姓的心目中羽化成仙，成为千万家百姓在海上的保护神，最终演变成历久弥新的妈祖文化、奇特而又不失优秀的妈祖地域文化。

妈祖文化渗透并且融入了中华传统文化，既是中华蓝色海洋文化的一个重要组成部分，也成为中华民族精神的重要组成内容。因而，在最值得弘扬的莆田地域文化里，妈祖文化也是最值得珍爱和保护的重要基因。

无论是理论还是实践，均已雄辩性地充分表明：当前在我国广大城乡，特定区域和特定地域的文化底蕴、文化氛围，以及劳动者的文化素质，已越来越成为极其重要的影响因子，成为该区域或者该地域经济社会发展的重要软环境、重要的软实力。

如若不懂得借助自身深厚的文化底蕴发力，如若没有吸引各种优秀人才聚集此地的良好地域文化，必然就会受囿受制于“择优劣汰”和“适者生存”的自然法则，在未来毫不留情的竞争中栖栖惶惶落伍，乃至于一塌糊涂地彻底败北。

旭日东升正迎城市季风来、正赢城市季风来。无论是莆田市还是仙游县，无论是全国哪一个城市还是哪一个城镇，地域文化彰显的软实力，其实也就是“发展的硬道理”。

悠然见香山

（2018 年 3 月 29 日）

对于“认养”一词，我以前完全没有任何概念，如果在 20 年前谁拿这个话题和我谈论，我肯定满脸疑惑和懵懂。

以前我由于知识和阅历的局限性，只知道人们到了一定年纪之后，如果膝下无子女，或者觉得子女还不够膝下承欢，可能会去认养几个孩子。

5 年前的夏天，我因为躲到北京平谷，在一个比较僻静的庄园里写作，才知道有这样的“认养”：人们若是愿意缴纳一定数量的钱，就可以在这个庄园里认养到一块土地，种植一些自己感兴趣的农作物，种植的收获归自己。

一些住在北京城区的人们，因为认养了这里的“一亩三分地”，甚至不辞开车几十千米的劳苦，到这里逍遥自在地过一把当“地主”的瘾。

后来我还知道，在城市里头认养一块绿地，对绿地里的花草树木精心呵护，是国内外许多城市就已经开始，逐步形成的一种园林绿化维护制度。例如，早在1998年，北京市政府就下发了《关于在全市开展绿地认养活动的意见》。

城市公民通过与政府部门签约，认养城市里的某一块公共绿地，在照顾几棵小树呵护几片绿茵的同时，也可以回归大自然，从强度不算太大的专注的劳作中浑然忘我，消磨闲暇的时光，不失为一种萌萌酷酷的时尚选择，同时一举两得，为生态环境保护做出自己的一份贡献。

我今日且得宽余实施踏青计划，误打误撞，来到北京西面的一处城乡接合部，来到了外表貌似公园的墨蔬园。

春日里莺飞草长的墨蔬园，是一个踏青的好去处。如果湛蓝的天空分外晴朗明丽，这里似乎垫脚就能眺望到北边的香山。

226亩土地上建有32个温室大棚，墨蔬园是一个以传统蔬菜种植为主题的生态蔬菜观光园。

据墨蔬园里的广告牌介绍：2015年园区新开设土地认养项目，大大小小共计300多块的“格子田”，可供附近一带的居民认养，每块菜地的面积约为20 ~ 30平方米。

在以一年为单位的认养期内，认养人向公司提供适当的费用，即可在这里自食其力，种植自己愿意种的蔬菜。公司负责免费提供水和有机肥料，并免费赠送10余种菜籽和菜苗。

今日天气晴朗而且春风吹拂和煦，来“格子田”其乐融融地劳作的人不算少。

或是浇水或是松土，或是扎篱笆或是施肥料，这些人大部分以家庭为基本单位来到此处，甚至有的是开车来到此处，一家老小三四口在这里侍弄蔬菜，打理暂时属于自己的土地，集地主与农工于一身，无不其乐也融融，其乐也陶陶。

满脸幸福的他们，似乎在这里实现某种“中国梦”：唤醒并实现自己对田间劳作生活的向往，亦可寻找“这里我当家”的主人翁的感觉，收获到绿色健康的新鲜蔬菜。

目睹此情此景，我不禁浮想联翩，想到那“采菊东篱下，悠然见南山”的陶渊明。

魏晋诗人陶渊明在自家的庭园中，悠然自得地采摘菊花，他在无意中抬起头颅，目光清澈深邃，恰好与不算遥远处秀丽的南山相会，就像看到自己期许的理想和憧憬的未来。

这样的悠然自得，既是诗人淡泊而闲适的状态，也是远山静穆自在的豁达情愫，似乎就在相互投射的一瞬间，激发出一种共同的曼妙的旋律，这人心和山峰同时奏鸣，融合成一支轻盈的、旷古流传的乐曲。

据史学家考证，陶渊明在1000多年前所见到的“南山”，实际上是如今江西的庐山。

“不识庐山真面目”，庐山的周身飘绕着一层若有若无、若游若凝的云雾岚气，别人不识其面目，唯有诗人陶渊明识得！

庐山在晚霞的照耀下，显现出不可名状的美感，成群成阵的鸟儿正结伴向山中飞翔。这种自然的平静与完美，这种自然的皈依与升华，绝对不会像世俗的人们那样浮躁不安，那样急功近利，追求生命以外的东西。

诗人陶渊明的全部身心，完全投射在庐山深处，融化在旷达的自然之中，他绚丽多彩的魂灵，就在菊花丛中抬头的那一瞬间，也到达了完美的思想境界。

我似乎闻到诗人陶渊明的鼻息，千余年前穿越至今的思想鼻息：今天在墨蔬园里亲近蔬菜的人们，他们在其乐融融、其乐陶陶之时，抬头“悠然见香山”，想到的会是什么呢？

依靠社会出资进行公共绿地养护，虽然目前的比例还比较小，但已逐步走出了完全靠政府拨款的模式，而且从发展的势头看，企业和个人出资的比例也在逐年上升。

目前北京的绿地认养形式趋于多样化，大致可分为出资认养、认管和认建这 3 种。出资认养是企业或个人出资，由专业的园林绿化部门，或者养护公司养护一定面积的绿地；认管是认养方不用出资，直接负责管理维护一定面积的绿地；认建是指认养方出资并拿出设计方案，由区一级园林绿化部门审核批准后，选择绿化施工单位进行绿地建设。

作为我国演艺界的明星人物，张国立和邓婕夫妇俩已首开先河，于 1999 年最早在北京市的复兴门出资认养了 4 块绿地，并曾先后持续认养了十几年，他俩还被选授予“北京市城市园林绿化公益形象大使”，成为我国绿化认养保护的“明星”人物。

对于想要认养的绿地，单位或个人本着自觉自愿的原则，只需向该绿地所属的园林绿化主管部门提出申请，办理好认养手续，并签订认养协议，明确责任和权利即可。

毫无疑问地，对我国所有绿地（菜地）的认养，都不得改变绿地或菜地的产权关系。愿意认养绿地（菜地）的所有单位和个人，也不得以任何理由擅自增加建筑物和构建物，更别想入非非，由此改变绿地的生态与环保性质。

陶渊明能够悠然见南山，我虽然不太会像他那样写诗，但偶尔掉一下书袋，也能够悠然见香山。

在网络空间裸奔

（2020 年 12 月 8 日）

在刚评选出的 2020 网络十大热词中，我只知道前 4 个网络热词，即“逆行者”“健康码”“打工人”“后浪”。而对后面的 6 个网络热词，我一脸的茫然，一脸的凄迷。

在 2020 网络十大热词中，第五个热词“内卷”我闻所未闻。

据说在 2020 年下半年，清华大学有几张图片刷屏：有人骑在自行车上看书，有人一边骑车一边用电脑，有人在床上铺满了一摞摞书……

于是，“边骑车边用电脑”的同学，就被人称为“卷王”登上了热搜。有同学举例：老师要求论文 5000 字，不少同学为评优就写了 1 万字，甚至更多。人人都想超额完成任务，但获优比例并未改变，这就叫“内卷”。

若是不听这样的解释，我还以为是一个人的衣着邋遢，像我一样几乎不修边幅，所穿衣服内卷了呢？

第六个网络热词是“凡尔赛文学”，我当然感到莫名其妙，或者干脆说我是“莫名其抄”。

据言，“凡尔赛文学”其实就是用先抑后扬、明贬暗褒的方式来炫耀。从而衍生出“凡尔赛体”文章，亦即各种业界大佬“凡尔赛时刻”的讨论。

凡尔赛原本是一个地理名词，这个地方曾是法兰西王朝的行政中心。其位于巴黎西南 15 千米处，境内的凡尔赛宫被誉为法兰西艺术的一颗明珠。宫殿、花园壮观精美，内部陈设和装潢富有艺术性，底层是一座艺术博物馆。这里，往往也是法国领导人会见外国元首和使节的地方。但凡来巴黎旅游的人们，往往都会到凡尔赛宫来开阔眼界，我也不例外。

凡尔赛被用来形容人们一种精神状态，感觉自己是一个优雅的贵族，因为我曾去过两趟凡尔赛宫，我就是贵族了吗？难道我在骨子里有这样的优越感吗？其实我就是一位“学徒鞭”——在我的家乡就是这样称呼学徒的，多少带了一点贬义。

第八个网络热词是“集美”。这样一个热词，难道会与福建的著名侨乡“集美”有关吗？我的眼睛顿时为之一亮。

非也！“集美”一词，起源于一位网络直播博主因其口音，将“姐妹们”说成“集美们”，粉丝们觉着很有趣纷纷效仿，“集美”于是成为今年很火的网络热词。

集美区古属泉州府同安县、漳州府海澄县，是福建省厦门市所辖的一个区。地理上称集美半岛，位居厦门市的几何中心和厦漳泉三角地带中心位置。1957 年 5 月划出同安县部分地成立郊区，同年 8 月海澄县的海沧乡、新垵乡划入郊区，1987 年 8 月划出郊区禾山乡，更名集美区。

2019年，集美区总人口75万人，其中户籍人口28人、流入人口47万人。

2019年10月，集美入选2019年度全国综合实力百强区、2019年度全国科技创新百强区。因为有侨领陈嘉庚创建的集美大学，有陈嘉庚的墓地鳌园，以及蔚蓝色的大海，集美这里风光旖旎，的确是堪称“集美”。

第九个网络的热词居然是“突击式尽孝”。尽孝也可以“突击”搞王宝强主演的电视连续剧《士兵突击》？真是为了网络点击量，网主和顽主竭尽博人眼球之能事。

据说，形容一个人很爱自己的父母，但平时对爸妈的关爱和情感表达又比较含蓄，于是在节日期间对父母进行短暂爆发式的关爱行为，便称之为“突击式尽孝”。

若是我自己投票评选，觉得最让我感到开心有趣的，当属其中的第十个热词“七夕蛤蟆”。因蛤蟆叫声类似“孤寡”发音，给单身的小伙伴在七夕节特别的存在感。

我投票自娱自乐，觉得最让我感到寒心郁闷的，是其中的第七个热词“爷青回”。

什么叫作“爷青结”“爷青回”？

据说是源自B站的弹幕，其意思就是“爷的青春结束了”“爷的青春回来了”。大家都遇过什么悲壮的故事，才会感觉到“爷青回”呢？

难道我也能“青回”？我只是清醒地知道，自己其实就是一个“青悔”，也就是“我的肠子都悔青了”的简称。

我的肠子都悔青了。我悔恨自己“少壮不努力”，如今就只能“徒伤悲”。我知道自己充其量就是一只癞蛤蟆，我从来都不奢望像牛郎和织女那样过七夕节。

既然“七夕蛤蟆”作为2020年的网络流行语，源于蛤蟆的叫声类似“孤寡”发音，那么，我即便还能苟延残喘到2021年的七夕节，也不会在2021年的七夕仰望星空。

07

风情天津

遁入五大道

（2017 年 2 月 1 日）

纯属造化弄人，初四的今天一早，我从北京搭乘城际高铁到天津，就此遁入“五大道”。

20 世纪 80 年代，因 1982 年至 1986 年太座在天津某研究院工作，我在北京的新华社解放军分社工作，公私兼顾之下我没有少跑过天津，也交往了津门的一些名流望族。

譬如通过多次访问，我由此熟识了如今已大名鼎鼎的李昌教授。1984 年，我国第一次由国家科委组团走出国门，参加日内瓦发明展览会，天津民航大学的青年发明家李昌一鸣惊人，一举捧回了含金量最高的金奖。

譬如我多次访问长辈乡贤林崧先生。林崧先生留美多年后定居在天津，是与林巧稚齐名的我国著名妇产科大夫。我访问当时他已年过古稀，但仍然精神矍铄，甚至偶尔还出诊为产妇接生。林崧先生和其同是我乡贤的夫人林性犀，为人处世也都相当君子风范。

虽然林崧夫妇自新中国成立之初就已归国，但出于种种原因当时尚未曾荣归故里，对我这位后辈乡亲却一直厚爱有加。我到天津出差虽然可以入住宾馆，但夫妇俩为了与我尽情畅叙乡谊，却让留宿在他们居住的睦南道别墅里。

譬如我访问当时只能算刚出道的范曾，他精湛的美术造诣在日本开花，在国内香艳，创建南开大学东方艺术研究院并出任院长，从此其声名显赫日甚。

譬如我访问一位著名民营企业家。津门作家蒋子龙首次用开创性的纪实小说手法，发表了一部中篇纪实小说，这位企业家就是蒋子龙笔下的一号女主角。

譬如我访问蝶式立交桥设计者胡习华。在天津市中环线有一座状似蝴蝶的立交桥，1986 年 7 月 1 日建成时属于全国首创，它的设计者天津市市政工程设计研究院技术员胡习华，当时年仅 30 岁。

若拉大旗作虎皮，我还可以讲述些许逸事趣事，如当时跟随着高官到津门，入住被誉为国宾馆的天津宾馆，以及天津友谊宾馆。

1986 年年底太座调动到北京工作，在过后的 30 年里，虽然我来天津出差的频率明显降低，但平均每两年也会来一次天津。

造化弄人，不可思议。我虽然来天津这么多次，而且 1982 年至 1986 年与太座就安家在天津，但听到“五大道”这个词和这个地名时，竟然已是 2014 年 10 月。

我平时较少看电视，看电视一般是随机，刚好有点空闲的碎片才打开电视看看，有很大的偶然性和随便性。《五大道》10 月 6 日在央视纪录频道播出，我也是在偶然中才按下遥控器。

但《五大道》我一经看到，就像被巨大的磁铁强烈吸引。

《五大道》这部九集大型人文纪录片，由天津市委宣传部、中央电视台纪录频道、天津广播电视台联合摄制。

纪录片编导独具匠心，第一次从“五大道”的视角，全景式地追溯和反映天津近代百年历史，无论其丰厚的历史文化内容，还是精湛的拍摄制作，都给我以心灵上的巨大震颤。

我不得不感叹折服，《五大道》以翔实的历史资料为载体，以厚重的津门文化为底蕴，充分折射出这片历史文化街区的沧桑。

正像业内专家所评述的，该片集珍贵的历史文献资料、富有感染力的叙事表达、高品质的影像表现于一体，堪称兼具历史内容、思想深度和艺术美感的精品纪录片。

究竟是何因何故，天津中心市区的这片街区叫作“五大道”？或许出于我没有看到最初那几集的开场铺垫，所以感到很茫然。我在给李昌教授通电话时，诉说了自己的茫然。

当然我也感到很郁闷：无论作为曾经的半个天津人，还是作为早年长跑天津的一位“无冕之王”，我居然连“五大道”这个地名、这个词都闻所未闻！

所谓的“五大道”，是指在天津中心市区的偏南部，东、西向并列着5条街道，而这拥有100多年历史的5条街道，则是以我国西南名城重庆、常德、大理、睦南及马场为名。聪明的天津人简而化之，笼而统之，把它们并称“五大道”。

在“五大道”这里，飘荡着历史激越的音符，汇聚着建筑凝固的音乐。英、法、意、德、西班牙等国人士，他们或是鲸吞或是蚕食，或是经商事贾或是传经布道，在这里留下自己的足迹印记，建有各式风貌的建筑230多幢。

这些风貌风情洋气的建筑物，从建筑形式上丰富多彩，既有文艺复兴式、希腊式、哥特式建筑，也有浪漫主义、折中主义以及中西合璧式等建筑，构造集成了一种凝固的建筑艺术。

“五大道”的另一特色，是其作为丰富的遗存建筑，具有私密性构成的深邃和幽静氛围。

这里留有的名人故居至少有50多座，但据历史学和社会学等专家考证说，在新中国成立之前，这里的住户无论是寓公式的军政要人，还是腰缠万贯的实业家，在当时吉凶难卜的社会背景下，全都希图安逸乖张，不事张扬和高调，像是与江南另一种风格的“退思园”异曲同工。

对“五大道”稍微做了些案头功课，我决计要走进“五大道”，走进“小洋楼”，或多或少探究一下天津近代历史，感受百年中国苦难与辉煌的缩影。

在老朋友鼎力支持下，我有了春节的天津此行。

我悄声遁入“五大道”，我触摸感受“五大道”。

隐于津门

（2017年2月2日）

“津门”是天津的别名，稍微通晓文墨的国人都知晓。

但天津何故别名称“津门”，却有较多人说不出个子丑寅卯，哪怕我这当大学文科兼职教授，而且在20世纪80年代初，曾有4年时间将自己的小家安在天津的人，也说不出其所以然。

1982年至1986年，我的太座在天津某研究院工作，所以我几个星期就要乘火车往天津跑一次。那年头按国家之规定，只有星期日才是法定的假日，星期六不是法定的假日，否则新婚宴尔不久的我极可能会搭乘“周渔的火车”，一星期就要跑天津一次。

那期间的津门对我而言，既非常熟悉又相当陌生。

说我对津门非常熟悉，是因为毕竟我小家已安在这里，且还有当记者到津门采访的便利，结识了不少当时津门的风云人物；

说我对津门相当陌生，因我家毕竟不在市区中心，地理位置有点类似北京北苑的立水桥，当时公交很不方便，到市中心的海河边上，单程得近两个小时，周末一天假，我哪有那么多的空闲到市区中心的海河边上，优哉游哉地玩烂漫，优哉游哉地拜“津门”？

这次我故地重游，事先对“津门”做了一点功课，方知天津之所以别名“津门”，或许是因为以“门”命名的地点有多处，“门”的地名大多也源于城门。

天津始建于公元1404年，明成祖朱棣登基称帝后，便在天津设卫。公元1406年，明成祖命工部尚书黄福修建天津城垣，东西南北各设一座城门。公元1493年，天津城垣进一步修整，各城门上建造门楼。当时天津卫的4座城门，门额分别以“拱北”“镇东”“安西”“定南”命名。

稍有地理常识的人都知道，天津的北面，亦即明清历史上的“拱北”门外，是通往京师的必经之路。

我早年周末从北京到天津，从北京永定门火车南站乘慢车，到天津北郊汉沟站下车，比起在北京火车站乘快车到天津站，再搭公交折回到北边，不仅能省许多时间，而且省钱。

天津“镇东”门外濒临海河，驾一叶扁舟东下，即可顺利到达大沽海口，饱览海上日出的壮丽景象；历史上的“安西”门外，一片葱茏绿树，祥和烟霭；在“定南”门外，则是土地丰饶肥沃，千顷稻田富庶。

明代“津门八景”的前四景，可视为对天津卫4座城门风光景致的高度概括——“拱北遥岭”（北门）、“镇东晴旭”（东门）、“安西烟树”（西门）、“定南禾风”（南门）。

到清朝康熙年间，天津卫总兵赵良栋重新修建天津城门，重新题刻4座城门的门额：“东连沧海”“西引太行”“南达江淮”“北拱神京”。

历经沧海桑田的4座城门，如今都不复存在，但已成为津门地名中“东门”“西门”“南门”“北门”的由来，既可追溯历史演变，发思古之幽情，又可传承地理文化，抒抚今之胸臆。

由津门的东西南北的4座城门，后来派生出不少的街道名称，譬如“南门外大街”“北门外大街”等。

津门不仅有豪杰，还曾诞生多位国家级的相声泰斗和大师，脍炙人口的津门相声，既丰富了人们的娱乐生活，也增添了祖国的文化瑰宝，“南门脸儿”的津门方言口语，成就津门最为典型的方言和地名之一。

究竟哪里才是津门故里？据一家之言，全国著名的老字号劝业场、泥人张等，坐落于天津的古文化街，俗称“津门故里”。

谈到津门，就不能不提及南市食品街的门楼。

南市食品街也有4座“门”，分别命名为“振羽门”“兴歌门”“中圣门”“华腴门”，将它们的首字连接起来，即“振兴中华”。把传统古典文化与时代精神风貌冶为一炉，这样的创意和寓意，不由得令人击节赞叹。

南市食品街始建于1984年，它在1985年初开业时，我曾慕名来食品街，品尝了狗不理包子，还买了天津大麻花，这里4座“门”虽然方正，却差点把方向感一向极差的我转晕、搞得迷迷瞪瞪。

同样搞得我迷迷糊糊的，还有我国早年产生于特定历史背景下、现在的青年们可能不太理解、觉得不可思议的人事制度和户籍制度。

虽然北京和天津的距离不算远，我当时的工作单位也相当不错，但由于我和妻子毕竟新婚不久分居两地，所以我一度想转业调动到天津日报社工作。

由于纯属自己个人行为，我跑了两次天津市的人事部门，基本答案就是：没门！

津门历史上有 4 座门，南市食品街也有 4 座门，但若不先钻营好关系之“门”，我想从北京调动到天津，虽然同样是从事新闻工作，但根本“没门”！

何况在新华社解放军分社工作，我身为一位现役军人，还有转业到地方之后，天津作为中央直辖市，我能否拿到天津户口的关键性问题，若不先行钻营人事关系之“门”，也绝对是“没门”！

当时的我既有心高气傲的一面，也有不食人间烟火的一面，全然不懂得即便不玲珑圆滑，擅自两次跑天津市人事部门试探口风，坐冷板凳是显而易见，没见到好脸色也毫无疑问。

两次试探无果，我把转业到天津日报的纠结心思完全翻篇，死心塌地从此留在北京。尔后我在中央报刊工作三十余年，直至如今在北京退休。过了整整 30 年，我却在今年春节期间来到津门，隐于津门。难道“三十年河东，三十年河西”的谚语，说的也会是天津的母亲河——海河吗？

我入住的宾馆是“津门酒店”。

“津门酒店”大名鼎鼎，位于天津市和平区大沽桥海河西路北侧，由一栋“门”字形的五星级的圣·瑞吉斯酒店、6 栋水岸豪宅公寓构成，最高建筑是两栋 43 层的公寓楼，高度约为 143 米。

“津门酒店”的设计理念，源于对我国古典“门”字形建筑的发扬光大，其建筑形式与风格，与巴黎拉德芳斯金融商业区中心的新凯旋门有点类似，造型就像是一个挖空的正方体，象征开放的津门、畅达的海河要面向世界、通往世界。

下次我若再来天津，还会入住“津门酒店”吗？

风情的靴子

（2017 年 2 月 5 日）

靴子为何物？按人们通识所指认的，是帮子呈筒状、高到脚踝子骨以上的鞋。

靴子是何出身？原来大多为北方游牧民族御寒时所穿，又称马靴和高筒靴。

靴子是何来历？据老百姓口口相传，靴子的发明者是战国时期著名的军事家孙膑。

传说孙膑被其同门师兄弟庞涓陷害后，为了妥善护养自己被削去髌骨的伤腿，用兽皮制成有史以来第一双过膝皮靴，后世的制靴匠人就此将孙膑尊为祖神，称孙膑为制鞋业的始祖，专设牌位，挂画像长年供奉。

中国南方大多数地方不算寒冷，即便冬天有时稍微寒冷，也无须穿上靴子。

但是现如今世风大变，靴子已不是出行时御寒保暖的必备品，在南方的许多城市，靴子本来用以御寒保暖的功能，已经全然被装饰和审美的功能替代。

靴子嫣然一笑，成了衣物的“大众情人”；靴子俨然一变，成了衣物的“咖啡伴侣”——对城市里那些时尚的女性、年轻而又注重打扮的女性尤其是如此。

哪怕是在南方已经有些炎热的夏天，哪怕身上穿着薄而透、透而露的衣物，但脚上却裹而不露，穿着一双美丽靴子的年轻女性也不乏其人。

飞跃蓝天千万里，专程前往参加意大利的米兰时装发布会，对富裕起来的国人早已不是什么新鲜事，即便那些还不是非常富裕的都市丽人，也可以随时随地打开身边电视机的时尚频道，观赏国内外各种各样的时装表演。

若套用“蝴蝶的翅膀”这一句话，当米兰或巴黎等国际时装之都的模特儿正欲扭胯摆肩，裙子撩动的那一刹那，就像蝴蝶翅膀一样漂亮的裙子所扇动的阵阵时尚清风，顷刻也就刮到了中国的北京、上海和广州等一线城市。

硬朗的靴子和飘逸的衣裙，形成都市里的一道风景线，无论是夏天还是冬天。

靴子一路高歌猛进，追赶着流行的飓风。靴子适宜和裙子混搭混穿的风格，绵延流行至今，再也不是什么新鲜事。

“色系要相近、材质要统一”早已经是过时的陈词滥调，都市丽人完全可以将它抛诸脑后，自己怎么高兴就怎么来。对那些都市丽人而言，全然没有了一年四季的概念，只有“时尚”的一根筋，几乎所有的时尚服装都可以搭配靴子，甚至包括晚礼服在内。

靴子出奇制胜，战无不胜，显示出其无所不能的傲娇姿态。

靴子逆潮流而动，成为潮流的引领者或弄潮儿。

譬如过去搭配靴子选择的时装，非得足够厚实和稳重，足够长度和风度，才能显得恰如其分，相得益彰。现在有了靴子的粉墨登场，都市丽人选择的时装往往是越轻薄、越飘逸、越华丽，越能诠释流行的主题。

在精致和精到的女性化服饰里，添加些许休闲化的元素，适当进行一些帅气的打扮，是如今最为当道的都市丽人造型。那些似乎四季不分、充满手工质感的连衣裙，搭配上小鲜肉帅帅酷酷的靴子，正好可以营造出飘飘欲仙，阴柔和阳刚强烈对比和冲突的感觉。

无论橱窗里模特摆出的固定姿势，还是天桥上都市丽人形成的流动风景，通衢大道，大街小巷，靴子摆出一副时装主宰的高调姿态，横行无忌，霸道无忌。

都市丽人若想引领风情的滚滚潮流，拽住青春的美丽尾巴，不多准备几双抢眼的靴子，似乎就有可能被时尚冷酷无情地淘汰出局喽！

知易行难，都市丽人一旦步入商店卖场，面对琳琅满目、异彩纷呈的靴款，极容易犯晕——想寻找一双钟情中意的靴子，有时竟然比寻找意中情人还难。

需要知己知彼，才能百战不殆，These clothes are the in thing now in Paris，所以，还是先摸清今季最 IN 靴子的底细吧！

譬如从上到下都有皱巴巴褶皱的靴子。

皮货通常所具有的平滑工整的柔顺美，已经令靴子的设计师感到厌倦，他们见异思迁，迷上了靴子面料上不规则的褶皱，要的就是褶皱的沧桑美、练达美、屈尊美，就是褶皱的那种拧巴，褶皱那种与生俱来的不顺畅、不流利、不安分的叛逆味和颓废劲。

褶皱的顽皮元素和靴子一旦完美结合，就平添了几分任性，几分野性，几分索性，还增加了靴子的立体感。这种带有褶皱的靴子一旦穿在脚上，立马就给丽人们以强烈的视觉冲击，甚至过目难忘。

譬如带有毛茸茸皮毛的靴子。靴子那副毛茸茸的样子，极容易让都市丽人因温暖而产生温情。现如今的时尚服装界，招惹得包括靴子在内的所有服饰都铆足了劲，非得跟皮毛发生一些关系不可，完全把“皮之不存毛将焉附”的古训抛在脑后，无论是帽子、上衣、裙子、裤子，还是大包小包，皮毛都要如影随形。

靴子“一靴当关，万夫莫开”，当然也不肯就此落伍，要拉上皮毛为自己做点缀和陪衬。毛茸茸的皮毛的用量其实不多，或是在靴筒的上沿围一圈，或是化身为两个小鬏鬏，很Q很酷也很炫，随意自如地就挂在靴子的两旁，不仅手感柔顺爽快，在视觉上也倍增温暖和温情。

原本以古典和华贵著称的皮毛，一旦被招降纳叛，采集放到靴子上面，靴子顿时就显得摩登感十足，在日常环境下显得有旗帜鲜明的个性，在隆重的场合下又不失放荡不羁，真可谓一靴多用。

喜欢拉丁风格的美眉，一定也不会放过金属拉链这个小物件，不会放过靴子上有拉链这个极具代表性的细节。辣眼球的铜质或者银质拉链，成为靴子装饰的一个组成部分，不禁让人联想到军旅夹克，狂野豪放的味道顿时呼之欲出。

有的靴子设计师大手笔，干脆满足美眉们对金属拉链彻底爱个够的愿望，将几条长度不一的拉链有序地一起排列在靴子上，看起来既调皮淘气，又不显得杂陈凌乱。

独具匠心的设计师甚至会将靴子设计为镂空，让美眉穿上它时露出点脚踝的皮肤，恰到好处地卖弄一下性感。这样巧妙的“露点”，其实就是在靴子上挖出一个心形的洞眼，或者露出一大片空心再系上几条靴带。对这些细节的微妙处理，使得整体原本简单的靴子，顿时也变得十分生动和精致。

美眉们亦因靴子这个小小的变数，穿上它在大街袅袅婷婷地走过，能够携来一路的春光烂漫，留下一路的性感超群。

美眉们穿上靴子通常喜欢搭配裙子，倒未尝见得喜欢搭配裤子。难道她们不害怕寒冷吗？她们当然不怕。她们本来就心高气傲，热情似火，为了时尚之美、青春之美，她们难道会害怕零下气温的寒冷？

怎样的裙子搭配怎样的靴子才能相得益彰？时装设计师如此指点迷津：靴子越重就越应该让裙子变轻。平底的靴子最好配上轻薄的裙子，而高跟的靴子最好配上裹得很紧或者开衩的裙子。

为都市丽人和美眉所设计的理想穿搭，是要让她们在裙子和靴子中间留出一段皮肤，就像她们时尚的夏装那样，在裤子和上衣中间留出一段皮肤，一段洁白如凝脂、光滑如绸缎的皮肤，可以委婉而巧妙地暴露一下肚脐，展示一下肚脐这个风流穴。

譬如超长靴搭配超短裙。质地优良的过膝长筒皮靴，肯定都要经过特殊的伸缩处理，能使得靴子紧贴细嫩皮肤，能使得双腿更修长，脚踝更纤细，这是一个既科学又时髦的穿法。

身段高挑的美眉务必多加注意和把握，更 IN 的着装原则，是裙子越短靴子越长，才能解放自己引以为傲的一双美腿，将它们彻彻底底地显露出来，以便把男人痴痴追随的目光一网打尽。

超长靴搭配超短裙，更是在南方城市的冬天为美眉们量身定做的穿法。

如今全球气候都变成极其暧昧的暖洋洋，南方一些城市的冬天气温，动不动就会直窜到 20 多摄氏度，全然没有一点冬天含蓄和料峭的感觉；穿靴子虽然看起来相当隆重，但隆重中多少也有点沉重、有点累赘，若是按常规出牌，的确是不宜穿着靴子上街。

多少有点无奈的不争事实是，如今都市丽人和美眉患“靴子病”的现象已十分普遍，那些到医院创伤骨科就诊的，几乎都是二三十岁的时尚女性。

有权威专家坐堂就诊称：诱发城市女性特别是年轻美眉患上“靴子病”的主要因素，大致可以归结为 3 种类型：靴型偏小、靴靿过紧和靴跟过高。

故此，虽说爱美是无论男人或女人的本性和天性，但现代都市里那些爱美的年轻女性千万注意，一定要选购好适合自己脚部尺码的靴子，在注重穿着靴子美观大方的同时，更应以考虑穿着靴子时的舒适度为前提。

都市丽人若不懂得珍爱自己的身体，即便有靴子的收藏癖好，拥有数以百双计的漂亮靴子，一旦不幸染疴卧床，从此再也穿不上那风情的靴子，又何能让自己感觉“做女人挺好”？

再也穿不上风情的靴子，怎能够在T台风情万种地走秀，又怎能够在大街上风情万种地行进呢？

“靴子”的风情

（2017年2月6日）

丁酉年正月初五，我一头扎进了一只美丽的“靴子”，领略了“靴子”里里外外的浓郁风情。

“靴子”面积28.45公顷，虽然是一处AAAA的景点，但却不收取任何门票费。

“靴子”位于天津市河北区的海河沿岸，是由五经路、博爱道、胜利路、建国道4条道路合围起来，组成的一个四方形地区，统称并通称为意大利风情区。

既然名为意大利风情区，就得先说一说意大利这个国家。

意大利曾孕育出灿烂的古罗马文化及伊特拉斯坎文明。首都罗马曾在漫长的几个世纪里，都是西方的政治和文化中心，13世纪末的意大利，更成为欧洲文艺复兴的发源地和策源地。

意大利在旧石器时代就有人类在这片土地上生活。作为罗马帝国的发祥地，罗马共和国和罗马帝国甚嚣尘上，曾统治世界很大一部分的疆域长达数世纪。

14世纪至15世纪文艺空前繁荣的意大利，也是欧洲文艺复兴运动的摇篮，哼唱宁谧温馨的催眠曲甜美入梦。

因为意大利国土的轮廓像是一只皮靴，而且意大利的服装鞋帽更是举世闻名，所以将靴子作为形容意大利国家的称呼，倒也十分形象和传神。

意大利在罗马帝国的强盛时期，中国的东汉同样是世界上一个强大的国家，此前不久的光武中兴和明章之治，亦是中国历史上的盛世之一。

东汉时期的班超为西域回归、促进民族融合做出了巨大贡献，班超延伸到欧洲的一条丝绸之路，首次将中国和罗马联结起来。东汉时期也有罗马人第一次来到中国，顺着丝绸之路来到东汉的京师，也就是丝绸之路起点的洛阳，故此，中外历史书上一直有“东洛阳西罗马”的说法。

我在 2003 年和 2006 年，曾有幸去过意大利两次，钻进“靴子”里观光。

意大利共拥有 48 个联合国教科文组织世界遗产，是全球拥有世界遗产最多的国家。

公元 79 年毁于火山大爆发的庞贝古城、闻名于世的比萨斜塔、文艺复兴的发祥地佛罗伦萨、风光旖旎的水城威尼斯、被誉为世界第八大奇迹的古罗马竞技场等，我都曾去虔诚地拜谒过，唯独没有在意大利购买过任何商品，包括靴子在内的当地所盛产的皮革制品。

2003 年对意大利的访问，印象比较深刻难忘，陪同的中年导游是旅居意大利多年的吉林人，对中意两国的文化交流有着较为深刻的认识，不仅导游服务认真周到，还兴致勃勃带着我们一行，去他家中看过古玩和收藏。

导游在带我们旅游观光的同时，还让我们品尝了意大利的著名美食，譬如意大利的通心粉和比萨。

都说吉林人善于忽悠，但品尝意大利当地这两种道地的美食，这位吉林导游却时不时被我忽悠：“意大利通心粉不就是意大利面吗？这种欧洲最早的面条类食品，纯粹是从我们中国出口转内销，是由旅行家马可·波罗于 1295 年由中国带回意大利的！”

扪心自问，其实以上的说法并不太可靠。有历史学家认为，更大的可能。面条是由一位亚洲奴隶传入欧洲，这位奴隶曾在富裕的意大利人家里当厨师。

而通称为意大利通心粉的 Spaghetti，其来历又是什么呢？

传说在 18 世纪，在那不勒斯城附近有一家经营面条和面片的店铺，其店主叫马卡·罗尼。一天罗尼的小女儿在玩耍时，无意把面片卷成空心的一条一条晾晒于衣绳上，罗尼将空心的面条煮熟后拌以番茄酱，结果意想不到它大受食客的欢迎。

由此受到启发的马卡·罗尼，兴建了世界上第一家通心粉加工厂，并以自己的名字为通心粉命名，于是这种“马卡罗尼”面食便逐渐传到欧洲和世界许多地方。

我忽悠这位吉林导游：“意大利的面条形状千奇百怪，譬如细圆形长面条最具平民化的叫作 Spaghetti，细如面线的叫作 Angel Hair，但意大利面能有中国的面食多、比中国的面食还好吃吗？譬如兰州拉面和兴化线面。”

我继续忽悠：“你带我们到这家吃的 Pizza，奶酪都串味了，一点都不正宗！还是北京的 Pizza 正宗，浇的番茄酱和奶酪也地道！”

我知道忽悠这话很昧良心。意大利是比萨（Pizza）真正的发源地，在全球都颇受欢迎。

比萨的做法是在发酵的圆面饼上面，均匀地覆盖番茄酱和奶酪，糅以萝卜丁及一些貌似葱花的蔬菜和其他配料，由烤炉烤制而成。据称，意大利至少有 20000 间的比萨店。我在北京吃到的比萨，实际上是在北京的必胜客——全球最大的比萨连锁店就是美国的必胜客。

这位导游挺实诚，明知我是在故意调侃他，有点哭笑不得地只好与我打哈哈。几年后这位导游回国路过北京，也曾试图联系我见面聊天，但我当时刚好在外地出差，无奈与其失之交臂。我若是与他在北京聚首，会一起去必胜客品尝比萨吗？

我到天津出差的机会不算少，但天津居然有个意大利风情区，我还是第一回听说。

当然，从来也没有接待我的单位提议过，可以在公务之余顺便到意大利风情区看一看。

1998 年年底，作为海河综合开发建设的重要组成部分之一，天津市启动了意大利风情区的开发建设，充分利用这个地区独特的历史文化，天津意式风情街以体现浓郁的意大利风情为宗旨，将意大利风情区建设成为集旅游、商贸、休闲、娱乐和文博于一体的综合性多功能区。

我此番方知天津“金屋藏娇”，竟隐匿着一个意大利风情区，当然要来领略感受风情，要钻到“靴子”里耳闻目睹。

自第一次鸦片战争，世界各国列强对“东亚病夫”虎视眈眈，天津更成为他们弱肉强食的必争之地。公元 20 世纪初年的天津，曾有 8 个国家在此设立了 9 个租界。洋人们在这里建造了不少欧式风格的建筑，供自己办公或者居住。

1902 年，由意大利政府当局任命，一位名叫费洛梯（Filete）的海军陆战队中尉成为项目经理，领衔负责意大利租界和风情区的规划和建设。

1902 年 6 月 7 日开始建设的意大利风情区，总面积达 771 亩，既是中国唯一的意大利租界，亦是当时天津的 9 个租界之一。

意大利风情区不仅是在亚洲保存最大、最完好的意式风貌建筑群落，亦是迄今为止，意大利在其本土外最大的意式风格建筑群。

天津意大利租界南临海河，与天津法国租界和天津日本租界隔海河相望。意大利租界在建设过程中，以马可波罗广场为中心，还建造了完整的道路网及完备的公用设施。

1914 年，意大利还在此处的建国道大兴土木，修成了天津第一条柏油马路，并最先将所有道路修成高级路面，在附近建造的房屋也要求以意大利西洋古典式花园别墅为主。

在意大利风情区这一区域内，共葆有意大利建筑风格的小洋楼 137 栋，包括历史上的剧场、学校、教堂、市政办公厅等，也包括近代历史上一批文化名流的故居，是至今保存完整的、原汁原味的、距今有百年历史的欧洲建筑群。

1998 年对意大利风情区的统一规划和修整，目前这里已经以焕然一新的面貌对游人开放，原来的意式建筑也被修缮成为特色餐厅、咖啡厅等。

首先映入我眼帘的，是街区中心带有喷水柱的一个圆形广场，广场的名字就叫马可·波罗。

马可·波罗约 1254 年出生于意大利威尼斯一个商人家庭。据称在 17 岁时，马可·波罗就跟随父亲和叔叔前往中国，历时 3 年多，于 1275 年到达当时元朝的首都，与大汗忽必烈建立了友谊。他在中国游历了 17 年，回到威尼斯多年之后，由他口授，写出一本著名的《马可·波罗行记》。

将意大利风情区的中心广场命名为“马可·波罗”广场，可谓恰如其分、适得其所。

而意大利风情区的风情不再，只是早年那些带有浓厚洋味的其他街道名字，如今已毫不通融、毫不留情地被我们摒弃，更改为属于中国自己的名字，堂堂正正地宣示了应有的主权：这片风情街区今后的真正主人，永远只能是中国人。

汇入熙熙攘攘的春节游客人群，我举目四下张望，只见风格各异、造型独特的沿街洋楼虽然鳞次栉比，却毫不雷同；角亭、圆拱和廊柱等建筑或高或低，错落有致，广场、花园、雕塑恰到好处地点缀其间。

我仿佛徜徉马可·波罗故乡美丽而又古老的小镇，感受到无比亲切又温馨的氛围——虽然在中国传统节日的春节期间，在这里较少看到金发碧眼的来自欧美的游客，看到的基本上都是黑头发黄皮肤。

或许因为只是浮光掠影，在街道两旁遍布的摊亭店铺，我甚至没有看到卖比萨和 Spaghetti 的摊亭，倒是好几处卖天津著名小吃的摊亭，煎饼馃子和麻花所散发的阵阵诱人香气，不断撩拨勾引着我的食欲。

在意大利风情区和老租界，抚今追昔，物是人非，亦可对中国近代史上的一些名人追思感喟——这里有梁启超的饮冰室、曹禺和李叔同的故居，以及冯国璋的府邸等。

许多以意大利风情区为外景地的影视剧，影迷们都耳熟能详。譬如《建国大业》《辛亥革命 1911》《白银帝国》《风声》《梅兰芳》《金粉世家》《大上海》等，都是在意大利风情区就地取材拍摄，生动再现当年的真实场景。

我在意大利风情区用半天时间浮光掠影，拍下多张街头的雕塑，包括花仙子雕塑那风情万种的半裸照片，不由想到了“壶里乾坤大，杯中日月长”，情不自禁将这一句诗词生吞活剥，是为：靴里乾坤大，门中日月长。

小镇风情大比拼？

（2017 年 2 月 8 日）

中国能快速制造出机电设备等一些工业产品，其高超精到的水平不仅国人早已心知肚明，洋人的吃惊咋舌和惶恐不安也显而易见。

我国多处城镇致力于发展旅游产业，模拟世界其他国家城镇的建筑风格，进行欧洲小镇的建设也惟妙惟肖，足能以假乱真，其复制和仿造的能力似乎比机电制造业也略胜一筹，我因为最近做了一些功课才有些许的了解和感悟。

据称，我国已建设有十大翻版的欧洲小镇，不出国就可体验异国风情。

譬如南宁的欧洲风情小镇，在南宁市明月湖畔投资 7 亿元，打造独具欧洲风情小镇园林建筑；在深圳东部的华侨城景区有个茵特拉根小镇，巡游的队伍有爱尔兰的风琴演奏；

譬如武汉有西班牙风情街，夜色中的中国·武汉光谷广场如梦似幻美如画；在广东惠州有奥地利小镇，因奥地利的哈斯塔特村号称“世界最美村庄”，中国五矿集团投资 60 亿元加以“克隆”，取其美名为“五矿哈斯塔特”；

譬如大连也有“威尼斯水城”，位于钻石港湾的“威尼斯水城”实为海昌东方水城项目，占地 40.36 万平方米，由法国设计师团队设计，斥资 50 亿元投资建设；杭州的天都城有翻版的巴黎建筑，在山寨版的“埃菲尔铁塔”旁边，当向日葵的金色花海起舞绽放，冷色和暖色的搭配组合也颇为有趣。

中国超大城市的上海，可能由于城市的人口太过于密集，但又不像文化名城北京那样，有着诸多像颐和园、北海公园那样老祖宗留下的公园，所以上海为了便利长三角地区人们的节假休闲，就在城市周边建起了好几处模拟欧洲风情的小镇。

譬如佛罗伦萨小镇——“上海名品奥特莱斯”正式盛大开业，作为纯正意大利风格的大型高端名品奥特莱斯，首次把意大利的经典建筑风格和文化氛围，以及最丰富的品牌选择和高品质的服务移植到上海；坐落于上海宝山罗店镇的北欧风情小镇，仿照瑞典美丽小镇西格吐纳建设，受斯堪的纳维亚风格影响，一一复制了瑞典的梅拉伦湖和冰岛的国会大厦等。

林林总总的我国已建和在建的欧洲小镇，我只是刚刚听说其各具的西洋风情而已，是否真的貌若天仙下凡尘，就像当地旅游部门和开发商宣传的那么芳华绝代，我无暇一一进行考证，当然也就无从置评。

2016 年五一期间，我在上海讲学之后，曾到松江区的泰晤士小镇走马观花。

松江核心区这座方圆 1 平方千米、绿化覆盖率高达 60% 的泰晤士小镇，据称是全上海最小资的地方，其规划布局和建筑风格确实都充满英国风情，几乎各历史时期的英伦风建筑，都被浓缩体现在这个小镇上。

泰晤士小镇没有像国内大多数的旅游景区那样，设有明显的大门和门卫，当然也不可能收取参观游览者的门票。

据悉，松江泰晤士小镇的建设除了美化城市环境，主要是为了提升周边房地产的品位，带动周边房地产的开发，故此，它由上海松江新城建设发展有限公司发起，联合上海恒和置业有限公司等几家大型房地产企业共同打造。2004 年，这个泰晤士小镇获得“上海市最具投资潜力楼盘”称号。

松江泰晤士小镇半天的游览倒也赏心悦目，对它的整体印象还算不错，但不管怎么说，这个泰晤士小镇也是山寨版的——历史上虽然松江一带也留有洋人、特别是英国传教士居住和活动的印记，但在这个地域上所建的泰晤士小镇，基本上属于“无中生有”。

天津的意大利风情区（街）则不是空穴来风，凭空想象和复制出来的产物，它在 100 多年前就早已有之。

天津意大利风情区（街）位于天津市河北区，是由五经路、博爱道、胜利路、建国道 4 条道路合围起来，一个在 1902 年就已开建、1914 年就已初具雏形的四方形街区的统称和通称。

今年春节期间，我游览了天津意大利风情区（街），不仅印象颇好，也感触颇深。

历史悠久的天津意大利风情区（街），在 1998 年年底被动工修复如新，成为对海内外宾客开发的 AAAA 旅游景区。

各地发展健康的旅游产业、致力于城镇化建设，适当开建一些带有浓郁欧洲风情、异国风情的小城小镇也未尝不可。

是否会出现各地风情小镇的大比拼？未经充分的调查研究，我实在不敢冒昧断言。

各地开建的风情小镇，事先都一定要做好充分的论证、做好科学的规划，保护好生态环境——无论开建风情小镇纯粹是为了发展旅游产业，还是为了带动周边的房地产开发品位，抑或是两者统筹兼顾，有机结合。

华丽与风情的穿越

（2017 年 2 月 11 日）

春节挑选在津门入住的酒店，诚邀我前往津门度假的一位老朋友，他为我首选入住的是利顺德大饭店：“这可是一家百年大饭店，住过孙中山先生等诸多历史名人，甚至饭店里头的电梯都是中国第一台，还带有一家博物馆！”

说得我顿时怦然心动。这位老朋友除了是一位“天津通”，还在不低的官位毅然下海经商多年，自己就拥有中国第一家私人科技博物馆、科技部挂牌的科普教育基地，能得到他如此嘉许的饭店，显然非同一般。

但因是春节旺季，这位老朋友未能帮我预定到利顺德大饭店，让我住到同在闹市区的金皇大酒店。

金皇大酒店虽然也是五星级，酒店周身的大玻璃幕墙却都镀着土豪金，出租车司机告诉我说：酒店在早年开业时曾有过报道，在那大玻璃幕墙上镀的是一层真金粉。

金皇大酒店的豪华间价格将近 500 元，但即便是在春节期间，似乎也很少有宾客入住，我在酒店的四层只吃过一次的西餐厅，也是门可罗雀。

金皇大酒店的境况，更促使我对利顺德大酒店的向往。临离开津门的最后一天晚上，我决计要到利顺德大酒店去开一开眼界，探个究竟虚实。

走到利顺德大饭店的后门，朦朦胧胧的夜色和灯光，甚至让我对它大理石基座上的铭文产生怀疑，以为是自己老眼昏花。

直至步入大饭店的内堂，我眼前才豁然开朗，不由得叹为观止：这百多年历史的大酒店果然名不虚传！

“利顺德”三个字，源自孟子教训儒家子弟为人之道的格言：利顺以德。之所以选定这个名字，若追根溯源，还得从饭店的创始人殷森德谈起。

1860 年第二次鸦片战争之后天津开埠，各国传教士便接踵而来。1861 年 4 月到达天津的 Innocent 便是其中的一位，他是英国基督教会第一个来天津的传教士。殷森德便成为 Innocent 先生英文姓氏的音译中文名字。

1886 年，天津工部局董事长、英籍德国人的德璀琳成为利顺德大饭店的第一大股东，股东们经过商议，拆毁已不合时宜的利顺德旧房，在旧址上建起一幢三层砖木结构，使利顺德饭店鹤立鸡群，成为当时英租界中最高也最大的建筑。

利顺德饭店就此松鹤独步，成为当时中国外交和政治活动的重要场所。英国、美国、加拿大、日本等国亦步亦趋，曾先后将自己的领事馆设在利顺德饭店。

随后的几年里，德璀琳又先后在利顺德附近大兴土木，修建了许多中西合璧的建筑，并给它起了一个新的英文名字：Astor House Hotel，若直接翻译过来就是“总督府饭店”。这位总督指的便是当年的直隶总督李鸿章。

得以闻名遐迩的利顺德大饭店，如今已是我国唯一列入国家级重点文物保护单位的酒店，它饱经沧桑的厚重历史，使得其成为我国历史最悠久的酒店。

利顺德大饭店经过第三次大修，于 8 月重新开张迎客，使得这家当时就已有 148 年悠久历史的酒店重放异彩。

我穿过饭店古典、大气的欧式大堂，看到著名的维多利亚中庭花园。这里的原址曾是利顺德老楼的大宴会厅和舞厅，现已被改造成为透光穹顶的花园酒廊，在其正面墙上所镶嵌的浮雕，是 1993 年制作的利顺德百年风云人物，洒脱遒劲的书法，是中国佛教协会会长赵朴初老先生的题字。

利顺德大饭店 2010 年翻新后，在 1984 年加建的新楼基础上，按照欧式风格重新改建新大堂，其古典气派的英伦风格扑面而来。

大堂的一侧铺着敦厚松软地毯的楼梯，直通水岸中餐厅，充满宫廷复古的华丽气息。

中庭花园一侧的走廊，完全是一派欧式古典风情，而走廊上方悬挂的宫灯却是一派中国风。

欧洲古典风格的建筑式样，天花板垂下的温馨铁艺吊灯，我曾在游览欧洲的古城堡时看到，而四周的壁灯与绿色的丝质墙纸，却是淡雅脱俗、清新扑鼻的中国风。

这东西方情调与文化的精致结合，艺术风格灵巧混搭的绝妙体现，在利顺德大饭店无处不在。这样精致曼妙的混搭，既是利顺德大饭店百年独具的气息，也是天津海河两岸的如兰气息。

我感到了时空的穿越。穿越之感尤其强烈难以自抑的，当然是这里宽敞的通道与走廊。我抚摸着百年沧桑的木墙，吮吸着历史烟云中的扑面气息，在冥冥之中感应，总觉得有几位甚至更多历史名人正要与我擦肩而过。

在利顺德大饭店，处处都可触摸并未尘封的历史。

中国的达官显贵“敢为天下先”，从来都不会拒绝奢华和时尚，这里也留下他们的刚愎自用：早年使用的电灯电话和电梯等电器，包括末代皇帝溥仪曾使用过的留声机，在古旧的唱盘缓缓转动时，留下一段历史奢靡而清晰如昨的回响。

利顺德大饭店经过百多年的风云，亦是我国唯一一家拥有专属博物馆的豪华酒店。

奥的斯电梯于 1924 安装，堪称是利顺德大饭店的镇店之宝，这部如今基本不再动弹和升降的近百年老旧电梯，其边上紧挨的就是利顺德博物馆。

这几天利顺德的确是人满为患，一间空闲的客房都没有，直到今天才刚腾出一两间空客房，每天房价是 1200 元，淡季的价格则是 880 元。

我为自己的托词感到害臊，只好理屈词穷地就此告退，在大酒店的底层又蹭了一会儿赏心悦目的光景。

百年风云的龙虎际会，全在我的眼底一览无余。

利顺德的华丽，属于“大炮”性情的孙中山先生，他于 1924 年再次入住利顺德时，是在这里指挥全国反对军阀的斗争。如今，利顺德的 288 房间，可谓名副其实的“总统套房”，因为孙中山先生的几次入住，这里也被称为“翠亨北寓”。

利顺德的华丽，属于溥仪与皇后婉容在此跳舞的舞厅。1925年年初，溥仪和婉容在日本特务保护下化装成商人，乘火车到达天津的日本租界，在这里度过6年多的所谓“逃亡”生活。“春花秋月何时了，往事知多少。小楼昨夜又东风，故国不堪回首月明中。雕栏玉砌应犹在，只是朱颜改。问君能有几多愁，恰似一江春水向东流。”末代皇帝溥仪堪比南唐的最后一位国君李煜吗？

利顺德的华丽，属于梅兰芳先生入住过的房间，从1916年第一次入住利顺德大饭店，直至1961年去世，梅兰芳几乎每年必到天津，而每到天津都住在利顺德饭店，算起来多达十几次。梅兰芳当年入住的332房间至今保留原状，命名“兰芳套房”。房内一切陈设犹如当初：素雅的蓝色沙发，古朴的黑色梳妆台，以及那架老式的大喇叭留声机，那盏景泰蓝装饰的台灯……

利顺德的风情，属于蔡锷和小凤仙在此的约会。袁世凯阴谋称帝，蔡锷将军以看病为借口来到利顺德，与梁启超共商反袁之策。利顺德饭店的吉祥如意，让蔡锷将军在官场和情场都大获全胜，他不仅将美人如愿以偿地揽入怀中相伴，更实现了自己报国情怀和政治生涯的重大转折。蔡锷在小凤仙等的掩护下深夜在天津登船，几经转折后秘密奔赴昆明，宣布云南从痴心称帝的袁世凯处独立。

利顺德的风情，属于张学良在此与赵四小姐相知相爱。1929年，张学良痛失爱子不久，与两年前相识的赵四小姐再度邂逅，爱情治愈了张学良的伤痛，他俩在215房间的爱巢里，共同品尝最爱的百里香迷你饺子；赵四小姐修长的玉指飞扬，弹奏着从美国越洋运来、1900年产自美国芝加哥汉密尔顿牌钢琴，拨动的却是张学良难以平静的心弦……

利顺德的风情，是美国第三十一任总统胡佛在此举行的烂漫婚礼。1898年12月，24岁的胡佛应清政府的聘请来中国工作，经天津利顺德饭店经理墨林介绍在墨林公司——中国机矿公司当经理兼煤矿技师，当时他的中国名字叫胡华。翌年2月10日，他与大学女友卢·亨利喜结良缘，并在利顺德饭店举行了隆重婚礼，后来还在天津生下两个儿子小赫伯特和艾伦。完全可以说，无论天津还是利顺德饭店，都是胡佛多年之后能荣登美国总统宝座的发祥地。

当然，这里还有周恩来、袁世凯、马歇尔将军等人留下的屐痕和印迹处处……无论古今中外，与利顺德的种种因缘和风云际会，都在这里或轰轰烈烈或悄声无息地上演过。

通过酒店老大堂那扇旋转门、1863 年的厚重木质转门，一下就穿越到了解放北路，这里的古典英伦风情，同样浓得化解不开。

夜里独步走出这扇古老的旋转门，那一种强烈的时空穿越感扑面而来。

我缓步走出华灯初上的利顺德大饭店前门，在一片灯火璀璨的夜色中，利顺德大饭店更加显得光彩照人、妩媚诱人。

十余米开外就是海河，这一处海河边上的码头，以及码头上停泊的一艘游轮，亦是利顺德大饭店的专属。

我漫步在海河两岸沉醉的春风中，欣然融入海河两岸灯光照亮的夜色，似要潜入海河和津门的历史大幕之中……

08

诗意广东

淡抹浓妆需相宜

（2017 年 2 月 9 日）

相对西洋年轻女子的热烈奔放、狂野张扬，东方年轻女子不仅温婉可人，通常在谈情说爱时也比较含蓄端庄，娇羞内敛。

“水光潋滟晴方好，山色空蒙雨亦奇。欲把西湖比西子，淡妆浓抹总相宜。”这是苏轼任杭州通判时所作赞美西湖的一首名诗，题为《饮湖上初晴后雨》。

苏轼将西湖比喻成美丽的西子（西施），宋代的才子佳人们无不为之赞叹折服，誉为“道尽西湖好处”的佳句，以致“西子湖”就此成为西湖的别名，更难怪后来的诗人自叹江郎才尽而为之搁笔：“除却淡妆浓抹句，更将何语比西湖？”

苏轼“欲把西湖比西子”的形象比喻，其重要的前提条件，毫无疑问，是西子（西施）姑娘的美丽、沉鱼落雁般非同寻常的美丽。

从事新闻工作 30 多年不懈在基层的行走，特别是自从去年退休之后，我有千里涂鸦的闲情逸致，到国内诸多美丽小镇、乡村景点观光和游览，全国各地对古镇古宅、古民居妥善保护，发展方兴未艾的乡村旅游业，给我留下了深刻的印象。

这里不说乌镇、同里等古镇古宅。这些古镇和古宅以俗人之如我辈的眼光，即便不去审视和挑剔它的被过度开发，起码可以批评的是，它已经不太像苏轼笔下，东方美女西子那样“淡妆浓抹”，而是大红大绿地艳妆艳抹，显得太过妖冶，已经有点近乎西洋女子的奔放和张扬。

我比较有感觉并为之怦然心动的，是珠海市保护完好的那些村镇古民居。

譬如在珠海的唐家湾镇，西南约 10 千米处的会同古村。这是一处真正堪称原生态的古村落，村落里古树参天，绿荫掩映下的是古色生香的清代民居。

若不是热心的珠海朋友引荐带路，我怎么也意想不到，这里居然会隐匿着一个世外桃源般神奇、建筑风格古朴却历史积淀厚重的村落。距离会同古村不过区区几百米处，就是拥有北京师范大学、北京理工大学等众多名校分校，以及上万名学生的珠海大学城。

会同古村呈现三街八巷的棋盘格局，村前的祠堂与一座碉楼相映，石碉楼为长圆弧形，高两层半楼，顶部设瞭望台，四周有射击孔和窗户，是清代以降该村的一个重要对外防御设施。

入村的道路还在施工修整之中，起初让我有点慌不择路，但一进入村子就能看到灰瓦、青砖、飞檐的岭南典型民居群，其中还有莫氏大宗祠（会同村史馆）、云飞碉楼等人文景致。

值得称奇的是，会同古村所有这些古民居，无论富贵贫贱，都一律坐东向西，与整个村落的朝向一致，所有的院门都开在或南或北两个方向的小巷上，显得整齐划一，好像早在 100 多年前这里就已有了新农村建设的统一科学规划。

唯一的例外，是会同古村的“南控沧溟”清代古建筑遗址，坐东北而向西南，门楼上镶嵌的石匾，阴刻“南控沧溟”4 个大字，可见当年会同古村的气势非凡与卓尔不群。

“南控沧溟”门楼现在已成危旧建筑，用几根木柱临时支撑，防备门楼可能突然倒地砸伤路人。此处门楼虽然历经上百年的风雨洗礼，但基本面目还算清晰。相信采取相关的妥善保护措施，它定能依然屹立不倒，笑迎八方前来观光的世人。

会同村的近代建筑群古色古香，主要包括栖霞仙馆、两座碉楼、莫氏大宗祠等 3 座祠堂和 40 多座民居，大多建于晚清和民国年间。

对会同古村原汁原味的保护，既是珠海迄今为止保存最完整的一处清代岭南特色建筑群，更是阔步进入国际化和现代化的珠海特区的一个骄傲。

古村头的土地神位依然是香火不断，进入村内的道路依然是小桥流水，参天的古树绿荫遮日，沧桑的老宅像饱读诗书的老者似的神闲气定。虽然距离会同古村不远的公路早已是车水马龙，人潮汹涌，而这里依然是一派闲适的田园风光，可以悠然地“采菊东篱下”。

稍微的遗憾也不是没有。在会同古村花大半天发思古之幽情的寻访，我几乎一逢当地人就会上前问询，有否本乡村的文字资料可赠送或购买，否则无法准确地核实典故，我的涂鸦可能谬误诸多。

特别是开设在古宅深巷的一家咖啡店里，既然有着其他的书籍可在此供游人购买或借阅，为何就不能像珠海市香洲区的社区公园——梅华城市公园那样，可以让人们一边品尝着淡淡的咖啡香，一边悠然自在地阅读属于社区本身的读物，更方便游客的“就地取材”和“对号入座”呢？

好在我的执着问询与快步疾走也有所回报，即将临离开会同古村时，我找到了社区公共服务站，村干部问清“不速之客”的来意，赠送了我一本《香洲区不可移动文物名录》，不能说是歪打正着，但总算没有负我一番良苦用心。

由此，我想到国内已建和在建的一些乡村景点，包括英伦小镇在内的十大翻版欧洲小镇，想到旅行社和房地产开发商的诱人广告：不出国就可体验的异国风情。

英国作为最为老牌的资本主义国家，最让我们当今所谓的“城里人”想象不到的，是英国乡下人的收入普遍比城里人高。

在远离水泥建筑囚禁、汽车尾气供养、闹市喧嚣折磨的僻静乡下，那些“乡巴佬”耕作自己的土地、装饰自家的庄园、庭院，迷人的乡村景色遍布周围，他们可以自由自在地生活。

英国的许多社会精英都是从乡村走出，演变成当代精神层面的贵族，他们不但深深热爱着自己的家乡，有着自己的乡愁和乡恋，而且在富裕和发达之后，并非感到自己已发迹成为土豪，他们首先想到的一件重要事情，就是要回馈和反哺乡村，把自己曾经生活过的乡村变得更加美好。

当然，他们也断然不会铤而走险，为了一个“城市户口”和暂住证、为了享有大都市垄断的医疗和教育等公共资源，在百般无奈中背井离乡，从此走上一条不归路。

像著名的“珠海渔家女”雕塑那样，淡抹浓妆的珠海不但美丽，而且妩媚。

作为海滨城市的珠海，是全国唯一以整体城市景观入选“全国旅游胜地四十佳”的城市;《2013 年中国城市可持续发展指数报告》指出，珠海的综合排名全国第一，是一处新型的花园城市；珠海拥有国家新颁布的“幸福之城”，有“浪漫之城”的称号。

2016 年 1 月，珠海经我国住房和城乡建设部评选，荣膺首批“国家生态园林城市”。

2015 年的金色秋天，我通过对珠海市、香洲区连续几天马不停蹄的调研考察，觉得在毗邻港澳的珠海，其现代化都市的风情万种姑且不说，即便稍微偏僻的乡镇和农村，“山色空蒙雨亦奇”，也独具山野村姑的恬静与柔美，淳朴和俏丽，很有一番古诗词里田园泥土的芳香气息。

珠海没有以损害生态环境换取 GDP 的增速，尤其因为对古村和古镇的妥善保护，举目是碧海蓝天，到处是山清水秀，遍地是宜人风景，确实称得上是宜行、宜居的秀色乡村。

对我国新农村、新城镇的规划和建设，如果真心实意喜欢它、爱慕它，要将它塑造成为美丽的西子（西施）姑娘，那就请多读几遍苏轼的《饮湖上初晴后雨》，多留意几眼西子（西施）姑娘的穿戴和打扮吧，但务必谨记一句话：淡抹浓妆需相宜!

藏书万卷与遗金满籯

（2017 年 5 月 20 日）

到佛山市顺德区，到这个美丽的大学校园和书院，我首先想到的，是要到这里的图书馆去看一看，这里有多少图书可供莘莘学子阅读。

虽然我明明知道进入网络时代，人们更多的是足不出户，就以看电子读物为主；虽然我明明知道，中国科学院率先行动，早就在 2000 年建设国家科学图书馆时，就在引领了数字化图书馆的潮流。

由于工作上的原因，我曾学习并整理了时任全国人大常委会副委员长、中国科学院院长路甬祥许多关于当代图书馆建设的讲话和文章。

路甬祥说："我早在中学和大学时代，就和图书馆结下了极其深厚的情缘。我学生时代周日的时间基本都是在图书馆度过，许多理论知识都是从图书馆获取的，我深刻体会到，图书馆是知识的宝库，是创新的源泉。"

"后来，我在浙江大学和中国科学院工作，更充分认识到图书馆系统、文献系统是支持人才培养、支持科技创新的重要基础。现代图书馆不仅是重要的基础设施，更是研究支撑平台、战略研究与服务平台、知识挖掘平台，它对于学校、中国科学院乃至整个国家创新体系的作用都是难以衡量。许多科学家的成绩背后，都有文献情报系统的支撑和服务，离开不了文献情报的鼎力支持、离开不了这个平台。"

路甬祥指出："图书馆历来都是知识的宝库，是我们学习的平台和园地，是人类文明成果积聚的地方，在信息社会和知识经济时代，信息和知识服务起到的作用更大。早年的图书馆都有一定局限性，不管一个国家的实力有多强、资源投入有多大，它的资源总是有限。"

路甬祥强调："当代图书馆的边界实际上是无限的，通过互联网络，全世界的信息都可以汇聚。只要有知识挖掘处理分析的能力，可以为科研、教育、经济社会发展、为企业提供无止境的知识服务。"

即便当代社会通过互联网络和大数据，进行信息收集、知识服务和知识获取，对经济社会发展、科技创新、国家与社会管理、教育水平的提升、整个社会进步的作用不可替代，潜力巨大无限，但对纸质读物的阅读，同样不可完全取代。

对我而言也是如此。虽然我进行了大量的网络阅读，但撇开近年来视力严重下降，不戴老花眼镜就不能顺当阅读的因素，我对书籍的购买量和阅读量并没有由于网络阅读而锐减。

我不知道“藏书”究竟是一个什么概念和定义，“藏书”的概念究竟该如何严格界定。

对我家中现有的书籍的数量，我从来没有认真加以统计，大概有一万本吧？起码，我家里的书籍比我要“舒坦”，比我在家里坐着和睡着都要舒坦。

如果我也能称得上是“藏书者”，那么，我在家里坐着和躺着也中枪。学者葛红兵早年写的一篇博文，题为《藏书：是一种恶癖》。难道我就是葛红兵先生所说的那种有“恶癖”的人？

葛红兵说：“我曾经深爱藏书，最高峰的时候，有近万本藏书。25平方米的书房，两层书架都放不下，床下面，椅子下面，桌子上都是书。但是，后来我开始赠书、送书、捐书。一是放不下了，二是不方便——自己家里没有人管理藏书，真找书看的时候根本找不到，找一本书常常要用一个两小时，单是找人整理书架，一次就需要一个硕士以上学历的学生，花费三四天甚至一个星期的时间。”对此，我亦深以为然。

葛红兵说，他发现藏书其实就是一种陋习、旧时代的陋习，其理由有二。

一是很多人藏书，藏的是财富，是贪婪恶念：“很多人藏书，藏善报、珍本、孤本等，津津乐道地炫耀自己的藏书之丰富，不过是在炫耀财富而已，你叫他把他收藏的珍本、善本、孤本拿出来借给人看看试试？他没把书当书，而是当他的财富了。他藏的哪里是书？是财富，是贪婪而已。把贪婪用到书上，是贪婪的极致。”

我家里的书虽然有万本之多，但好像并没有“收藏”什么珍本、善本和孤本，所以在我的身上，似乎谈不上有葛红兵所批评的“旧时代的陋习”。

二是很多人藏书，藏的是思想，是愚民意识：“他把书藏在家里，秘不示人，就是想占据知识制高点，让别人都成为他的‘群氓’。我小时候曾经步行一个小时，到邻村一个有藏书的人家借书，想看看他的藏书，但是那次我磨蹭到天要黑了，还是没借到。其实，他根本就是不借的——他的书是用来自己读的，绝对不是为大家服务的。如果大家都能读到，他还藏个什么劲儿？”

难道我就是葛红兵博文所指责的“藏来藏去，就是想独占其有而已”，必须对号入座的顽主？

北宋诗人黄庭坚在《题胡逸老致虚庵》一诗中，有“藏书万卷可教子，遗金满籯常作灾”的句子，意思是诗书传家能使后代成才，而遗金满籯往往给子孙招来祸害。

我乃一介落魄潦倒的弱书生，“遗金满籯”对我无异天方夜谭。若依黄庭坚的意思看来，我还是将万卷书永远留着，让我的子子孙孙都能受教成才、成栋梁之材？那么问题又来了，我这“万卷书”能永远留得住吗？

对此余秋雨先生显然有目光和远见，约在20多年前他就写过《藏书忧》一文，其中就说得相当明了：“单单继承一个书房，就像贴近一个异己的生命，怎么也融不成一体。历史上有多少人能最终构建起自己的书房呢？社会上多的是随手翻翻的借书者。而少数好不容易走向相对完整的灵魂，随着须发皓然的躯体快速地在书房中陨灭。历史文化的大浪费，莫过于此了。”

拖趿拉鞋在大学校园蹿红

（2017年5月21日）

2014年初夏的网络上，流传着这样一张照片：有一位老汉，且不说其貌不扬，干脆就是一位蓄着稀稀拉拉胡子、脸颊瘦削干瘪的贫困老农，他坐在中国科学院大学的课桌低头念发言稿。

照片里的老者穿着一身极其简朴的黑衣服，通过课桌底下可见到他那稍微抬起的那双脚，黑布鞋里没有穿袜子的脚，完全是一副不修边幅的模样。

人们见到这张照片，本能的第一反应就是：莫非他是应中国科学院大学的邀请，来给学生做农村需要扶贫济贫报告的农民老大爷？

后来经过网友们的大起底，才得以真相大白，这位貌似寒酸潦倒的老者，居然是中国遥感领域的带头人李小文院士，他是“李小文——Strahler”几何光学学派的创始人，成名作被列入国际光学工程协会“里程碑系列”，他带领的科研团队所取得的一系列成果，在国内外遥感界享有极高的声誉。

李小文这张目无旁骛、在中国科学院大学神闲气定做报告的照片，不由让人们浮想联翩：在金庸的《天龙八部》里，有着一位其貌不扬却盖世神功的“扫地僧”，看似平凡，实有奇功。

李小文院士这位不愿意穿袜子的“扫地僧”，搞科研却能国际领先，一时间让他在网络上迅速蹿红，拥有众多的民间粉丝。以至于李小文院士 2015 年 1 月不幸病逝后，新华社也发布了消息，其题目居然就是相当火爆抢眼的《世间再无扫地僧》。

颇为耐人寻味的是，就在李小文院士因这一张不穿袜子给学生做报告的照片，不经意在网络上蹿红之后半年，1976 年出生于湖北省钟祥市石牌镇横店村的农民、患有脑瘫的女诗人余秀华，却因为一首题目就足以令人心惊肉跳的诗歌，也一举红遍了全中国。

农民女诗人余秀华在网络上的蹿红，比起李小文院士在“圈外”突然蹿红的速度，的确是有过之而无不及。

余秀华在她诗歌的开篇就写道：“穿过大半个中国去睡你，其实，睡你和被你睡是差不多的，无非是两具肉体碰撞的力，无非是这力催开的花朵，无非是这花朵虚拟出的春天，让我们误以为生命被重新打开。大半个中国，什么都在发生：火山在喷，河流在枯……”

余秀华迅速蹿红，不正是如她诗歌中所吟咏的那样，“大半个中国，什么都在发生：火山在喷，河流在枯”吗？！

此番我游走到广东，游走到南方医科大学的顺德校区，第一天为学生们做报告还算衣冠楚楚，道貌岸然，一本正经，第二天就开始衣冠不整，不仅穿着休闲短裤，而且趿拉着校园公寓里配置的拖鞋，在校园内外到处流窜。

我已完全撕掉我那道貌岸然、一本正经的伪善面具。

顺德校区远离闹市，幽静宁逸，近年来刚流行的共享单车在这里几乎见不到，昨天早餐过后，我趿拉着拖鞋在校园里漫无目的地游走，偶然见到在行知书院前停放着一辆共享单车，我不由大喜过望，微信扫码之后便蹁腿骑上。

我骑上刚三五米，突然听到身后传来一声断喝，急忙一扭头，见是一位校工模样的中年妇女，声调怪诞地问我：“你是学生还是老师？怎么就把车子骑走了呀？”

我当即蹁腿下了车，趿拉的拖鞋差点掉在地上。将单车立稳站定后，我没有直接回答中年妇女的古怪的询问，却反诘她：“难道我不可以骑吗？这是共享单车呀，我微信扫码付了钱，当然我就可以骑了呀！”

中年妇女旋即朝我挥了挥手，颇有放我一马的味道，于是我骑上单车不再与之理论。

我在校园里一边骑行，一边回味中年妇女适才的询问：她怎么会问我“你是学生还是老师”呢？在南方这个美丽的大学校园里，难道曾出现过像我这么老的学生吗？恐怕像我这么老迈年高的老师也很难出现吧？

于是我一不做二不休，无不任性，无不趾高气扬地将共享单车骑出校门外。

骑了一个多小时的单车，足以称得上酣畅淋漓，才回到了校园内的公寓——公寓的名字是“依云楼”，因为我住的是最高的、才高八斗的第八层，那“依云”的美称倒也贴切。

于是突发奇想：我也是才高八斗的李小文院士吗？难道我趿拉这一双拖鞋，就不足与“扫地僧”的他媲美吗？

于是心潮澎湃：我也是一鸣惊人的脑瘫诗人余秀华吗？难道我随意趿拉这一双拖鞋，不是更能够恰如其分、名副其实地，为了“穿过大半个中国（校园）去睡（诳）你”吗？

我进一步突发奇想，心潮澎湃：我敢料定，即便不是在今天，那就是在明天，最迟是后天或大后天，我马上也会在网络上蹿红了。

这样趿拉着一双拖鞋骑单车，穿过大半个大学校园去顺德的容桂街道，穿过大半个大学校园去容桂街道的马冈村，敢于诳了校长后诳院长，敢于诳了区长后诳镇长，敢于诳了镇长后诳村主任的人，我不蹿红谁蹿红？

女诗人余秀华才高八斗，不是早已说得决绝透彻了吗：“大半个中国，什么都在发生：火山在喷，河流在枯！”

用心芦苇

（2017 年 5 月 22 日）

早餐过后，我趿拉着拖鞋，信步往“倚云居”楼后头走去。

南方医科大学顺德校区，大约占地 1800 亩，“倚云居”是最靠西头的一栋高层建筑，楼上可眺望长达近两千米的容桂大桥，东边则是学校行政楼、图书馆和教学楼等建筑。

转眼，在顺德校区游走已有 5 天，前几天不管我趿拉着拖鞋，还是趿拉着拖鞋骑共享单车，主要都在校区中央地带和校门口打转，今天我当然要另辟蹊径，到最西头去猎奇寻芳。

“倚云居”西边是一大片湿地。湿地足以让人们诗意地栖息，但它究竟是大地的肾，还是大地的肺呢？

作为老男人的我，值得骄傲的当然是不仅理不亏，肾也不亏，但是至于我的肺呢？ 30 多年的烟龄，恐怕早已经成为狼心狗肺了，所以我大有必要借助湿地这清新之肺，为我清一清藏污纳垢的龌龊之肺。

沿着碎石铺成的小径，我欣喜地看到，湿地边上绽放有红花、紫花和粉花，她们在晨风中轻轻地摇曳，有点矜持有点含蓄，有点动情有点动静，不是招摇却胜似招摇。

我趿拉着拖鞋继续前行，碎石铺成的小径不再，在我驻足处已是一段木制的廊桥，站在这一段廊桥上面回眸，中国红的“倚云居”倚云而居，刚好可摄入我的手机镜头。

而凝眸小河道的对面，隐约可见一座凉亭，凉亭边上有几只大白鹅在悠然地踱步。

我拖鞋趿拉、趿拉地继续前行不久，眼前突然感觉一亮：好壮观的一片芦苇！好神奇的一片芦苇！

但凡芦苇比较多的地方，自然也就成为芦苇荡，这里也是芦苇荡吗？这里的芦苇，真的会是浪荡或放荡吗？

那毛茸茸的芦苇花，远处看似乎是一片白色，但等我走近前观看，它却有着各种不同的美丽颜色，既有白色也有浅黄色，既有微红色还有淡青色，绯红色的更能点亮眼睛。

一阵婉婉约约的晨风吹来，如柳永的婉约词在纤指拨弄古筝，那如细碎棉絮的芦苇花，便在霞光辉映的河道里婀娜飘荡，放眼望去恍若是情窦初开的少女眼波，远处，校园中国红建筑物的屋檐，便自然漂浮在万般柔情的少女的眼波里了。

我不由得再次驻足，绅士般礼貌地俯下身去，细细查看芦苇的身段，它这身段果然修长，果然柔软，果然曼妙！

那一簇簇不断摇曳的芦穗，难道不像一管管妙笔、一管管饱蘸柔情和诗意的妙笔吗？

它们谙熟于这座相濡以沫的南方医科大学，知道这是一座荣光的大学，已有 66 年的悠久历史；知道这是一座傲骄的大学，在 2004 年作为军队院校移交给广东地方政府，值得它们的妙笔去生花升华，值得它们的妙笔去讴歌赞颂。

这片芦苇不可言状的神韵，随着容桂水系的一股股清流，在不息中缓缓流淌，把整个湿地装点得如梦如幻。

这一片芦苇，左手是蜿蜒石径，右手是逶迤河道。

我注意到，这一大片芦苇没有因南方春雨连绵，或经不起浸淫或蜕化变节，惨淡地匍匐在地，而是恍然列阵似的井然有序，很重要的强有力支撑作用，是在芦苇的齐腰高处，有横着的竹竿加以绑定。

从细微之处亦足可见精神，这显然是园林工人的杰作。没有了园林工人的精心呵护，这片芦苇就很难栉风沐雨；若是一旦沐甚雨或栉疾风，这片芦苇就完全有可能困顿地倒伏在地，完全有可能凌乱不堪，既失去了诗情画意，也失去了观赏价值。

用心于芦苇啊，芦苇的湿地乃是用心营造！

或是青涩或是嫩绿的芦苇叶片，是那样的柔顺乖巧，那样的光滑舒爽，随着我手指的触摸和手掌的安抚，然后饱满地盈盈一握，它有声有韵、嘻嘻唰唰，却不会改变自己原来的形状。

“蒹葭苍苍，白露为霜。所谓伊人，在水一方。溯洄从之，道阻且长。溯游从之，宛在水中央……”

由此看来，这一片特立如独行侠似的芦苇，不仅能为诗人的吟咏提供灵感的奔流涌泉，还能为画家想象力的丰富、空灵的美学构图提供绝妙背景，更能为莘莘学子的学问求知，营造出浓郁的文化氛围。

芦苇堪称一身都是宝：它挺立生长可以保土固堤，苇秆可作造纸和人造丝和人造棉原料，也供编织帘席等作用；嫩绿的芦苇含有大量蛋白质和糖分，为优良饲料；芦苇秆可做扫帚，花絮可充填枕头，甚至芦苇的嫩芽还可以做成粽子食用。

一管纤细而且貌似柔弱的芦苇，竟能承担起这么多的使命，能胜任世界给予它这么重的负荷！

而且现代化药理分析已证实，芦苇无论叶、花、茎、根，都蕴含有丰富的药理成分——戊聚糖、薏苡素、蛋白质、D- 葡萄糖、D- 半乳糖，以及贮存着多量维生素 B1、B2、C 等。

因为这诸多药理成分，芦苇也就备受医药学界的重视。

南方医科大学有中医药学院，尚进书院读本科一、二年级的学子，即便目前尚且不知《本草纲目》谓芦叶能“治霍乱呕逆，痈疽”，想必不久的将来就会接触到芦苇的药理知识吧？

我趿拉着拖鞋，漫步在芦苇摇曳的碎石小径上，看到小径前方有一位秀丽的女生，正且走且用心观察芦苇，不时朗读着一本英文书。

她会是中医药学院药理专业的学生吗？

如波浪不时起伏的芦苇，摇曳着园林工人不辞辛苦的情愫，此时此景，也撩动我心泉的汩汩涌流。

09

道义山西

理毛，重返花果山

（原载于《中国科学报》2017 年 5 月 26 日第 7 版）

“六小龄童在《西游记》中所扮演的孙悟空，应该是以金丝猴而不是猿猴为原型的。”王程亮对我说，“六小龄童扮演的美猴王，确实只有金丝猴金黄色的发毛可以与之媲美。”

初夏我从西安驱车约两个半小时，经周至县来到秦岭南麓，进入佛坪县境内的大坪峪。这里有一个川金丝猴的科学研究基地，由陕西省动物研究所教授李保国在 2009 年建立，王程亮是其培养的在读博士生。

秦岭幽静安谧的怀抱中，生活着一群 4500 只左右的野生川金丝猴，李保国对此已孜孜研究了近 30 年。

监测人员给大坪峪的野生金丝猴投食，在一片嶙峋的山坡上，我看到十余只活蹦乱跳下山的金丝猴，它们在吃饱后荡树攀枝的娱乐活动，正像吴承恩笔下所写的那样，“扯葛藤，编草帓；捉虱子，咬又掐；理毛衣，剔指甲”，“青松林下任他顽，绿水涧边随洗濯”。

“但‘美猴王’的行为却酷肖猕猴。老百姓通常看到的是种群比较多的猕猴。相对金丝猴而言，猕猴比较容易驯养繁殖，生理上也与人类较接近。”看我目不转睛地注视着近前的金丝猴，王程亮继续介绍。

王程亮早年在深山里寻找金丝猴，并非那么的诗意和顺当。有次他在深山里已连续转悠了好几天，直到深夜 11 点钟才听到对讲机里向导的呼叫，说是发现了金丝猴的一些痕迹，王程亮激动之际猛地一抬头，眼镜忽然掉在地上摔碎了镜片。

在空寂的深山里独自一人探路，王程亮感到非常无助，拿着残缺的单镜片眼镜寻找方向，沿着河流或山谷战战兢兢地往下走，平时两三个小时的路程居然走了五六个小时。

川金丝猴属于疣猴亚科，仰鼻猴属，栖息在海拔 1500 米以上的山区，是地球上现存分布在最靠北半球北端的叶猴类，为我国特有的濒危珍稀国家一级保护动物。

李保国的另一位博士生赵海涛，研究课题便是金丝猴的社会行为与认知，“譬如雌性金丝猴如何知道自己怀孕，雄性金丝猴如何知道自己交配的雌性金丝猴已经怀孕。”赵海涛介绍。

赵海涛通过与川金丝猴的友好接触，取得川金丝猴的基本信任，会拿同样比例的金丝猴照片给川金丝猴看，“通过观察照片上同类的表情，包括友好和不友好表情的照片，川金丝猴会表现出截然不同的反应。看到表情友好的照片，川金丝猴就会缓慢地接过照片，甚至伴随有理毛的动作——这是一种非常友好的态度。”

“如果在照片上看到的是威胁和凶恶的面孔，川金丝猴就会立即夺过照片，甚至用牙齿使劲地撕咬照片。从这样的研究实验中，我们也能够得出判定，川金丝猴具有最起码的识别善恶的认知能力。”

川金丝猴之间最为常见的相互理毛梳毛，是一种表达亲昵与讨好、爱抚与爱意的典型动作。

李保国团队前几年的研究，发现了川金丝猴非常有趣的一面——除了相互间的亲昵，也会以为对方理毛梳毛的频次等作为“等价”交换的流通“货币”。

金丝猴社会是一夫多妻制的家庭单元，每个家庭单元内由一只成年雄性，若干具有繁殖能力的雌性后宫以及它们的后代组成；多个家庭单元和全雄群组成一个大的猴群。家庭单元内的金丝猴在休息、取食和移动时，都会紧密地聚集在一起，并与其他家庭单元保持着一定距离。

在金丝猴每个家庭单元中，众多雌性个体之间竞争激烈，面对家庭单元内唯一的“家长”雄性主人，“后宫”们与雄性主人之间的配合相当默契，为了建立良好的社会关系与秩序，它们采取为对方理毛的行为作为重要的策略，以期获得合作伙伴和所需要的资源，譬如交配机会、食物摄取等。

理毛本身具有清洁卫生的功能，还有类似人类按摩时疏通经络的舒爽感，金丝猴通常会用理毛“交换”理毛，特别是给对方无法自我理毛的部位进行理毛。

当一只猴子增大自己感情“投资”的份额，即增加给对方理毛的时间，那么与它“交易”的对方自然就会“投桃报李”，相应增加自己回报的理毛时间。

灵长类动物中的幼崽活泼可爱，对没有新生幼崽的雌性个体具有无与伦比的魅惑力。想当母亲的自然天性，使得雌性个体都想拥抱或是亲吻幼崽，金丝猴更不例外。

成年母金丝猴每隔一年生育一次，一次通常只有一胎，因此新生的婴猴在群落中就更加显得珍稀。充满母爱的母猴会将婴猴一直紧抱在自己怀中，想拥抱婴猴的其他雌猴们只能有所付出，才能得到它想要的拥抱权利。于是这些“阿姨”们便会争先恐后，心甘情愿地讨好婴猴的母亲，很亲昵地为婴猴的母亲理毛。

有时家庭内的好几只雌猴不约而同，会同时给婴猴的母亲理毛，婴猴的母亲就会悠然自在，心安理得地享受着这种独尊。为婴猴的母亲理毛次数最多、时间最长的母猴就会胜出，最终获得与婴猴亲密接触的机会。

李保国教授说过：通过研究诸如金丝猴的活动，研究这一灵长类动物交换资源与服务，可以更好地了解人类经济行为的演化轨迹。

入夜我住在大坪峪金丝猴研究基地，真切感受到了名著《西游记》里所描写到的“月明清露冷，八极迥无尘。深树幽禽宿，源头水溜汾。飞萤光散影，过雁字排云。正直三更候，应该访道真”。

我不禁浮想联翩：川金丝猴懂得用“理毛”的实际行动，充分表达自己对同类的亲昵和爱意，我们人类呢？我们不仅要像川金丝猴学会“理毛”，可能还要考虑远离城市环境污染，重塑花果山水帘洞，重返花果山水帘洞吧？

领略木作营造魅力

（2018 年 2 月 20 日）

我国五行之中有“金、木、水、火、土”。早年迷信的人们算命，命中若是缺乏“金、木、水、火、土”的一种或若干种，就得寻找破解的方法以求一生的幸福平安，得以延年益寿乃至长命百岁。

在我国古籍“构木为巢”中，亦足以找到民间传说故事中的一些证据。

我们的先辈在告别山顶洞人的穴居生活后，就学会选择木头搭建自己赖以栖居的生活场所。也正是因为木头，才学会了“钻木取火”。再往后还学会了垒土成台和构木为巢，学会了环之于水和暖之于火，舒展出一幅古代民族其乐融融的生活画卷。

在《康熙字典》里“木”部的字，居然有 1413 个之多，其中 400 个是与建筑有关，考证这些文字的缘起和演变，正是从我们的祖先从造字的仓颉开始，似乎就已选择了以木为本的朴素生活。

木头给予我们的直观感受，是温暖和朴素，其质朴平顺而又千变万化的独特纹理，以及其柔和平实的触感、芳香优雅的气味，都能够抚慰人们得以调节纷乱的情绪，诱发不尽的联翩思绪，产生电光石火的灵感。

从以上积极意义上说，木头拥有比世间万物的其他材料，包括金银财宝等贵金属所不可比拟的特殊气质与美感。

木头来自森林或者树林，借助太阳无与伦比的超强正能量，以自然界中的富有的水和二氧化碳为原料，通过光合作用生长而成。树木和木头之特质，主要也体现在其对环境的友好性。

“伐木不自其本必复生”，只要加以基本的照料养护，木头就是最可再生的材料。此外，与金属和玻璃等材料相比较，木头在其采伐以及生产加工过程中产生的能耗更少，木头的回收和降解等显然也更加容易而且环保。

树木和木头的美感来自天然生成，每棵、每段、每块木质材料，都有着独一无二的面貌和气韵。

树木独特的年轮如DNA，记录了其漫长经历的生长过程：一般只要春季气候温和而且雨量充沛，树木的生长就很快，这时形成的木材质地良好，就像婴儿健康地正常发育；到了秋季天气渐冷并且雨量减少，树木的生长虽然相对缓慢，但这时形成的木材质地更紧密，就像少年人的骨骼强壮。

年复一年的天地造化，树木就形成了色泽和质地不尽相同的一圈一圈的年轮。树木最初的年轮一般比较宽，这表示那时它年轻力壮，成长力强。如若是有所偏心的年轮，说明这棵树生长时两边的环境有所不同，在北半球它通常是朝南的一面年轮较宽。

据专家科普介绍：一棵倾斜生长的树木，可能是受到竞争树根的推压或挤兑，从而不能很好地直立生长，但就在它的另一侧，往往却会长出更多的树杈枝蔓以防止倾倒，这也会在年轮的宽度上有所表示。

原始森林里的树木，有的经过亿万斯年后被深埋在地底下，被地下水中的二氧化硅替换而成为树木的化石。它保留了树木的木质结构和纹理。这样形成的硅化木亦即木化石，保持了远古木头的本来面目，也给我们开辟了认识它们祖先的一个通道。

当然毋庸讳言，往往木头呈现在我们眼前的，也不只是美丽的年轮和纹理，还有树节和树瘤这样的一些先天缺陷，甚至虫蛀虫蚀过的伤痕疤迹，但这不就像我们人类自身一样——谁也保证不了自己这一辈子没灾没祸，并且没伤没病，甚至留下不可磨灭的心灵创伤？

如果怀着敬畏大自然的健康环保心态，对树木和木头妥善地加以利用，不仅能够丰富我们的幸福生活，美化我们的日常生活，还会帮助我们领略大自然的奥秘和神奇，映照出理解生命形态的路径。

我是一棵树抑或是一块木头？父亲对孩提时代的我殷切教诲，已经深深楔入并融入我的年轮。父亲的言传身教我耳濡目染，让我学会了为人的基本道德底线就是正直。早年我给我妹妹的女儿取名字，也有“正直”的寓意和寄托。

中华民族的灿烂文化，孕育出木匠的大师级人物鲁班。鲁班在建筑方面的卓越非凡成就，显然与他会天才地加工和利用木头以及木料分不开。我国现在建筑设计的最高奖项就是鲁班奖。

在我国的木建筑和木制作中，通常分为大木作和小木作。

我国古代木构架建筑的主要结构部分，通常由梁、柱、枋、檩等托举组成。这些梁、柱等的使用，也是木建筑比例尺度和形体外观的重要决定因素。

毫无疑问地，《庄子》是一部充满奇思妙想和大智慧之书。书中讲了一个名叫梓庆的木匠的故事。梓庆擅长用木头制作一种叫“鐻”的乐器，看过的人们无不叹为观止。

鲁国的国君很想知道木匠梓庆是如何做到的，梓庆回答国君说：“在做鐻之前我就开始静养心思。斋戒到了第三天，官位俸禄这些杂念就已抛却；到第五天对别人的褒贬非议尽皆忘却；到第七天世间的纷扰不再，直至到完全忘我的境地。然后我进入深山老林观察木料的质地，精心挑选最合适的材料。等到一个完整的鐻已经成木在胸，我才会开始动手制作鐻。”

木匠梓庆最后总结说：“只有将木材的天性和手工技艺紧密结合，制成诸如鐻这样的器物，才会被人视作鬼斧神工。”

将原初朴素的木头加工成精巧的木作，不仅要求劳作者双手工巧，还要融会创造的心思。很多人都愿意去尝试自己动手制作木器，正是为了获得这种心手合一的奇妙体验。

在现当代的木工作业中，手工操作仍然占据主要部分，其中所包含着划线和切削、刨平和凿榫、打磨和凿花等纷繁复杂的动作。虽然电动机械可以减轻劳作的强度，但绝对无法取代创造灵巧的双手，就像我始终固执己见，计算机和机器人绝对取代不了人的思想。

在山西晋城进行旅游开发不久的大阳古镇里，有一处可提供游客身临其境体验的传统木作馆。我既惊讶佩服这一传统木作馆的收藏之多，又感谓赞叹旅游开发公司这一创意的大手笔。

大阳古镇运营的这家旅游开发股份有限公司，是以北京立根集团的倾情投资为主，据说立根集团的董事长张志雄先生不仅目光远大，其本人小时候也是一位木匠。这不由也勾起我对自己身世的一些回忆。

我的家庭成分不是革命干部，而是手工工人，就因为我的父亲曾经是木匠，一位在“土改”前三年学徒刚刚出师的木匠。

早年解放大军一路所向披靡南下福建，于 1949 年 8 月 25 日解放了仙游县之后，作为仙游县的原住民，我父亲 1950 年就投身参加革命工作，而作为他从政的第一站，就是在仙游县总工会当干部。

在“文化大革命”中父亲曾一度靠边站赋了闲，百无聊赖中他靠自己当年的木匠手艺，举起了斧头和刨子，有榫有卯有滋有味，给家里打造出一个大约一米八高的碗柜。这也是我第一次眼见为实、真正领略到了父亲的木工手艺——虽然时隔他离开木匠生涯已有 18 年，但他的手艺并没有彻底地断送荒废。

当然，父亲木匠的手艺后来再没能施展过——起初是因为没有制作所需要木头的可靠来源，后来是因为在“文革”结束，他迅速地复出走上岗位从政。

父亲亲手打造的这个碗柜，家里起码一直用了 20 年。

父亲打造的这个碗柜不算豪华，但确实非常结实和实用，不知道它是否还保留在福建老家我妹妹的房子里，如果这个差不多已有 50 年历史的旧碗柜还在，对我或多或少也是一个可以值得念想之物，留住了少年时就已离家的我的一些怅然乡愁，以及我至今对家乡仙游县都魂牵梦萦的乡恋。

阴阳榫卯　和谐榫卯

（2018 年 2 月 20 日）

参观山西晋城大阳古镇的传统木作馆，我不仅心驰神往，还勾起自己对年少时不绝如缕往事的回忆：那也曾当过两个多月木工学徒的蹉跎岁月。

在这个世界上，要不是我自己作如下的回忆，恐怕只有我身体尚且健康硬朗的老母亲和两位妹妹，她们或许还能记得年少时的我曾当过两个多月的木工。

当年，所有刚小学毕业的同学，都因无异于辍学而无可事事，即便是好学上进而且成绩一直名列前茅的我，一时间似乎也成了终日游手好闲的市井社会小混混。

父亲为了避免我学坏，决计把我送去给一位也在县城的木匠当学徒，我心悦诚服地服气和顺从。就像当时一些女同学选择去当裁缝学徒一样，今后若能学有一技之长，的确不失为一个养家糊口的好选择。

但我只当了两个多月木匠学徒，就再也当不下去。

原因说来也很是简单：这位木匠师傅名叫“阿添”，还会一些基本的中医常识。虽然师傅对我的勤奋好学非常怀有好感，甚至把他的一本中医书籍也借给我看，但木匠师傅的小舅子与我一样年纪，却非常势利眼的处处想欺负刁难于我，时不时制造打压我的机会，在因我受师傅悉心施教而红眼的同时，他时不时地对我翻蔑视的白眼，甚至指桑骂槐。

非常遗憾的是，我的这位木匠师傅出生于贫困的家庭，在无奈中才入赘到了他的小舅子家里，师傅本身就是寄人篱下，在对其老婆言听计从的同时，甚至对只有十来岁的小舅子也只能忍气吞声。

以我血液里流淌的耿直秉性，我不可能向师傅的这位小舅子低三下四。这位叫“阿添”的师傅虽然很想偏袒我，但也不可能替我打抱不平和伸张正义。在其小舅子和我之间权衡利害关系，师傅只能有一种选择：向其小舅子及作为小舅子背后靠山的老婆妥协。

年少气盛的我只好逃之夭夭，就此结束了我短暂的木匠学徒生涯，回家继续游手好闲当“混混”。对我的这一选择父亲非常体谅理解，仅仅是无计可施地叹息几声之后，便对我不予指责和干预。

让我大为扬眉吐气的是，大约三个月之后仙游一中复课，我作为全校的学生代表登上主席台发言，并且我的发言还被抄在中学的黑板报上。

这是进入仙游一中校园主干道必经之路、墙壁上一块非常显著的大黑板，有一天在阔路相逢（恰恰不是狭路相逢）时，我看到了一道熟悉的阴冷目光，木匠师傅小舅子那非常妒忌又非常懊恼和尴尬的目光。

此时的我已大大满足了自己可怜的虚荣心：仅仅时隔三个月，我作为开学致辞的学生代表和一连一排的排长（特定年代的叫法，相当于现如今一年一班的班长），面对木匠师傅势利的小舅子再也无须低眉顺眼，已经可以不屑一顾，完全可以趾高气扬、居高临下地睥睨，尽管他当时是从高处的台阶上要往下走，而我是要从台阶下面往上走。

我以上这“回忆录”，显然是有嘚瑟和显摆之嫌，赶快就此打住，重新回到木作应有的话题上。

在土木建筑中，“大木”通常是指木构架建筑的承重部分。清式木作的营造，通常可分为大木作和小木作两类。但无论哪一类木作，都与榫卯分不开，都要把榫卯的应用当作木匠的基本功。

榫卯就像是隐藏于两块木头中的灵魂，当木工巧匠将多余的木头部分或锯掉或凿掉之后，这两块木头便会紧紧地握手拥抱，从此永生永世再也不分开。

或者也可以说，不管大木作还是小木作，只要涉及使用木头建筑楼房或打造家具的场合，榫和卯就会自然而然地共同出现，并且比翼齐飞地相伴相生，无论是一栋楼房大宅或者一座楼台亭榭，一扇门窗或者一个碗柜。

在木作的神奇世界里，木建筑就像是一件夸张放大的家具，而家具则被看作一具小巧玲珑的木建筑。

榫和卯一阴一阳，是在两个木构件上所采用的一种凹凸结合的连接方式。凸出部分叫作榫或榫头；凹进部分叫作卯，或榫眼、榫槽，榫和卯的互相咬合，起到连接作用。这是中国古代建筑、家具及其他木制器械的主要结构方式。实现人际关系的和谐和夫妻相处的和谐，是否也应该学习榫和卯的和谐?

榫卯结构是榫和卯的完美结合，也是木件与木件之间或多与或少、或高与或低、或长与或短之间的巧妙组合，可以有效地限制木件向各个方向的不应该的扭动。

最基本的榫卯结构由两个构件组成，其中一个的榫头插入另一个的卯眼中，使两个构件连接并能很好固定。榫头伸入卯眼的部分被称为榫舌，其余部分则称作榫肩。

榫卯结构广泛用于建筑，同时广泛用于家具，体现出家具与建筑之间的密切关系。榫卯结构应用于房屋建筑后，虽然每一个的构件略显单薄，但是它整体上却能够承受巨大的压力。这种结构不在于个体的强大，而是互相结合，互相支撑，这种几乎完美无缺的结构，成了后代建筑和中式家具的基本模式。

在榫和卯彼此的亲密之间，贯穿着一个同样的主旨使命：貌似原本不相干的两块木头，既然此生有缘相遇相会，就已形成了血缘般的亲情关系，就命定要形成唇齿相依的关系，就要友好地合作，携手共建。

经过世世代代能工巧匠们的具体劳动生产实践，对木头属性和秉性的深层次认识理解，榫和卯彼此不分伯仲，就像现代社会中男女虽然有一些分工的不同，但男女必须平等是毋庸置疑的。

榫卯已然成为大小木作中不可或缺的组成部分，这是一种充满祖先智慧的生产组织方式，以及现代和谐社会结构中不断进取的精神。

在距今 7000 年前的河姆渡文化遗址中，我们就发现了祖先对榫卯结构应用的生动例证，在远古的营造时代，榫卯结构已有燕尾榫和企口榫等多种多样的形式，用于受力截然不同的构件上。

通过考古起码可以断定，就是从这个时代开始，就已经定位了中国古代木作的发展与演化方向，那就是：阴阳榫卯，亦即和谐榫卯，不用铁钉等辅助连接方式，完全依靠榫卯结构连接起众多的木构件。

榫卯结构的木作方法越来越日臻成熟，到宋代达到了巅峰，建造一栋体量和重量巨大的庙宇宫殿，虽然有成千上万的不同构件，但不用一枚钉子就能将构建紧紧地扣在一起，为世界建筑的文明传承和繁荣昌盛做出了不可磨灭的巨大贡献。

榫是榫，卯是卯，虽然我生性就不懂得世故，更不懂得圆滑变通，但我始终固执地认为，“笨得像木头”似的推崇：无以规矩不成方圆；像陶铸所说的那样警策自己：为人处世和安身立命，既需要柳树灵活随喜的风格，又需要松树刚正不阿的原则。

这，或许就是树木和木作化作不朽的精灵，能够永远保持吸引人们的独特魅力、使人们产生美好想象和向往的根本所在。

大阳，一点都不少

（2018 年 3 月 9 日）

刚听到“大阳”这个名字，我既感陌生又一时难记住，后来悟出了速记法：它的笔画比“太阳”少了一个点。

2018 年春节，我用 3 天的时间造访了大阳古镇。

大阳古镇隶属于山西省晋城市的泽州，包括东大阳和西大阳两个自然村。东西长约 5 千米，南北宽约 3 千米，总共面积 15.58 平方千米。

大阳镇古时称阿阳，至今已有 2600 年历史，被誉为“三晋第一镇”，更因拥有我国北方最大的明清古建筑群，被专家赞誉为“中国古城镇的活化石”。

明清时期，繁荣的大阳古镇内人口不断剧增，村镇规模不断扩大，形成户分五里、人罗万家的超大集镇。“东西两大阳，南北四寨上，九十三个阁，七十二条巷，九市八圪垱，老街五里长”，这一民谣生动而形象地道出了大阳昔日的规模与繁华。

传统新春佳节里的大阳古镇，当地各种老把式、老手艺、老风味，在民俗节上争奇斗艳；游客络绎不绝，摩肩接踵，或赏春联，或看表演，或品美食，在浓郁的过年气氛里喜上眉梢。

在大阳古镇走街串巷，我流连忘返，白天考察全国重点文物保护单位汤帝庙、手工制针作坊、古法制铁馆、传统木作馆、张都堂院等，以及广场上美不胜收的“飞燕省亲”的大型实景情景精彩舞蹈表演等。

相传阳阿侯的女儿阳阿公主能歌善舞，精通韵律。汉代的《淮南子》和才子曹植的《箜篌引》中均对“阳阿奇舞”有所记载，《阳阿薤露》也被收录于《乐府诗集》中。

无独有偶，汉成帝时貌美如花的赵飞燕在进宫当皇妃之前，曾在阳阿公主府里学习过舞蹈。大阳浓厚的歌舞氛围和高超的音乐艺术，哺育了身轻若燕的舞蹈家赵飞燕，使她与唐朝时的贵妃杨玉环并驾齐驱，“环肥燕瘦”成为我国千百年来，评价美女的时代标准之一以及称颂歌舞的佳话。

入夜游客也绝不会寂寞，除了在广场领略壮观的“打铁花”，还可以到寺院里观看祭祀火神表演等，品尝当地著名的馔面等美食。

《山海经》中记载“虎尾之山，其阴多铁”，指的就是大阳的虎尾山矿区。大阳是我国冶铁业的重要发源地之一，最早使用牛皮囊的鼓风炉炼铁，战国时成为我国北方诸侯制造兵器所需生铁的重要产地。

清初学者毕振姬在《四州文献》中记述“古有阳阿之剑，可陆断牛马，水截鸿雁”，著名的阳阿剑就产自大阳。

唐宋时期用土制坩埚装矿，将无烟煤作为燃料和还原剂，比木炭炼铁又有显著的技术进步，大阳是鼎鼎有名的无烟煤兰花炭的核心产区，使得大阳的坩埚冶铁技术在全国遥遥领先。

明清两代，大阳古镇的采煤、炼铁和铸造行业最为鼎盛，不仅生产有铁锅、铁铲、铁钉和铁锁等生活用具，而且镰刀、斧头、铁锹、犁铧等农具也样样皆备。

据《中国实业志》记载，清代山西的冶铁中心在古泽州府，其拥有的熟铁炉计百余座。

抗战时期延安和长治需要冶炼兵工的铁，每日一共才一吨，但大阳冶炼的铁却超过了一吨；八路军在大阳还建起一个械弹所，当时的手榴弹大量都是在此制造。

大阳冶炼铸造业的勃兴，首先带动了手工制针作坊的发达。

明清时期，大阳古镇已云集着300多家手工制针作坊，制作出车载斗量的一枚枚钢针，不但随着晋商长途跋涉的足迹走进了中国的千家万户，还远销西欧和中亚等地。

“武能铸剑，文能制针”。大阳钢针畅销九州，同时“卖针歌”也传遍全国，成为一个时代的象征与缩影。尤其难得的是，大阳被誉为“九州针都”，全国仅存的手工制针技艺在这里得到很好的传承。

2015 年 11 月，由北京立根集团有限公司等共同注资，成立北京立根文化旅游发展有限公司，全面负责大阳古镇文化旅游资源的开发和运营，其中对东大阳老街和古居的妥善修复，靠的就是可圈可点的“唯精唯一”工匠精神。

作为国宝的大阳汤帝庙，其中的成汤殿是最为精华之处。殿檐上的一根粗壮的木质大梁，材质是荆木——也就是通常用来编制箩筐的荆条木，却能够举重若轻，亦足可见大阳“惟精惟一”的工匠精神。

我抬头仔细端详这根大梁，它直径大约为 20 厘米，长度超过 20 米，由 3 段荆木连接成，上绘有黑白相间的回形图案。两根檐柱支撑于大梁的接口处，将这根粗壮的荆木大梁稳稳地撑起。

这些几乎保持原生态、自然弯曲的荆木材质，在汤帝庙的成汤殿随处可见，敦实的木梁几乎没有什么修饰，只用斧锯等稍加砍凿，就在这已五六百年的古建筑中力鼎千钧。

新镇史馆、古法制铁馆、传统木作体验馆、张家老宅等文化体验的景点与游客见面，包括五里老街、汤帝庙、千年龙树、古宅院落等，构成了大阳古镇独特的文化观光体验带，不仅让业内的专家学者交口称誉，而且让亲子游的人们都乐不思蜀。

夜晚的大阳古镇到处灯火辉映，喜庆的红色灯笼高挂，打铁花、祭火大典等更构成了热闹壮观的夜场。

“打铁花”需要架起化铁水的熔炉，倒进煤炭用鼓风机吹，待到通红的炉火燃烧起来，表演的师傅用钢丝绳蘸上金属汁，操起板子用力击打，激起的铁水冲天而起，火星四下迸射，“疑是银河落九天”，比燃放鞭炮和礼花还要蔚为大观。

大阳古镇依山傍水，沿着阳阿河呈现东西走向的匀称排列。我悠然漫步在这古镇之中，无论是年代久远的纵横街巷和城池寨堡，还是历经古朴历史的官宅商居和楼阁津梁，这里的一木一砖一石一瓦，都散发出沧桑岁月的念想韵味。

保存完好的古代寺庙祠庵比比皆是，似是大阳的先人们至今都在为天下苍生祈福；大阳古镇拥有如此丰富的历史文化内涵，堪称是旧时山乡村落里山高皇帝远的千年“皇城”。

据悉，今年春节的试营业仅截止到正月初四，各地慕名到大阳古镇旅游观光的就已高达 10 万人次。

我走进大阳纵横绵延的长街小巷中，感受到一种心旷神怡的安逸和宁静，这是厌烦了都市喧嚣之后的内心渴望，也是古镇欢腾千年之后的返璞归真。

大阳古镇当今焕发出的神采，让徜徉其间的我有所领悟：中国的传统民俗与文化，可能就隐藏在村民口口相传的故事中，隐藏在这农家院落其貌不扬的楹联上，隐藏在那些每逢年节才会郑重示人的家谱和祖训里。而所有这些都是传统村落民居、人文与自然景观的极其重要组成部分。

看到它们往往就会想到乡愁；记住了这些民俗和乡愁，也就记取了中华传统文化的寻根之路。

知悉大阳古镇被城乡建设部和国家文物局授予“中国历史文化名镇”称号；被文化部评选为“中国民间文化艺术之乡”；被中国侨联评选并授予“中国华侨国际文化交流基地”等称号。

构成大阳古镇旅游升温的诸多要素，无论是其源远流长的建筑历史，还是规模气势宏大的古代民居；无论是其重点国宝级的文物，还是非物质文化遗产，无论是其有典可查的曼妙歌舞，还是那魅人心弦的民间技艺传说……都是大阳古镇重要的财富。

“大阳”，一点都不少。“大阳”在保护中发展旅游业，理当迎来明天灿烂辉煌的一轮太阳！

雕塑城市

（2019 年 11 月 18 日）

在大同古城游玩，我在不经意间，看到一处中国雕塑博物馆，不由得喜出望外。

在中国雕塑博物馆，刚举办过《“曾竹韶雕塑艺术奖学金”获奖与入围作品展》，但还有一些作品尚未撤展，这让我情不自禁地为之眼前一亮。

曾竹韶先生是我国著名雕塑家、美术教育家、新中国雕塑事业奠基者之一。我不仅早就知道他的大名，而且到他在北京景山一带的家里拜访过他。

我知道：作为五四新文化运动之后赴西方求学的艺术家，曾竹韶先生取得了卓越成就。他在留法学成回国后的数十年间，尤其在新中国成立以后，为中国雕塑事业的发展，付出了辛勤努力并做出了开创性的杰出贡献。

曾竹韶先生创作有大量的优秀雕塑作品：人民英雄纪念碑浮雕《虎门销烟》，中国军事博物馆的《解放军陆军战士立像》《五四女青年立像》，著名爱国抗日将领《冯玉祥先生浮雕纪念像》，中国革命博物馆的《任弼时纪念像》《毛主席像》《李四光像》……

曾竹韶先生殚精竭虑，为我国雕塑艺术教育做出了巨大贡献。在中央美术学院执教数十年中，他大力提倡发扬中国传统雕塑的艺术，在教学上加强对中国传统雕塑和民间雕塑的研究学习。

曾竹韶先生几十年如一日，把多年的雕塑经验以及雕塑技法毫无保留地传授给学生们，培养了一大批优秀的雕塑艺术人才，堪称一代宗师。

因此，经中央美术学院、中国雕塑学会研究决定，建立以他的名字命名的“曾竹韶雕塑艺术奖学金”，以表彰在雕塑艺术专业学习中成绩突出的优秀学生，激励和推动雕塑艺术教学在我国的健康发展。

“曾竹韶雕塑艺术奖学金”实至名归，作为我国首例面向全国雕塑专业设立的学术奖学基金，现已成为雕塑艺术学子们所追求的重要学术权威奖项之一，在我国雕塑艺术教学和创作领域产生深远的影响。

早在 31 年前，经新加坡的乡贤周颖南先生引荐，我曾采访过曾竹韶先生，写了一篇文章在《人民日报》(海外版)上发表。

毕竟年代有些久远，我在蜗居里窘迫地抓耳挠腮，也翻寻不出当年发表的这篇文章，只记得在这篇约 2000 字的文章里，我侧重介绍了曾竹韶先生的两件雕塑代表作，即《虎门销烟》和《李四光》。

曾竹韶的代表作《虎门销烟》，是人民英雄纪念碑碑座 10 块大型浮雕中的第一块，表现1839年广东虎门销毁鸦片的历史事件，原作200厘米 ×492厘米，其设计和雕塑采用现实主义的手法，吸收和运用中国传统雕刻技法，表现风格关注了民族的欣赏习惯，具有整体洗练、刻画细腻、质朴清新的特点。

正是这次对曾竹韶先生的采访，无形中对我进行了一次何为“雕塑”的启蒙。但非常遗憾的是，我后来再也没有采访过包括曾竹韶先生在内的任何一位雕塑家。福建老家倒是有一些木雕大师，只能待我今后在采访中学习，在学习中采访。

中国雕塑博物馆的建筑规模很大，分上下两层，展览的作品起码也有上千件，让我如同进入了一座巨大的珍宝库，在目不暇接中因耀眼而感到晕眩。

我想，中国雕塑博物馆建在山西大同，一定有它的道理：大同有云冈石窟，石窟里有许多著名的石雕佛像；大同有好几处“全国重点文物保护单位”级的寺院，这些寺院里有许多著名的铜雕、木雕佛像。当然，在最近的十来年里，大同的城市建设、特别是古城的保护和建设也取得了斐然的成效。

在中国雕塑博物馆的诸多展品中，有一些貌似另类的雕塑，如一组作品名字叫《西行》的雕塑，雕塑家似乎是在表现西行路上的崇山峻岭给予西行旅人的严峻挑战。

就在我写作此文时，家乡的一所大学请我去做“科学精神”讲座，我受雕塑《西行》的触动和启发，更愿意坐下来为莘莘学子讲一讲，究竟什么是“信仰”，什么是信仰的力量。

雕塑家和艺术家有了信仰，有了对艺术的追求，才能有足够好、足够多的艺术作品问世；人民有了弥足珍贵的信仰，国家也就有了希望，难道不是吗?

伴随着日新月异的城市建设，大量的城市雕塑正出现在我们的生活中，特别是在省会以上的城市，各种各样的雕塑几乎是触目可见。

城市雕塑在当代人们的生活中，正演绎着越来越重要的角色，它俨然成为一种不可或缺的艺术。

雕塑的魅力与价值也在于此，那就是雕塑的审美，雕塑的特征是单纯与丰富相对立的。

如今在各个城市、小区、花园中，都有各种各样的雕塑存在，像那些漂亮的城市铜雕、人物铜雕，都可以起到很高的观赏价值。雕塑艺术的潜移默化和情操陶冶，渐渐使人们懂得了如果去欣赏雕塑，如何去品味雕塑，如何去享受雕塑。

也完全可以说，雕塑本身就是人的精神凸显，内心精神世界的媒介物，如今建筑和雕塑的结合，已不是简单地拼凑而成，而是在共同组成的环境中相互补充。

不得不承认，经历了文艺复兴且经济发达的欧洲，诞生了奥古斯特·罗丹及其作品《青铜时代》《思想者》《雨果》，诞生了米开朗琪罗·博纳罗蒂及其用 4 年时间完成举世闻名的《大卫》等，欧洲在城市雕塑方面确实比我国要领先了一步。

但谁也不敢矢口否认，在城市雕塑方面，我国改革开放的这 40 多年来，业已取得了有目共睹的巨大成就，如曾成钢的《圣火接力》《起舞》等，如韩美林的《迎风长啸》《大舜耕田》等。

根据雕塑在美化城市和文明建设进程中的应用，现代城市雕塑大致可以分为景观园林雕塑、校园雕塑和工程雕塑等。

反过来也可以说，无论是景观园林雕塑、校园雕塑，还是工程雕塑等，那些城市的领导者、管理者以及建设者，不也是正以自己手中的“雕塑刀”“雕塑凿”以及“雕塑锤”，在精心雕塑自己领导、管理、建设的城市吗？

城市需要雕塑。城市需要城市的领导者、管理者以及建设者鬼斧神工巧夺天工的“雕塑”。

雁门一夫当关

（2019 年 11 月 19 日）

雁门关位于忻州市代县的县城以北，是长城上古代重要的军事关隘，以天险著称，被誉为“中华第一关”，并有“天下九塞，雁门为首”之说。

遥想当年，赵武灵王曾进行军事改革，胡服骑射，建立了云中、雁门、代郡。后来，李牧奉命常驻雁门以防备匈奴，后世的人们称李牧为“奇才”，并在雁门关建“靖边寺”，纪念其戍边保民的战功。

雁门，算是拿捏住了我的“命门”：小时候我看连环画，就知道了杨老令公杨继业，知道他带着子弟兵驻守边关，抗击外侮的英雄事迹，及至我长大以后，知道杨家将驻守的边关就是雁门关；现在我又知道，它距忻州市代县县城大约只有 20 千米，既然我到了忻州市的应县，岂能不来看“中华第一关”，看杨老令公为国捐躯之地的雁门关？

2001 年，雁门关被国务院列为第五批全国重点文物保护单位。雁门关景区还曾获得“国家 5A 级旅游景区”等称号。虽然已是深秋初冬之际，但我岂肯错失良机不来？

秦始皇统一六国后，派遣大将蒙恬率兵 30 万从雁门关出塞，悉数收复河南沦陷之地，并且修筑了万里长城。

进入雁门关景区不久，我便看到栈道旁的一处观音殿。

雁门关历史上为南北往来的险恶要冲，车马行人昼夜络绎不绝，所以，地处古道中途的观音殿自当为人们所祭祀，得以香火绵延不绝。

明建清修的观音殿，1937 年被侵华日军焚毁。2009 年 8 月重建的观音殿为纯石材建筑，殿内观音塑像为汉白玉石雕，“四面观音”即圣观音、如意观音、马头观音、如意观音，寓意护佑四方游人和信众。

公元前 130 年，汉武帝下诏整修雁门关。其间，汉朝的名将卫青、霍去病、李广等，都曾英勇驰骋在雁门古塞内外，先后多次打败了彪悍的匈奴。

汉元帝时，王昭君从雁门关出塞和亲。从此以后，这一带出现了“边城晏闭，牛马布野，三世无犬吠之警，黎庶无干戈之役”的安定祥和局面。

雁门关之称始自唐初。因北方突厥的崛起，屡屡进犯，唐驻军于雁门山，于制高点铁裹门设关城，戍卒防守。《唐书 · 地理志》描述这里“东西山岩峭拔，中有路，盘旋崎岖，绝顶置关，谓立西陉关，亦曰雁门关”。

北宋初期，雁门关一带经常号鸣马嘶，是宋朝王室与契丹人激烈争夺的战场。杨继业及其杨家将曾在这里大显身手，立下了不朽的卓越战功。

在雁门附近的一次激战中，杨继业陷入重围，最后士卒全部覆没，在朔州的陈家谷，杨老令公身负重伤为辽兵所俘，但他宁死不屈，终至绝食殉国。

明清以后，雁门关的关城虽然屡有重建，但随着中国各民族的统一，国家疆域的逐步形成，内长城作为“内边”的作用已基本失去，所属的雁门雄关也随之荒废。

1937 年 9 月，中国共产党为了团结抗日，派周恩来、彭德怀和雁门关的彭雪枫，前往雁门山的太和岭口，与国民党第二战区的司令长官阎锡山会晤。

1937 年 10 月，阎锡山弃雁门关南撤，八路军一二零师七一六团挺进雁门关的大同公路附近，伏击了日寇的汽车运输队，一举摧毁敌人汽车 400 余辆，赢得了震惊中外的大捷。

雁门关东走平型关、紫荆关，直抵幽燕。恒山沿着代县北境蜿蜒于山巅的内长城，北依雁北高原，南屏忻定盆地。

“九塞尊崇第一关”的雄关依山傍险，亦是大雁南下北归的主要中部通道之一。

我在关城正北的山岗上眺望，这里有明清驻军的营房旧址，东南则有练兵的一处校场。西门外有关帝庙。东门外有靖边祠，祭祀战国时的名将李牧。

关城以西的旧关城俗称“铁里门”，在旧关城附近有一段明代建造的白草口长城，是中国目前保存最完好的长城段之一，它的东西两端向北延伸后，最终使得与外长城相连。

雁门关的分道碑，立于清代乾隆三十六年（公元 1771 年），是我国现存不多的“古代交通规则碑”。

乾隆盛世之际，雁门关道南段原有的一条路，已无法满足往来车辆的通行需求。于是代州知州只好另开车道，并立碑示众。

碑文曰：“雁门关北路紧告山崖，往来车辆不能并行，屡起争端，为商民之累。本州相度形势，于东路另开车道，凡南来车辆于东路行走，北来车辆于西路径由，不得故违！”从而合理地分开上行下行的道路，有效缓解了交通压力。这碑文正是当时“关道”繁忙程度的真实写照。

雁门关的瓮城，位于关城北侧地利门外，城高及关城之半，额匾书刻“雁门关”三个大字。两侧镶嵌砖镌联语一副：“三边冲要无双地，九塞尊崇第一关。”一字为一砖，相传为明清之际的思想家、书法家傅山先生所书。

天险门为关城南侧之门，是关南第一道城门，天险门上建有雁楼，建筑为重檐歇山顶，其主体为明代所筑，残缺部分已于2010年整修如初，恢复了明代的风貌。在门洞的上方，额匾篆体书刻“天险”二字。

雁门关的镇边祠，位于关城天险门外东侧，现在已是雁门关最具规模的建筑群之一。镇边祠亦称武安君祠、靖边祠。公元1506年为纪念战国时赵国的大将李牧而建，当时称武安君庙，俗称李牧祠。

1937年日寇占领雁门关后，镇边寺生灵涂炭，遭到史无前例的毁灭性炮火破坏，现在仅留存有几处地基。

2009年以来，雁门关景区按原样复建后，镇边祠实至名归，成为展示姬幸、李牧、薛仁贵、杨家将等西周至明朝2600多年的守关名将展览馆。

比较遗憾的是，我来雁门关时是深秋的旅游淡季，镇边祠和其他建筑物一样，都是大门紧闭暂不对游客开放。

雁门山是吕梁山脉向晋东北延伸的部分，东与恒山相接，略呈东西走向，横亘于晋北大同盆地与晋中忻代盆地之间，海拔1500米以上，它因峭拔险峻而难以攀越，更增强了山北与山南的隔离性。

“一夫当关，万夫莫开”，在雁门关这里得到了生动体现。我脚踏雁门关城墙的古老的城砖，登高的步履不禁感到沉重，似在一步一步勘探丈量着城墙的厚重、中华历史典籍的厚重。

“身向云山那畔行，北风吹断马嘶声，深秋远塞若为情！一抹晚烟荒戍垒，半竿斜日旧关城。古今幽恨几时平！”清代著名词人纳兰性德一阙《浣溪沙·身向云山那畔行》，让我在雁门关一路跌跌撞撞中前行。

深秋之际我的雁门关此行，必定给晚年的自己留下难以忘怀的历史记忆：那是苍凉的、悲壮的、雄浑的、痛切的，也是严酷的，厚重的历史记忆。

10

天南地北

吃苦是福

（原载于《中国科学报》2017 年 1 月 20 日第 7 版）

郑板桥有两幅著名的书法，一幅是《难得糊涂》，另一幅是《吃亏是福》。郑板桥对“吃亏是福”的注释是：“满者，损之机；亏者，盈之渐。损于己则利于彼，外得人情之平，内得我心之安，既平且安，福即在是矣。”

我斗胆略作补充，想说说“吃苦是福”。

上下五千年，且不说战火烽烟，兵戈不休的人祸，仅仅是滔天洪水、旱魃为虐等天灾，就足以使饿殍遍野，让中华民族承受太多的苦难。

时势造英雄，被称为神农氏或者炎帝的一位人物，在历史掀开的帷幕中出现了。

降生在五六千年前的神农氏，是洪荒年代，亦即大饥荒时代的一位部落首领。

这位首领虽然魅力无穷，却面临一个最大的难题：部落人口成等比级数急剧增加，而族人扛回来的猎物却越来越少。

缺少足够的食物，又不知道什么能吃，什么不能吃，神农氏凛然以身作则，带头用舌尖尝试各类食物。神农氏尝出麦、稻、谷子、高粱等能充饥，就让黎民百姓广为种植，这就是后来的五谷。他还尝出 365 种草药，写成《神农本草》这一皇皇巨著，帮助天下百姓治病。

为纪念神农氏尝遍百草、造福人间的功绩，黎民百姓把一片莽莽林海取名为“神农架”。

“神农架”悬挂着一个葫芦，5000 多年后，有位叫蔡希陶的富有文艺范儿的植物学家，来到罗梭江环绕的一个半岛后灵感突至，为其取名“葫芦岛”，并写下一篇《林海行》的美丽诗歌。

请原谅我的穿越。其实，一项更为“穿越”的科研，已由复旦大学的李辉教授完成。

2011年6月，复旦大学现代人类学教育部重点实验室的李辉教授发布消息：由他带领的一个科研团队，经过对现代中国人群的基因调查和研究显示，中国有更多的人对“苦味”最敏感，敏感程度远高于其他人群。

李辉等研究的“TAS2R16”人类基因，和上古时代传说中的神农氏紧密相连。

为何中国人比世界上其他种族的人更能“吃苦”？

支持李辉这种论断的，不是挨过20世纪60年代，在连续3年自然灾害里，勒紧了不能再勒紧的裤腰带，吃芭蕉心、榆钱子、地瓜叶的“苦”的人，而是一种叫作“TAS2R16”的人类基因。

“TAS2R16”人类基因隐含的丰富遗传密码，记录下有关神农氏的秘密，有关我们的祖先，在五六千年前如何逃离大饥荒的秘密。

在洪荒时代，会“吃苦”才能顽强活下来。神农部落的族人在蛮荒中嚼食野生植物，发现一些带有特殊苦味的植物可能有毒，有的不敢贸然再去碰它们，犹如觉得螃蟹张牙舞爪充满了凶险，就不敢吃美味的螃蟹似的。

大自然的法则是优胜劣汰，那些对苦味不敏感的族人，有的不幸中毒而死。神农氏没有死，那些勇敢无畏如同神农氏一样的幸存者，靠着他们貌似柔软的舌尖，留下了极其特殊的苦味基因，遗传并一直延续到今天的中国人身上。

这种能够战胜苦味的基因，多年前被美国学者发现，被命名为“TAS2R16”基因。该基因不仅能化解消弭苦味，对毒性的识别力也很强。

调查数据显示，现代中国人不仅吃苦耐劳，也普遍对苦味有极强的识别能力。利用DNA技术对基因片段分析证实：中国人身上的“TAS2R16”基因，是五六千年前经历自然选择被固定下来的。

比照神农氏的传说，先民们以自己的舌尖和胃肠，作为最原始也最方便的化学器皿，经过数以千万计的冒死实验，最终从野草中辨识出可供食用的谷物，还有各种可以治病的草药。

这一历史时期，正是古代中国先民从渔猎转向农耕的时代。他们抛弃有毒的物种，保留了有用的农作物，进而促进了农业的发展。

人类的味觉基因“五味俱全”，包括“酸味”“甜味”“苦味”“咸味”“鲜味”5个大类。有些人喜欢吃酸喝醋，有些人嗜糖如命，有些人讨厌西兰花的苦中带涩，有些人嚼起槟榔口齿留香；有人对榴莲“如蝇逐臭”，有人对罂粟感到飘飘欲仙，对其可能的毒害却浑然不觉。

科学家告诉我们，“萝卜青菜各有所爱”，是源于人体内味觉基因的不同。

中国人“苦味”基因的优势，使得古代中国的食物种类远超过欧洲，中国人口增长速度也超过欧洲，这或许是中国创造灿烂文明的一个重要原因。

我固执地认为，那些带有苦味的包括野菜在内的可食用植物，一般都有极好的降火去毒效果；适量享用有苦味的食物，确实有益身心健康。

最有代表性的当数苦瓜。炎热的夏季需要解暑败火，不愿吃苦瓜者无疑是傻瓜。

在我国的饮食文化史上，吃苦瓜最为有名、走火入魔的人物，当属大画家石涛。

与八大山人中的四位并列“清初四僧”，画家石涛自号苦瓜和尚，餐餐都离不开苦瓜，甚至还把苦瓜供奉在案头朝拜。他对苦瓜的这种真挚感情，与他的经历、心境有密不可分的关系。

不仅是人们喜食的苦瓜，包括苦笋、苦茄、苦菜、苦丁茶等，无不是“苦”字当头。

中医认为，苦菜性味苦，具有清热凉血、解毒的作用。腌苦菜是夏日佐饭的佳肴，具有开胃、消暑、清心的作用。

孟子曰：“天将降大任于斯人也，必先苦其心志，劳其筋骨，饿其体肤。”

吃苦真是福呀！

洗礼马的岩

（2018 年 12 月 5 日）

初冬时节，山谷清新的空气全然包容了我。

马岩山庄地处福建省沙县城郊，站在山庄的神木湖边翘首西望，似有一匹绿色的骏马在崇山中隐现，不见马首和马尾，但稍微下凹的马背、颈部的马鬃惟妙惟肖，因石头山的形体酷似骏马，千百年来这座山就被称作马岩山。

不知大智若愚的先民们，最初是谁把此山称为马岩山。

料想这并非哪一位权贵的武断裁定，更不是哪一朝皇帝的钦命，或许只是蛮荒年代刀耕火种时，一位略有美学欣赏视野、也稍有艺术想象力的先民未经申请专利，当时就是那么顺嘴一说。

这顺嘴一说没有被吐槽，没有被拍砖，也未经严格法律程序的投票表决，就得到所有先民的认可采纳，口口相传。

这位或是顺嘴一说的先民慧眼识马，却堪比春秋时期的相马名家伯乐以及九方皋。

马是古人相濡以沫的至爱亲朋，马是骑士荣辱与共的战友，尤其古人对长嘶战马的情深痴迷，唯马首是瞻。

唐朝开国皇帝李世民对战马有切肤之爱，他在建唐之前曾先后骑过的 6 匹战马，分别取名拳毛騧、什伐赤、白蹄乌、特勒骠、青骓和飒露紫。

为纪念这 6 匹功勋卓著的战马，也为自己树碑立传，李世民生前下令著名工艺家阎立德和画家阎立本兄弟，用浮雕描绘这 6 匹战马列置于自己陵墓之前，是为“昭陵六骏”。

唐朝的大诗人杜甫亦对马情有独钟，有《房兵曹胡马诗》一诗赞曰：“胡马大宛名，锋棱瘦骨成。竹批双耳峻，风入四蹄轻。所向无空阔，真堪托死生。骁腾有如此，万里可横行。”

黄色的马称为骠，黑鬃黑尾的红色马谓之骝，浅黑带白色的马颂之骃，枣红色的马是为骅，黑色的马是为骊，赤色的马名为骍……不一而足。

我凝眸马岩山良久，认为在沙县这风水宝地，它是征战多年后正在休憩的一匹骏马，是一匹浅黑带白色的被称为骃的骏马。

马岩山，是骏马幻化的巍巍岩石，是骏马精变的静静山峦。

但凡一处山庄，除却有山的秀丽，更兼有水的灵动，山水交映方能熠熠生辉。马岩山就是一个美妙的去处：神木湖、仙山湖两座湖，犹如美少女的一双明眸，多情地左顾右盼。

神木湖、仙山湖，有着美丽动人的古老传说。

古沙县有一年骄阳似火，百里大旱，马岩湖水也干涸见底，禾苗眼看就要枯死，农户心内如汤煮。

村里的马姓族长某天晚上梦见一位寿仙，叫他到湖中去看看。第二天他带人来到湖底中央，看到一棵乌黑的树桩，其状若似昨晚梦见的寿仙，树干突兀地伸出一枝，就像手指一样朝下指着。

族长往所指之处一瞧，有一处泉眼赫然醒目，旁边的泥土特别湿润。“这是仙人指路啊！”族长惊喜万分地对大伙说。

族长当即带领大家虔诚地膜拜祈祷：“请神灵保佑，湖水丰盈，风调雨顺！”不一会儿，果然汩汩的泉水漫涌而来，不久泉水就涨满全湖，千亩农田得救复苏。

马岩山的后辈为感恩仙人的指点，永远铭记这里的两座湖，将其分别称为神木湖和仙山湖。

我漫步在马岩山庄，山野气息沁人心脾。

神木湖、仙山湖波光粼粼，微微地荡漾，淙淙地流淌，偶有一两片树叶被吹落湖中，顺着湖水漂流，引来湖里鱼群争相啄食。在这两座湖中，既有可供垂钓的鲫鱼等多种鱼类，也有美丽的观赏鱼——锦鲤。

山庄自然林中绿色藤蔓交织，奇葩野果众多，珍鸟彩蝶纷呈，甚至还有不多见的蜂鸟蛾！

蜂蝶翩翩绕红绿，桂柳依依伴旦夕，我当晚兴之所至，致电北京、浙江和云南的多位友人大咖求教，包括国家动物博物馆馆长乔格侠女士。

乔格侠馆长给我的回复是：蜂鸟蛾就是长喙天蛾，能在空中悬停，它尖长的喙管可取食花蜜，似蜂鸟；体色和生活习性似蝴蝶，但体型和大部分形态特征还是属于蛾类。蜂鸟蛾常被不知详情的人误以为是蜂鸟。

蝶舞蜂鸣，沉湎陶醉马岩山庄的人间仙境，蝶，采天地之灵气；蜂，纳万物之精髓。

马岩山庄一年四季，都能收获丰盛的瓜果，翠绿的蛇豆、紫色的血菜，金黄的蝶瓜……它们都是“有机物”！

马岩山庄山门的楹联让人拍案叫绝：“神木湖边木屋增辉三百座，马岩山下马蹄再响二千年。”

撰写的楹联出自林开源先生，我对此楹联肃然起敬。

我逐一参观神木湖畔的木屋。目前的木屋别墅群落，外观为典型的欧式风格，内部采用中式装潢，综合了生态风格和传统魅力。

难得的是木屋别墅设理念计的匠心独具：贴水，适合于喝茶品茗，乘凉聊天；亲水，方便于悠闲踱步，安然垂钓。

置身于鱼群游弋、彩蝶飞舞、树木葱茏的环境，足以让我的心灵穿越时空，抵达星空灿烂浩渺的八极，抵达原始蛮荒的炎黄。

我在滴答码字的同时，思维的“和谐号”开启漫漫的旅程。

在15000年的史前、古人类洞生穴居的壁画中，考古学家发现了迄今为止最为悠久、也最为生动具体的马的艺术形象；而在距今3000多年前的古巴比伦，第一匹现代马以自己的勃发英姿，开始进入人类为之刮目相看的视野。

“马岩山下马蹄再响二千年”，既有历史真实的沧桑感，也有浪漫想象的文学色彩，马岩山的历史典册厚重，确实与几位骑马的骁勇将军有关。

沙县的一位文化人作《蝶恋花·将军试剑石》，词曰：“茂七醉归逢盗寇。胸胆开张，拔剑追其后。纵步上前相打斗。一声巨响青山右。酒醒原来犹刺谬。试剑当时，顽石浑开剖。千古豪情清宇宙。至今夕照依岩岫。”

在这里骑过战马的将军，经过考证，是明朝农民起义军的将领邓茂七。

邓茂七揭竿而起，曾在沙县此地一块高耸的摩崖石刻边驻足，聆听当地贤达“着鞭壮士须记取，战尘洗净即永安”的教诲，在接过贤达馈赠的神鞭之后，神勇跃马驰骋于闽赣大地。

这里骑马的将军，也可能特指彭德怀大将军，1933 年彭德怀作为红三军团司令兼东方军司令，率领红军攻克了国民党军盘踞的沙县，建立起闽北革命根据地。彭大将军在沙县这块红色的土地上，曾前后战斗和生活了半年。

这里骑马的将军，或许也可喻指沙县籍的张廷发将军。正是彭德怀在沙县驻扎的 1933 年秋，年仅 15 岁的张廷发在沙县加入了中国工农红军，从此戎马倥偬，直至 1977 年出任空军司令。

远瞩马岩山，徜徉在马岩山庄，我心驰神往，思维极其活跃，极其跳跃。联想起厦门大学边上的南普陀，联想起南普陀后面的一块岩石，联想起那块镌刻着“洗心”两字的岩石。

我在母校念书时，经常到此“洗心”处放松心情，放飞心情，也屡屡以这块“洗心”岩石为背景拍照，为的就是“洗心”，图的就是“洗心”。

马岩山，岩巍然，石巍然，足可“洗心”。

马岩山庄是一处绝佳的天然氧吧，马岩山庄清澈如镜的叠泉流水，更足可“洗心”。

在马岩山庄领受大自然的厚爱，既可摒弃喧嚣尘世的烦忧，亦可为自身荡尘涤污，洗尘、洗面，更洗心，是为“洗礼”。

洗心马岩，洗礼马岩；洗心马的岩、洗礼马的岩。

威虎山智取

（2018 年 12 月 23 日）

有三五成群的老虎，正在林间草地上晒太阳，或是眯缝着眼睛打盹儿，或是学习“葛优躺”，显得有些慵懒，有点娇憨，与人们印象中的虎虎生威、虎视眈眈、饿虎扑食的形象全然不符。

它们的憨态可掬，倒有点像我在成都熊猫繁育基地看到的国宝熊猫。

深秋的太阳暖洋洋，畅快淋漓地滋养着我和吴金水，也痛快舒爽地滋养着老虎们。

湖南长沙县的湘丰村，竟然有近百只老虎在这里繁育和饲养，实属罕见，堪称新闻。

老虎是典型的山地林栖动物，在南方的热带雨林、常绿阔叶林，以至北方的落叶阔叶林和针阔叶混交林，过去都能很好地生活和繁衍。在中国东北地区，过去也常出没于山脊、矮林灌丛和岩石较多或砾石塘等山地。

由于人类的猎杀和野外栖息地碎片化，老虎已成为珍稀濒危物种，被列为《濒危野生动植物种国际贸易公约》（CITES）附录Ⅰ级保护动物，世界自然保护联盟（IUCN）红色目录濒危动物。

据 2016 年权威机构的调查显示，全球野生老虎的数量为 3890 只。

所以，当看到这么多只老虎或躺或卧，或摆头或晃尾，目中无人地踱着方步，我脑海显然就被弗洛伊德操控，不由自主跳出了“威虎山”这个名字。

威虎山为黑龙江省的一处无名高地，峻峰海拔 757 米，因为在曲波先生的长篇小说《林海雪原》中，作为我军早年剿匪遗址所在地，故闻名遐迩。

作为小说《林海雪原》中英雄的原型，杨子荣和战友曾长期战斗和生活在这里，智取威虎山，打掉了“首虎”坐山雕，以及八大金刚等悍匪大老虎。

带领我来到长沙县的乡村，看看这老虎众生相的，是我党校上岗班的同人吴金水。

吴金水是一位全国人大代表，几年前，他作为中国科学院亚热带农业生态研究所的所长，曾数次邀请我舞文弄墨，到长沙县金井镇的湘丰村调研。

研究所助力我国乡村振兴战略实施，几年前就扎根湘丰村，建设起了长沙农业环境监测研究站，和总部设在此地的湘丰茶叶集团的董事长汤宇科技合作，成为亲密无间的好朋友。

汤宇有位好朋友朱豫刚，几年前突发奇思妙想，在这里搞起了“三珍虎园”。

当时我以为虎园里顶多有三四只老虎，也就没有太仔细琢磨，只在庄园围墙边上转了转，根本就没有进过庄园，更谈不上见到老虎。

想不到经过几年的发展，现在“三珍虎园”有这么多的老虎，而且开展旅游对外卖门票，不但游客络绎不绝，今后还要继续搞第三期、第四期工程。

吴金水和我走走停停，来到一处用钢化玻璃墙围起来的虎场，童心未泯的吴金水情不自禁，竟然伸出他那老农民般黑黢黢的手，抚摸挨着钢化玻璃围墙卧着的老虎。

他这是对老虎爱抚？还是示好？还是挑逗？抑或是调戏？

他这是冯河暴虎？还是要虎口拔牙、虎口拔须，抑或是要与虎谋皮？

好在老虎宠辱不惊，已司空见惯游客的挑逗，懒洋洋的，逗萌萌的，对他根本就不予理睬，就像鲁迅先生所说，轻蔑得“连眼珠子都不转过去”。

我赶紧抢拍了几张有趣的照片。要是写一篇移花接木的假图片新闻，是否可以浑水摸鱼说：在虎口拔牙、虎口拔须，一位全国人大代表的英勇表现，就是如此视死如归！

强化科技支撑、创新引领，对保障乡村振兴战略的顺利实施，具有重大的现实意义。中国科学院亚热带农业生态研究所连续几年来，助力我国乡村振兴战略实施获得成效，湘丰村也因占领乡村振兴的先机，已面貌大变。

湘丰村的旅游观光产业初具规模，全年游客量已突破 50 万人，大大促进了一二三产业的融合发展。

中国科学院亚热带农业生态研究所根据自身的宝贵实践，向中央领导及有关部委提出了积极的咨询建议。

于是我再次受邀云游，来到长沙县金井镇湘丰村。

我知晓了三珍林业科技开发有限公司，知晓了湖南林业虎繁育基地的名字，听到了其当家人朱豫刚的故事。朱豫刚 16 岁就入伍当侦察兵，有一种初生牛犊不怕虎的精神，他所在的连也被称为猛虎连，最崇拜猛虎精神。

在一次战斗中朱豫刚扛着牺牲战友的遗体，冒着生命危险突围炮火线。战友说当时他像头猛虎一样。在这场猛烈的战斗中，作为侦察兵的朱豫刚因多处负伤，才不得不服从命令从战场撤下来。

朱豫刚退伍后当过教师，办过企业，部队经历磨炼了他的血性虎气，他在内心里一直敬畏猛虎精神。猛虎精神伴随着他，度过了起起落落、坎坎坷坷的岁月。

“如果时时刻刻能听到虎啸，将是多么动人心魄的事！”朱豫刚经常如是说。

2009 年，朱豫刚的养虎计划得到国家林业部门批准，创建起三珍林业科技开发有限公司，选定湘丰村的青山绿水，建起一座“三珍虎园”，寓意“珍爱、珍惜、珍藏”。

2010 年 8 月，第一批 8 只东北虎进园，经过 4 年多的养殖、繁殖，“三珍虎园”老虎数量就达 30 多只，超过长沙生态动物园老虎数量。由此，朱豫刚的“虎哥”名号也不胫而走。

如今，我国中南地区最大的东北虎驯养繁殖基地，就是位于湘丰村的“三珍虎园”。

“三珍虎园”饲养东北虎近百只，白虎 6 只，2016 年还罕见地出生成活了四胞胎东北虎宝宝，2017 年接待游客 35 万人次，提供就业岗位 150 余个。

我曾访问过湘丰集团董事长汤宇、总经理张超，但尚未访问过三珍林业科技开发有限公司董事长朱豫刚。下次我若是再来长沙，一定要争取拜会朱豫刚，拜会这位湖南的“杨子荣”。

英雄杨子荣智取威虎山，同样是侦察兵出身的朱豫刚，凭借他的智慧与胆识，以湖南林业虎繁育基地的勃勃生机，在丘陵地带的长沙县湘丰村，靠威虎山的“智取”，正上演着一出生动的大戏、好戏。

威虎山该如何智取？在长沙县这原本没有老虎的地方，居然繁育饲养了百来只老虎，这场科技创新的大戏、好戏，难道还不够威武雄壮、精彩纷呈吗？

无憾朱仙镇

（2019 年 2 月 3 日）

开封市的城区，该游玩的主要地方我都去了，决定去开封市的朱仙镇走走。

我国四大名镇的说法，是在明、清两个朝代基本形成的。

人们公认的四大名镇，指的是以“九省通衢”商业中心著称的湖北汉口镇、以手工业高度发达著称的广东佛山镇、以官窑瓷器闻名于世的江西景德镇，以及盛产版画和年画著称的河南朱仙镇。

汉口镇、佛山镇和景德镇三镇我都曾经去过，这次若是到朱仙镇，我国的四大名镇我也就全都去了。

河南开封市的朱仙镇，相传是战国时朱亥的故里，朱亥居住在仙人庄，故名朱仙镇。

朱亥本是一介屠夫，因其勇武过人被信陵君聘为食客，曾在退秦、救赵、存魏诸多战役中立下汗马功劳。信陵君的盖世英名，也与他慧眼发现和大胆任用朱亥分不开。

我从开封市区到朱仙镇，还有一个重要的原因，那就是小时候看历史小说、包括看连环画所受到的文化熏陶，知道岳飞率领的岳家军，曾在朱仙镇这里大败金兵，取得朱仙镇大捷。

岳飞在朱仙镇，曾以麾下 500 名精骑大破 10 万金兵，连金兀术也不得不感叹“撼山易，撼岳家军难”。童年时代的我除了景仰写下《满江红》的岳飞，也特别崇拜岳飞的长子——以金瓜锤为兵器，英武俊朗的岳云。

我唯一的担心是，万一从朱仙镇赶不回来，春运期间高铁票不好买，我将被困在朱仙镇或开封市。

经过上网检索，知道从我入住的宾馆到朱仙镇，距离为 24 千米，若时间比较充裕，可从宾馆乘 20 路公交车到开封汽车西站，汽车西站有长途车直达朱仙镇，票价仅为 6 元。

为了不给自己留下遗憾，预防万一时间不够，我决定打出租车到朱仙镇。

我早饭都顾不上吃，就在宾馆门口等出租车，但接连拦了两辆，司机一听到朱仙镇都推脱不去。

第三辆出租车有点意思。司机说不能打表计程，给他 60 元钱。我问：要是打表呢？他说打表起码得 40 多元。我说：给你 50 元不就行了吗？司机还是不愿去，说 60 元是一口价没商量。

我的倔脾气上来了。心想那就乘公交车去吧，公交车虽然比出租车慢很多，但哪怕在朱仙镇只待了 5 分钟，我也算到此一游，来过了朱仙镇！

很快一辆公交车过来了，除我之外车上没有一位乘客！ 7 点多的开封市区空空荡荡，根本不像在别的城市，此时正是上班最容易堵车的高峰，许多站点都没有乘客，这趟 20 路公交车就像为我而开的专车！

很快到了开封汽车西站，我买了块面包当早餐，307 长途车随即开动。

不仅长途车没有几位乘客，往朱仙镇的路上也空空荡荡。在朱仙镇下车后，走五六分钟就到了“精忠岳庙”，还差 5 分钟 8 点半，才是岳庙开门的时间！

我松了口气，优哉游哉地在朱仙镇上溜达。

街上既有“忠义朱仙”的牌匾，说明这里是朱仙镇的门面。但不无遗憾的是，就在“忠义朱仙”门面这里，到处是一摊摊污泥浊水，几乎难以落脚通过。

朱仙镇的主街道甚至不是水泥路，窘迫的状况不容乐观。

街道两边的房子皆为两层，都比较凋敝破败。虽然离春节只剩两三天，街上有些卖年货的地摊，但从地摊的规模和所售商品，也能大致看出朱仙镇如今的委顿。

我不由自主地想：当今中国若还评选中国四大名镇，朱仙镇肯定要被淘汰出局，至于佛山镇、汉口镇、景德镇，是否能保住中国名镇的桂冠，我没有深入调查研究，不太好妄加评说。

福建省仙游县的榜头镇，应该可以入围当今中国名镇。

仙游县榜头镇本来就是一个大镇，近30年来，榜头镇异军突起，生产的红木家具尤其古典红木家具，不仅精良的工艺质量在全国首屈一指，其规模也让人惊叹不已。这里红木家具一条街绵延长达10千米，商家和厂家多达几千家！

朱仙镇的全盛时期是明末清初。全镇面积为25平方千米，人口达20多万，民商有4万多户。镇内街道纵横、百货云集的盛况可想而知。

贾鲁河将朱仙镇分为东镇和西镇。在明、清两个朝代，东镇是重要的市街。乾隆朝以后因黄河决溢，镇中屡遭水患，东镇的地势较低，商贾多由东镇移至西镇。

昔日的我国四大名镇，如今看来已有天壤之别。这不仅从四个名镇的行政级别即可略见一斑：汉口镇今属副部级的武汉市，佛山镇属地级市的佛山市，景德镇属地级市的景德镇市，而朱仙镇只是开封市属下的一个镇。

更为重要的是，朱仙镇的经济确实萧条衰落。

朱仙镇的木版年画起源于唐，兴于宋，鼎盛于明、清，是我国四大木版年画之一，但朱仙镇如今的主导经济，乡村旅游业基本形不成气候，只有靠日渐式微的木版年画在勉强支撑。

街上有家“年画博物馆”招贴迎风招展，我不由抬腿走进去。

“年画博物馆”是尹氏私人开的，底层门面大约50平方米。作为尹氏老天成第五代传人的老板尹国法，热情地对我做了一些木版年画的介绍。

质量上乘的木版年画，首先看它的色彩是否丰富，色彩越为多样，年画的价格通常也就越贵，其次是看它的尺幅，就像书画作品似的，除了看其是不是名家名作，也要看其尺幅的大小。

尹国法先生可谓和气生财，我当即挑选，买下3张尹氏老天成的年画。随即到“精忠岳庙”参观。

岳飞戎马倥偬十余年间，率岳家军同金军数百次激战，公元1140年完颜金兀术毁盟攻宋，岳飞立即挥师北伐，先后收复了郑州和洛阳等地，又在郾城和颍昌大败金军。

公元1141年，岳家军挥师距汴京45里的朱仙镇，与金兀术对垒决战，遣骁将以500名背嵬骑奋击，金锤大破金兀术，使金兀术只得狼狈逃回到汴京，创造了以少胜多的古今军事奇迹。

但宋高宗和奸臣秦桧一意孤行，对金国献媚求和，就在岳家军朱仙镇大捷后不几日，却接连以12道“金字牌”下令岳飞立即退兵，岳飞在孤立无援之下被迫班师回朝。

公元1142年1月，岳飞因“莫须有”的谋反罪名，与长子岳云等在杭州的风波亭惨遭杀害。

在“精忠岳庙”内，有一副楹联写着“皱眉长恨风波恶，仰首高歌满江红”，在此楹联前我不由驻足良久。

日月昭昭，岳飞应无憾。朱仙镇大败金兵载入中华史册，宋孝宗时岳飞的冤案得到平反，岳飞被改葬于杭州西湖畔的栖霞岭，并被追谥武穆。另外4位奸臣，却从此被钉在历史的耻辱柱上，只能永远在岳武穆面前被捆绑着下跪。

我朱仙镇此行应无憾。开销比原计划打车省去许多且不说，两个多小时的游览也绰绰有余。

我还意外发现，在快到“忠义朱仙”的路上，大约3千米处有个刚开发的“启封故园”景点，也就顺便到此游览了半小时。

只是朱仙镇当年的繁华不再，它似有难以言说的隐痛和遗憾。

医圣祠感悟“医相无二”

（2019年2月19日）

南阳历史上的名人除了诸葛亮，就是被人称为“医圣”的张仲景。瞻仰了诸葛亮在南阳的躬耕地，我来朝觐医圣祠。

医圣祠位于南阳城东温凉河畔，是东汉时期伟大的医学家、被人们尊为中华“医圣”的张仲景的墓祠纪念地。

医圣祠是具有汉代艺术风格的建筑群，在大街上远远就能看到一对汉风子母阙耸立在大门，浩大雄浑，再走近了仔细瞧，阙上的彩绘朱雀翩翩欲飞。

1993年，国际权威医史研究机构——英国伦敦维尔康医史研究所，把张仲景列为29位世界医史伟人之一加以弘扬和纪念，中国医学史悠悠数千年，获此殊荣者唯张仲景一人。

据《张仲景祠墓志》记载：嘉靖二十五年（1546年），由明藩唐王和地方儒医共同捐资，在仲景墓畔修建了医圣祠。1935年，以章太炎和陈立夫为首的99位当时中国文化界、中医界名人联合发起倡议，重修南阳医圣祠。

中华人民共和国成立后政府重视医学文化遗产保护，曾多次拨款修葺医圣祠。1988年，医圣祠被列为全国重点文物保护单位；2007年，“医圣张仲景祭祀”被公布为“河南省非物质文化遗产”。

张仲景生于公元150年，卒于公元219年，著有中国传统医学名著《伤寒杂病论》。

张仲景的家族有200多人，不到10年就死去了140多人，害伤寒病死的占十分之七。河南疾病流行时民众的悲惨遭遇，激发张仲景立志学医，用医术解救人民的疾苦。虽然张仲景在汉灵帝时举孝廉，官至长沙太守，但后来还是弃官归乡，拜本家叔叔张伯祖为师从医。

集前人之大成，揽四代之精华，张仲景对《内经》等古典医书进行系统研究，结合临症实践，以朴素的阴阳学说为指导，写出了《伤寒杂病论》十六卷，创造性地提出辨证论治的法则，是理、法、方、药皆备的经典著作，形成独特的中国医学思想体系。

《伤寒杂病论》洋洋大观，不仅为国内历代医学家所尊崇，而且为日本、朝鲜诸国医学家效法，被誉为“众法之宗，群方之祖，医门之圣书”。是世界上第一部临症医学专著。

我进入祠内，首先看到的就是中间的张仲景雕塑，还有他周边的岐伯、扁鹊、华佗、王叔和、孙思邈、李时珍等名医的雕塑，他们一个个都栩栩如生，似在讲述千古医海故事。但若不看雕塑前的“身份证”，即使他们每人的神态各异，并非学医且相当眼拙的我也分辨不出。

但他们的长相有一个共同特点，都是慈眉善目。常言说“面由心生”，慈眉善目首先就给患者以足够的信任感。很难想象一位济世救人的名医，会是目露凶光的面目狰狞者，这样还不把患者都给吓跑，没病也能看出病来?

山门的后面即为张仲景陵墓，陵墓前有顺治十三年（1656年）南阳府丞张三异所立石碑，上刻“东汉长沙太守医圣张仲景之墓”。

张仲景墓为正方形大理石墓基，用汉砖砌成，四角镶嵌羊头，寓意平安吉祥，虽然墓地并不大，但却使人顿生无限敬仰。

医圣祠墓前面建有祭拜殿，后面为墓亭，每年都有各种的拜谒祭祀活动在此进行。

墓后为一座清代四合院式建筑，有正殿三间，中间是医圣张仲景塑像，左右分列晋唐名医王叔和、孙思邈的塑像。老汉我不知在左右分列者唯独他俩，有何说法和讲究。

唐代太子右赞善大夫臣高保衡等校理《伤寒论》，在其序言中称张仲景“所著论，其言精而奥，其法简而详，非浅闻寡见者所能及。自仲景于今八百余年，惟王叔和能学之，其间如葛洪、陶景、胡洽、徐之才、孙思邈辈，非不才也，但各自名家，而不能修明之”。可能就是一个说法。

任应秋是已故著名中医药学家，他多年前为医圣祠题写有一副对联，高度总结了张仲景一生的医学贡献，上联是“阴阳有三，辨病还需辨证”。下联是“医相无二，活国在于活人”。

“阴阳有三”，是中医上所说的三阴三阳；“辨病还需辨证”是说，要想治好病人的病，必须依照辨证论治的学说，找出病的根本原因。

“医相无二”就是说，当医生和当宰相没有区别，医生治人疾病，宰相则在治国安邦；“活国在于活人”是说，要想把国家治理好，首先要把人的疾病治好。

张仲景高大的塑像似在凝眉深思，忧国忧民之情溢于眉宇间，此时此刻，我仿佛跨越 1800 多年的时空，亲身感受他“进则救世，退则救民，不为良相，定为良医”的胸襟。

虽说“医相无二”，但中国显然是“官本位”的国度，同样是出生在河南南阳，丞相诸葛亮经过刘备的三顾茅庐出山，其当丞相治理蜀国的名气，显然比治病救人的张仲景名气大得多。

在我老家福建省仙游县，知道的当地名人就是那几位名医，譬如陈鸿藻医生、同班同学施国建的爷爷等医生大名，无不如雷贯耳。

及至陈宜瑜成为中国科学院 1991 年的新科院士，我在武汉采访时任中国科学院水生生物研究所所长的他，得知他父亲是仙游县城的医生，忙问他父亲的大名，陈宜瑜一说出“陈鸿藻”，我顿时钦佩地肃然起敬。

在张仲景的塑像后面，是一座六角的碑亭，镌刻着我国多位领导人对发展我国中医药学科的题词。

院内两侧的东西长廊，镶嵌着《张仲景组画》《历代名医评赞》《历代名医画像》石刻 200 余方。

东长廊镶嵌的是《张仲景组画》，以汉代画像石刻艺术，再现了张仲景当年下荆襄、登桐柏、赴京洛、涉三湘，终成“万世医宗”的辉煌一生。

张仲景时代的“神医”华佗，称颂张仲景著作“此真活人书也”；而唐代著名医学家“药王”孙思邈，则称颂张仲景著作“特有神功”。

美国华盛顿大学医学院教授包德默曾感慨：“爱因斯坦创立了相对论，但早在 1800 年前的张仲景，就已把相对论的原理运用到实践中去，张仲景是我们人类的骄傲。”

医圣祠有“百寿亭”。从书圣王羲之到郑板桥，集历代书法家“寿”字石刻于一壁。其中吴昌硕所写的“寿”字，因又“长”又“瘦”，谐音寓意也是“长寿”。

一个古老的四合院建筑，是医圣祠的大殿及东西偏殿。这里有尊针灸的陶人，身高 24 厘米，胸宽 7 厘米。陶人造型质朴，浑身遍布排列成行的针灸穴位，具有极高的学术价值。

针灸陶人的复制品在中国历史博物馆展出。比起宋代针灸学家王惟一设计的针灸铜人，这尊针灸陶人要早将近1000年，由于其学术价值很高，被编入了《中国美术全集》。

医圣祠还展出诺贝尔生命科学奖获得者屠呦呦、河南籍“国医”唐祖宣的成就及其事迹。我过去不知道唐祖宣其人，看了展览方知唐祖宣1942年出生，曾任南阳邓州市中医院院长。

我所熟悉的中国中医药大学教授王琦，和唐祖宣是同一批被国家命名的“国医”，但年龄比唐祖宣小一岁。

王琦其人儒雅，学问渊博，我早年多次慕名采访他，和他的友谊交往已长达31年。“医相无二”，我完全相信，如果王琦教授早年若是从政，也会是一位德才兼备、很有“官声”的优秀行政领导。

王琦教授经常说：如果只是搞科研，那么一意求真、一心向学就足够。但作为一位医生，不抱善念、没有怜悯之心，就不可能真正了解病人的诉求，肯定也看不好病。

我朝觐南阳医圣祠，对我国中医博大精深的传统文化，又加深几分认识。“国医”王琦教授是江苏高邮人，回京后我该给王琦教授打个电话，找个合适的时机到我从未去过的高邮，看看王琦教授青少年时代生长环境的人杰地灵。

春来栈道看褒谷

（2019年2月20日）

陕北，特别是革命圣地延安，我已经去过3次，但包括汉中在内的陕南，我却是第一次来游玩。我到陕西汉中，不急于看市区内的风景名胜，而是首选了石门栈道风景区。

石门栈道是AAAA级旅游景区，位于汉中市汉台区、勉县、留坝三县（区）交界的褒谷口，距离汉中市区16千米，乘21路公共汽车到终点站即石门风景区，票价只有 2 元钱。

不知是否因为天寒地冻，而且春节长假已过，在终点站下车的只有我独自一人。

我踏着积雪走了近 1 千米，才看到貌似的景区，但没有看到景区的售票处，只能说是景区的过渡地带。

一条六七米宽的水泥道路，依山的左边是许多雕塑或壁画，傍水的右边则是商铺。商铺为清一色三层的水泥建筑，但几乎没有一家开张。春寒料峭的道路上看不到几个游客。

左边的雕塑或壁画，显然都与秦汉的历史有关，艺术水准也说得过去，具有一定的观赏性，故此我一路走一路拍照，倒也不觉得太寂寞，太乏味。

这样走了七八百米，就来到游客中心。我趴在窗口一问，60 岁以上的人凭身份证即可进入景区，不需要买门票。

石门栈道被誉为“中国栈道之乡”，在汉中可歌可泣的历史上，它还是世界最早靠人工开凿出的一条通车隧道。

由于 1970 年石门水库的修建，使古老的石门栈道沉没在水中，而随着前些年的石门旅游大开发，石门旅游公司在古老栈道的基础上，抬高了原有的路基近 80 米，才得以再现了这一古老的栈道奇观。

石门仿古栈道为南北走向，全长 3.6 千米，投资 987 万元，将古栈道的多种建筑形式一一复原，重现近 2000 年前的古栈道辉煌。

石门栈道的所在地，也是传说中褒姒的故里。所以游客进入景区之后，也能多处看到褒姒的雕塑、以褒姒故事为题材的画廊。

过去我对褒姒的认知，仅限于在公元前 779 年，周幽王率兵攻打褒国，褒国兵败，于是献出美女褒姒乞求投降。周幽王得到褒姒后，对她宠爱有加，废掉原来的王后立褒姒为王后，而且有了“烽火戏诸侯”的著名故事。

现在我方知，因为褒姒是当时的褒国人，褒国礼制为“妇人称国及姓”，周幽王的爱妻是姒姓，故称她为褒姒。

褒谷山势险峻，怪石或嶙峋或峥嵘，翠峰若屏障林立，峡谷则清净幽雅。清代文人王晚香足迹所至，将这里高度概括为“石门二十四景”。

如今的仿古栈道独具一格，凌空飞架于褒谷的陡峭悬崖之上，成为古褒斜道的一处缩影。

1975年石门水库建成之后，为褒谷古道锦上添花。石门水库是以灌溉为主的大型水利工程，库容为1.098亿立方米，灌溉51.5多万亩的农田，发电装机4.05万千瓦。

历史上的石门开通后，仕官商贾、特别是文人墨客们或记事咏物，或秉书抒怀，将自己的文句镌刻于石门内外的崖壁上，形成蔚为大观的石门摩崖石刻。

这些琳琅满目的摩崖石刻，上自汉魏，下至明清，俨然是一座石刻宝库，其中的精品石刻，堪称汉代以来书和刻两者的最高艺术结晶。

特别是东汉的《石门颂》、曹操所写的《衮雪》、北魏的《石门铭》等“汉魏十三品”，是研究古代政治、军事、交通、科技、水利和文化艺术的重要石刻资料，在中国书法史上价值极高。连日本的书道界也自愧不如，不由谦卑地承认“汉中石门，日本之师”。

1961年，“褒斜道、石门及其摩崖石刻”遗址，被列为第一批全国重点文物保护单位。

1970年在修建石门水库时，这些石刻中有13件精品被凿迁下来，现在陈列于汉中市博物馆（古汉台），这就是著名的被誉为国宝的“石门十三品”。

而石门隧道和其他的一些摩崖石刻，则永远被淹没在水库之中，就像随着三峡工程的开工和发电，不得不让许多不便抢救和移动的文物，永远地淹没在长江水中。

石门隧道与栈道在同一水平线上。洞内并无斧凿的痕迹，是以火烧和水激之后开凿而成。石门隧道的开凿年代，有东汉明帝永平六年（公元63年）开凿、汉初刘邦以及秦人开凿的几种说法。

历史典籍可以佐证，全长235千米的褒斜栈道，曾是古代沟通南北的军事要冲。

人们常说：“蜀道之难，难于上青天！”自春秋战国以来的上千年，古人为了翻越秦岭天险，沿河谷悬崖凿孔，以横木为梁，靠立木为柱，上面铺有木板、装上栏杆便形成了栈道，供过往的车马悬空行走。

因为古栈道南起汉中的褒谷口，北到眉县的斜峪关，故此也就通称为“褒斜栈道”。

山谷的地形复杂，为了在陡峭的山壁上开辟道路，古代的栈道设计者和劳工依据不同的地形，创造了“平梁立柱式”“多层平梁立柱加棚盖式”“千梁无柱式”等多种形制，在这一段栈道当中都有所体现。

《史记》记载:“栈道千里，无所不通，唯褒谷绾毂（控扼，扼制）其口，以所多易所鲜。”离开古都长安，沿着褒斜道走进南端的褒谷，这里两山对峙、立壁千仞、水流湍急，成为褒斜栈道的天然障碍。

早在东汉永平六年（公元 63 年），汉明帝刘庄在重修褒斜栈道时下诏书，用“火烧水激”的办法，在这里开凿了一个长约 16 米，高宽各约 4 米的穿山隧洞。这是世界交通史上最早的可通车隧道，是人类改造自然的空前壮举。

从长安到成都，褒斜栈道最兴盛的时期，五里一邮、十里一亭、三十里一驿，飞架的栈道蜿蜒于青山之间，凌空湍急的绿波之上，时而一廊、时而一阁，亦是栈道邮驿设施的一部分。

古人自从发明栈道开始，就与战争结下了不解之缘，从褒斜栈道北出斜谷可直逼长安，入南谷褒谷则可轻取川蜀，在军事上有进可攻、退可守的余地，自古都是兵家必争之地。

著名的历史性战役“明修栈道、暗度陈仓”，显然就发生在勉县这里。

公元 206 年著名的鸿门宴之后，刘邦被项羽封为汉王，项羽本意是要把刘邦赶出关中，但恰恰是汉中的这一块风水宝地，成就了早年因为家境贫寒，不得不靠卖草鞋谋生的刘邦，成就了汉朝的 400 年基业。

刘邦自诩是皇亲国戚“刘皇叔”，其实并无真凭实据。他在发达以前的名字叫刘季，“季”就是老四的意思。伯、仲、叔、季是古时候兄弟较多时用来排序的。刘邦连一个正经的名字都没有，楚霸王岂能对他“明修栈道、暗度陈仓”的伎俩服气？

但刘邦听从张良的计策，一把大火烧掉通往关中最为便捷的褒斜栈道，以这样的伎俩麻痹了项羽，表示他将永居汉中，再也不会和项羽觊觎天下。

在汉中休养生息的刘邦在谋士萧何的劝谏下，大胆起用了韩信并拜他为大将，后来“明修暗渡”取得关中，为刘邦统一天下建立大汉王朝奠定了基础。

我一边游走一边细看，一边拍照一边思忖，追昔抚今不由得感叹：这里既有深厚底蕴的人文历史遗迹，又有雄伟壮观的现代水利景观，委实是一间很难得的综合教科室。即便只是一条仿古的栈道，但建在褒谷这一处可“发思古之幽情”的地方，设计的文化创意也可圈可点，哪里是国内其他的一些栈道，包括现在比比皆是的玻璃栈道可以比拟？

国内修建的现代栈道越来越多，出现了一些不分青红皂白修建玻璃的栈道，但玻璃栈道透明是透明了，却丢失了木头栈道的古色古香，丢失了一些原生态的古趣古味。

如果不是褒谷初春正是枯水季节，而且石门水库在搞新的建设工程，开闸放水时水域烟波浩渺的风光，想必会给石门景区增光增色不少。

即便没有“烽火戏诸侯”而褒姒掩口一笑，游客也会因为不虚此行而开心地绽放笑容。

不见瓷器乃磁器

（2019 年 3 月 9 日）

磁器口古镇如今是 AAAA 级景区，重庆市重点保护传统街，重庆“新巴渝十二景”。

磁器口古镇之所以著名，有一个很重要的原因，是抗日战争时期作重庆为陪都，全国很多文化名人曾在磁器口生活过，这在很大程度上增加了它的知名度，我知道磁器口也是得益于此。

磁器口古镇位于重庆沙坪坝区，嘉陵江在这里穿越流淌，它始建于宋代，拥有“一江两溪三山四街”的独特地貌，是嘉陵江边重要的天然良港和水陆码头，曾经繁盛一时。

从我在渝中区下榻的宾馆到磁器口古镇，公交车要乘坐十几个站，但不需要倒车倒也很方便，中间经过红岩村和重庆大学，让我透过车窗投去尊敬的一眼。到磁器口旅游观光最大的方便之处，就是有很多条公交线路可以到达。

磁器口古镇主要有前后两条街，当地人称之为正街和老街，另外还包括12条小巷，地面由石板铺成，沿街店铺林立，街道两旁大多是明清时代的建筑风格。

新时代的磁器口古镇仍古意盎然，蕴含丰富的巴渝文化、宗教文化，也有抗日战争时期留下的红岩文化。“一条石板路，千年磁器口”，就是古城的缩影和象征，早年它被国民政府主席的林森誉为“小重庆”。

今天虽然不是节假日，而且磁器口古镇阴沉着脸，似乎随时都要下雨“变脸”，但游客还是熙熙攘攘、摩肩接踵，不知是否因古镇的石板路顶多只有3米宽，本来就太狭窄。

古镇上一个紧挨一个的商铺，除了有麻花和毛血旺等重庆特色小吃，还包括榨油、抽丝、制糖、捏面人等传统食品作坊，很多茶馆里还表演川剧的“变脸”。

川剧的“变脸”已趋于普及，随着川流不息的人群，老汉我在石板路上漫不经心地走着，最担心的是天气也“变脸”。

难得的这里还有一处丁肇中纪念馆，两层的木质小楼。比较遗憾的是，游客或由于时间仓促，或因为知识和兴趣点的局限，没有更多在此驻足。

1937年至1945年年底，丁肇中于随其父亲丁观海、母亲王隽英在重庆生活了8年，其中1943至1945年年底，就读于磁器口正街宝善宫内的嘉陵小学，直至抗战胜利后的1946年才随父母离开。

前几年，丁肇中被中国科学院重庆绿色智能技术研究院聘为首席科技顾问，还专门到沧桑巨变的磁器口访问过。

即便是诺贝尔奖获得者，也有挥之不去的浓郁怀旧情结，更别说丁肇中是启蒙教育时在磁器口待过好几年——读小学就像是一张白纸，白纸上的印记最难抹去。

至于丁肇中当时随陪同来磁器口，他对阔别磁器口70年有何感触，或许询问中国科学院重庆绿色智能技术研究院原院长袁家虎、书记韦方强他们能知道。

我曾访问过丁肇中先生两次，凭我对他的印象和理解，他绝对不会喜欢访问时被前呼后拥。所以丁肇中几年前磁器口的访问，纪念馆里也没有留下更多的影像和文字资料。

丁肇中在小时候最崇拜的科学家是法拉第。法拉第发现了电磁感应定律，丁肇中领导多国科学家工程师团队，包括中国的科学家工程师不下200人，寻找太空中的反物质和暗物质，用的就是“阿拉法磁谱仪”，似乎丁肇中冥冥之中与磁器口、“磁器”有缘。

古镇有诸多艺人茶馆，门口有古装的青年男女招揽游客入内，一边歇脚品茗，一边欣赏民间艺术。茶馆里的戏曲品种不少，有川剧坐唱、四川清音、四川竹琴等。

抗日战争时期，四川省立教育学院在磁器口办学，学贯中西的国学大师吴宓也在这里任教，除传道授业、著书立说之外，吴宓偶尔也会到镇上的茶馆，一边品茶怡情，一边与茶客摆龙门阵。

磁器口的凤凰山曾名盛一时，作为国民政府教育部美术委员会的驻地，曾聚集了徐悲鸿、傅抱石、丰子恺、宗白华等众多美术及美学界的大腕。

《红岩》小说中的“华子良”，在磁器口也留下了革命的足迹，让看过《红岩》小说的人们，特别是像我这样的人浮想联翩。

华子良的原型是刘子栋，他的老家在山东，到重庆后人生地疏，白公馆的看守对他比较放心，常常让他随看守去磁器口镇上买东西，他貌似买完东西很快就往回走，但他与地下党秘密接头的地点，实际上就在磁器口一处穿逗式结构的房子里。

小说中描绘的华子良“装疯卖傻”，也为磁器口古镇增添了些许神秘的色彩。

古镇上“采耳”店比比皆是。老汉我真不知“采耳”这个行当，居然也有这么大的市场需求。在这里“掏耳朵”，是为了各地的游客更好地聆听、洗耳恭听南腔北调吗？

清朝初年，瓷器在很长一段时间里走俏，成为龙隐镇的主要产业。1918 年，本地商绅集资在镇里创建了新工艺制瓷的“蜀瓷厂”，后来随着工艺的进步，瓷器品种的增多，名气也扩大了起来。

在商言商的商人们由此渐渐改口，把原来的龙隐镇叫成了瓷器口。再后来，因为“瓷”字与“磁”字相通，这里又被叫成磁器口。

解放后磁器口繁华依旧，码头上从早到晚，过往商旅川流不息，当年流传一首民谣：“白日里千人拱手，入夜后万盏明灯。”

“千人拱手”，是形容每天都有上千只船，艄公划着船只向码头停靠，请人避让做拱手状；“万盏明灯”，是形容码头上商贾云集，入夜后各自点亮电石灯、汽灯，经嘉陵江的江水一漾，如星辰在闪闪烁烁。

直至 1958 年，磁器口的码头移至汉渝路，水陆码头集散地和中转站的作用才逐渐消失。

为保存蕴藏丰厚历史和文化的遗迹，沙坪坝区政府决定恢复古镇的明清建筑风格，将磁器口古镇建设成为民俗文化街区景点。

1997 年，重庆市新发行的一套《最后的回忆》地方磁卡，与解放碑、通远门和临江门并列的，就是磁器口大码头。我造访磁器口古镇，当然是不见瓷器乃磁器。

在磁器口古镇新街口的僻静处，有一座独特的抗日建国阵亡将士纪念碑。

纪念碑前，雕塑有大汉奸汪精卫及其老婆陈璧君，他俩被捆绑着跪在地上，就像秦桧等人被捆绑着跪在地上一样，但他俩面对的不是民族英雄岳飞，而是一位平躺着的、已不幸牺牲的抗日英雄，显示当年中国人民誓死抗日的决心。

千里广大掠影

（2019 年 3 月 10 日）

我选择到重庆中国三峡博物馆参观。事先就已经知道，在重庆中国三峡博物馆的附近，是重庆人民大礼堂和重庆市委。

重庆中国三峡博物馆和我居住的宾馆都在渝中区，而且距离也就两三站，若是在北京、上海和天津，溜达着也就可以过去，只不过在重庆这短暂的两三天我已有领教，市区几乎没有平坦的大街，高低起伏、曲里拐弯的道路，也很少有方便过街的斑马线。

对方位感一向较差且不便于时不时上天桥、下地道的我而言，只能老老实实地选择乘坐公交车。

即便这样，当我看到一栋被遮挡住下部、只剩下琉璃瓦顶的高大建筑物，觉得它不是重庆人民大礼堂就是重庆中国三峡博物馆，但爬坡绕过去 200 米，那一处琉璃瓦顶的建筑却消失在我视野中，无奈只好向路人询问。

重庆中国三峡博物馆暨重庆博物馆，属于一个场馆两块牌子，而三峡博物馆和重庆人民大礼堂面对面，对重庆这一座“山城”而言，在两大建筑物的中间，有这么一个非常平坦的大广场确实很难得。

中国建设的一大鲜明特色，就是在首脑机关的所在地跟前，一般都会有一个广场，且不说作为直辖市或省会一级的城市，哪怕是地级市或县级市也是如此。有些城市随着首脑机关搬迁新址，新广场也就因此修建，并带动周边的房地产立即升值。

虽然这天有毛毛细雨飘洒，但也有一些人拿着手机或相机，面对重庆人民大礼堂和重庆市委的建筑拍照。

在人民广场上有座独一无二的雕像，那是重庆人民大礼堂的总设计师和总工程师张家德的雕像。重庆人民大会堂于 1951 年 6 月破土兴建，1954 年 4 月竣工，比北京人民大会堂的落成时间还要早 5 年，它是一座仿古的民族建筑群，也是重庆市独具特色的标志建筑物之一。

重庆人民大礼堂是中国的传统建筑，它采用中轴线对称的形式，以柱廊和双翼相配，其外观像是放大了的北京天坛，碧绿的琉璃瓦大屋顶，大红廊柱，白色栏杆，重檐斗拱，画栋雕梁，色彩金碧辉煌。建筑效仿北京的天坛，有祷祝“国泰民安”之意。

1987 年，英国出版的世界建筑经典著作《比较建筑史》，收录了我国当代 43 项建筑工程，居然将重庆人民大礼堂建筑排列在第二位。

重庆人民大礼堂不仅荣获诸多设计荣誉，堪称实至名归，还是詹天佑工程奖、鲁班工程奖的获得者，这在重庆的建筑中也是独一无二。《中国大百科全书》《当代中国建筑史》都将重庆人民大礼堂列为我国代表性的著名建筑。

2016 年 9 月，重庆人民大礼堂还入选了“首批中国 20 世纪建筑遗产”名录。张家德先生也因此被载入世界建筑史册。

张家德是中国当代建筑师中的前辈，他创作完成的建筑作品虽然数量不算多，但作品的知名度却堪称一流。他早年毕业于南京大学工程系，1941 年至 1949 年在重庆创办了家德建筑事务所，重庆人民大礼堂建设工程完工后不久，曾任中国建筑科学研究院的副总工程师，1982 年在北京病逝，享年 69 岁。

很多人知道重庆人民大礼堂气势宏伟，但张家德先生的大名，除我国建筑界的圈内人士外，却一直鲜为人知，我本人也不例外，实在是一种莫大的悲哀。所幸在重庆的人民广场上，能够有张家德先生这么一座雕像在启迪后人。

重庆中国三峡博物馆是一座集“巴渝文化、三峡文化、大后方抗战文化、统战文化、移民文化”等的收藏、保护、研究、展示、传播于一体的综合性省级博物馆，前身为 1951 年成立的西南博物院，1955 年因西南大区的撤销，更名为重庆博物馆。

2000 年，为承担三峡文物保护工程的大量珍贵文物抢救、展示和研究工作，经国务院办公厅批准，在重庆博物馆原有班底的基础上，设立了重庆中国三峡博物馆。馆舍由主馆、白鹤梁水下题刻博物馆、保卫中国同盟总部（宋庆龄旧居陈列馆）、涂山窑遗址4部分组成。

新馆2005年6月18日正式对外开放，占地面积3万平方米，建筑面积4.5万平方米，年平均接待观众270万人次。

根据我的猜测判断，目前的新馆也是新址，但不知以前在这块地皮上的是什么建筑、什么单位。

重庆中国三峡博物馆正面与人民广场、人民大礼堂保持三位一体，顺地势和地貌而建，并与山体融为一体，结合地势高差与建筑的围合与半围合，呈现出山水主题的园林景观，貌似从山体生长并天然雕琢而成。

如今的重庆中国三峡博物馆，是首批国家一级博物馆，由中央和地方共建，已形成以古人类标本、三峡文物、巴渝青铜器、汉代文物、西南民族文物、大后方抗战文物等为特色的藏品系列。

博物馆常设有《壮丽三峡》《远古巴渝》《城市之路》等展览10个，加以《重庆大轰炸》半景画演示和《大三峡》环幕电影两大展示亮点。

不太懂行的我认为，重庆中国三峡博物馆的第一层比较有意思。譬如镶嵌在墙壁上的三峡瀑石，地面设有用钢化玻璃盖住，但可供游客踩踏走过的石碑石刻等，都是在三峡修建时抢救过来，不然它们只能消失在长江底下永远不见天日。

位于第二层的《重庆大轰炸》，也很值得今天的人们一看。珍贵的老物件和老照片，让我们铭记那抗日的一段历史，铭记山城人民在14年抗战中，如何英勇无畏地面对日寇飞机的狂轰滥炸。

幸亏重庆是一座山城，当时它作为陪都和大后方，既有山城人民的勇敢无畏，又有国共军队的牵制和阻击，气焰嚣张的日寇才始终攻打不进重庆。

头天我乘车直接到了磁器口，知道离我入住的宾馆一站之地，就是大名鼎鼎的李子坝，李子坝的山城特色非常鲜明，它在公路边另外辟出大约3米宽的一处，可供友人停歇和拍照。

我用傍晚的时间，走路专门到李子坝拍照，“千里涂鸦”，以飨朋友圈诸君。

我稍微有点遗憾，黄桷坪涂鸦艺术街这次没时间去。黄桷坪涂鸦艺术位于九龙坡区黄桷坪辖区，据说其全长 1.25 千米，共涂鸦建筑物 37 栋，总面积约 5 万平方米，是当今中国乃至世界最大的涂鸦艺术作品群。

“千”和“里”，垒起来就是“重”，“广”和“大”在一起就是“庆”。本文题为“千里广大掠影”，猜一个简单的字谜，当不言自明。

箬岭古道亦衷肠

（2019 年 11 月 23 日）

本来只想在歙县游玩一天，然后就乘火车去婺源游玩，但早饭过后华鑫北斗的张总却告诉我：既然火车票都已取好，干脆就把它废了吧，今天派车送你们几个人去爬箬岭古道！

何为“古道”？乃是“古来人世间之跨越时空、运往行来之途；是贯穿不同朝代，纫忧缀乐之线缕”。有一位研究国学的专家如是解读。

何为“古道”？它源于我国古代弘扬的道德风尚，人们至今推崇备至的信实和淳厚。

我国历史上的丝绸之路，当然就是最有名的古道，它和茶马古道、秦岭古道、剑门蜀道、徽杭古道等，均是我国最为有名，也是最具怀古之美的十大古道。

随着我国旅游业的兴盛和乡村民宿的发展，到各处古道行走游玩的背包客越来越多。我在厦门的一位官员朋友，他不仅对乡村振兴和古道很有研究兴趣，还走过福建的许多古道。

歙县的箬岭古道以许村镇为起点，是一条千年古官道，它始建于隋朝，是当地郡守征调许多民众为役，开辟出的一条通往沿江、中原的战略要道。

这条古官道只有一米多宽，全部由青石板铺就，自歙县的许村镇可直达黄山脚下的谭家桥。

箬岭古道现仍存有汪公庙等古遗址。今天走访官道，不仅可以洗心洗肺，更可以在亲近自然的沿途访古探幽。

明清时期箬岭一带是繁华重镇。无论陆运还是水运，都是重要的交通枢纽，徽商兴起后，便成为粮食和山里土特产的重要贸易集散地，绵延大约10里。

“歙南有峪岭关，歙北是箬岭关”，千年的徽（州）安（庆）古道，往下可到歙县、杭州，往上可通安庆、南京，太平（现在的黄山区谭家桥）。

现今境内保存最为完整的青石板古道，是山上的20多千米。我们两辆车，加上司机共8个人，从歙县经济开发区的华鑫酒店出发，半个小时左右经过许村镇的政府所在地，很快来到山脚下，开始了徒步之旅。

在箬岭古道的深处，村落处处皆可看到，游人不仅可投宿住店，更方便在农家乐用餐，品尝山上所特有的竹笋、野菜，以及高山玉米糊等特产。

山上完好地保存了青石板的古道，古道不陡峭也不险峻，若论其危险指数，甚至远低于在闹市的车流里穿梭。我和前来的一行朋友，悠然自得地漫步于古道，仿佛时光倒转，不知今夕是何年。

在古道旁千年无言的人文景观中，有一处汪公庙。汪公，亦即徽州隋唐时的越国公汪华，后来他被尊称为神灵，我们今天途经此地时，还看到有今人为他祭祀的香火炉。

与自然山水相交融，相得益彰，古树有清泉为慰藉，村落有竹林为掩映，古桥有茶园为近邻，造就了山里难得的清秀与恬静，随时随地都是一幅唯美的图画。

少年时曾背诵的诗词歌赋，随着我在箬岭古道的步步登高，从记忆的深处翩然冒出，在青山绿水、茂林修竹、飞鸟咏唱间旋即被注入了鲜活的音符，无异于天籁的音符。

我们很快就到了箬岭关，到了千年前就有的古庙忠烈庙。前些年它已经过镇政府和当地村民的修葺。这座古庙有着1300多年的历史，为纪念开辟徽商古道的徽州先祖而建。

古道深处村落聚集，村民不仅民风淳朴，而且热情好客。游客到农家小院喝有名的黄山高山云雾茶，品尝原色、原汁、原味的竹笋等农家菜，自然十分惬意。

因为华鑫北斗的张总悉心安排，专门派出财务总监带队，而且和山里一位熟悉的朋友打了电话，所以“阿牛农家乐”的老板娘事先已把要烹饪的食材备好，我们到达时该处才十一点多，她让我们继续再往山上的古道走，半个小时后再返回吃午餐。

村里的一些劳力在古道上干活，无论是挥铲修路，或者是肩扛竹子等器物，见到过路的我们都会很友善地礼让，报以点头微微一笑，由此亦足可见村民的古道热肠。

老人们则愿意和游客讲“茶坦”的传奇，讲“茶茶坦，板门面，家家户户开店面”昔日的繁华盛景，这里有奇特的地理现象“高山五里湖”，有冬暖夏凉的“天星洞”，还有传奇的土特产“柳叶鱼”。

“枯藤老树昏鸦，小桥流水人家，古道西风瘦马。夕阳西下，断肠人在天涯。”元代马致远的《天净沙·秋思》，将古道上的西风瘦马，以及小桥流水人家写得淋漓尽致，堪称断肠人在天涯的千古绝唱。

今天我们所走的这条箬岭古道，“小桥流水人家”旷古不变，但已然没有了西风瘦马，更没有断肠人在天涯的忧郁，有的只是心旷和神怡，有的只是豪情和诗兴。

我们优哉游哉，来到了歙北天险箬岭关，只见这里箬竹的长势尤其挺拔茂盛，现仍有“天险重开”4 个字，镌刻于一个石门洞的门楣。

我们沿门洞旁的一个小斜坡，走到“天险重开”的门洞口，抬头一看，这里矗立着一个作为分界线的小石碑，用醒目的红字写着“歙县 1，国务院立”。

暂时抛开繁华都市的喧嚣，摒弃烦扰心绪的琐事，来这箬岭古道走走吧！听听山里人独有的妙语妙声，虽然他们都有浓重的当地口音，不太好听懂，但我们却能从他们那淳朴的笑容，感受到他们的古道热肠。

是的，就是“古道热肠”！古道上的热肠！

若不是八人同行需要集体主义精神，若不是已第二次重新订票要到婺源，而且到福建讲学的日期也早已定好，就因为这里的“古道热肠”，我真想继续这古道的惬意旅程，甚至在这箬岭的民宿住上一晚。

当然华鑫北斗的张总更是古道热肠，若非他的悉心安排，我甚至连歙县有这条箬岭古道尚且不知，又何来今天这么惬意的一段旅程，实现我行走古道零的突破？

刻意安排来箬岭古道游玩，对我本人而言，既是完善人生郊野体验的一次难忘旅程，又是仰仗脚力与毅力，在蜿蜒的山道间磨蹭亲吻的一次古道修行。

入祠登堂看姓氏家风

（2020 年 12 月 14 日）

宗族祠堂作为一种文物建筑，也是中华姓氏的一种文化图腾，一种姓氏信仰符号，它毫无疑问地，承载了诸多历史、人文、科学、艺术、民俗和建筑等信息，是我国珍贵历史文物中的重要组成部分。

可以说，祠堂是存放乡愁的陈列馆，也是灵魂的永久栖息地，更是正宗的中国国粹。

我最初对于祠堂的关注，源于我退休之后在全国各地的旅行，特别是在许多具有丰厚历史文化积淀的名县，以及在美丽乡镇和广袤农村的旅行。

譬如今年 7 月，我慕名来宁德市周宁县鲤鱼溪游玩，是因这里有个将鲤鱼当神鱼祭祀和保护的浦源村，所以鲤鱼溪就成为宁德市著名的景点。

周宁县的浦源村亦即鲤鱼溪，不仅保留有元明清古宅 200 多座，更让事先没有做过功课的我惊诧地发现，这里竟然还有一座规模宏大的郑氏宗祠！让姓郑的我流连忘返，远超在鲤鱼溪其他景点逗留的时间。

鲤鱼溪的郑氏宗祠建于南宋初年，已有 800 多年历史，是目前华东地区保存最为完整的古宗祠之一。

我仔细打量这座郑氏宗祠的建筑特点，它前窄后宽，就像是一条古船。在肃穆中透着庄严的鲤鱼溪郑氏祠堂中，保存有107尊历代龙头祖牌，60多面牌匾以及楹联，其数量之多、保存程度之完好，显然在全国都鲜有。

虽然无从考证，我姓郑的这一支血脉，和周宁县鲤鱼溪郑氏的血脉有何关联，但这里祭祀供奉的龙头祖牌，却像一颗颗坚实牢固的钉子，嵌入了我殷红的拳拳之心。

据相关史料和民间传说，鲤鱼溪的郑氏祠堂，肇基于南宋嘉定二年（1209年），河南开封郑氏始祖朝奉大夫因躲避战乱，举家辗转迁徙到福建的周宁县，有一天在鲤鱼溪畔的一棵香椿树下小憩。

郑氏的先祖在香椿树下安然入梦，梦见所乘的一艘帆船有无数的跟随者，而且金银财宝盈舱，他在睡醒之后认为此是大吉大利之兆，遂立言要在此地定居，并以此香椿树为桅杆，建成了一座船形的祠堂。

鲤鱼溪的船形郑氏宗祠，从公元1202年开始奠基，清朝道光年间维修过，并于1996年重新修葺一新。

鲤鱼溪的郑氏宗祠，早年落成时是三进，现在一共有五进，新增建的二进是近年来修建，祠中有诸多匾额楹联，无不流光溢彩，让我叹为观止。

宗祠的正厅高悬的明朝状元、礼部尚书翁正春所题写的“蕴藻流芳”牌匾，也熠熠生辉。

经过800多年春夏秋冬的洗礼，如今鲤鱼溪的郑氏宗祠愈加古朴。祠堂正中郑氏先祖的塑像等雕琢精巧，底座多为“八仙过海”“桃园三结义”等木雕图案，顶部则为镂空龙头木刻，是木雕艺术不可多得的精品和珍品。

鲤鱼溪郑氏宗祠坚固粗壮的横梁上，还高悬60多面金匾，柱间悬挂的古楹联板，书法都相当精湛，内容多为颂扬郑氏先祖“义门济美”“济困扶危”“乐善广施”“孝德动天”等，无不彰显儒家“仁”和“义”的思想内涵。

祠堂中所有的这些雕塑和牌匾，似乎都以肃穆、凝重且深沉的眼光，在默默打量着郑氏的族人，悄悄审视着郑氏的后裔。我自觉也在被打量和审视之列。

我当然知道，在漫长的中国封建社会时期，每个宗族姓氏都有自家姓氏的祠堂，只不过大姓而且富有的人家，其祠堂一般也修建得豪华气派；而人少且较为贫寒的小姓人家，建造的祠堂则相对内敛和简约。

遥想当年，周宁县鲤鱼溪的郑氏一族，肯定是大姓而且殷实富有的人家，800 多年过去，周宁县的郑氏一族是如何繁衍，如何展枝延叶？在他们的后裔中，是否诞生了个把我可能认识的院士，或者国内著名的科技企业家？

“祠堂”这个名称最早出现于汉代，当时的祠堂均建于墓葬之所在，也称为“墓祠”。到了南宋，大儒朱熹的《家礼》订立祠堂之制，从此，原有的家庙便被称为祠堂。

在唐朝和宋朝之前，但凡修建祠堂都有严格的等级限制，民间不得设立祠堂。到明代的嘉靖年间，“许民间皆联宗立庙”，只有祖上曾做过皇帝或封侯过的姓氏，才可以被称作“家庙”，其余的一概称为宗祠。

祠堂除了用来供奉和祭祀祖先，显然还有多种的用处。譬如，祠堂也是族长行使族权的地方，但凡族人违反了族规，就要在祠堂里被教育和受到诸如鞭笞的处理，直至被永远驱逐出宗祠，所以它也可以说是封建道德的法庭。

但凡读过陈忠实先生的小说《白鹿原》，以及看过后来被成功改编成的电视连续剧《白鹿原》，人们无不对白鹿原白、鹿两家共用的宗祠留下深刻印象，对族长白嘉轩在祠堂久久跪拜不起、知错的族人在祠堂里噤若寒蝉的镜头刻骨铭心。

不同姓氏的祠堂多数都有堂号，堂号由族人或外姓的书法高手所书，制成金字牌匾高挂于正厅，旁边还挂有自己的姓氏渊源、族人荣耀等匾额，稍微讲究一点的祠堂，还配有各种或镀金或描漆的联对。如果是皇帝御封，则可以制作“直笃牌匾”以耀示。

祠堂内的匾额之规格和数量，都是族人显耀的资本和噱头。有的祠堂前还置有旗杆石，表明该姓氏的族人获得过功名。就一般而言，祠堂都是一姓一祠，旧社会的族规甚为严苛。

且别说是外姓人家，就是族内的妇女或未成年的儿童，平时也不许擅自进入祠堂，否则就要受到重罚。

在很多祠堂的墙壁上，往往都挂有“家训”“族规”“家法”内容的牌匾，它包含了以“忠、信、孝、悌”为核心、浓缩中国传统伦理道德的民族文化。

在各式各样的祠堂里，既有如“君臣父子”“三从四德”等一些封建的思想糟粕，但更有诸如敬长老、孝父母、友兄弟、尊师长、睦近邻、崇俭朴、恤孤寡、戒淫逸、戒奢侈、禁赌博等正能量的伦理规范。

在最近几年的旅行中，我看过多处不同姓氏的祠堂，耳濡目染祠堂文化，因祠堂文化的浸润淘洗，渐渐地潜移默化，萌生了以自己的秃笔抒写各地祠堂风物、各种姓氏源流的想法。

特别是在一个多月前，知道在我的家乡莆田市，除了有我早已知晓的明代济世经邦的户部尚书郑纪，还有自学成才的草根、以《通志》一部皇皇巨著打动了宋高宗赵构、后来名震朝野的著名历史学家郑樵，以及郑樵的侄儿——状元郑侨。

这统称“三郑”的先贤亦即乡贤，都是几百年前的兴化府（兴化军）、如今的莆田市值得骄傲的人物。

郑侨是宋朝乾道五年（1169 年）的殿试状元，他除了官至参知政事和知枢密院事，被赠太师、封郇国公，谥忠惠，祀乡贤祠，还擅长行草、著有《书衡》三篇，明代陶宗仪所著的《书史会要》记载了他的事迹。

以文会友，我最近在莆田市浪迹月余，有幸认识了有些传奇色彩的余文烟先生，他专门陪我来到莆田的新县镇，参观拜谒了郑樵故居，以及郑樵著书立说的夹漈草堂。

余文烟先生对郑樵的权威性介绍，以及陪同的诸位文友对郑樵真诚的顶礼膜拜，更拨动了我极为敏感的心弦，坚定了我想以自己手中的一支秃笔，抒写有关郑氏先贤的《郑家春秋》的信心。

我到莆田市华亭镇挥公山庄入住数日，已和挥公山庄的庄主郑珍发成为好友，昨日，经郑珍发的热心提议，他驾车陪我到荔城区北高镇呈山村留山自然村，参观他少年时代的旧居，特别是参观留山自然村的郑氏宗祠。

呈山村的留山自然村，村里人基本姓郑。郑珍发从小就生长在此村，其父郑美宗现年 69 岁，但身体还是相当硬朗，至今还愿意和老伴住在呈山村。

农村经常有一些群众性的文化活动，我在呈山村郑氏宗祠的前壁，看到有关莆仙戏下乡演出的一些海报和告示。

郑美宗老人想得周到，事先已从族人那里取到了钥匙，我得以方便地进入郑氏宗祠参观并拍照。

过去，呈山村的郑氏宗祠每逢过春节和中秋等节日，都有包括江西省吉水县的族亲远道前来，参加相关的祭祀和纪念等活动。但今年因为新冠疫情的暴发，所有的宗祠活动都已停止，宗祠内也因大半年没有人打扫卫生，摆设显得稍微有些脏乱。

郑氏宗祠的正中央，供奉的是北高镇郑氏这一支的先祖——曾在清朝嘉庆年间考中进士，后来曾任京都知县，亦即相当于现今之北京市某区区长郑文彬的肖像。

郑珍发的大伯郑美雄现年 73 岁，显得清瘦而精神矍铄，也为我的到来专门守候在家中。他思维极其清晰，为我娓娓讲述了郑氏祠堂的一些陈年往事，特别是讲述了一个与郑氏族谱有关的重要细节。

在 20 世纪 50 年代末，村里的长辈从祖辈流传下一本珍贵的郑氏族谱，被本村的九叔（郑美雄的父辈）不慎流落到邻村人家，邻村人家也因为保管的不妥善，在“文革”中将郑氏族谱遗失，至今不知流落何处。

这的确是一种莫大的遗憾。金银财宝等都可以遗失，自己的族谱怎么能轻易转手他人，因不妥善保管而遗失？这岂不是连自己的祖宗都遗失了？

对此我莫名其妙，不由得生出几分怅然，几分感喟，几分思索。

遍布我国各地城乡村落的祠堂，是举行祭祀和参拜等活动的最为重要的场所，也是我们仰慕追思先人和祖业的地方。一个遗失了自家族谱的祠堂，无疑就像举行一场盛大的文艺展演，却缺失了最重要的乐谱和印制精美的节目单。

在祠堂里举行祭祀和参拜等活动，我们要礼敬天地和先人，浇灌自己家族业已形成的根系和繁茂枝叶，具有使祠堂得以存在和延续、自家血脉得以流传，深层次的自然实质意义。

遍布全国各地城乡的祠堂，呈现我国特有的民风和民俗，我们从中可以窥见，中国特色的良好家风的传承和弘扬。

各种姓氏的祠堂形成的祠堂文化，包含中华民族几千年来形成的传统美德，对今天实现“中国梦”，形成“爱国守法、明礼诚信、团结友善、勤俭自强、敬业奉献”的公民基本道德规范，也理应起到积极的推动作用。

我思故我在。我在祠堂里沉思，但我不仅在郑氏祠堂里存在，而且是天地有正气，在天地间鲜活地健康地存在。

不妨加一点味精

（2020 年 12 月 23 日）

或许是因为自认为已经有滋有味，我家里大概有 30 年没买过味精。

味精是调味料最常见的一种，其主要成分为谷氨酸钠。因为味精的价格低廉，其主要作用是增加食品的鲜味，在中国菜里用得最多，也可用于汤和调味汁。

味精易溶于水，据科学测试即便溶于 3000 倍的水中，仍能显出其鲜味。味精还是一种很好的营养品，其主要成分是由蛋白质分解出来的氨基酸，能被人体直接吸收。

但凡事过犹不及，在 120℃的高温以上，谷氨酸钠会发生某些化学变化，具有轻微的毒性。我家里从来都不买味精，只是我家的生活习惯而已。当然我家也从不买鸡精。

我第一次知道鸡精，是 1984 年在北京工业学院（从 1988 年开始更名为北京理工大学）。

当时，我作为新华社分工国防科技的记者，因要写作冰心先生和月季花的有关事宜，采访沈从文的大儿子沈龙朱等人，晚饭是沈龙朱亲手做的，他说在汤里面放了鸡精，我才第一次知道这个和月季花一样美丽的世界上，还有鸡精这么一种鲜美的调味料。

我曾在家乡仙游县有感而发，写了一篇题为《有趣才能有益健康》的文章。一年多过去，我在全国游走认识了许多新朋友，与许多男女老少互加了微信，通常作为“见面礼”，都会把《有趣才能有益健康》这篇文章发送给刚认识的人们，表明我喜怒哀乐的心迹。

由此可见，我对欲要交往的朋友，把是否“有趣”看得多么重要。我今天捋一捋心路历程，捋一捋自己周边一些有趣或无趣的人。

先说在仙游城关“内徐”的旧居——亦即仙游县尚书巷三号，这个大约住了 30 户人家的大院落，大约在 20 年前的仙游县的旧城改造中，这座已有 100 多年建筑历史的“内徐”，如今已荡然无存。

大约 100 位的“内徐”老邻居，随着岁月的无情流逝，他们或是逝世或是迁徙，我现在基本联系不上。

在我印象中，“内徐”有位年纪大我不超过 5 岁的“孩子王”，大家叫他“阿蹀”的男孩，他不仅不欺负比他年纪小的孩子，而且经常在场院里带我们一群孩子游戏，给我的童年带来了无比的欢乐，毫无疑问，作为孩子王的“阿蹀”，是一位很有趣的人。

我 1966 年秋天以全县最优异的成绩，考入仙游县第一中学，在仙游一中重新上初中时，分别教我数学、语文和政治的 3 位老师，都蛮有趣。

班主任教我们《工业基础知识》，虽然他对我并不太友善，但在刚入学时全班同学“民选”，我荣幸得到全班仅差一票的最高票，班主任虽然有所不悦，还是让我当了一连一排的排长，亦即如今的一年级一班的班长。

班主任讲《工业基础知识》，讲到课文中的一个管锥模样的物件，他自己亦不知此为何物，当即问全班的同学，同学们皆面面相觑，唯有我毫不犹豫地大声回答，此物是“退拔”，这位时年 50 多岁的老师先是愣了愣，后来还是默认了我的答案。

语文老师是林品益老师。他大约比我们年龄只大 12 岁，他教的语文深入浅出，通俗易懂，让我和同学们都受益匪浅。据说他现在还身体还相当硬朗，人们不时还能在他的老家度尾镇碰到他。

政治老师是曾长辉老师。同时是仙游一中教导处主任的他，是福建惠安人，50 多岁的他永远是笑容可掬，即便批评那些淘气或者学习不好的同学，也总是心平气和，好像在他的脸上只有生动的笑肌而无发狠的怒肌。20 世纪 80

年代初调到北京工作，曾长辉老师还让他的女婿去找我认识。

我 16 周岁到漳州的七七八五厂工作，我先后的两位师傅黄文渊、黄长生也是相当有趣的人。

黄长生师傅是当时工厂里最高的七级技师，他的心态很好，人缘也很好，对我这位徒弟就像一位慈眉善目的慈祥伯伯。

何东溪、叶国胜、张纪和、郭观亮、赵旭等漳州师傅，年纪长我 10 岁至 15 岁，他们也都是一些相当有趣的人。

何东溪在厂部政工处当干部，对我多有提携和帮助，他年纪比较大才结婚，我到厦门大学读书时，他写了一封信告诉我他就要结婚，现在想起来我当时很不懂事，根本就没有意识到，应该给他一些钱物表示应有的衷心祝福。

叶国胜、张纪和两位，都是漳州七七八五厂的文艺宣传队里的活跃分子。叶国胜除了篮球打得好，手风琴也拉得好，他后来把宣传队的手风琴给了我，可惜我并没有学会手风琴。

张纪和是宣传队的队长，他先是想培养我学吹笛子，后来想培养我吹小号，可惜我一直都没有学会。虽然我辜负了张纪和的苦心栽培，但他始终是对我和颜悦色。由此看来，我天性就不会“吹”，无论是吹拉弹唱时的“吹”，还是写文章肉麻地“吹”。

赵旭师傅和我同在钳工班组，他教我学会许多漳州的俚语，还向他学会一些《康熙字典》里没有的、非常古怪和冷僻的多笔画汉字。他会习惯性地打嗝，我却经常被他表演相声似的“逗哏”，逗得掩住嘴巴止不住地打嗝。

郭观亮在金工车间开大牛头刨床，是老家在龙海县的复员军人，一双丹凤眼的他最喜欢讲笑话，他讲的笑话经常让我忍俊不禁地哈哈大笑。记得 1971 年的中秋节，我就是和他骑着一辆自行车，到他在龙海县的农村老家过中秋节。

跳过我的大学时代，在远望一号远洋航天测量船当工程师、在新华社解放军分社当记者、在科技日报当记者的岁月，说说我认识的几位院士朋友。

但凡大科学家，应该也必须是一个胸襟开阔、具有较为全面科学素养和人文素养的人，他不仅博览群书，而且具有洞察世界的非凡眼界，才能够做到“一览众山小”。

我熟悉的相里斌、张亚平、高福、潘建伟、刘文清等院士，概莫能外，均是能“一览众山小”的有识和有趣之人。为读者诸君留作悬念，待我今后闲暇时一一写出。

一个人是否有趣，和其贫富贵贱显然毫不相关。我也认识一些穷困的农民，他们热爱自己的生活，他们是乐天派，不仅语言诙谐生动，而且连举手投足都相当有趣，我极乐于和他们交往和相处。

我也算是半个“官场”的人，我认为，一个人是否有趣，与他官大官小没半毛钱的关系。

恰恰相反，同样的一位官员，他官阶比较小的时候，为人还算比较有趣，但随着他在官场上的不断升迁，他可能就变得相当无趣。我对这样的官员素来是敬而远之，甚至是大不恭敬地藐视而远之。

我反感那些把肉麻当有趣的人。肉麻地吹捧权贵、肉麻地溜须拍马，肉麻地炫耀自己的一切……足以令人夏天打冷战、浑身都起鸡皮疙瘩的人，他能是一位有趣的人吗？

无趣的同义词是无聊、单调、刻板和死板等，人因为职业和工作的原因，可能会陷入无聊、单调、刻板和死板等，但千万不能因为自己的无趣而讨人嫌。

无趣的同义词还有无味和乏味。既然如此，我们能否给自己的生活加一点酸或者加一点盐，加一点味精或者鸡精？让我们的生活从此多一点滋味，也多一点值得回味的生活乐趣？

小娄巷里卖小菱

（2023 年 5 月 30 日）

我在无锡市游玩时得到战友指点，住在梁溪区的一处如家酒店，酒店价格不贵且不说，还毗邻走路只需要 5 分钟的无锡名巷——小娄巷。

小娄巷为梁溪区的一处历史文化街区，也是无锡市四大历史文化街区之一，其大致涵盖的范围，东西分别至苏家弄和新生路，南北分别至崇宁路和福田巷，占地面积大约为 4 万平方米。

可别小瞧了小娄巷！它是无锡谈氏和秦氏两大名门望族的世居之地，始于宋代、鼎盛于明清。自宋代以来，曾有 1 位状元、13 位进士和 15 位举人，均出自小娄巷。而到了当代，两院院士、著名高校校长亦频出此处，是无锡有名的出“才”之地。

小娄巷现存古建筑，以晚清和民国时期的为主，2002 年，在其中的 25 个门牌号范围内，古建筑都被列入江苏省文物保护单位。在小娄巷 50 号，还存有无锡市古树名木中唯一的一株清代牡丹。

小娄巷虽没有无锡南长街的名气大，但文化底蕴十分厚重。距南长街的南禅寺约 2 千米，如今小娄巷建筑群也被列为全国重点文物保护单位，其粉墙黛瓦的古代建筑，虽然被现代化的高楼大厦环抱，但也不失为一处闹中取静的所在。

小娄巷全长只有大约 400 米，现存的是南面和北面的东半部分，占地大约为 60 亩，但因为四面曲径通幽、到处别有洞天，不是十几分钟就可以看完的，我在这个小巷子里流连，竟足足玩了一个多小时！

小娄巷很多年前一直被荒废，被修缮后于 2019 年开放。我独自徘徊时看到，如今新冠疫情得到政府的妥善控制，来这里的游客也络绎不绝。

小娄巷紧挨着的锡金公园旧址，亦即无锡中共第一个党支部成立的旧址，如今成为老人们早晨喝茶下棋聊天的公园。在这附近大约 200 米处，既有购物的高楼大厦，又有 3 栋分别是区公安局、检察院和法院的大楼。

一条石板路蜿蜒横穿在粉墙黛瓦间，两侧店铺林立，建筑多为晚清至民国时期的建筑，不过相比南长街，这里的街巷十分狭窄。小娄巷始建于宋代，在明清时期格外兴盛，是一条商贾云集、文人荟萃的商业街，如今显然再没有了往日的辉煌。

小娄巷最著名的，是无锡历史上显赫的谈氏，早在南宋时期就在此居住，生活了近900年；更为有名的秦氏，是明代寄畅园园主的后裔。寄畅园相信许多人都知道，为江南水乡的四大名园之一。

还有王氏和孙氏等名门望族，在小娄巷也有其历史的踪迹，其中著名的嘉乐堂就是王氏的聚居之地，王氏乃书香门第，出了许多的达官贵人。

置身于小娄巷的名人故居中，虽然四周被高楼大厦环抱，但给我的感觉和印象，似乎是两个截然不同的世界，一个是钢筋和混凝土铸就的现代化都市，一个是江南风情浓郁的古镇小巷，让人有乘坐时光穿梭机的飘飘欲仙的感觉。

飞檐翘角的明清建筑、古色古香的粉墙黛瓦，一切都是那么古朴和秀美。让我今日方知：此小巷堪比乾坤大，乾坤不敢睥睨此小巷。逝者如斯夫！

小娄巷的尽头处，亦可看到一座庙宇，为前些年修复的“金胜神庙”，也是一座财神庙，据悉这座庙宇始建于1864年，为当地钱商出资建造，庙宇仅有一座大殿，正对着的是一座座牌坊。

甚至很多无锡人都不知道，在这里还有一座“少宰第”，是昔日显赫的大宅院，这座少宰第为侯氏少宰第，始建于清代道光初年（1821年），距今有200年的历史，为清嘉庆年间进士及史部侍郎侯桐的旧宅院。

历史上无锡的孙继皋也担任过史部侍郎，其故居也被称为少宰第，在如今的崇宁路附近。吏部，那可是掌管组织部的大衙门，深不可测高不可攀的衙门呀！

这条古巷子，不仅是一条寻同寻常之辈的巷子，其传统文化精华之所在，在于这里得到应有保护的名人故居或府邸，如这里的秦氏府第，展出了自唐朝末年，该家族千年来或入仕或从商的荣耀，见证了这一条老街和小巷的悠久历史。

我想起我的家乡仙游县，仙游县城最为中心的地段，过去曾经有个著名的“尚书巷”，那是我孩提时代居住过的小巷子，在巷子门口的10米处，就是明朝尚书郑纪的府邸私宅。

十分令人遗憾与痛心的是，大约在25年前，尚书巷等周边旧房子全被夷为平地，建起了现代化的高楼大厦，建起了仙游县最为繁华的商业圈。

现在仙游县城45岁以下的人们，即便走路经过尚书郑纪的故居门口，恐怕再也不可能知道，这里曾有一条长达200米的“尚书巷”，和居住有大约40户人家的“内徐”大宅院，现在仅剩下尚书郑纪的府邸。

你会到仙游县做神仙游吗？你到无锡旅游的时候，有没有去过或听说过这里的“小娄巷”？你在这一条古巷子里喝茶有啥印象？你是否买过小娄巷的文创商品，譬如题写古代苏轼诗歌和李清照词的折扇，或者徐志摩赞美过的油纸伞吗？

我这时突然心血来潮，萌生了一个奇特的想法，如果在小娄巷里经营小商品专卖店，除了专营武夷山的正山小种红茶，还专卖竹子手工编成的小蒌筐，可否被众多的游客青睐？

似乎可以打上这样的广告语：小娄巷里卖小箩筐，小箩筐里装上思念的小娄巷，大吉大利思念到永远！

品尝“红茶” 致敬元勋！

（2023年4月20日）

我曾在2011年夏天去过一次武夷山：因中国山地的长篇系列通讯访问南平市林业局局长，所以也得以乘坐竹筏，在九曲溪领略两岸的秀丽风光；走到九龙窠谷底的靠北面，观瞻举世闻名的大红袍母树。

但我直至今天才知道，12年前我充其量只是盲人摸象，到的只是武夷山的旅游风景区，而未曾到过面积达1000多平方千米的武夷山国家公园；虽然我看到了举世闻名的大红袍母树，以及由它克隆出来的成片的大红袍茶园，但未曾到过武夷山国家公园，未曾体味金骏眉红茶的传奇魅力。

直到今年4月中旬，由福建的新闻大咖江景遥望引荐，我才知道了鼎鼎大名的“正山堂”，知道了在武夷山国家公园内的桐木村。由汪管带向森林警察报备车牌号，得以驱车约半小时，深入国家公园内的桐木村访问。

汪管带一边开车一边介绍：国家公园的森林覆盖率达到96.3%，也就是说，公园里除了公路和不多的建筑物，其他都被森林覆盖。公园内以桐木庙为核心，方圆566平方千米的区域，都属于“正山”的范围，我们公司注册的商标则叫“正山堂”。

汪管带快人快语，他是武夷山当地人，提起公司老板江元勋，汪管带自然是推崇有加。我对江元勋的名字产生了兴趣，问汪管带：“他名字真的叫‘元勋’吗？”

汪管带点头称是：从红茶诞生到金骏眉的创始，正山堂传承中国红茶400多年，既是我国红茶国家标准的起草单位，又是金骏眉行业标准（金骏眉茶）的主导者；桐木村的金骏眉红茶如今享誉全球，到江元勋已是第二十四代传人。

我如在九曲溪漂流起伏，对江元勋其名其事产生了浓厚兴趣：江元勋1964年出生于武夷山市星村镇桐木村，系生产经营“正山小种红茶”的茶业世家。现任正山茶业有限公司董事长兼总经理，是一位全国人大代表。

2003年，被业界普遍称为“茶学界泰斗”的张天福，欣然泼墨挥毫为正山堂公司题字“正山小种发源地”，正山堂的茶叶产品正本清源，更加实至名归。

在2008年“陆羽奖”的颁奖典礼上，杭州茶叶研究所所长、国家茶叶质检中心主任骆少君宣读颁奖词，这样介绍江元勋：“他在桐木关下出生，守着一段曾经的传奇长大。”

在江元勋祖辈的传奇故事里，有一种茶，色泽红如绚丽朝霞，香气芬芳似桂花，它曾经风靡过欧洲大陆，充盈贵妇们精巧的茶盏，也曾经让世界著名诗人拜伦为之击节喝彩。

在江元勋孩提时代的记忆里，尽管自家生产的正山小种红茶，色泽艳丽若红玛瑙，香醇如桂圆汤，却很难摆脱现实生活中苍白萎靡的窘境。

武夷山云霓熏风抚弄阵阵松涛，正山小种红茶经过曾几何时的窘迫困顿，好像只等世人重新掀开历史的盖头，让它重新走出因封闭而寂寞的深闺。

江元勋以艺术家的想象，神奇地触摸桐木关的翠绿茶树，点化嫩叶一片片纤细的瓣尖，就像钢琴家灵巧的十根手指，让美丽的音符在武夷山之巅飘荡。

正山小种红茶在江元勋的指间，获得了凤凰涅槃一样的重生。

江元勋不愧是茶业世家：桐木关的江氏家族，始居河南固始地区，北宋后期迁至江西，至南宋后期迁入福建并定居崇安县，亦即如今的武夷山市桐木关。

正山小种红茶始创于明朝后期，兴起于清朝中期，风靡欧洲社会 400 多年，在欧洲的影响力至今未衰。

正山小种红茶旖旎若云霞，曾有过灿烂辉煌的历史。16 世纪的凯瑟琳王后，品尝并推崇红茶，堪称武夷山正山小种的形象大使、鉴赏推广中国红茶的始祖。

喝正山小种红茶让口唇生津，成为皇室家庭生活的重要组成部分。英国女王和皇后每天晨起，梳妆打扮之后的第一件事，就是冲沏一杯香醇的正山小种红茶。

对宫廷做派的仿而效之，后来逐渐蔓延到整个英国上流社会，达官贵人形成喝午后茶的习惯，成为一种时髦的风尚。18 世纪的英国浪漫诗人拜伦，在其小说长诗《唐璜》中，亦对神奇的红茶推崇备至。

秉承家训家风 400 多年来，从江氏先祖的爱我中华，到今日第二十四代传人的江元勋先生，靠正山小种红茶自立自强，报国为民的拳拳之心一脉相传。

金骏眉红茶能够走向世界，绝非庸常之辈的一日之功。由江元勋先生亲自制作、品鉴出的红茶，是福建武夷山国家级自然保护区正山茶业有限公司同人持之以恒，集体心血和智慧的结晶，江元勋董事长则是当之无愧的金骏眉首创好人缔造者。

“正山”，这或许可理解为同一海拔高度，寓意正确和正宗的红茶。

汪管带对我既“管”又“带”，陪同我参观了制作红茶的过程。外观看似其貌不扬、实则极其严谨讲究的生产工艺流程，那是一栋木质结构的三层楼。“正确”来自一丝不苟的质量把关，“正宗”源于科学指导的技艺积淀。

江元勋和我在公司展厅里喝茶、品茶，展厅里书香和茶香弥漫逸溢，似有仙风道骨的老聃和优雅的凯瑟琳皇后陪伴，让人在心旷神怡中飘飘欲仙。

对我多少有点唐突的提问，江元勋董事长从容作答：我是桐木村红茶的第二十四代传人，我的名字是我爷爷江润梅所起，他是桐木村红茶的第二十二代传人，按我族谱中的“元”字排辈，故此爷爷给我取名叫“元勋”。

一片青山入座，一潭山泉煮茶。茶香袅绕，沁仙风道骨；茶水润心，悟妙理玄机。难道不足以让诸君一句一顿，吟咏《正山堂赋》？

演过相声《醉酒》的姜昆来了。姜昆是否为金骏眉茶香而醉？是否为正山堂的“妃子笑”而醉，故此就留下一幅“妃子笑”的墨宝？

汪管带介绍：“妃子笑”只是正山堂品牌茶的一种，其总产量和销量，占正山堂所有茶叶的5%。

江元勋和我交谈甚欢，互留了手机号码和微信，我注意到江元勋的微信昵称是“红茶”。

我当即想到我早年的同事、中国科学院新闻处处长祝魏玮，他的微信昵称也是“红茶”。当晚我问询祝魏玮处长是为何故，祝魏玮处长回复：他之所以微信昵称为“红茶”，是因为喜欢红茶的不温不火，没有攻击性却有亲和性。

江元勋有这样的情怀：从2010年开始至今，金骏眉一直是卖9800元一斤，即便近年来全国物价一直在涨，武夷山作为“三茶”统筹发展理念策源地，要续写“用一片绿叶带富一方百姓”的乡村振兴新故事，我们一定不忘初心，茶叶的质量只能更好，当时价格不能涨、不能变。

江元勋有这样的志向：作为深耕茶业领域的技术人员，被人赞誉为“天下第一”的民营企业老板，他将继续做好绿色发展的见证者、推动者、参与者，围绕“三茶”统筹发展，在茶文化推广、茶产业转型、茶科技创新等方面，助力“小茶叶”成就“大事业”。

我的思绪如天马脱缰般驰骋，穿越时空：倘若没有中华人民共和国“两弹一星”元勋的艰苦卓绝，我们可能不得不仰仗洋人的鼻息生存，继续遭受帝国主义的藐视和欺凌；倘若没有正山堂远销海内外的优质红茶，世界是否少了许多的欢乐和欢心，是否会变得无滋无味、索然乏味？

岁月沧桑仍童心

（2023 年 6 月 2 日）

六朝古都金陵春秋梦，秦淮风月千年帝王朝。我虽然定居北京，南京却是我千里行旅匆匆，曾去过的最多的一座城市，南京留下了我的许多难忘记忆。

我第一次到南京，印象中是 1978 年 12 月，到解放军政治学院，和一位在此深造就读的朋友见面；到新街口和一位朋友告别，从此我浪迹天涯海角，既飞溅过南太平洋的朵朵浪花，也领略过里约热内卢的异国风情。

我来南京次数最密集、频率最高的那几年，应该是 1991 年至 1994 年。因《科技日报》注重南京这个新闻重镇，且业务娴熟的南京记者站站长被调到北京，南京的记者站站长一职空缺了 3 年，所以这 3 年我只好受累，自己从北京往返跑南京的新闻。

1993 年 4 月 2 日，我在《科技日报》发表了一整版的长篇通讯，题为《冲出中华门》。我为撰写该通讯，曾采访了时任南京市市长王荣炳、副市长黄孟复、政府副秘书长奚正志、栖霞区区长张良礼、南京市规划局副局长何惠仪等政府官员，并在全国两会期间，在北京王府井的南京市政府办事处，让市长王荣炳过目此文的定稿。

我在南京市奔波撰写此文，还采访了第八届全国人大代表、南京无线电厂厂长陈祥兴；第八届全国人大代表、南京热水器总厂厂长王定吾；南京高能计算机应用研究所所长薛频、溧水农用车制造厂厂长何家铭等人，他们都是当时南京市叱咤风云的人物。

我童心未泯，30 年后的今天，我漫步在南京的大街小巷，还能见得到以上的南京政府官员，见得到以上的南京著名企业家吗？即便偶然能够擦肩见到，岁月沧桑，我们还能认得出来彼此吗？

昨天我走了多少路？一大早去了鸡鸣寺，然后从解放门登上古城墙，优哉游哉地走了大概 1500 米，才从玄武门走下古城墙，开始逛玄武湖。

这是我第几次登古城墙，第几次游逛玄武湖？玄武湖畔的小木屋今安在？记得以前都是有朋友陪同我游逛，这次我虽然来此游玩是孤家寡人，倒也可以听从内心的指令，随心所欲地四处溜达。

从玄武湖公园出来，我一路靠手机导航，接着步行 1000 米左右，就该去“占领”总统府了——这应该是我第二次“占领”总统府，第一次难道会是在 1998 年的初夏？

我在不经意间，看到了有“南京 1912”字样的，装点着花草和灯饰的一段墙壁，看到了诸多游客在墙壁前照相留念。新闻本能和直觉告诉我，我不能当匆匆过客，这里肯定有戏也有料！

南京 1912 街，于 2004 年开业，至今已有 19 年的历史。“1912”这 4 个数字有特殊的含义。1912 年，孙中山先生就任中华民国临时大总统，封建君主制结束，这里与总统府只一墙之隔，虽然只是一条商业街，但也很有几分自己的特色。

由 19 栋民国时期建筑、4 个街道小巷组成，是一座集古典雅致、文化艺术、集市风情于一体的文化街区，被人们称为“东西方创意市场”。除了各种特色的商品摊位，还有作为打卡点的十二星座墙。

在东西汇创意市场，既有很多与非物质文化遗产相关的产品，如中国剪纸和冷瓷面具、糖人偶和南京云锦等，又有一些富有创意的文娱类产品，包含着作者天马行空的艺术想象。

在总统府内，我看到这样一幅珍贵的历史照片：解放军长江支队三大队四支队干部、山西和顺人蔡觉，和部队一起进入南京，从总统府前面自豪地微笑走过。

我不由得浮想联翩：蔡觉和长江支队的战友们一路挥师南下，到达福建省之后他是在哪个地方任职？他认识后来当过东山县委书记的谷文昌，或者认识长江支队我的老革命岳父、霞浦县解放后的第一任县长吗？

中午我按原定计划向着南京长江大桥、向着长江边上的“阅江楼”而去。

南京阅江楼，号称与黄鹤楼等并列的中国四大名楼之一。人们或许太不知道，这“阅江楼”3个字的来历实在不简单！

享年100岁的顾毓琇先生学富五车，是江苏无锡人，集科学家、教育家、诗人、戏剧家、音乐家和佛学家等身份于一身。顾毓琇学贯中西，博古通今，是中国近代杰出的文理大师。在科学上，是国际电机权威和现代自动控制理论的先驱。

“阅江楼”顶层牌匾的“阅江楼”，这3个字气韵生动，确实是顾毓琇先生所书。至于顾毓琇和这一座“阅江楼”究竟有何渊源？亲们，还是自己去长江摆渡吧！

记得我第一次来到阅江楼，是时任中国科学院南京分院党组书记张兴中作陪，他是党的十八大代表，有很好的理论和文字功底，是他当时就告诉了我这一座“阅江楼”的来历，对我说既然南京的夫子庙，玄武湖，莫愁湖等老景点我看过多次，那么一定要看看这一座新开发的“阅江楼”。

张兴中早年作为中国科学报的南京记者站站长，为报社的发展曾做出很大的贡献；作为江苏省的政协常委，他直到64岁还积极参政议政。

明天是六一儿童节。今天，老汉我无论到南京古长城、玄武湖、南京总统府还是阅江楼，毕竟更适合岁月沧桑的人来游玩参观，明天老汉我仍然在南京游玩，我怎么过属于自己的六一儿童节？

我在南京难道童心未泯？作家王蒙在他的青春年代，曾有长篇小说《青春万岁》问世，我在耄耋之年，难道要写一本名为《沧桑万岁》的长篇小说？

博士之后在太湖

（2016年6月17日发表于《中国科学报》）

五月初的太湖温情，夜色柔美安谧。中国科学院太湖湖泊生态系统研究站紧偎太湖，入夜，静听湖水轻轻拍打岸边如吴侬软语，先是与该站站长秦伯强聊，继而与博士后的余丽聊，突然我脑子电光石火，蹦出了这篇随笔的题目——《博士之后在太湖》。

秦伯强的名下先后有多位博士后，除了已到其他地方工作，现今在中国科学院南京地理与湖泊研究所工作的，朱广伟是他的第一位博士后，如今朱广伟已成为一位优秀的研究员；第二位博士后陈非洲致力于浮游生物的研究，现是抚仙湖高原深湖泊研究站的副站长，也已是研究员；许海是秦伯强的第三位博士后，致力太湖蓝藻水华的动力机制及生态学效应的研究，已是副研的许海眼下正在美国当访问学者。

秦伯强名下的第四位博士后董百丽，本来做陆地生态系统，现在做水生植物如水草等的研究。水草与水体的生态恢复息息相关，有很大的科学价值。目前，已是助理研究员的董百丽正在积极寻找突破口。“我们已经做过很多控制实验，失败比成功多，但我们绝不气馁。”朱广伟介绍说。

秦伯强的第五位博士后朱琳，致力于研究太湖中与底泥有很大关系氮收支问题。

和我聊了整个晚上的余丽，她虽然不是秦的博士后，却正在秦的第一位博士后朱广伟的名下做博士后。

“我研究方向是藻毒素生态学，之所以选择这个专业方向，既与我的博士导师孔繁翔有传承，也与朱广伟老师有相当的传承。”“微囊藻毒素是强烈的肝脏肿瘤促进剂，对水生态健康和人体健康有很大威胁，我们希望能通过研究，对淡水和饮用水安全起到预测预警的作用，保护太湖居民的饮用水安全。”即便介绍外行觉得略显乏味的专业，余丽也带着甜美的微笑。她一微笑，酒窝就越发明显。

朱广伟早先给余丽的印象是严肃，“起初我对他有一点距离感，觉得他不苟言笑，事实上我错了。有一次在所里食堂打菜刷卡时我发现卡里没有钱，一回头，看见一只手正递给我一张卡，原来是朱老师！当时我是满满的感动。”她后来在朱广伟名下做博士后，才发现他是一位亲和力很强、很温和的老师，但作为一位治学严谨的学者，在工作上要求却很严格。

朱广伟 2001 年在秦伯强名下做博士后，那时秦伯强刚拿到 400 万元的太湖水环境预警项目。参与这个太湖上“真枪实弹”的项目，无疑对朱广伟科研人生的历练很大。

2007 年，由于工作的需要，已是太湖站副站长的朱广伟硬着头皮，自己学会了快艇。可别小觑太湖是个浅而平的湖泊，太湖上渔民的船只都备着根竹篙，甚至可以撑着湖底走，但太湖站的科学监测快艇在湖上行驶，一是担心短时雷暴雨，夏天天气突然很闷时，暴雨说来就来。二是当时快艇没有雷达设施，很怕水下的暗礁和绳索，尤其在行驶速度很快时，发现隐患快艇根本无法立刻停下。

2008 年 9 月的一天，江苏省政府召开太湖治理的专家会议，应邀参加的秦伯强因走路不小心摔了一跤，当时就把股骨头摔坏了，只好在腿上打钛钉，进行内固定术。术后 90 多天，因国家的 16 个重大专项之一，亦即水体污染控制治理科技重大专项，其中太湖湖体的氮磷污染控制计划立项需要在北京答辩，秦作为课题的首席科学家，强撑着一副拐杖去了北京，在轮椅上完成了答辩。

秦伯强 1989 年读博时的导师，是被誉为中国冰川之父的施雅风先生。秦伯强曾自述：要不是当时施先生的动员，我大概也会像其他人一样，一门心思地想出国读博。这大概就是缘分吧。施先生经常对我说他的人生三“乐”：助人为乐、知足常乐、读书为乐，让我终身受益无穷。

前些年，太湖的富营养化问题很让地方政府“挠头”。秦伯强他们提出“先控源截污、后生态恢复”的理念，现在已成为我国湖泊环境治理与生态恢复的共识和思路。

秦伯强说：太湖就是我们地理与湖泊研究所的后院。我们作为国家“智库”的责任，就是要促使湖泊科学不断发展，谋求一方百姓的生态安全。

秦伯强和研究所几位研究员及朱广伟、陈非洲合作，曾发表《浅水湖泊生态系统恢复的理论与实践思考》等多篇切中时弊的文章，并多次向决策部门直陈太湖现实的意见和建议。

秦伯强和朱广伟、陈非洲等曾经的博士后和谐共事、精诚合作；朱广伟名下的博士后余丽也投身太湖研究，乐此不疲。

这，究竟是一种什么样的“辈分”关系？这，究竟是一种什么样的精神传承？

面向浩渺的太湖，问道潋滟的太湖，秦伯强的博士后和学生，如今已经涵盖了所有与湖泊研究相关的学科。秦伯强虽然刚过 53 岁，但却已拄了 8 年的拐杖，面对我的问话，目光清澈的他反复说了三遍：师生是缘！

余丽第一次来到太湖研究站，是一个夏天的傍晚，“我站在船坞向栈桥那边看去，不错啊，夕阳西下，青山湖水，一片美景，立马心情大好，再加上湖水拍打岸边的浪声，湖面吹来的微风，感觉非常的惬意：在这里做实验还有美景相伴，应该很不错的哦。”

余丽微信昵称“鱼儿”，“我喜欢自己这个昵称。这可能与我的性格有关，向往自由自在的生活，自由自在的心境……”聊到这里，余丽笑得更加灿烂了，那脸上的酒窝里，似乎像从太湖活泼泼地蹦出了一条条小银鱼……

国外篇

神游泰国

从罗梭江到爱妮河

（2017 年 7 月 2 日）

我今天到梅丹的大象训练营游玩。承蒙美女丁丁老板继续亲自出马，从她经营的美城墙酒店出发，将近一个小时的车程。

我们在梅丹的游玩主要是 4 个项目：一是看大象表演，二是乘坐大象，三是乘坐马车，四是河上漂流。

因白天旅游、夜晚赶着写作的时间局促之所限，我这里只简单记叙在爱妮河上的漂流。

木筏在环绕梅丹山的爱妮河上顺势漂流，时间大约为半小时。一个木筏上的乘客 3 排共计 6 人，就像我平常搭车时都喜欢坐在副驾驶的位置，以便前方较少遮挡而我能方便地拍照片那样，这次乘坐木筏漂流我也坐在了前排。

坐在木筏的前排漂流，固然有视野开阔的诸多好处，但随后出现的一个问题却让我始料未及。

船工会讲点汉语。他是一位非常实在的幽默青年，譬如他刚用竹竿撑船离岸之时就说：大家现在准备好护照，准备离境出国啦！半个小时后要靠岸之时，他又笑言：大家都一路平安，可以顺利回国啦！

但这位船工的实在，以及他的热情和贴心却颇让我尴尬。

这位缜密熟知乘客心思的船工，在撑船离开河岸后不久，就主动对木筏上的所有人说：现在河流的水势比较平稳，大家可以体验一下像我这样撑船的感觉！

船上除我之外都是来自上海的大妈，显然对当临时的义务船工欢天喜地，但当她们走到撑篙船工的位置上，一个个都站立不稳，而且都要经过坐在前排位置的我，都要把我的肩膀当锚桩依靠扶持，以便平衡她们摇摇晃晃的身体。

这样的肢体接触显然让我很不受用。如果我真的就是锚桩或者锚链，真想一头扎进爱妮河算了。但我压根就不会去搭讪，也不想和爱妮河亲密接触。

但爱妮河两岸的风光无限，抚慰了我已经受伤、已经起了老茧的拳拳之心。

爱妮河上泛黄的一股股浊流，让我不由得想起，那比爱妮河宽阔十倍的罗梭江。

中国科学院西双版纳热带植物园在荣膺国家五星级景区的同时，按植物园主任陈进在十年前的构想，围绕绿石山的二次旅游开发，要和葫芦岛上的原有旅游资源有机衔接，在罗梭江的江面上也可以搞漂流项目。

我一年前到达西双版纳热带植物园，在王莲酒店一住就是50多天，微信公众号的原创散文也写了50多篇，后来经过适当的修改和润色，一并收入我的新著《不尽山河》，已在今年春节过后正式出版。

或许是因为那一阵子西双版纳总是在下大雨，罗梭江的水位也一直在猛涨的不安全因素，我并未看到罗梭江漂流的构想付诸实施，当然也未能在罗梭江上体验漂流的感觉。

西双版纳热带植物园致力科普，举办首届罗梭江环境教育论坛，当时恰巧身临其境的我倒是得以莅会参加，让脑洞大开的我受益匪浅。

应陈进主任的提议由我出面联系邀约，全国人大常委会原副委员长路甬祥因已有其他日程安排、原中国科学院党组副书记方新因腿部受伤正在医治，时任中国科普作家协会理事长刘嘉麒因公务缠身，三人均不能顺利成行，多少让我这邀约联系人感到有点遗憾。

今年举办第二届罗梭江环境教育论坛，西双版纳热带植物园正在紧锣密鼓地筹备之中，这时我身在东盟的泰国、身在清迈的爱妮河，不由自主地就想起了罗梭江。

在爱妮河的两岸，眺望梅丹山的山麓，到处可见热带地区郁郁葱葱的树林，到处可见热带地区特有的奇异果木，也让我不由自主想起同样地处热带地区的罗梭江。

我国推出的“一带一路”重大举措，作为科研国家队的中国科学院已率先策应，西双版纳热带植物园也早已有相关动作，积极帮助柬埔寨和老挝等东盟国家，正在协助建立他们的国家级植物园。

不知是否在东盟十国中，中国科学院西双版纳热带植物园“走出去”，也在与泰国的植物园进行密切的科技合作，互利互惠、携手共赢？

一年前我在西双版纳流连忘返，写下的微信公众号文章《勐仑这个边境小镇》，点击率超过其他篇什之多，完全出乎我的想象和意料。

如今我身在东盟的泰国多日，写清迈这个小清新的城市，写爱妮河这条边境的小河，究竟朋友们是爱看我写罗梭江的随笔，还是更爱看我写爱妮河的随笔呢？

干脆一并端出来，我的旧文加上新作，这两篇文章一起收录在此吧！

附：

勐仑这个边境小镇

《环球旅行》上有篇文章，鼓惑人们带着相机去旅行，其如新闻一般的导语说：有这么一个小镇，700多年不修公路，不买汽车，日子缓慢，享受自然。我已做了30年的新闻，应该可以说是老奸巨猾，但肿胀的眼球亦不由得被吸引住。

往下看正文：说起浪漫水城，大家马上会想到意大利威尼斯。殊不知在荷兰的一个角落里，一座水上小城绝不逊色于威尼斯，甚至比威尼斯更像世外桃源！

这里远离尘嚣，纯净而祥和，完全不受汽车轰鸣的侵扰，船是这个静谧的村镇中唯一的交通方式。它就是荷兰羊角村！

接下去的文字像散文：秋日的早上，只要推开窗户，就能看见一个雾气蒙蒙的世界，幽幽的青草湖畔，没有车水马龙的街道，只有平静的河水和倒映着的整个小镇，是何等浪漫美妙！

文章越往后越煽情：这里寂静、自然，但不缺乏活力，大量的水上运动在这里生机盎然地进行着。有太多美丽的地方可以划船、散步以及骑自行车玩耍。你可以乘坐平底木船穿梭宁谧的村落，两岸如画风光尽收眼底，仿佛亲临世外桃源……

但一直到文章的最末，却没有回答读者必然产生的困惑：荷兰这个小镇羊角村，700 多年都不修公路，居民都不买汽车，那该如何接送游客进入小镇？

游客要自驾游怎么办？居民本身要吃喝拉撒，如何解决一系列的运输问题？他们不是生活在岛屿上，更不是鲁滨孙。

对此我心存诸多疑窦。

我因为最近身在葫芦岛，不由得就联想勐仑小镇，这是离西双版纳热带植物园最近的一个小镇。

我曾多次来西双版纳热带植物园，必然都要到勐仑小镇，但这一次我才突然醒悟：每次都是在景洪市下的飞机——景洪是西双版纳傣族自治州的州府所在地，由西双版纳热带植物园派出专车，直接将我接到了葫芦岛上的宾馆，过去的路况不好，接送需要两个多小时，现在只需要一个小时。

但勐仑镇究竟归属西双版纳州的哪个县？为何我从来都没去过县城转一转？这次是否可以去县城转一转？

我这个愿望应该不算过分，于是就对西双版纳热带植物园团委书记玉最东说了。

玉最东的回答让我醍醐灌顶：勐仑镇离州府的景洪市更近，而勐仑镇离它直接归属的勐腊县更远，开车去起码要两个小时。

我这才依稀想起，几年前我曾去过望天树热带雨林公园，这个公园挨着勐腊县城。

好吧，那我就大可不必舍近求远，就在勐仑镇上走走吧。

葫芦岛上的人们——也就是西双版纳热带植物园的员工，一般若是去勐仑镇上，都会走西门的吊桥，在这个 100 多米的吊桥必须步行，即便骑摩托车在桥面也只能推着车走。但如果要开汽车，那就只能走靠科研中心的东门，或者是游览区查验门票的西门。

勐仑镇前几年的经济发展，主要靠种植橡胶林，近几年因过度种植橡胶林容易造成生态破坏，势头有所遏制，可持续发展的经济迷局正有待破解。

西门吊桥出口处，紧挨西双版纳热带植物园，几家宾馆旅店，生意很好，每天房费是 80 元，游客想在西双版纳热带植物园多游玩几天，有时为了节省开支，就会选择在这里住宿。植物园内的王莲酒店固然条件要好很多，但毕竟最低房费是 380 元。

勐仑镇上当然有超市，中国大部分乡镇应有的商业，它自然都会有。

镇上有个农贸市场较为繁华，尤其值得一去体验，新鲜的热带水果和蔬菜很多，而且貌似文明经商、童叟无欺。我在镇上的这家集市买香蕉，一问每斤是 1 元 5 角，我只买两斤所以也就无须砍价。尝了香蕉果然好吃，比北京 1 斤 3 元的香蕉要好吃得多。

但也如中国大部分既不算太富裕、又不太愿意收敛自我的乡镇一样，勐仑小镇似乎也有点过于嚣张和放纵，街上为数不多的几条道路，只要雨季里的落雨稍微停歇，路面上立即到处尘土飞扬，任由摩托车和轻骑恣意纵横天下。

2015 年国庆期间，在勐仑镇的上空，突然出现两架动力三角翼飞机，在西双版纳热带植物园上空盘旋。此后大约半年时间，这两架飞机几乎每天都在勐仑镇上空盘旋，产生出的巨大噪声，严重干扰居民日常工作和生活。

这两架不安分的三角翼飞机，属云南腾冲火山某航空俱乐部，其简易的飞机场就在勐仑镇的边上。后因王西敏等西双版纳傣族自治州的政协委员的提案，飞机才暂时销声匿迹。

小资的远方游客是否能够想象和比较，犹如荷兰的“世外桃源”羊角村：镇上有满眼绿色的小院，坐在院子里足不出户就可看到，窗外阳光明媚的田园及温馨安静的小河。

或许只有走回西门的吊桥，在西双版纳热带植物园里，才可以一边品味普洱茶，或是现磨的浓郁咖啡，一边坐在窗户边的藤椅里，感受着一个与众不同的世界?

泰国文化迷宫

（2017 年 7 月 9 日）

外国游客到了曼谷若不去看大皇宫（The Grand Palace），就像是游客到了北京而不去看故宫，是一件不可思议的事情，所以我这位外国人到达泰国之后的第一站，也是去游览参观被我称为“壮丽皇宫”的大皇宫。

壮丽皇宫君临天下的威仪，就像中国封建王朝时的紫禁城，有所不同的重要一点是，它紧邻曼谷水量丰盈的母亲河——湄南河，而中国北京的紫禁城远离永定河水系，四周只被一条纤细羸弱的金水河环绕。

泰国的壮丽皇宫不仅是一座皇恩浩荡的皇城，也是首都曼谷最大规模的一处古代建筑群落，共有 28 座到处雕梁画栋的宫殿。

壮丽皇宫虽然壮丽非凡，但部分外观中国游客都似曾相识，明白人只要稍微多看一眼，就知道其是仿照中国的紫禁城而建造。

无论皇宫的一扇左道偏门，还是大门口的一尊石头塑像，都带有明显的中式风格倾向。

在壮丽皇宫的建筑多棱镜里，也能管窥到别国的一些塑像风格。

游客经过基本的安全检查之后，排队循序走进壮丽皇宫的第二扇门，一座雄伟瑰丽、金碧辉煌的三层建筑物，就以其无以比拟的帝王气象凸现在眼前。

壮丽皇宫里规模最大的主殿，被称为“节基宫”，有点相当于北京紫禁城的金銮殿。

泰国的节基王朝，或者史学家称为的却克里王朝，是从 1782 年起延续至今的泰国皇室。王朝的名字源于开国君主拉玛一世的名字。

1932 年之前，节基王朝的君主是拥有专制权力的统治者。1932 年之后，泰国成为君主立宪制的国家，此后历代国王都只是国家象征性的元首而已。

1946 年普密蓬·阿杜德继位国王。泰国的国王担任武装部队统帅，并且根据宪法，通过国会、内阁和法院行使权力。政府每年拨 1 亿泰铢供王室的开支。

2016 年 12 月 1 日，泰国现任国王拉玛十世玛哈·哇集拉隆功顺利继位，世袭其病故的国王父亲拉玛九世普密蓬·阿杜德。

故此“节基”一词含有“神盘”和“帝王”之意，也是拉玛王朝的正统称谓。

壮丽皇宫的节基宫，拉玛五世王于 1876 年开始建造，其历史显然没有作为中国古都北京的紫禁城那样久远。

节基宫 1876 年建造时，北京紫禁城已经历宋、元、明、清 4 个朝代万邦来朝觐见的辉煌。但惨痛的历史同样不无遗憾地告诉我们，1840 年八国联军气势汹汹地扛着洋枪大炮，也正从天津的塘沽逼近了紫禁城。

1840 年正是清朝道光皇帝二十年，按天干地支的纪年法为庚子年，按十二生肖农历是为鼠年。

1840 年爆发的第一次鸦片战争，西方列强就像贪婪无耻的硕鼠，以其拥有科技先进的洋枪大炮，轰开了古老而又封闭的紫禁城大门，也惊醒清王朝在金銮殿上做的美梦。

1840 年这一年，中国陷入近代半殖民地半封建社会、遭受 100 多年屈辱与悲愤的开端。

1840 年这一年以及 1876 这一年，泰王国派遣出的使臣若是来到紫禁城，叩拜于金銮殿之上的大清皇帝，当会是怎样的一番比较和感叹？

2017 年 6 月底，我作为一位外国人来到了泰国“紫禁城”，既感叹泰国文化历史的悠久与灿烂，也感叹泰国“紫禁城”建筑艺术的精湛与辉煌。

若非导游惠清姑娘如影随形，始终为我悉心引路并娓娓介绍，就像呵护一位顽皮淘气的小朋友，呵护我这一位不停地到处拍照的老顽童，我势必会在曼谷的壮丽皇宫迷路。

即便如此，我也难免在壮丽皇宫里迷路、在博大精深的泰国文化迷宫里找不到北——因为不停地拍摄照片，我不时都要抬头看天上的太阳，以避免在拍摄照片时逆光。

作为老外的我才疏学浅，对泰国的古老文化知之甚少，对泰国的历史知识知之甚少，对泰国灿烂辉煌的宫廷建筑和文化，更是两眼迷迷瞪瞪地四顾茫然。

泰国的“紫禁城”对我而言，完全就是一座建筑艺术的迷宫、一座知识宝藏的迷宫。

哪怕是中国往昔的紫禁城、如今的北京故宫博物院，我其实也是肚腹空空，知之甚少。

我 1979 年第一次进京时，赶紧就去游览了故宫博物院，但迄今为止，我满打满算也就游览过 3 次故宫博物院。

因我供职的报社与故宫博物院曾有合作之故，在 2016 年冬季下雪的那一天，本来我可以参加报社活动游览故宫博物院，但由于前些天写作熬夜一大清早爬不起来，也只有悻悻然自我放弃。

进入曼谷的壮丽皇宫，来到曾经君临天下的“金銮殿”前，导游惠清姑娘提示我按照泰国的礼俗和规定，必须脱掉脚上的鞋子才能走上前去观光。我既然来到友好邻邦泰国来旅游观光，就必定要入乡随俗。

节基宫的基本建筑结构特点，属于英国维多利亚时代的建筑艺术，而上边 3 个方形尖顶却是泰国式的屋顶。

气象恢宏的节基宫让我在膜拜中凝神屏息，在游览中流连忘返，我绕着这“金銮殿”整整走了 3 圈。

苦于自己对泰国历史文化的匮乏，特别是对佛教等宗教信仰方面知识的严重匮乏，节基宫的雕梁画栋今犹在，但我只能欣赏其造型艺术之精湛，却无从领略其图腾的文化底蕴与内涵。

譬如在曼谷“金銮殿”周边的一圈，如此众多的怪兽雕塑图腾，造型却几乎是大同小异，它们都象征或意味着什么呢?

壮丽皇宫里还有一座西式的建筑，称为武隆碧曼宫（Borom Phiman Hall），是拉玛五世王于 1909 年为太子专门建造，现在作为元首级的国宾和皇室贵族的迎宾馆，一般不对外开放参观。

壮丽皇宫前面有一处椭圆形广场，现在每逢春耕节和泰国新年，国王都会在皇家广场主持庆祝仪式。

壮丽皇宫前面的皇家广场，周围是泰国政府的办公室、泰国的国家博物馆、国家大剧院、国家艺术馆和曼谷的守护神寺等建筑。

泰国皇家广场周围的建筑配置，与北京天安门广场周边的建筑相比，倒是有着很多近似之处。

拥有古老文明的泰国，对我而言完全是一座文化迷宫；壮丽皇宫和节基宫对我而言，也完全是一座文化迷宫。

泰国作为中国“一带一路”的睦邻友好国家，我今后肯定还会再次到此旅游；壮丽皇宫作为东盟灿烂民族文化的一处缩影，我今后也会择机再来壮丽皇宫观光。

但愿曼谷的壮丽皇宫如意吉祥，今后对我将再不是一座文化迷宫。

曼谷的金山上怀想

（2017 年 7 月 13 日）

听导游惠清说要游览金山，我的第一个反应是：泰国居然也有一个名叫金山的地方？

我耳畔就隐约传来这样的歌声，那是藏族歌唱家才旦卓玛早年演唱的《北京的金山上》：“北京的金山上光芒照四方，毛主席就是那金色的太阳，多么温暖，多么慈祥，把我们农奴的心儿照亮……”

接着的第二个反应是：它与我国江苏镇江的金山寺难道有何关系？在曼谷的这一座金山寺里，难道住的也是不懂许仙和白娘子之爱的法海和尚吗？

曼谷金山寺有 318 级的红色石梯，从山脚下盘旋着通往山顶。山顶的佛塔海拔高度为 78 米，是曼谷的一处制高点。

金山寺是泰国著名的佛寺，由暹罗君主拉玛一世建于 19 世纪；拉玛二世进行修葺是在 20 世纪初期，后来由暹罗君主拉玛四世加建金山，开设山道直达到山顶。最终在金山顶修建的这座佛塔，工程一直延至拉玛五世才终于完成。

金山寺山顶的大殿内，供奉着一尊泰国最大的坐立释迦牟尼铜雕像，佛塔里还供奉着释迦牟尼的遗骨舍利子——据说是 1868 年在印度境内靠近尼泊尔的一座古塔里发现，因此金山寺也就成为东南亚佛教的一处圣地。

我沿红色的盘山石阶拾级而上。

一路上山石阶紧挨着的右侧，可以看到精心装饰的迷你型园林，有点像是庭院里的盆景，除了一座微缩的金山寺，更多的是各种佛像，还有仙鹤和鲤鱼等，以及人造小瀑布下方形形色色的植物。

一溜儿摆放的猴子逼真造型引起我的注意。导游惠清告诉我，这些小佛像的寓意，是“非礼勿视，非礼勿听，非礼勿言，非礼勿动”。

这段话的意思是：不符合礼教的话不能说，不符合礼教的东西不能看，不符合礼教的事不能做。英语中，其相应的表达应为：See no evil，hear no evil，speak no evil，do no evil。

在日本一座幕府时代的著名寺院里，也有一尊取名为“三个智猴”的雕像。

其中所供奉的智猴，有一尊双手捂着眼睛做惨不忍睹状（see no evil）、一尊双手捂着嘴巴做噤若寒蝉状（speak no evil）、一尊双手捂着耳朵做置若罔闻状（hear no evil），以此警示并告诫人们：“若是要洁身自好，首先要远离邪恶。”

由此看来，还是“非礼勿动”（do no evil）最难做到，连佛门都很难为智猴的“非礼勿动”造像。

登上通往山顶的金山寺台阶，清新的空气扑面而来，我不觉得有任何的劳累与困顿，只觉心旷神怡。

枝繁叶茂的树木在两旁扶苏般垂下，静静聆听道路旁边潺潺的流水声，以及电子音箱里发出的经文声音，我仿佛置身仙境一般。

许多中国游客喜欢曼谷的金山寺，认为它远远看上去，就像是中国拉萨雄伟的布达拉宫，上山之后就可以俯瞰半个曼谷老城区。

金山寺是曼谷寺庙中最为著名的地标，也是泰国每年 11 月为期 1 周的朝拜期间，善男信女们一处最神圣的朝拜点。

上到山顶的红色石阶，如同一条松散卷曲的缎带，怀抱并围绕着通向山顶上的佛塔。

接近金山寺的山顶，一面挂满闻风而动铃铛的墙壁，以及眺望远处即可领略到的壮观曼谷全景，已经在等候欢迎光临的游客。

登临金山寺顶层的佛堂，瞻仰释迦牟尼佛像及其舍利子，除了惯常必须脱鞋表示对佛门的恭敬，同样不允许游客随心所欲地拍照。

佛堂视野开阔豁亮的门外，让人感到心情舒畅。庙宇四周的屋檐上，悬挂着的一串串风铃，迎风发出清脆悦耳的声音，似乎在帮助不懂泰语的外国游客诵经。

金山寺可以登临的真正顶层，是一个无比宽敞的大露台，正中间一座耸立的佛塔正在修缮，但在这个大露台的周边，却是游客最佳的极目远眺处。

游客来曼谷的金山，既是为了领略泰国博大精深的佛教文化，更是为了欣赏曼谷尽收眼底的全城风光。

清迈小城故事多

（2017 年 7 月 15 日）

“小城故事多，充满喜和乐，若是你到小城来，收获特别多。看似一幅画，听像一首歌，人生境界真善美，这里已包括……”

在电影《小城故事》中，邓丽君以其音质天籁之纯净、音色甘霖之甜美，塑造出既古典而又现代的婉约形象，在温柔中蕴含着青春活力，充溢着撩人心魄的美感。

《小城故事》这一主题曲，也寄托了邓丽君对清迈的一片真情，是她在天国对人间的最后一次回望。

很多国人知道清迈这一座城市，可能是因为邓丽君在这香消玉殒，或者是张国荣以此地作为世外桃源，时间再延续到近 5 年，大抵因为清迈是电影《泰囧》的外景拍摄地。

在清迈这座清新的小城，曾经痴迷并且流连忘返的人们，除了有邓丽君也有张国荣。他们在清迈演唱过自己的人生歌曲，留下过自己的生活足迹，在泰国人民心中留下了烙印。

曾在清迈唱过《小城故事》的邓丽君、曾拍完《霸王别姬》就来到清迈度假的张国荣，他们是属于 20 世纪的回忆、永远定格在 20 世纪的回忆。

直到如今，还会有人来到美萍饭店 1502 房间，为邓丽君的忌日敬献上一束束鲜花；到城外河谷森林的四季酒店，在张国荣当年购入的一号度假别墅怀旧。

清迈虽然是泰国的第二大城市，但更是泰北一座清净而且清新的小城，它可能缺乏我们国人通常想象中的泰国风光和景色。

在清迈这一座小城，既没有曼谷大皇宫的壮丽恢宏，也没有郑王庙的让人发思古之幽情，更没有普吉岛海滩的浪漫，也没有芭堤雅的表演。

当我从普吉岛来到清迈，因为这里湛蓝的天空，满眼的绿色，很快也就被这座清新的小城迷住。

在清迈定居的上海美女老板丁丁亲自驾车，把我从机场接到她所经营的“美城墙酒店”。

上海美女丁丁非常健谈，她给我有关清迈小城的第一个信息就是：清迈既是邓丽君一生最钟爱之城，也是邓丽君香消玉殒之地——她因哮喘病而不幸去世的美萍酒店，距离丁丁所经营打理的“美城墙酒店”，不超过 200 米。

清迈小城故事多，其更多的是充满喜和乐。清迈有其独具的特色和魅力，值得行旅匆匆的我放慢脚步，细细地去打量和品味。

仅“美城墙酒店”所在的这条小街，就很有一些故事。

这条小街的东侧，有大约 300 米一段的旧城墙。丁丁告诉我：这段几乎已经坍塌的土城墙，作为以往泰国自卫军兵营的遗址，已有上百年的历史，现在属于被保护的对象，不能轻易动土。

但在旧城墙的豁口里面，却也是别有洞天：就在“美城墙酒店”的对过，丁丁开了一家“1985”俱乐部，我不知其取名的用意所在，丁丁回答说：这很简单呀，因为我就是 1985 年出生的！

我即将离开清迈的那天晚上，丁丁推着一辆婴儿车，让她的儿子丁钜东舒舒服服地躺在里头，她陪我转了附近的这片街区。

我这才知道，丁丁是真人不露相，现在仅中等规模的酒店就已开了 7 家，第八家更有创意的酒店也正在谋划中。

清迈这个小城很清纯，以自己无污染的原生态，展现在世人在打量中带着几分挑剔的眼前，却又相当的国际化，金发碧眼的老外四处触目可见。

清迈这个小城很友善，泰语问好的声音也很好听，似乎已完全可以将英语中的 hello 取而代之。

清迈这个小城很亲切，人们总是挂在脸庞上的笑容，能感觉得到那都是由心而发，真情的自然流露。

清迈这个小城很治愈，只要在这里多住上几天，即便原本是满脸的阴云和霾气，亦可就此干净彻底地抹去，心情变得更加开朗敞亮，因为疗伤者善于和陌生人微笑了。

清迈这个小城很豁达，语言或许可以不通，微笑却可以彼此传染；语言或许可以窘迫，但行事却不会就此“泰囧”。只要打开心灵的那一扇窗户，眼神就是最好的沟通和交流。

清迈这个小城很祥和，稍微留意一下街头的行人，极少会看到有人警惕地把包包护在胸前，保护在自己的视线范围内，更不需要一副盔甲般坚硬沉重的掩饰面具。

清迈这个小城也很安全，难怪在康多克品尝“帝王餐”时，我惊呼自己的电脑提包突然不见了，丁丁闻讯之后一点都不惊慌，我弯下腰来查看才发现，电脑提包只是开小差钻进桌底下。

因为清迈小城的小清新，也因为清迈小城的故事多，我甚至想改变原计划中的泰国行程，在清迈多住上几天。

清迈小城的清新，已经足以让我领悟到：有些人的一生都很容易满足，大概是因为内心的善良虔诚；有些人的一生都很劳碌困顿，也许是因为内心没有信仰，缺乏应有的精神支柱。

我们有时的确需要抽空发呆，抽空到清迈这样的清新小城里发呆：生活是否真的需要如此之忙碌，生活是否需要如此之“囧”？

清迈，就是这么一个适合发呆的清新小城，它既没有尘世间易于急功近利的喧嚣浮躁，也没有给人梦幻天堂一般的不真实感觉。有的只是超乎想象的便宜物价，更有那些随时都面带笑容的、真诚的人们。

我在清迈既清爽又轻松地一迈，就迈过了我设障的惧怕夏日炎热的心魔。

从普吉岛到平潭岛

（2017 年 7 月 17 日）

泰国的普吉岛原意是“山丘”，诚如其鲜有人知的原本意思，普吉岛面积的 70% 为山丘地势，所以在起起伏伏的普吉岛上，除了那些酷好健身运动的人们，根本就看不到一辆自行车，有的只是汽车和摩托车。

我在即将降落的飞机上鸟瞰，布吉岛风光旖旎，宛如安达曼海上的一颗硕大的绿色珍珠，大小 PP 岛等多个岛屿，亦如无数颗散落在青翠绸缎上的珍珠。

普吉岛有举世闻名的“3S 景观”，来自当地土著居民对其美好家乡所做的高度总结：阳光（Sunshine），海水（Sea），沙滩（Sand）。这些大自然馈赠与人类的宝物，被虔诚的泰国人奉为最珍贵的财产。

福建的平潭岛亦被称为“岚岛”。

"岚"，让人不由联想到山岚里吹来的阵阵清风，站在平潭海边的君山上，人们的确分辨不清究竟是海风还是山风。

古老的石头房子，清风和古厝、碧海和银滩，是平潭引以为傲的生态旅游资源。

蔚蓝色的天空、湛蓝色的大海、梦幻般的"蓝眼泪"，岚岛人民把喜爱的"平潭蓝"打造为自己的个性名片，在跨入 21 世纪后顺理成章。

平潭亦俗称为海坛，亦称为海山，位于福建省东部海域，由 126 个岛屿和 700 多座岛礁组成，是福建省的第一大岛，我国第五大岛，素有"千礁岛县"之称。

平潭不仅是我国著名的渔业基地，因岛上的旅游资源相当丰富，如今平潭岛也已成为继海南岛之后，我国的第二个国家级国际旅游岛。

我在离开普吉岛、离开泰国之后，身上穿着的被南洋濡湿的衣裳，甚至都还没有来得及晾干，在福州长乐机场一下飞机，几乎就直接扑到了平潭岛。

就让平潭岛清爽腥冽的海风，晾干我匆匆行旅中本来应及早换洗的衣裳；就让平潭岛盛夏炎热的日头，熨平我一路奔波行走时邋遢衣裳上的皱褶吧！

我并非第一次来平潭岛。我第一次来平潭是 2015 年 6 月，承蒙时任平潭综合实验区管委会书记兼主任李德金的邀请，我在平潭调研了一星期。

因为当时我知道，平潭作为闽台合作的一个重要窗口，也是国家对外开放的一个重要窗口，既是福建人更是媒体人的我，很有必要自己来领略一番。

身负"窗口"重任的平潭不辱使命，经过最近几年的华丽蜕变，已成功转型为集"综合实验区、自贸试验区、国际旅游岛"于一体的国家政策叠加区域。

今年我前脚刚离开布吉岛，后脚就来到了平潭岛，难免会将这两个著名的岛屿做一些比较。

如今的平潭综合实验区，在原福州市所辖的平潭县升格建立，不包括流动人口在内的本地人口为 40 万。陆域的面积为 392.92 平方千米，其中面积 324.13 平方千米的海坛岛，是平潭综合实验区亦即平潭县的主岛。

平潭的海岸线总长为 408 千米，拥有良好的避风良港和深水岸段，非常适宜建设大中型港口。

特别是平潭东临台湾海峡，与台湾省新竹县相距仅为68海里，亦即126千米，是祖国大陆与台湾本岛距离最接近的地方，具有海峡两岸合作极其明显的区位优势。

普吉岛位于马来半岛旁的安达曼海域，是泰国在众多岛屿中面积最大的一个岛屿，以其旖旎美妙的景色被誉为“泰南明珠”。

普吉岛旅游业从1970年逐渐兴起，凭借其独一无二的旅游资源，迅速发展成为亚洲最著名的旅游地区之一，也是继泰国芭堤雅之后最重要的旅游区之一，尤其以较高品位的度假旅游环境而负有盛名。

普吉岛拥有美丽的海滩、钟乳石洞、天然洞窟和丰富的动植物资源，其所拥有的多处海滨浴场，也最能体现热带岛屿的特色。

连绵不断的椰树林带与平静的海湾相映成趣，加上沿岸海水的湛蓝清澈，海底世界的美不胜收，是名副其实的“热带天堂”。

普吉岛面积570平方千米，南北长约45千米，东西宽18千米，本岛现有居民25万人，基本上都是在从事与旅游相关的工作。

泰国和普吉岛的市政当局高度重视旅游业，已将普吉岛的开发列入自己长期的建设计划，让普吉岛建设成为免税的自由商港，成为国内外商贸活动的中心和购物天堂。

近年来到普吉岛的旅游者激增，其中尤以来自欧美和日本的旅游者居多，中国的旅游者也不在少数。每年普吉岛至少接待660多万名旅游者，旅游业的收入至少达15亿泰铢，约合3亿元人民币以上。

泰国被誉为千佛之国，普吉岛也是佛教地区，岛上的居民大多纯朴善良，特殊的宗教氛围和地理条件，客观上也营造了普吉岛良好的度假与旅游环境。

平潭岛的旅游资源也相当丰富，有待我这次考察之后，再细细成文向读者诸君报告。

仅就平潭的海滨浴场而言，可供游客游泳和嬉戏的地方，目前主要有两处。

一处是著名的龙凤头海滨浴场，位于平潭岛的南隅，距离平潭县城只有一两千米的路程，若是就入住附近一带的宾馆，游客穿着泳衣或披着浴巾就可以慵懒地走回去。

尤其相当难得的是，龙凤头海滨浴场的海滩坡度仅为 2.2 度，平潮时宽 500 米，连绵长达 9.5 千米，是全国最大的海滨浴场之一。

比起国际上的其他一些黄金海岸，平潭龙凤头海滩的最大特色，就是这里的地势非常开阔和平缓，而且沙子非常细腻松软，在绵软细沙的海滩上不仅可以行车走马，而且非常适合开展沙滩排球、掷飞盘等娱乐活动。

龙凤头海滨浴场面向东方，是一处非常适合看海上日出的地方。游客可以清早四五点钟就赶过来，或者干脆在晚上花几十元钱租一个帐篷，与朋友在这里的觥筹交错之中彻夜不眠，静待海平面上红日跃出的那壮美一刻。

另一处则是坛南湾海滨浴场。坛南湾的沙滩海岸线长达 20 多千米，同样沙粒均匀洁白，海水清澈湛蓝，也是国内很多的海滨浴场所无法比拟的。

在平潭的海滨浴场游泳戏水，听着如乐曲一般变幻的海潮涛声，可以荡涤洗去人世的尘埃，忘却旅途的疲惫。

据悉，平潭国际旅游岛在今后的发展中将坚持“创新、协调、绿色、开放、共享”的理念，主动服务国家重大发展战略，积极融入“一带一路”，构建对外开放的新体制。

坚持绿色发展战略与人文发展战略，就是决定平潭国际旅游岛的开发和建设模式。

泰国郑王庙

（原载于《中国科学报》2017 年 7 月 21 日第 7 版）

我一早游览曼谷的大皇宫和卧佛寺，在卧佛寺大约 200 米开外就是雄浑的湄南河，我站在码头凉棚的遮阴处，可见对岸一处极其雄伟的建筑群。

导游惠清善解人意地说：河对面是黎明寺（Temple of the Dawn），她可陪我过去游览。

黎明寺坐落于湄南河西岸、双子都市的吞武里城，既是泰国非常著名的寺庙，也是泰国的王家寺庙之一。

黎明寺在大城王朝时期曾被称为“玛喀寺”。在寺内有一座 79 米高耸入云的佛塔，其始建于 1809 年。大乘佛塔之内本有阶梯供游客攀爬，可沿着陡直的石头台阶，一直登上塔顶的阳台登高望远。

在高达 79 米的大乘佛塔周围，还有 4 座与之呼应熠熠生辉的陪塔，形成一组巍峨壮观的塔群，规模仅次于大皇宫和玉佛寺，有“泰国埃菲尔铁塔”之美称。

寺庙被称为黎明寺，其中一个原因是最高的塔尖直插云霄，泰国虔诚笃信佛教的人们觉得，它每日首先迎接并沐浴到阳光，故此给予了“黎明寺”美名。

5 座佛塔的层数很多，面积逐层递减，最高的塔顶需要抬头仰望，在庄严中显得神圣，古朴中显得稳重。

这一大四小共 5 座顶部尖耸的佛塔，外表都装饰有工艺精美绝伦的雕刻，并镶嵌了各种彩色陶瓷片、玻璃和贝壳等。

我虔诚瞩目瞻仰，拾级而上膜拜，不由得叹为观止。

我更留心注意到：在寺院入口处摆设的石头雕像，既有几尊比较巨型的守护神石像，也有诸多半人高的装饰石像，都酷肖中国古代文武百官的脸谱。

这些酷肖中国古代的文武百官，他们会是古中国万邦来仪之时，被派遣到泰国的友好使者化身吗？这些中国古代的文武百官远涉重洋，留在了友邦南洋的泰国，是否留有自己的真名实姓？

即便在黎明寺里看到这些中国范儿，我也没有将他们与郑姓本家联系起来。过后我到普吉岛观光，华裔司机对我讲述了许多泰国的历史，包括讲到早年泰国的国王，是一位名字叫作郑信的华人，我在似信非信的同时震惊不已。

及至我抽空上网查了一些资料，方知此言非讹谬。

我在曼谷游览过的黎明寺，其实就是纪念泰国的第 41 代君王、华裔民族英雄郑昭的寺庙。该庙的大名也叫郑王庙。

1768 年，郑昭率领泰国军队驱逐缅甸入侵之敌，拯救了泰国的河山与百姓，并由此创立吞武里王朝，定都于湄南河西岸的吞武里，并建造了如今巍然屹立的这座寺庙。郑信从大城到达吞武里时正值黎明。

及至 1809—1824 年，曼谷王朝的拉玛二世重建郑王庙，增修了中央大塔和四周小塔群，曾重新赐名，但寺名仍含黎明之意。

后来郑王庙就成为泰国的皇家寺院，每年出安居节日期间，国王及众大臣乘船顺湄南河而下到此祭神，国王会把黄色袈裟布施给寺院的僧侣。这种仪式是佛教徒的一个重大节日，也是泰国佛教最隆重和热闹的祭典之一。

查阅相关资料后，我才醍醐灌顶：就在郑王庙正门的入口处，我曾看到一个稍小的佛殿，里面有香火不绝缭绕，供奉着的就是郑王的塑像！

郑王庙还有许多中国古代的石雕，既有手持十八般兵器、威严神武站立一旁的士兵，也有面带亲和微笑、亭亭玉立的仙女，还有或卧或立的猪羊和虎猴等神兽。

这各种造型美观逼真的石雕，均是过去泰国商人与中国进行贸易的商船的压舱之物。

在郑王庙许多建筑物的表层，也拼贴镶嵌了数不清的中国瓷片、瓷盘和瓷碗。这些五颜六色的精美瓷器，有的是专程从中国运来，有的是中国制瓷工匠与泰国当地人合作烧制而成。

经过两国能工巧匠的精心设计、天衣无缝的拼贴和镶嵌，这些瓷器才得以摇身一变，组成各种各样绚丽多彩的花卉图案，以及千姿百态、栩栩如生的神兽造型。

匆忙的我没能到吞武里的郑王庙的路上，领略矗立着一座威武的王者塑像：英姿勃勃的郑昭骑着战马，手中挥舞着一把战刀，不难想象他当年所向披靡的英勇无畏。

泰国人民以及许多华侨崇敬心目中的豪杰，经常会到郑王庙祭祀瞻仰或者敬献鲜花，缅怀郑信这位光复泰国河山的英雄。

泰国每年 12 月举行的皇家祭典，既是郑王庙的最大庆典，也是泰国王朝的重要祭典之一。

因为正在修缮的原因，我没能进入郑王庙大殿，看到悬挂着的中国式灯笼，以及在殿中间供奉的郑王塑像。

中国自古就有一本《百家姓》，后来还有《百家姓歌》，开篇即言："赵钱孙李，周吴郑王……"

在梁启超先生的著作里，也提及暹罗古国的国王郑昭——"昭"在泰语就是"王"的意思。

郑昭的父亲郑达，今广东省汕头市澄海区上华镇华富村人。清雍正初年（1723 年），郑达逃难来到暹罗国，之后娶暹罗女子洛央为妻，1734 年 4 月 17 日生下郑信。

由此可推知，当年泰国的郑王郑信曾战功卓绝，确是我 200 多年前的一位郑姓本家。